rororo

ro
ro
ro

»Houellebecq ist ein Trüffelschwein für Verletzungspotentiale.« (Die Zeit)

»Mit Houellebecq hat Frankreich endlich wieder etwas Wichtiges und etwas sehr Französisches beizutragen zum aktuellen Roman.« (Tagesspiegel)

»Bei Houellebecq – und das ist wohl die größte Provokation – sind es allein die Körper, die zählen.« (taz)

»In Wahrheit hat Michel Houellebecq mit ›Plattform‹ ein romantisches Buch geschrieben, seinen ersten Liebesroman.« (Der Spiegel)

Michel Houellebecq, der wohl bekannteste französische Autor der Gegenwart, wurde 1958 auf La Réunion geboren. Er ist Preisträger des angesehenen Grand Prix des Lettres, des Prix Novembre, des Impac-Preises und des Prix de Flore. Mit »Plattform« erregte er, wie bereits mit seinen früheren beiden Romanen, internationales Aufsehen. Michel Houellebecq lebt heute in Irland in der Grafschaft Cork. Außerdem lieferbar sind »Ausweitung der Kampfzone« (rororo 22730), »Die Welt als Supermarkt« (rororo 22849) und »Lanzarote« (rororo 23644).

Michel

HOUELLEBECQ

PLATTFORM

Roman

Deutsch von Uli Wittmann

Rowohlt Taschenbuch Verlag

Die Originalausgabe erschien 2001
unter dem Titel »Plateforme«
bei Flammarion, Paris

Einmalige Sonderausgabe
August 2004
Veröffentlicht im
Rowohlt Taschenbuch Verlag,
Reinbek bei Hamburg, August 2003

Umschlaggestaltung any.way,
Barbara Hanke/Cordula Schmidt

Druck und Bindung Clausen & Bosse, Leck
Printed in Germany
ISBN 3 499 23747 4

Plattform

Je elender das Leben ist, desto stärker klammert sich der Mensch daran; dann wird es zu einem Protest, zu einer Rache an allem.

Honoré de Balzac

Erster Teil

Tropic Thai

1

Mein Vater ist vor einem Jahr gestorben. Ich glaube nicht an die Theorie, wonach man beim Tod seiner Eltern *richtig erwachsen* wird; man wird nie *richtig erwachsen.*

Vor dem Sarg des alten Mannes gingen mir unangenehme Gedanken durch den Kopf. Er hatte vom Dasein profitiert, dieser alte Sack; er hatte sich verdammt gut durchs Leben geschlagen. »Du hast Kinder gehabt, du Sau ...«, sagte ich beschwingt zu mir. »Du hast deinen dicken Pimmel in die Möse meiner Mutter geschoben.« Na ja, ich war ein bißchen angespannt, das stimmt schon; man hat eben nicht jeden Tag einen Todesfall in der Familie. Ich hatte mich geweigert, den Leichnam zu sehen. Ich bin vierzig und hatte bereits Gelegenheit, Leichen zu sehen; jetzt vermeide ich es lieber. Das hat mich immer davon abgehalten, mir ein Haustier anzuschaffen.

Ich habe auch nicht geheiratet. Gelegenheit dazu bot sich mir mehrfach; aber ich habe jedesmal abgelehnt. Dabei mag ich Frauen sehr. Daß ich ledig geblieben bin, ist eines der Dinge im Leben, die ich ein wenig bedaure. Vor allem im Urlaub wirkt sich das störend aus. Im Urlaub bringen die Leute unverheirateten Männern ab einem gewissen Alter ziemliches Mißtrauen entgegen: Sie vermuten bei ihnen einen starken Egoismus und wohl auch einen gewissen Hang zum Laster; ich kann ihnen nur recht geben.

Nach der Beerdigung bin ich in das Haus gegangen, in dem mein Vater seine letzten Jahre verbracht hat. Die Leiche war eine Woche zuvor gefunden worden. Auf den Möbeln und in den Ecken hatte sich bereits ein wenig Staub angesammelt; in einer

Fensternische bemerkte ich eine Spinnwebe. Die Zeit, die Entropie und all diese Dinge nahmen also dieses Haus allmählich schon in Besitz. Die Gefriertruhe war leer. In den Küchenschränken lagen vor allem Einzelportionen von *Weight Watchers*-Gerichten, Dosen mit aromatisierten Proteinen und kraftspendende Müsliriegel. Ich ging durch die Zimmer im Erdgeschoß und knabberte dabei mit Magnesium angereichertes Sandgebäck. Im Heizungskeller setzte ich mich auf das Trimmrad und trat in die Pedale. Mit über siebzig Jahren war mein Vater in viel besserer körperlicher Verfassung gewesen, als ich es bin. Er trieb jeden Tag eine Stunde intensiv Gymnastik und drehte zweimal in der Woche im Schwimmbad seine Runden. Am Wochenende spielte er Tennis und fuhr mit Gleichaltrigen Rad; ich hatte einige von ihnen im Krematorium getroffen. »Er hat uns alle auf Trab gebracht!« hatte ein Gynäkologe zu mir gesagt. »Er war zehn Jahre älter als wir, aber auf einer zwei Kilometer langen Steigung hat er uns mit einem Vorsprung von einer Minute abgehängt.« Vater, Vater, sagte ich zu mir, wie verdammt eitel du doch warst! Im linken Winkel meines Blickfelds entdeckte ich einen Hometrainer und Hanteln. Für den Bruchteil einer Sekunde sah ich einen Idioten in Shorts vor mir – mit einem Gesicht voller Falten, das ansonsten aber dem meinen sehr glich –, der mit verzweifelter Energie die Brustmuskeln spannte. Vater, sagte ich zu mir, Vater, du hast dein Haus auf Sand gebaut. Ich trat immer noch in die Pedale, aber allmählich ging mir die Puste aus und die Schenkel taten mir weh, dabei war ich erst auf Stufe eins. Ich dachte an die Begräbnisfeier zurück und war mir sicher, daß ich einen ausgezeichneten Gesamteindruck hinterlassen hatte. Ich bin immer glattrasiert, habe schmale Schultern, und da ich mit Anfang dreißig den Ansatz einer Glatze entwickelt habe, bin ich dazu übergegangen, mir das Haar kurz schneiden zu lassen. Ich trage im allgemeinen graue Anzüge, unauffällige Krawatten, und ich mache keinen sonderlich fröhlichen Eindruck. Mit meinem kurzgeschorenen Haar, meiner dünnrandigen Brille und meinem mürrischen Gesicht, den Kopf leicht gesenkt, um einem *Sampler* mit christlicher Trauermusik zu lauschen, hatte ich mich in dieser Situation sehr wohl gefühlt – sehr viel wohler als auf einer Hochzeit zum Beispiel. Beerdigungen sind eben mein Ding. Ich hörte auf, in die Pedale zu steigen, und hustete leicht. Die Dunkelheit legte sich über die Weiden ringsumher. In der Nähe der Betonkonstruktion, in die der Heizkessel eingelassen war, konnte man einen bräunlichen, unzureichend gereinigten Fleck erkennen. Dort hatte man meinen Vater in Shorts und einem Sweatshirt mit dem Aufdruck »*I love New York*« mit zerschmettertem Schädel aufgefunden. Dem Gerichtsmediziner zufolge war der Tod drei Tage zuvor eingetreten. Man hätte es, wenn man unbedingt wollte, für einen Unfall halten können, er hätte auf einer Ölpfütze oder was weiß ich ausrutschen können. Der Fußboden des Raums war jedoch vollkommen trocken; und der Schädel war an mehreren Stellen geplatzt, etwas Gehirnmasse war sogar auf den Boden gespritzt; es handelte sich also mit größerer Wahrscheinlichkeit um einen Mord. Hauptmann Chaumont von der Gendarmerie in Cherbourg würde im Laufe des Abends vorbeikommen.

Als ich wieder im Wohnzimmer war, stellte ich den Fernseher an, einen Sony 16:9 mit einem 82 cm Bildschirm, *dolby surround*-Klang und integriertem DVD-Player. Im ersten Programm lief eine Episode aus *Xena, die Kriegerin*, eine meiner Lieblingsserien; zwei ausgesprochen muskulöse Frauen, die Mieder aus Metall und Miniröcke aus Wildleder trugen, gingen mit Säbeln aufeinander los. »Deine Herrschaft hat schon viel zu lange gedauert, Tagrathâ!« schrie die Blonde. »Ich bin Xena, die Kriegerin der Ebenen des Westens!« Es klopfte an die Tür; ich stellte den Ton leiser.

Draußen war es inzwischen dunkel geworden. Der Wind bewegte sanft die regennassen Zweige hin und her. Eine junge Frau nordafrikanischen Typs von etwa fünfundzwanzig Jahren stand im Eingang. »Ich heiße Aïcha«, sagte sie. »Ich habe bei Monsieur Renault zweimal in der Woche geputzt. Ich komme, um meine Sachen abzuholen.«

»Ach so ...«, sagte ich, »ach so ...« Ich machte eine Geste, die einladend aussehen sollte, irgendeine Geste. Sie kam herein und warf einen kurzen Blick auf den Bildschirm: Die beiden Kriegerinnen kämpften jetzt mit bloßen Fäusten in unmittelbarer Nähe eines Vulkans; ich nehme an, daß dieser Anblick für manche Lesbierinnen eine gewisse aufreizende Wirkung hat. »Ich will Sie nicht stören«, sagte Aïcha, »es dauert nur ein paar Minuten.«

»Sie stören mich nicht«, sagte ich, »nichts kann mich im Grunde stören.« Sie nickte, als könne sie das verstehen, ihre Augen blieben einen Moment auf meinem Gesicht ruhen; sie versuchte vermutlich die äußerliche Ähnlichkeit mit meinem Vater zu erkennen, schloß vielleicht daraus auf eine gewisse moralische Ähnlichkeit. Nachdem sie mich ein paar Sekunden gemustert hatte, wandte sie sich um und ging die Treppe hinauf, die zu den Schlafzimmern führt. »Lassen Sie sich Zeit«, sagte ich mit erstickter Stimme, »lassen Sie sich ruhig Zeit ...« Sie erwiderte nichts, verlangsamte nicht einmal den Schritt; wahrscheinlich hatte sie es nicht gehört. Erschöpft von der Begegnung, setzte ich mich wieder aufs Sofa. Ich hätte sie auffordern sollen, ihren Mantel abzulegen; normalerweise tut man das, fordert die Leute auf, ihren Mantel abzulegen. Da wurde mir bewußt, wie lausig kalt es in dem Raum war – eine feuchte, durchdringende Kälte, eine Grabeskälte. Ich wußte nicht, wie man die Heizung anstellt, hatte keine Lust, es auszuprobieren. Jetzt war mein Vater tot, und ich hätte sofort wieder wegfahren sollen. Ich wechselte gerade rechtzeitig zum dritten Programm, um die letzte Runde von *Fragen an den Champion* zu verfolgen. In dem Augenblick, als Nadège aus Le Val-Fourré zu Julien Lepers sagte, daß sie bereit sei, ihren Titel zum drittenmal aufs Spiel zu setzen, kam Aïcha mit einer leichten Reisetasche über der Schulter die Treppe hinunter. Ich stellte den Fernseher ab und ging schnell auf sie zu. »Ich habe Julien Lepers schon immer sehr bewundert«, sagte ich zu ihr. »Selbst wenn er die Stadt oder das Dorf, aus dem der Kandidat stammt, nicht direkt kennt, gelingt es ihm immer, ein paar Worte über das Departement oder die Gegend zu sagen; er besitzt eine zumindest ungefähre Kenntnis vom Klima und den Sehenswürdigkeiten der näheren Umgebung. Und vor allem kennt er das Leben: Die Kandidaten sind für ihn menschliche Wesen, er kennt ihre Schwierigkeiten und er kennt ihre Freuden. Nichts von dem, was die menschliche Wirklichkeit der Kandidaten ausmacht, ist ihm wirklich fremd oder stößt ihn ab. Ganz gleich, wer der Kandidat ist, es gelingt ihm immer, ihn etwas über seinen Beruf, seine Familie oder seine Leidenschaften erzählen zu lassen, also alles, was in seinen Augen ein Leben ausmacht. Ziemlich oft spielen die Kandidaten in einer Blaskapelle mit oder singen in einem Chor; sie opfern ihre Zeit für die Veranstaltung eines lokalen Festes oder stellen sich in den Dienst einer humanitären Sache. Ihre Kinder sitzen häufig unter den Zuschauern im Saal. Die Sendung vermittelt im allgemeinen den Eindruck, daß die Leute glücklich sind, und man selbst fühlt sich glücklicher und besser. Finden Sie nicht?«

Sie betrachtete mich, ohne zu lächeln. Ihr Haar war zu einem Knoten hochgesteckt, ihr Gesicht kaum geschminkt, ihre Kleidung eher nüchtern; eine seriöse junge Frau. Sie zögerte ein paar Sekunden, ehe sie mit leiser, durch die Schüchternheit etwas heiserer Stimme sagte: »Ich habe Ihren Vater sehr gemocht.« Ich wußte nicht, was ich ihr darauf erwidern sollte; das erschien mir zwar seltsam, aber durchaus möglich. Der alte Mann hatte sicher eine ganze Menge zu erzählen gehabt: Er war nach Kolumbien, nach Kenia oder was weiß ich wohin gereist; er hatte Gelegenheit gehabt, Nashörner mit dem Fernglas zu beobachten. Jedesmal wenn wir uns trafen, hatte er sich darauf beschränkt, ironische Bemerkungen über meinen Status als Beamter und über die Sicherheit, die damit verbunden war, zu machen. »Du hast den richtigen Job gewählt, um eine ruhige Kugel zu schieben ...«, sagte er immer, ohne seine Verachtung zu verbergen; in einer Familie gibt es eben oft ein paar Schwierigkeiten. »Ich lasse mich zur Krankenschwester ausbilden«, fuhr Aïcha fort, »aber da ich von zu Hause weggegangen bin, bin ich gezwungen, als Putzfrau zu arbeiten.« Ich zermarterte mir das Hirn, um eine passende Antwort zu finden: Hätte ich sie über die Höhe der Mieten in Cherbourg befragen sollen? Ich entschloß mich schließlich für ein »Ja, ja ...«, in das ich eine gewisse Lebenserfahrung hineinzulegen versuchte. Das schien ihr zu genügen, sie schritt zur Tür. Ich drückte das Gesicht an die Scheibe, um ihren VW Polo zu beobachten, der auf dem schlammigen Weg wendete. Im dritten Programm wurde ein Fernsehfilm gezeigt, der sich wohl im 19. Jahrhundert auf dem Land abspielte, mit Tchéky Karyo in der Rolle eines Landarbeiters. Zwischen zwei Klavierstunden gewährte die Tochter des Gutsherrn, der von Jean-Pierre Marielle dargestellt wurde, dem verführerischen Burschen vom Land gewisse Freiheiten. Ihre Liebesspiele fanden in einer Scheune statt; ich nickte in dem Augenblick ein, als Tchéky Karyo ihr energisch das Höschen aus Organza vom Leibe riß. Die letzte Einstellung, an die ich mich noch erinnerte, war ein Zwischenschnitt, eine kleine Gruppe von Schweinen.

Ich wurde vom Schmerz und der Kälte geweckt; ich muß wohl in einer verkehrten Stellung eingeschlafen sein, meine Halswirbel waren wie gelähmt. Ich hustete schwer, als ich aufstand; mein Atem erfüllte die eisige Atmosphäre des Raums mit feuchtem Dunst. Seltsamerweise lief im Fernsehen *Ein toller Hecht*, eine Sendung des ersten Programms; ich mußte wohl zwischendurch aufgewacht sein oder wenigstens soweit das Bewußtsein wiedergefunden haben, daß ich in der Lage gewesen war, die Fernbedienung zu betätigen; ich konnte mich absolut nicht daran erinnern. Die Nachtsendung war den Welsen gewidmet, riesigen Fischen ohne Schuppen, die in den französischen Flüssen aufgrund der Klimaerwärmung immer zahlreicher geworden sind; die Nähe von Atomkraftwerken mögen sie ganz besonders. Die Reportage bemühte sich, gewisse Mythen zu erhellen: Ausgewachsene Welse erreichen tatsächlich eine Länge von drei oder vier Metern; in der Drôme habe man sogar Exemplare gemeldet, die fünf Meter überstiegen; daran war nichts unwahrscheinlich. Dagegen sei es völlig ausgeschlossen, daß diese Fische das Verhalten von Fleischfressern zeigten oder badende Menschen angriffen. Der volkstümliche Argwohn, der die Welse umgab, schien sich in gewisser Weise auf jene auszudehnen, die es sich in den Kopf gesetzt hatten, sie zu angeln; die kleine Bruderschaft der Welsangler war in dem größeren Kreis der Angler scheel angesehen. Sie litten darunter und hatten offensichtlich den Wunsch, diese Sendung zu benutzen, um ihr negatives Image aufzubessern. Zugegeben, gastronomische Motive könnten sie keine geltend machen: Das Fleisch des Welses sei völlig ungenießbar. Aber es handele sich dabei um ein schönes Angelvergnügen, das sowohl Intelligenz wie Sportsgeist erfordere und durchaus mit dem Angeln von Hechten vergleichbar sei, und es verdiene, eine größere Anhängerschaft zu finden. Ich machte ein paar Schritte durch den Raum, ohne daß es mir gelang, mich aufzuwärmen; ich ertrug nicht den Gedanken, im Bett meines Vaters zu schlafen. Schließlich ging ich nach oben, um mir Kopfkissen und Decken zu holen, und versuchte, es mir so gut es ging auf dem Sofa bequem zu machen. Ich stellte den Fernseher kurz nach dem Abspann vom *Ende des Mythos der Welse* ab. Die Nacht war undurchdringlich, die Stille ebenfalls.

2

Alles geht irgendwann zu Ende, sogar die Nacht. Ich wurde durch Hauptmann Chaumonts klare, sonore Stimme aus einer echsenhaften Lethargie gerissen. Er entschuldigte sich, er habe keine Zeit gehabt, am Abend zuvor vorbeizukommen. Ich bot ihm einen Kaffe an. Während ich das Wasser aufsetzte, stellte er seinen Laptop auf den Küchentisch und schloß den Drucker an. Auf diese Weise könne ich meine Aussage noch einmal durchlesen und unterzeichnen, ehe er fortgehe; ich gab ein zustimmendes Murmeln von mir. Die Gendarmerie sei zu sehr mit Verwaltungsangelegenheiten eingedeckt, leide darunter, daß sie ihrer eigentlichen Aufgabe, der Ermittlung, nicht genügend Zeit widmen könne, sagte ich, das hätte ich verschiedenen Fernsehberichten entnommen. Diesmal stimmte er mir warmherzig zu. Das war mal eine Vernehmung, die unter guten Voraussetzungen begann und sich in einer Atmosphäre gegenseitigen Vertrauens abspielte. Windows setzte sich mit einem leisen, fröhlichen Geräusch in Gang.

Der Tod meines Vaters war am Abend oder in der Nacht des 14. November eingetreten. Ich hatte an jenem Tag gearbeitet; am 15. ebenfalls. Selbstverständlich hätte ich meinen Wagen nehmen, meinen Vater umbringen und in der Nacht wieder zurückfahren können. Was ich am Abend oder in der Nacht des 14. November getan hätte. Soweit ich weiß, nichts; nichts Besonderes. Auf jeden Fall konnte ich mich an nichts erinnern; dabei war das noch nicht einmal eine Woche her. Ich hatte weder einen festen Sexualpartner noch einen wirklich engen Freund; wie sollte ich mich unter diesen Bedingungen schon erinnern? Die Tage vergingen, das war alles. Ich warf Hauptmann Chaumont einen Blick des Bedauerns zu; ich hätte ihm gern geholfen, ihm irgendeinen Anhaltspunkt gegeben, der ihn weiterbrachte. »Ich sehe mal in meinem Terminkalender nach …«, sagte ich. Ich versprach mir nichts davon; seltsamerweise aber stand neben dem Datum des 14. eine Handynummer und darunter ein Vorname: »Coralie.« Was für eine Coralie? Dieser Terminkalender war wirklich das letzte.

»Ich habe ein Gehirn wie ein Haufen Scheiße …«, sagte ich mit einem enttäuschten Lächeln. »Ich weiß nicht, aber vielleicht war ich auf einer Vernissage.«

»Einer Vernissage?« Er wartete geduldig, wobei seine Finger ein paar Zentimeter über der Tastatur verharrten.

»Ja, ich arbeite im Kulturministerium. Ich stelle Dossiers zur Finanzierung von Ausstellungen oder Veranstaltungen zusammen.«

»Veranstaltungen?«

»Ja … zeitgenössischer Tanz oder ähnliches …« Mich überkam ein Gefühl der Verzweiflung, ich schämte mich zutiefst.

»Also kurz gesagt, Sie sind in der Kulturszene tätig.«

»Ja, so ist es … So kann man das sagen.« Er blickte mich mit einer Mischung aus Sympathie und Ernst an. Er wußte, daß es einen kulturellen Sektor gab, hatte davon eine reale, wenn auch undeutliche Vorstellung. Er hatte in seinem Beruf sicherlich mit allen möglichen Leuten zu tun; kein gesellschaftliches Milieu dürfte ihm völlig fremd sein. Die Gendarmerie ist ein Humanismus.

Das weitere Gespräch verlief recht normal; ich hatte im Fernsehen schon Filme über gesellschaftliche Themen gesehen, war also auf diese Art von Dialogen vorbereitet. Ob mein Vater Feinde besessen habe. Nein, aber ehrlich gesagt auch keine Freunde. Wie dem auch sei, mein Vater war nicht *bedeutend* genug, um Feinde zu haben. Wem könne sein Tod Vorteile bringen? Nun, mir natürlich. Wann ich ihn zuletzt besucht hätte.

Vermutlich im August. Im August gibt es im Büro nie viel zu tun, aber meine Kollegen sind gezwungen, in Urlaub zu fahren, da sie Kinder haben. Ich bleibe in Paris, spiele Solitär auf dem Computer und gönne mir ein verlängertes Wochenende um den 15. August herum; in diesem Rahmen spielten sich meine Besuche bei meinem Vater ab. Ob ich mich übrigens mit meinem Vater gut verstanden hätte. Ja und nein. Eher nicht gut, aber ich besuchte ihn ein- oder zweimal im Jahr, das sei ja schon nicht schlecht.

Er nickte. Ich spürte, daß die Befragung zu Ende ging; ich hätte ihm gern mehr gesagt. Ich spürte, wie eine unbegründete, anormale Sympathie für Hauptmann Chaumont in mir aufkam. Er schaltete bereits seinen Drucker ein. »Mein Vater war sehr sportlich!« stieß ich abrupt hervor. Er blickte fragend zu mir auf. »Ich weiß nicht ...«, sagte ich und breitete dabei die Hände verzweifelt aus, »ich wollte nur sagen, daß er sehr sportlich war.« Mit einer unwilligen Geste setzte er das Druckprogramm in Gang.

Nachdem ich meine Aussage unterzeichnet hatte, begleitete ich Hauptmann Chaumont zur Tür. Mir sei klar, daß ich ein enttäuschender Zeuge sei, sagte ich zu ihm. »Alle Zeugen sind enttäuschend ...«, erwiderte er. Ich sann eine Weile über diesen Aphorismus nach. Vor uns breitete sich die grenzenlose Langeweile der Felder aus. Hauptmann Chaumont stieg in seinen Peugeot 305; er werde mich über den Fortgang der Ermittlungen auf dem laufenden halten. Beim Tod eines direkten Verwandten hat man im öffentlichen Dienst Anrecht auf drei freie Tage. Ich hätte also gemächlich heimkehren und mir noch ein paar Camemberts aus örtlicher Produktion kaufen können; aber ich fuhr sofort über die Autobahn nach Paris zurück.

Meinen letzten freien Tag verbrachte ich in verschiedenen Reisebüros. Ich mochte die Urlaubskataloge, ihre Abstraktion, ihre Art, Orte aus der ganzen Welt auf eine begrenzte Sequenz von Tarifen und möglichem Glück zu reduzieren; mir gefiel vor allem das Sternchensystem, um die Größe des Glücks anzuzeigen, die man berechtigterweise erwarten durfte. Ich war nicht glücklich, aber ich schätzte das Glück und sehnte mich weiterhin danach. Dem Modell von Marshall zufolge ist der Käufer ein rationales Wesen, das sein Bedürfnis unter Berücksichtigung des Preises zu maximieren sucht; das Modell von Veblen dagegen analysiert den Einfluß der Gruppe auf den Kaufprozeß (je nachdem, ob sich das Individuum mit ihr identifizieren oder sich ihr im Gegenteil entziehen will). Das Modell von Copeland zeigt, daß der Kaufprozeß je nach Kategorie des Produkts bzw. der Serviceleistung (alltäglicher Kauf, überlegter Kauf, spezialisierter Kauf) unterschiedlich ist; aber das Modell von Baudrillard und Becker vertritt die Ansicht, daß der Akt des Konsumierens zugleich bedeutet, Zeichen zu produzieren. Im Grunde fühlte ich mich eher von dem Modell von Marshall angezogen.

Als ich meine Arbeit wieder aufnahm, kündigte ich Marie-Jeanne an, daß ich Urlaub nötig habe. Marie-Jeanne ist meine Kollegin; gemeinsam bereiten wir die Ausstellungsunterlagen vor, sind für die Gegenwartskultur tätig. Sie ist fünfunddreißig, hat blondes, glattes Haar und hellblaue Augen; ich weiß nichts über ihr Privatleben. Sie ist von der Rangordnung her eigentlich meine Vorgesetzte; aber das ist ein Aspekt, den sie lieber zu umgehen sucht, sie bemüht sich, den Teamgeist in unserer Abteilung hervorzukehren. Jedesmal, wenn wir Besuch von einer wirklich bedeutenden Persönlichkeit bekommen – einem Vertreter des Gremiums für bildende Kunst oder einem Mitarbeiter aus dem Stab des Ministers – hebt sie den Begriff des Teams hervor. »Und das ist der wichtigste Mann in unserer Abteilung!« ruft sie aus, wenn sie in mein Büro kommt, »der Mann, der mit den Buchhaltungsbilanzen und den Zahlen jongliert … Ohne ihn wäre ich rettungslos verloren.« Anschließend lacht sie; die wichtigen Besucher lachen ebenfalls oder lächeln wenigstens zufrieden. Auch ich lächele, soweit mir das möglich ist. Ich versuche mich in der Rolle des Jongleurs zu sehen; aber in Wirklichkeit brauche ich nur einfache Rechenoperationen zu beherrschen. Auch wenn Marie-Jeanne im Grunde nichts tut, ist ihre Arbeit in Wirklichkeit äußerst komplex: Sie muß sich über die Entwicklung von Bewegungen, künstlerischen Netzwerken und Tendenzen auf dem laufenden halten. Da sie eine kulturelle Verantwortung auf sich genommen hat, besteht die Gefahr, daß man ihr Fortschrittsfeindlichkeit oder sogar Obskurantismus vorwirft; das ist eine Gefahr, gegen die sie sich und damit auch die Institution schützen muß. Und so steht sie in ständigem Kontakt mit Künstlern, Galeristen und Herausgebern von Zeitschriften, die mir ziemlich obskur vorkommen; Telefongespräche versetzen sie immer wieder in Freude, denn ihre Leidenschaft für zeitgenössische Kunst ist nicht geheuchelt. Was mich angeht, stehe ich der Kunst nicht feindlich gegenüber: Aber ich bin eben kein *Insider* dieses Metiers und auch kein Verfechter der Rückkehr zur Tradition in der Malerei; ich nehme stets die reservierte Haltung ein, die dem Buchhaltungsangestellten angemessen ist. Für ästhetische und politische Fragen bin ich nicht zuständig, meine Aufgabe ist es nicht, neue Einstellungen oder Beziehungen zur Welt zu entwickeln oder zu vertreten. Ich habe in dem Augenblick darauf verzichtet, als meine Schultern sich zu wölben begannen und mein Gesicht immer trauriger wurde. Ich habe so manche denkwürdig gebliebene Ausstellung, Vernissage und *Performance* besucht. Die Schlußfolgerung, die ich daraus gezogen habe, steht unwandelbar fest: Die Kunst kann das Leben nicht verändern. Auf jeden Fall nicht mein Leben.

Ich hatte Marie-Jeanne von dem Trauerfall unterrichtet; sie empfing mich voller Mitgefühl und legte mir sogar die Hand auf die Schulter. Mein Urlaubsgesuch kam ihr völlig normal vor. »Du mußt einfach mal Bilanz ziehen, Michel«, meinte sie, »dich wieder dir selbst zuwenden.« Ich versuchte, mir die vorgeschlagene Bewegung bildlich vorzustellen, und schloß daraus, daß sie zweifellos recht hatte. »Cécilia kann die Budgetkosten an deiner Stelle fertig machen«, fuhr sie fort, »ich spreche mit ihr darüber.« Worauf spielte sie eigentlich an, und wer war diese Cécilia? Ich blickte mich um und entdeckte den Entwurf für ein Plakat, und dann fiel es mir wieder ein. Cécilia war eine dicke rothaarige junge Frau, die ständig Cadbury-Riegel aß und seit zwei Monaten in der Abteilung arbeitete: Sie hatte einen zeitlich befristeten Vertrag oder eine ABM-Stelle, kurz gesagt, sie war jemand, der ziemlich belanglos war. Und tatsächlich, kurz vor dem Tod meines Vaters hatte ich an den Budgetkosten für die Ausstellung »Hände hoch, ihr Schlingel!« gearbeitet, die im Januar in Bourg-la-Reine eröffnet werden sollte. Es handelte sich um Fotos vom brutalen Vorgehen der Polizei im Departement Les Yvelines, die mit dem Teleobjektiv aufgenommen worden waren; das Ganze war aber nicht als Dokumentation aufgezogen, sondern eher als Theatralisierungsprozeß des Raums, begleitet von kleinen Anspielungen auf verschiedene Krimiserien, die das *Los Angeles Police Department* als Rahmen hatten. Der Künstler hatte einen humorvollen statt des zu erwartenden gesellschaftskritischen Ansatzes bevorzugt. Kurz gesagt, ein interessantes Projekt, das weder zu teuer noch zu komplex war; selbst eine Nulpe wie Cécilia war fähig, die Sollkostenrechnung durchzuführen.

Wenn ich aus dem Büro kam, sah ich mir im allgemeinen erst mal eine Peepshow an. Das kostete fünfzig Franc oder manchmal siebzig, wenn die Ejakulation auf sich warten ließ. Der Anblick von sich bewegenden Mösen brachte mich auf andere Gedanken. Die widersprüchlichen Tendenzen der zeitgenössischen Videokunst, das Gleichgewicht zwischen Erhaltung des Kulturguts und Unterstützung des lebendigen Kunstschaffens ... all das verschwand schnell vor der einfachen Magie sich bewegender Mösen. Ich entleerte gemächlich meine Hoden. Zur gleichen Zeit stopfte sich Cécilia in einer Konditorei in der Nähe des Ministeriums mit Schokoladenkuchen voll; unsere Motivation war in etwa die gleiche.

Nur ganz selten nahm ich mir eine Privatkabine für fünfhundert Franc; und zwar nur, wenn mein Pimmel nicht auf der Höhe war, wenn ich den Eindruck hatte, daß er einem kleinen anspruchsvollen, nutzlosen Fortsatz ähnelte, der nach Käse roch; dann war es mir ein Bedürfnis, daß ihn eine Frau in die Hand nahm und über die kraftstrotzende Steifheit des Glieds und seinen Samenreichtum in Ekstase geriet, auch wenn die nur geheuchelt war. Wie dem auch sei, ich war vor halb acht wieder zu Hause. Ich begann mit der Sendung »Fragen an den Champion«, die ich auf meinem Videorecorder mit Hilfe der Vorprogrammierung aufgenommen hatte; dann folgten die Nachrichten. Die Krise des Rinderwahns interessierte mich nicht sonderlich, ich ernährte mich hauptsächlich von Kartoffelpüree mit Käse aus der Tüte. Dann ging der Abend weiter. Ich war nicht unglücklich, ich hatte hundertachtundzwanzig Kanäle. Gegen zwei Uhr morgens gab ich mir den letzten Kick mit türkischen Musikkomödien.

So verliefen ein paar Abende ziemlich friedlich, ehe ich einen erneuten Anruf von Hauptmann Chaumont erhielt. Die Ermittlung war gut vorangekommen, sie hatten den mutmaßlichen Mörder gefaßt, es war sogar mehr als ein Verdacht, der Mann hatte die Tat gestanden. Sie wollten in zwei Tagen einen Lokaltermin durchführen, ob ich daran teilnehmen möchte. O ja, sagte ich, o ja.

Marie-Jeanne beglückwünschte mich zu diesem mutigen Entschluß. Sie sprach von Trauerarbeit, vom Rätsel der Abstammung; sie benutzte gesellschaftlich akzeptable, aus einem begrenzten Register stammende Wendungen, aber das war unwichtig: Ich spürte, daß sie eine gewisse Zuneigung für mich hegte, das überraschte mich, tat mir aber gut. Frauen können trotz allem noch Zuneigung hegen, sagte ich mir, als ich in den Zug nach Cherbourg stieg. Selbst im Beruf tendieren sie dazu, affektive Beziehungen zu entwickeln, sie haben Schwierigkeiten, sich in einer Welt zu bewegen, in der es keine affektiven Beziehungen gibt, das ist eine Atmosphäre, in der sie sich nur schwer entfalten können. Sie leiden unter dieser Schwäche, die Rubrik »Seele & Gemüt« in *Marie Claire* stößt sie immer wieder darauf: Sie täten besser daran, den beruflichen und den affektiven Bereich deutlich zu trennen; aber es gelingt ihnen nicht, und die Rubrik »Liebe & Sex« bestätigt das mit gleicher Regelmäßigkeit. Auf der Höhe von Rouen ging ich nochmals die Einzelheiten der Affäre durch. Die große Entdeckung, die Hauptmann Chaumont gemacht hatte, bestand darin, daß Aïcha eine »intime Beziehung« mit meinem Vater unterhalten hatte. Wie häufig und in welcher Form? Das wußte er nicht, und das stellte sich auch für den Fortgang der Ermittlungen als nebensächlich heraus. Einer von Aïchas Brüdern gab sehr bald zu, daß er den alten Mann aufgesucht hatte, »um eine Erklärung zu verlangen«, und daß das Gespräch ausgeartet war und er ihn leblos auf dem Betonboden des Heizungskellers zurückgelassen hatte.

Der Lokaltermin wurde im Prinzip vom Untersuchungsrichter durchgeführt, einem kleinen hageren, strengen Mann, der eine Flanellhose und ein dunkles Polohemd trug und dessen Gesicht ständig von einem gereizten, krampfhaften Lächeln verzerrt wurde; aber Hauptmann Chaumont setzte sich schnell als der eigentliche Zeremonienmeister durch. Lebhaft und munter empfing er die Teilnehmer, sagte zu jedem ein Wort des Willkommens, führte sie an ihren Platz: Er machte einen äußerst glücklichen Eindruck. Es war sein erster Mordfall, und er hatte ihn in einer knappen Woche gelöst. In dieser finsteren, banalen Geschichte war er der einzige wirkliche Held. Sichtlich bedrückt, das Gesicht von einem schwarzen Kopftuch umrahmt, saß Aïcha in sich zusammengesunken auf einem Stuhl und hob bei meiner Ankunft kaum die Augen; sie wandte ostentativ den Blick von der Stelle ab, an der ihr Bruder stand. Der war von zwei Gendarmen eingerahmt und starrte mit bockiger Miene zu Boden. Er hatte ganz das Aussehen eines gewöhnlichen kleinen Rohlings; ich empfand nicht die geringste Sympathie für ihn. Als er die Augen hob, kreuzte er meinen Blick und erkannte mich sicher. Welche Rolle ich hier spielte, wußte er, man hatte ihn bestimmt eingeweiht: Seinen brutalen Vorstellungen zufolge hatte ich ein Anrecht auf Rache, ich konnte Rechenschaft für das Blut meines Vaters fordern. Mir war die Beziehung klar, die sich zwischen uns herstellte, ich sah ihn starr an, ohne die Augen abzuwenden; langsam ließ ich in mir den Haß hochsteigen und atmete freier, es war ein angenehmes, starkes Gefühl. Hätte ich eine Waffe zur Hand gehabt, ich hätte ihn ohne zu zögern niedergeknallt. Diesen kleinen Dreckskerl zu töten erschien mir nicht nur als eine banale, sondern als eine wohltuende, positive Handlung. Ein Gendarm zeichnete mit Kreide Markierungen auf den Boden, und die Rekonstruktion begann. Nach Aussage des Angeklagten lag die Sache ganz einfach: Im Laufe der Diskussion hatte er sich aufgeregt und meinen Vater mit Gewalt zurückgestoßen. Dieser war nach hinten gefallen, sein Schädel war auf dem Boden zerschmettert; in panischer Angst hatte er sofort die Flucht ergriffen.

Selbstverständlich log er, und Hauptmann Chaumont hatte keine Mühe, ihm das nachzuweisen. Die Schädeluntersuchung des Opfers hatte einwandfrei ergeben, daß der Täter mit Härte und Verbissenheit vorgegangen war; an der Leiche waren zahlreiche Prellungen festgestellt worden, die vermutlich auf eine Reihe von Fußtritten zurückgingen. Das Gesicht meines Vaters war außerdem so brutal über den Boden geschleift worden, daß praktisch ein Auge aus der Augenhöhle gesprungen war. »Ich weiß nicht mehr …«, sagte der Angeklagte, »ich habe einen Wutanfall bekommen.« Wenn man seine sehnigen Arme, sein schmales, böses Gesicht betrachtete, fiel es einem nicht schwer, ihm das abzunehmen: Er hatte ohne Vorsatz gehandelt, war vermutlich in Panik geraten durch das Aufprallen des Schädels auf den Boden und den Anblick des ersten Blutes. Seine Verteidigungsstrategie war klar und glaubhaft, vor Gericht würde er sich damit sehr gut aus der Affäre ziehen: ein paar Jahre mit Bewährung, mehr nicht. Befriedigt über den Ablauf des Nachmittags schickte sich Hauptmann Chaumont an, die Sache abzuschließen. Ich stand von meinem Stuhl auf, ging auf die Fenstertür zu. Es wurde dunkel: Ein paar Schafe beendeten ihren Tag. Auch sie sind dumm, vielleicht noch dümmer als Aïchas Bruder; aber in ihren Genen ist keine Gewaltreaktion programmiert. Am letzten Abend ihres Lebens blöken sie vor Aufregung, ihr Herzrhythmus beschleunigt sich, ihre Beine bewegen sich verzweifelt; dann fällt ein Schuß aus der Pistole, das Leben verläßt sie, und ihr Körper verwandelt sich in Fleischerware. Nachdem wir dem einen oder anderen die Hand geschüttelt hatten, gingen wir auseinander; Hauptmann Chaumont bedankte sich, daß ich gekommen war.

Ich sah Aïcha am folgenden Tag wieder; auf den Rat des Häusermaklers hin hatte ich beschlossen, das Haus vor den ersten Besichtigungen gründlich saubermachen zu lassen. Ich gab ihr die Schlüssel, dann begleitete sie mich zum Bahnhof von Cherbourg. Der Winter ergriff Besitz vom Bocage, Nebelmassen türmten sich über den Hecken. Zwischen ihr und mir war die Sache nicht einfach. Sie hatte die Sexualorgane meines Vaters kennengelernt, was leicht zu einer etwas unangebrachten Vertrautheit führen konnte. All das war im ganzen genommen ziemlich überraschend: Sie machte den Eindruck einer seriösen jungen Frau, und mein Vater hatte nichts von einem Verführer. Er muß wohl doch gewisse anziehende Züge, gewisse liebenswerte Seiten gehabt haben, die mir entgangen waren; tatsächlich hatte ich sogar Mühe, mich an seine Gesichtszüge zu erinnern. Die Männer leben nebeneinander wie die Rinder; es gelingt ihnen höchstens von Zeit zu Zeit, gemeinsam eine Flasche Schnaps zu kippen.

Aïchas VW hielt auf dem Bahnhofsvorplatz; mir war klar, daß es besser wäre, wenn ich ein paar Worte sagen würde, ehe wir auseinandergingen. »Also …«, sagte ich. Nach ein paar Sekunden wandte sie sich mit dumpfer Stimme an mich: »Ich habe vor, diese Gegend zu verlassen. Ich habe einen Freund, der mir einen Job als Kellnerin in Paris besorgen kann; ich setze meine Ausbildung dort fort. Meine Familie betrachtet mich sowieso als Hure.« Ich gab ein verständnisvolles Gemurmel von mir. »In Paris sind mehr Menschen …«, versuchte ich schließlich gequält mein Glück; sosehr ich mir auch den Kopf zerbrach, das war alles, was mir zu Paris einfiel. Diese äußerst magere Erwiderung schien sie nicht zu entmutigen. »Von meiner Familie habe ich nichts zu erwarten«, fuhr sie mit unterdrückter Wut fort. »Sie sind nicht nur arm, sondern außerdem noch blöd. Vor zwei Jahren hat mein Vater eine Pilgerreise nach Mekka gemacht; seither ist nichts mehr mit ihm anzufangen. Meine Brüder sind noch schlimmer: Sie unterstützten sich gegenseitig in ihrer Dummheit, besaufen sich mit Pastis und behaupten gleichzeitig, die Verfechter des wahren Glaubens zu sein; und sie erlauben sich, mich als Schlampe zu bezeichnen, weil ich Lust habe zu arbeiten, anstatt einen Idioten wie sie zu heiraten.«

»Ja, das stimmt, im großen und ganzen sind die Muslime nicht gerade berauschend …«, sagte ich verlegen. Ich nahm meine Reisetasche und öffnete die Tür. »Sie schaffen es bestimmt …«, murmelte ich ohne Überzeugung. In diesem Augenblick hatte ich eine Art Vision von den Migrationsströmen, die sich wie Blutgefäße durch Europa zogen; die Muslime tauchten wie Gerinnsel darin auf, die sich langsam auflösten. Aïcha blickte mich zweifelnd an. Die Kälte drang in den Wagen ein. Vom Kopf her gelang es mir, eine gewisse Anziehung für die Scheide muslimischer Frauen zu empfinden. Ein wenig gezwungen lächelte ich. Da lächelte auch sie, aber offener. Ich drückte ihr lange die Hand, spürte die Wärme ihrer Finger, ich drückte sie so lange, bis ich fühlte, wie das Blut sanft in der Höhlung des Handgelenks pochte. Ein paar Meter vom Auto entfernt drehte ich mich um und winkte ihr leicht zu. Immerhin hatte eine Begegnung stattgefunden; immerhin hatte sich schließlich etwas ereignet.

Als ich mich im Zugabteil niederließ, sagte ich mir, ich hätte ihr Geld geben sollen. Andererseits hätte sie das wahrscheinlich falsch ausgelegt. Seltsamerweise wurde mir in diesem Augenblick zum erstenmal bewußt, daß ich bald ein reicher Mann sein würde; na ja, ein relativ reicher Mann. Die Überweisung von den Konten meines Vaters war bereits erfolgt. Ansonsten hatte ich eine Autowerkstatt mit dem Verkauf des Wagens und einen Häusermakler mit dem des Hauses beauftragt; alles war sehr einfach vonstatten gegangen. Der Wert dieser Güter wurde durch die Gesetze des Marktes festgesetzt. Natürlich war da noch Verhandlungsspielraum: 10 % in beiden Fällen, mehr nicht. Der Steuersatz war ebenfalls kein Geheimnis: Man brauchte nur die sehr gut gemachten kleinen Broschüren lesen, die auf dem Finanzamt auslagen.

Vermutlich hatte mein Vater mehrfach daran gedacht, mich zu enterben; letztlich hatte er anscheinend darauf verzichtet. Er hatte sich wohl gesagt, daß es zu kompliziert war und zu viele Formalitäten erforderte, und das alles für ein unsicheres Ergebnis (denn es ist nicht einfach, seine Kinder zu enterben, das Gesetz bietet einem nur begrenzte Möglichkeiten: Die kleinen Drecksäcke versauen einem nicht nur das Leben, sondern anschließend profitieren sie auch noch von allem, was man unter Aufbietung größter Anstrengungen hat zur Seite schaffen können). Er hatte sich wohl vor allem gesagt, daß sich die Sache einfach nicht lohnte – denn was konnte ihn das schon kratzen, was nach seinem Tod geschah. So hatte er meiner Ansicht nach argumentiert. Wie dem auch sei, der alte Arsch war tot, und ich würde das Haus verkaufen, in dem er seine letzten Jahre verbracht hatte; ich würde ebenfalls den Toyota *Land Cruiser* verkaufen, der ihm dazu gedient hatte, Sechserpacks Evian aus dem Supermarkt Casino Géant in Cherbourg nach Hause zu bringen. Was hätte ich, der ich in der Nähe des Jardin des Plantes wohne, schon mit einem Toyota *Land Cruiser* anfangen sollen? Ich hätte mit Ricotta gefüllte Ravioli vom Markt in der Rue Mouffetard nach Hause bringen können, das war auch schon fast alles. Bei Erbschaft in direkter Linie ist die Erbschaftssteuer nicht sehr hoch – selbst wenn die Gefühlsbande ihrerseits nicht sehr stark gewesen sind. Nach Abzug der Steuern konnte ich etwa drei Millionen Franc dabei herausschlagen. Das entsprach etwa dem Fünfzehnfachen meines Jahresgehalts. Das entsprach auch dem, was ein unqualifizierter Arbeiter in Westeuropa im Laufe eines Arbeitslebens hoffen konnte zu verdienen; das war gar nicht so schlecht. Fürs erste war ich damit aus dem Schneider. Das war einen Versuch wert.

In ein paar Wochen würde ich sicherlich einen Brief von der Bank erhalten. Der Zug näherte sich Bayeux, ich konnte mir schon den Ablauf des Gesprächs vorstellen. Der gut geschulte Sachbearbeiter in meiner Zweigstelle würde einen hohen Saldo auf meinem Konto bemerken und den Wunsch zum Ausdruck bringen, sich einmal mit mir zu unterhalten – wer benötigt nicht irgendwann in seinem Leben einen *Anlageberater*? Ein wenig mißtrauisch würde ich einer sicheren Anlage den Vorzug geben wollen; er würde diese – so weit verbreitete – Reaktion mit einem leichten Lächeln quittieren. Die meisten unerfahrenen Investoren, das wußte er nur zu gut, legten größeren Wert auf die Sicherheit als auf die Rendite; im Kollegenkreis machten sie sich oft darüber lustig. Ich solle ihn nicht falsch verstehen: In Sachen Vermögensverwaltung verhielten sich ältere Leute wie blutige Anfänger. Was ihn angehe, wolle er sich bemühen, meine Aufmerksamkeit auf ein etwas anderes Vorgehen zu lenken – wobei er mir selbstverständlich genug Zeit lassen werde, um darüber nachzudenken. Wie wäre es, wenn ich zwei Drittel meines Guthabens in eine Anlage ohne böse Überraschungen, aber mit geringer Rendite investierte? Und das letzte Drittel für eine Anlage verwendete, die zwar etwas abenteuerlicher war, dafür aber eine echte Möglichkeit der Wertsteigerung bot? Nach mehrtägigem Nachdenken, das wußte ich, würde ich mich seinen Argumenten beugen. Er würde sich durch meine Zustimmung bestätigt fühlen und die Unterlagen mit einem Prickeln der Begeisterung vorbereiten – und unser Händedruck beim Abschied würde ausgesprochen herzlich ausfallen.

Ich lebte in einem Land, das durch einen sanften Sozialismus geprägt war, in dem der Besitz materieller Güter durch eine strenge Gesetzgebung garantiert und das Bankenwesen von hohen staatlichen Garantien untermauert war. Solange ich mich nicht außerhalb der Grenzen der Legalität bewegte, bestand keine Gefahr der Veruntreuung oder eines betrügerischen Bankrotts. Kurz gesagt, ich brauchte mir keine allzu großen Sorgen mehr zu machen. Ich hatte sie im übrigen nie wirklich kennengelernt: Nach einem ernsthaften, wenn auch nicht gerade glänzenden Studium hatte ich mich ziemlich schnell dem staatlichen Sektor zugewandt. Das war Mitte der achtziger Jahre gewesen, in den Anfängen der Modernisierung des Sozialismus, zu der Zeit, da der illustre Jack Lang die staatlichen Kulturinstitutionen mit Glanz und Gloria überhäufte; mein Anfangsgehalt war durchaus annehmbar gewesen. Dann war ich älter geworden und hatte ohne Unruhe den verschiedenen politischen Veränderungen beigewohnt. Ich war höflich, korrekt, wurde von meinen Kollegen und Vorgesetzten geschätzt; doch da mir ein herzlich-einnehmendes Wesen fehlt, ist es mir nicht gelungen, echte Freundschaften zu schließen. Die Dunkelheit legte sich schnell über die Umgebung von Lisieux. Warum hatte ich in meiner Arbeit nie eine ähnliche Leidenschaft entwickelt wie Marie-Jeanne? Warum hatte ich, ganz allgemein gesagt, nie eine wirkliche Leidenschaft in meinem Leben entwickelt?

Es vergingen noch ein paar Wochen, die mir auch keine Antwort darauf gaben. Am Vormittag des 23. Dezember fuhr ich dann mit dem Taxi nach Roissy.

3

Und jetzt stand ich allein, wie ein Vollidiot, ein paar Meter vor dem Schalter von *Nouvelles Frontières*. Es war ein Samstagmorgen in der Weihnachtszeit und der Flughafen Roissy wie gewöhnlich überfüllt. Sobald die Bewohner Westeuropas ein paar freie Tage haben, rasen sie ans andere Ende der Welt, fliegen um den halben Erdball und führen sich buchstäblich auf wie aus dem Zuchthaus Entflohene. Ein Tadel liegt mir fern; ich schicke mich an, das gleiche zu tun.

Meine Träume sind beschränkt. Wie alle Bewohner Westeuropas möchte ich *reisen*. Aber es gibt da gewisse Schwierigkeiten: die Sprachbarrieren, die schlecht organisierten öffentlichen Verkehrsmittel, die Gefahr, bestohlen oder übers Ohr gehauen zu werden. Um die Dinge beim Namen zu nennen: Mein Wunsch besteht im Grunde darin, *Tourismus* zu betreiben. Man träumt nur davon, was man sich leisten kann; und mein Traum besteht darin, endlos die »Rundreisen der Leidenschaft«, die »farbenfrohen Aufenthalte« und die »Freuden nach Wahl« aneinanderzureihen – um die Themen der drei Kataloge von *Nouvelles Frontières* aufzugreifen.

Mein Entschluß stand schnell fest: eine Rundreise; allerdings habe ich ziemlich lange gezögert zwischen »Rum und Salsa« (Code CUB CO 033, 16 Tage/14 Nächte, 11 250 Franc im Doppelzimmer, Aufpreis für Einzelzimmer: 1350 Franc) und »Tropic Thai« (Code THA CA 006, 15 Tage/13 Nächte, 9950 Franc im Doppelzimmer, Aufpreis für Einzelzimmer: 1175 Franc). Tatsächlich reizte mich Thailand mehr; aber Kuba hat den Vorteil, daß es eines der letzten kommunistischen Länder ist und in dieser Form vermutlich nicht mehr lange bestehen wird, also der Aspekt des baldigen Untergangs eines Regimes, ein gewisser politischer Exotismus usw. Schließlich habe ich mich für Thailand entschieden. Ich muß zugeben, daß der Werbetext für diese Reise geschickt aufgesetzt war und sich vorzüglich dazu eignete, die Durchschnittsseelen zu ködern:

»Eine organisierte Rundreise mit einem Hauch von Abenteuer, die Sie von den Bambuswäldern am River Kwai zur Insel Koh Samui führt, ehe sie nach einer herrlichen Fahrt quer über den Isthmus von Kra auf der Insel Koh Phi Phi auf der Höhe von Phuket endet. Eine ›coole‹ Reise in tropischer Umgebung.«

Um Punkt halb neun schlägt Jacques Maillot die Tür seines Hauses am Boulevard Blanqui im 13. Arrondissement hinter sich zu, steigt auf seinen Motorroller und durchquert die Hauptstadt von Osten nach Westen. Sein Ziel: der Firmensitz *Nouvelles Frontières* am Boulevard de Grenelle. Jeden zweiten Tag macht er unterwegs in drei oder vier von seinen Reisebüros halt: »Ich bringe die neuesten Kataloge mit, sammle die Post ein und mache mir ein Bild von der Stimmung, die dort herrscht«, erklärt dieser tatkräftige Boß, der stets mit einer unmöglichen, farbenprächtigen Krawatte ausstaffiert ist. Ein geeignetes Mittel, um die Angestellten aufzuputschen: »In den darauffolgenden Tagen gehen die Verkaufszahlen in diesen Büros schlagartig in die Höhe …«, erklärt er lächelnd. Offensichtlich noch seinem Charme erlegen, drückt die Journalistin von *Capital* ein paar Zeilen weiter ihre Verwunderung aus: Wer hätte 1967 schon voraussagen können, daß die kleine, von einer Handvoll antiautoritärer Studenten gegründete Gesellschaft einen solchen Aufstieg erleben würde? Gewiß nicht die Tausende von Demonstranten, die im Mai 68 vor dem ersten Büro von Nouvelles Frontières auf der Place Denfert-Rochereau in Paris vorbeimarschierten. »Wir waren haargenau an der richtigen Stelle, den Fernsehkameras gegenüber …«, erinnert sich Jacques Maillot, der ehemalige Pfadfinder und linke Katholik, der sich in der Studentenorganisation UNEF engagiert hatte. Es war der erste werbewirksame Coup des Unternehmens, dessen Name auf John F. Kennedys Reden über die »neuen Grenzen« Amerikas zurückgeht.

Als überzeugter Anhänger des Liberalismus hatte Jacques Maillot mit Erfolg das Monopol von Air France bekämpft, um den Luftverkehr zu demokratisieren. Die Odyssee seines Unternehmens, das in gut dreißig Jahren zum größten französischen Reiseveranstalter aufgestiegen war, faszinierte die Wirtschaftszeitschriften. So wie die FNAC und der Club Méditerranée symbolisierte Nouvelles Frontières – dessen Entstehung mit den Anfängen der Freizeitgesellschaft zusammenfällt – ein neues Gesicht des modernen Kapitalismus. Im Jahr 2000 war die Tourismusindustrie vom Umsatz her erstmals zum wichtigsten Wirtschaftssektor der Welt aufgestiegen. Auch wenn *Tropic Thai* nur eine durchschnittliche körperliche Verfassung voraussetzte, wurde sie den »Abenteuerreisen« zugerechnet: unterschiedliche Kategorien der Unterbringung während der Reise (einfach, Standard, Hotels der ersten Kategorie); Anzahl der Teilnehmer auf zwanzig begrenzt, um einen besseren Zusammenhalt der Gruppe zu gewährleisten. Ich sah, wie sich zwei hübsche schwarze Miezen mit Rucksäcken näherten, und gab mich der Hoffnung hin, daß sie die gleiche Rundreise gewählt hatten; dann senkte ich den Blick und holte meine Reiseunterlagen ab. Der Flug dauerte gut elf Stunden.

Wenn man heutzutage das Flugzeug nimmt, egal mit welcher Fluggesellschaft und mit welchem Bestimmungsort, bedeutet das, daß man während der ganzen Flugdauer wie der letzte Dreck behandelt wird. Zusammengekauert in einem unzureichenden, ja lächerlich engen Sitz, den man nicht verlassen kann, ohne alle seine Nachbarn zu belästigen, wird man von vornherein mit einer Reihe von Verboten empfangen, die die Stewardessen mit verlogenem Lächeln vorbringen. Kaum ist man an Bord, besteht ihr erster Handgriff darin, Ihnen Ihre persönlichen Sachen abzunehmen, um sie in der Gepäckablage zu verstauen – zu der Sie bis zur Landung unter keinem Vorwand mehr Zugang haben. Während der gesamten Flugdauer lassen sie sich alle nur erdenklichen Schikanen einfallen und hindern Sie daran, sich frei zu bewegen und überhaupt irgendwelche Tätigkeiten auszuführen, bis auf jene, die einer begrenzten Liste von Dingen angehören: das Trinken von Sodawasser, das Ansehen von amerikanischen Videofilmen, der Kauf von Duty-Free-Artikeln. Das ständige Gefühl der Gefahr, das durch die in allen Köpfen präsenten Bilder von Flugzeugabstürzen gespeist wird, und die erzwungene Unbeweglichkeit auf begrenztem Raum erzeugen solchen Streß, daß während bestimmter Langstreckenflüge schon mehrere Fluggäste einem Herzinfarkt erlegen sind. Das Bordpersonal setzt alles daran, diesen Streß so hoch wie möglich zu halten, indem es den Passagieren verbietet, ihn mit den üblichen Mitteln zu bekämpfen. Zu dem Entzug von Zigaretten und Lektüre kommt immer häufiger noch der Entzug von Alkohol hinzu. Gott sei Dank führen diese Giftziegen noch keine *Leibesvisitation* durch; als erfahrener Fluggast hatte ich mich folglich mit einem kleinen Überlebensset versorgt: einigen Nicotinell 17,5 mg, einer Schachtel Schlaftabletten und einem Flachmann mit Southern Comfort. In dem Augenblick, da wir die ehemalige DDR überflogen, versank ich in dumpfen Schlaf.

Ich wurde von einem Gewicht auf meiner Schulter und einem warmen Atem geweckt. Ohne allzu große Rücksicht richtete ich meinen linken Sitznachbarn wieder auf: Er gab ein leises Grunzen von sich, öffnete aber nicht die Augen. Er war ein langer Kerl um die Dreißig mit hellbraunem Haar und einem Topfschnitt; er wirkte weder sehr unsympathisch noch sehr intelligent. Eingehüllt in die weiche blaue Wolldecke, die die Fluggesellschaft zur Verfügung stellt, und mit seinen breiten Arbeiterhänden, die er auf die Knie gelegt hatte, machte er sogar einen eher rührenden Eindruck. Ich hob das Taschenbuch auf, das ihm vor die Füße gefallen war: ein beschissener angelsächsischer Bestseller eines gewissen Frederic Forsyth. Ich hatte schon ein Buch von diesem Idioten gelesen, das von dick aufgetragenen Huldigungen an Margaret Thatcher und haarsträubenden Darstellungen der UdSSR als *Reich des Bösen* wimmelte. Ich fragte mich, wie er sich nach dem Fall der Berliner Mauer aus der Affäre gezogen hatte. Ich blätterte sein neues Opus durch: Anscheinend fiel jetzt die Rolle der Bösewichter den *Rot-Braunen* sowie den serbischen Nationalisten zu; endlich mal einer, der das Zeitgeschehen verfolgte! Seine Lieblingsfigur, der Langweiler Jason Monk, war inzwischen ins Lager des CIA übergewechselt, der sich zu diesem Anlaß mit der tschetschenischen Mafia verbündet hatte. Na, sagte ich mir, als ich das Buch meinem Nachbarn wieder auf die Knie legte, die Moral der angelsächsischen Bestsellerautoren ist ja wirklich klasse! Das Lesezeichen bestand aus einem zweifach gefalteten Blatt Papier, in dem ich das Schreiben von Nouvelles Frontières wiedererkannte: Ich hatte also mit meinem ersten Reisegefährten Bekanntschaft gemacht. Ein braver Kerl, da war ich mir sicher, der bestimmt nicht so egozentrisch und neurotisch war wie ich. Ich warf einen Blick auf den Videobildschirm, auf dem man die Flugdaten verfolgen konnte: Wir hatten vermutlich Tschetschenien schon hinter uns gelassen, wenn wir das Land überhaupt überflogen hatten; die Außentemperatur betrug minus 53 ° C, die Flughöhe 10 143 Meter, die örtliche Zeit 00:27 h. Eine Karte ersetzte jetzt diese Angaben: Wir würden gleich Afghanistan überfliegen. Durch die Fenster sah man natürlich nur die undurchdringliche Finsternis. Die Taliban dürften jetzt sowieso schon schlafen und sich in ihrem Dreck suhlen. »Gute Nacht, Taliban, gute Nacht … träumt was Schönes …«, murmelte ich, ehe ich eine zweite Schlaftablette hinunterschluckte.

4

Das Flugzeug landete morgens gegen fünf Uhr auf dem Flughafen von Don Muang. Ich hatte Mühe, wach zu werden. Mein linker Nachbar war bereits aufgestanden und wartete ungeduldig in der Schlange, die sich vor dem Ausgang des Flugzeugs gebildet hatte. Auf dem Gang, der zur Ankunftshalle führte, verlor ich ihn bald aus den Augen. Ich hatte weiche Knie, einen trockenen Mund und heftiges Ohrensausen.

Kaum hatte ich die selbsttätig öffnenden Türen hinter mir, umschloß mich die Hitze wie ein Mund. Es herrschte eine Temperatur von mindestens 35° C. Die Hitze in Bangkok hat die Besonderheit, daß sie gewissermaßen »fettig« ist, vermutlich aufgrund der Luftverschmutzung; wenn man sich längere Zeit draußen aufgehalten hat, wundert man sich jedesmal, daß man nicht mit einer dünnen Schicht industrieller Rückstände bedeckt ist. Es dauerte etwa dreißig Sekunden, bis ich meinen Atem angepaßt hatte. Ich bemühte mich, nicht den Anschluß an die thailändische Reiseleiterin zu verlieren, die mir, obwohl ich sie noch kaum zu Gesicht bekommen hatte, zurückhaltend und wohlerzogen vorkam – aber viele Thailänderinnen rufen diesen Eindruck hervor. Mein Rucksack schnitt mir in die Schultern; es war ein *Lowe Pro Himalaya Trekking*, das teuerste Modell, das ich bei *Le Vieux Campeur* gefunden hatte, mit lebenslanger Garantie. Es war ein eindrucksvolles Ding, stahlgrau, mit Karabinerhaken, Spezialklettverschlüssen – ein von der Firma angemeldetes Patent – und Reißverschlüssen, die bis zu einer Temperatur von minus 65° C funktionierten. Sein Fassungsvermögen war leider sehr begrenzt: ein paar Shorts und T-Shirts, eine Badehose, Spezialschuhe, mit denen man auf Korallen laufen konnte (125 Franc bei *Le Vieux Campeur*), ein Reisenecessaire, das die im *Guide du Routard* als unentbehrlich bezeichneten Medikamente enthält, ein Camcorder JVC HRD-9600 MS mit den dazugehörigen Batterien und Ersatzkassetten, und zwei amerikanische Bestseller, die ich auf gut Glück im Flughafen gekauft hatte.

Der Bus von Nouvelles Frontières stand etwa hundert Meter entfernt. Im Inneren des schweren Fahrzeugs – ein Mercedes M-800 mit 64 Sitzplätzen – lief die Klimaanlage auf vollen Touren, man hatte den Eindruck, in eine Gefriertruhe zu steigen. Ich setzte mich in der Mitte des Busses auf einen Fensterplatz; ich bemerkte verschwommen ein knappes Dutzend weiterer Fahrgäste, unter ihnen meinen Nachbarn aus dem Flugzeug. Niemand setzte sich neben mich. Ich hatte offensichtlich die erste Gelegenheit verpaßt, mich in die Gruppe zu integrieren; außerdem bestanden große Chancen, daß ich mir einen ordentlichen Schnupfen holen würde.

Es war noch vor Tagesanbruch, aber auf der sechsspurigen Autobahn, die ins Zentrum von Bangkok führte, herrschte bereits dichter Verkehr. Wir fuhren an Hochhäusern aus Stahl und Glas und hin und wieder an Bauten aus massivem Beton vorbei, die an Sowjetarchitektur erinnerten. Es handelte sich um den Firmensitz von Banken, große Hotels und – zumeist japanische – Elektronikfirmen. Nach der Abzweigung in Richtung Chatuchak hatte man von der Autobahn einen Blick auf die Ringstraßen, die die Stadtmitte einkreisten. Hinter den erleuchteten Hotels konnte man nach und nach, umgeben von unbebautem Gelände, Gruppen von kleinen Häusern mit Wellblechdächern erkennen. Von Neonlicht erleuchtete Garküchen auf Rädern boten Suppe und Reis feil; man sah die dampfenden Kochtöpfe aus Weißblech. Der Bus verlangsamte ein wenig die Geschwindigkeit, um die Ausfahrt *New Petchaburi Road* zu nehmen. Einen

Augenblick lang sahen wir ein Autobahnkreuz mit gespenstischen Umrissen, dessen Asphaltspiralen mitten am Himmel zu hängen schienen und von den Scheinwerferbatterien einer Flugschneise erleuchtet waren; nach einer langen Kurve gelangte der Bus auf die Schnellstraße.

Das *Bangkok Palace Hotel* gehörte zu einer Kette, die den *Mercure*-Hotels nahestand und die, was Verpflegung und Unterbringung betraf, sich auf die gleichen Werte berief; das entnahm ich einer Broschüre, die ich in der Lobby studierte, während ich darauf wartete, daß sich die Situation klärte. Es war kurz nach sechs Uhr morgens – Mitternacht in Paris, dachte ich völlig ohne Grund –, aber die Halle war schon sehr belebt und der Frühstücksraum gerade geöffnet worden. Ich setzte mich auf eine Bank; ich war ziemlich benommen, hatte immer noch starkes Ohrensausen und bekam allmählich Bauchschmerzen. An ihrer wartenden Haltung gelang es mir, einige Mitglieder der Gruppe wiederzuerkennen. Zwei junge Frauen von etwa fünfundzwanzig Jahren, *Supergirls* mit tollen Kurven, ließen einen verächtlichen Blick über die Anwesenden gleiten. Ein Ehepaar im Ruhestand – den Mann konnte man als *temperamentvoll*, die Frau eher als trübsinnig bezeichnen – betrachtete dagegen geradezu verzückt die Innenausstattung des Hotels, die aus Spiegeln, Goldverzierungen und Lüstern bestand. In den ersten Stunden des Gruppenlebens bemerkt man im allgemeinen nur eine *phatische Geselligkeit*, die durch die Verwendung floskelhafter Sätze und den zurückhaltenden emotionalen Einsatz gekennzeichnet ist. Edmunds und White* zufolge läßt sich die Bildung von Kleingruppen erst bei dem ersten Ausflug, manchmal bei der ersten gemeinsam eingenommenen Mahlzeit erkennen.

Ich zuckte zusammen, war am Rande der Ohnmacht und zündete mir eine Zigarette an, um mich wieder in die Gewalt zu

* Sightseeing tours: a sociological approach, *Annals of Tourism Research*, Vol. 23, S. 213–227, 1998.

bekommen: Diese Schlaftabletten waren wirklich zu stark, mir wurde davon übel; aber von den Tabletten, die ich bis dahin genommen hatte, konnte ich nicht mehr einschlafen: Es gab keine ideale Lösung. Das Rentnerehepaar drehte sich langsam um die eigene Achse, ich hatte den Eindruck, daß der Mann sich ziemlich in Positur warf; in Erwartung eines Menschen, mit dem sie sich austauschen konnten, ließen sie ein potentielles Lächeln über ihre Umgebung gleiten. Sie waren wahrscheinlich in ihrem früheren Leben kleine Kaufleute gewesen; das war die einzig denkbare Hypothese. Einer nach dem anderen gingen die Mitglieder der Gruppe nach dem Aufruf ihres Namens auf die Reiseleiterin zu, erhielten ihren Schlüssel und fuhren zu ihrem Zimmer hinauf – anders gesagt, sie gingen auseinander. Wir hätten die Möglichkeit, sofort zu frühstücken, wie die Reiseleiterin mit wohlklingender Stimme sagte; wir könnten uns aber auch in unserem Zimmer ausruhen, das stehe jedem frei. Wie dem auch sei, der Treffpunkt für den Besuch der *klongs* sei um vierzehn Uhr in der Lobby.

Die Fensterwand meines Zimmers ging direkt auf die Schnellstraße hinaus. Es war halb sieben. Es herrschte starker Verkehr, aber durch die Doppelscheiben drang nur ein leises Rauschen. Die nächtliche Beleuchtung war erloschen, und die Sonne spiegelte sich noch nicht in den Gebäuden aus Stahl und Glas wieder; um diese Tageszeit war die Stadt grau. Ich bestellte beim Zimmerservice einen doppelten Espresso, den ich mit einer Tablette Paracetamol, einer Togal und einer doppelten Dosis Meditonsin hinuntergoß; dann legte ich mich ins Bett und versuchte, die Augen zu schließen.

Formen bewegten sich langsam in einem begrenzten Raum, sie erzeugten einen tiefen Summton; es handelte sich vielleicht um Baufahrzeuge oder riesige Insekten. Im Hintergrund stand ein kleiner Mann, der mit einem Krummschwert bewaffnet war und vorsichtig die Schärfe der Klinge prüfte; er trug einen weißen Turban und eine weiße Pluderhose. Plötzlich wurde die

Atmosphäre rot und klebrig, fast flüssig. An dem tropfenförmigen Beschlag, der sich vor meinen Augen bildete, merkte ich, daß mich eine Scheibe von der Szene trennte. Der Mann lag jetzt auf der Erde, wurde von einer unsichtbaren Kraft gelähmt. Die Baufahrzeuge, mehrere Löffelbagger und eine kleine Planierraupe, umkreisten den Mann. Die Löffelbagger erhoben ihre beweglichen Arme und ließen ihre Tieflöffel gleichzeitig auf den Mann hinuntersausen, dessen Körper dadurch in sieben oder acht Teile gehackt wurde; sein Kopf schien jedoch weiterhin von einer dämonischen Lebendigkeit beseelt zu sein, ein boshaftes Lächeln verzog immer noch sein bärtiges Gesicht. Dann näherte sich die Planierraupe und überfuhr den Mann, so daß sein Kopf wie ein Ei zerplatzte; ein Strahl aus Gehirnmasse und zermalmten Knochen spritzte wenige Zentimeter von meinem Gesicht entfernt auf die Scheibe.

5

Im großen und ganzen ist der Tourismus auf seiner Suche nach Sinn mit der spielerischen Geselligkeit, die er begünstigt, und den Bildern, die er hervorbringt, ein abgestuftes, kodiertes, angstfreies Erkenntnissystem der Außenwelt und der Andersartigkeit.

Rachid Amirou

Ich wachte gegen Mittag auf, die Klimaanlage erzeugte einen tiefen Summton; meine Kopfschmerzen hatten etwas nachgelassen. Ich lag quer auf dem *king size*-Bett und machte mir Gedanken über den Ablauf der Rundreise und alles, was dabei auf dem Spiel stand. Die bis dahin noch nicht formierte Gruppe würde sich in eine lebendige Gemeinschaft verwandeln; bereits an diesem Nachmittag mußte ich mich positionieren und schon die ersten Shorts für den Ausflug auf die *klongs* auswählen. Ich entschied mich für ein halblanges, nicht zu eng anliegendes Modell aus blauem Jeansstoff, das ich durch ein T-Shirt mit dem Aufdruck *Radiohead* vervollständigte; dann stopfte ich ein paar Sachen in den Rucksack. Im Badezimmerspiegel betrachtete ich mich mit Abscheu: Mein verkrampftes Bürokratengesicht stand im krassen Gegensatz zu meiner Aufmachung. Ich glich letztlich genau dem, was ich war: ein Beamter um die Vierzig, der versuchte, sich für die Dauer der Ferien als junger Mann zu verkleiden; es war deprimierend. Ich ging ans Fenster und zog die Vorhänge weit auf. Vom 27. Stock aus war der Anblick berauschend. Die eindrucksvolle Masse des Hotels Mariott erhob sich links wie ein Kreidefelsen, der durch die halb hinter den Balkons versteckten Fensterreihen mit schwarzen horizontalen Streifen überzogen war. Das Licht der im Zenit stehenden Sonne ließ die Flächen und Kanten scharf hervortreten. Direkt vor mir sah ich komplexe Strukturen aus Pyramiden und Kuppeln aus bläulichem Glas, auf denen das Licht endlose Spiegelungen hervorrief. Am Horizont überlagerten sich die gigantischen Betonklötze des *Grand Plaza President* wie die Schichten einer Stufenpyramide. Rechts über der zitternden grünen Oberfläche des Lumphini Park konnte man die eckigen Türme des Dusit Thani erkennen, das wie eine ockerfarbene Zitadelle wirkte. Der Himmel war tiefblau. Ich trank langsam ein Singha Gold und sann über den Begriff des Unwiderruflichen nach.

Unten führte die Reiseleiterin eine Art Aufruf durch, um die *breakfast coupons* zu verteilen. Ich erfuhr dabei, daß die beiden Supergirls mit Vornamen Babette und Léa hießen. Babette hatte blonde Locken, allerdings keine *Naturkrause*, sondern vermutlich eher künstlich gelocktes Haar; sie hatte schöne Brüste, die geile Sau, die durch ihre ziemlich durchsichtige Bluse – vermutlich ein bedrucktes Ethno-Modell von *Les Trois Suisses* – gut zu sehen waren. Ihre Hose, aus dem gleichen gemusterten Stoff, war genauso durchsichtig; man konnte deutlich ihren Slip aus weißer Spitze erkennen. Léa war dunkelhaarig und ziemlich dünn; sie glich das durch einen schön gewölbten Hintern aus, den ihre schwarzen Leggings gut zur Geltung brachten, und durch aggressive Brüste, deren Spitzen sich auf dem knappen hellgelben Oberteil deutlich abzeichneten. Ein winziger Diamant schmückte ihren kleinen Bauchnabel. Ich starrte die beiden Schnepfen sehr aufmerksam an, um sie für immer zu vergessen.

Die Verteilung der Coupons ging weiter. Sôn, die Reiseleiterin, rief alle Teilnehmer beim Vornamen auf; das machte mich wahnsinnig. Wir waren *Erwachsene*, verdammt noch mal. Ich schöpfte einen Augenblick wieder Hoffnung, als sie die Senioren mit »Monsieur und Madame Lobligeois« ansprach; aber sie fügte sogleich mit einem entzückten Lächeln hinzu: »Josette und René.« Das war erstaunlich, stellte sich aber als zutreffend heraus. »Ich heiße René«, bestätigte der Rentner, ohne sich wirklich an jemanden zu wenden. »So ein Mist …«, brummte ich. Seine Frau warf ihm einen gelangweilten Blick zu, der wohl bedeutete: »Sei still, René, du fällst den anderen auf die Nerven!« Plötzlich ging mir auf, an wen er mich erinnerte: an die Figur des »Nimmersatt« in der Bahlsenreklame. Vielleicht war er das übrigens. Ich wandte mich direkt an seine Frau: Ob sie früher als Schauspieler in Nebenrollen aufgetreten seien. Ganz und gar nicht, klärte sie mich auf, sie hätten eine Metzgerei gehabt. Ach so, das paßte auch ganz gut. Dieser lebenslustige Kerl war also Metzger gewesen (in Clamart, wie seine Frau hinzusetzte) und hatte früher seine Scherze und Geistesblitze in einem bescheidenen Laden vor einer Kundschaft aus einfachen Leuten zum Besten gegeben.

Anschließend kamen zwei weitere, eher unauffällige Paare, die eine dunkle Bruderschaft zu verbinden schien. Waren sie schon zusammen losgefahren? Hatten sie sich beim *breakfast* kennengelernt? In diesem Stadium der Reise war alles möglich. Das erste Paar war zugleich das unsympathischste. Der Mann ähnelte ein wenig dem Altöko Antoine Waechter als junger Mann, wenn man sich so etwas überhaupt vorstellen konnte; allerdings mit dunklerem Haar und sorgfältig gestutztem Bart; eigentlich ähnelte er doch kaum Antoine Waechter, sondern eher Robin Hood, hatte aber zugleich etwas Schweizerisches oder besser gesagt etwas von einem Jura-Stämmigen. Um es ganz genau zu sagen, war es völlig egal, ob er jemandem ähnelte oder nicht, denn er machte wirklich einen saublöden Eindruck. Ganz zu schweigen von seiner Frau, einer ernsten braven Milchkuh in einer Latzhose. Es war unwahrscheinlich, daß sich diese beiden nicht schon fortgepflanzt hatten, dachte ich; vermutlich hatten sie das Kind bei ihren Eltern in Lons-le-Saulnier gelassen. Das zweite Paar, schon etwas älter, rief weniger diesen Eindruck großer Gelassenheit hervor. Der schnurrbärtige magere, nervöse Mann stellte sich mir als Naturheilpraktiker vor; angesichts meiner Unwissenheit erklärte er, daß er mit Hilfe von Pflanzen oder anderen möglichst natürlichen Mitteln heile. Seine Frau, klein und hager, arbeitete im Sozialbereich, bei der Wiedereingliederung von irgendwelchen elsässischen Jugendlichen, die zum erstenmal straffällig geworden waren; sie sahen aus, als hätten sie seit dreißig Jahren nicht mehr gevögelt. Der Mann schien bereit, sich mit mir über die Wirksamkeit der Naturheilkunde zu unterhalten; ich setzte mich jedoch noch ein wenig benommen von diesem ersten Austausch auf eine Bank in der Nähe. Von dort aus konnte ich die letzten drei Teilnehmer nur schlecht erkennen, da sie von dem Metzgerehepaar halb verdeckt wurden. Ein etwas spießiger Mann um die Fünfzig namens Robert mit einem seltsam harten Gesichtsausdruck; eine etwa gleichaltrige Frau mit schwarzen Locken und einem bösen und zugleich besonnenen, weichen Gesicht, die mit Vornamen Josiane hieß; und schließlich eine eher unscheinbare jüngere Frau, die vermutlich kaum älter als siebenundzwanzig war, Josiane mit einer Haltung hündischer Unterwerfung folgte und Valérie mit Vornamen hieß. Na gut, ich würde ja noch Gelegenheit haben, auf diese Leute zurückzukommen; ich würde mehr als genug Gelegenheit haben, auf sie zurückzukommen, sagte ich mir finster, während ich zum Bus ging. Ich bemerkte, daß Sôn immer noch auf ihre Passagierliste starrte. Ihr Gesicht war angespannt, auf ihren Lippen bildeten sich ungewollt Worte; man merkte ihr eine gewisse Furcht, fast Bestürzung an. Die Gruppe bestand, wie sich beim Zählen herausstellte, aus dreizehn Personen; und die Thais sind manchmal sehr abergläubisch, stärker noch als die Chinesen: In den Stockwerken der Hochhäuser und bei den Hausnummern ist es durchaus üblich, daß man von zwölf direkt auf vierzehn springt, nur um zu vermeiden, die Zahl dreizehn zu nennen. Ich setzte mich links in die Mitte des Busses. Die Leute markieren bei solchen Gruppenfahrten sehr schnell ihren persönlichen Bereich: Will man seine Ruhe haben, muß man daher sehr früh seinen Platz besetzen, ihn nicht wechseln und vielleicht ein paar persönliche Gegenstände drauflegen; ihn gewissermaßen aktiv bewohnen.

Zu meiner großen Überraschung setzte sich Valérie neben mich, obwohl der Bus dreiviertelleer war. Zwei Reihen hinter uns machten Babette und Léa ein paar spöttische Bemerkungen. Diese Zicken sollten besser ihre Schnauze halten. Ich richtete meine Aufmerksamkeit unauffällig auf die junge Frau: Sie hatte langes schwarzes Haar, ein Gesicht, wie soll ich sagen, ein Gesicht, das man als *bescheiden* bezeichnen konnte; genaugenommen weder schön noch häßlich. Nach kurzem, aber scharfem Nachdenken brachte ich mühsam heraus: »Ist Ihnen nicht zu warm?« »Nein, nein, im Bus geht's«, erwiderte sie sehr schnell, ohne zu lächeln, sondern nur erleichtert, daß ich ein Gespräch mit ihr angefangen hatte. Dabei war mein Satz bemerkenswert dumm: In Wirklichkeit war es in diesem Bus saukalt. »Waren Sie schon einmal in Thailand?« knüpfte sie auf treffende Weise an. »Ja, einmal.« Sie verharrte in erwartungsvoller Haltung, bereit, einem interessanten Bericht zu lauschen. Sollte ich ihr von meiner letzten Reise erzählen? Vielleicht nicht sofort. »Das war schön ...«, sagte ich schließlich und legte eine gewisse Wärme in die Worte, um ihre Banalität auszugleichen. Sie nickte befriedigt. Da begriff ich, daß diese junge Frau in keiner Weise Josiane unterworfen war: Sie war einfach *schlechthin* unterwürfig und vielleicht durchaus bereit, sich einen neuen Herrn und Meister zu suchen; sie hatte vielleicht schon genug von Josiane – die zwei Reihen vor uns saß, wütend in ihrem *Guide du Routard* blätterte und uns böse Blicke zuwarf. *Romance, romance.*

Kurz nach dem Payab Ferry Pier bog das Boot nach rechts in den Klong Samsen ein, und schon waren wir in einer anderen Welt. Das Leben hatte sich hier seit dem letzten Jahrhundert kaum verändert. Pfahlbauten aus Teakholz säumten den Kanal; Wäsche trocknete unter den Vordächern. Frauen kamen ans Fenster, um zuzusehen, wie wir vorbeifuhren; andere hielten mitten beim Wäschewaschen inne. Kinder badeten prustend zwischen den Pfählen, sie winkten uns lebhaft zu. Die Vegetation war allgegenwärtig; unsere Piroge bahnte sich einen Weg durch einen dichten Teppich aus Seerosen und Lotusblumen, überall herrschte intensives, sprühendes Leben. Jeder freie Flekken Erde, Luft oder Wasser schien sogleich von Schmetterlingen, Eidechsen oder Karpfen in Beschlag genommen zu werden. Wir seien jetzt mitten in der Trockenzeit, erklärte Sôn; dennoch war die Atmosphäre ungemein feucht, unglaublich schwül.

Valérie saß neben mir; sie schien von einer tiefen inneren Ruhe erfüllt zu sein. Sie winkte pfeiferauchenden alten Männern auf Balkonen zu, badenden Kindern, Frauen, die die Wäsche wuschen. Die Ökofreaks aus dem Jura wirkten ebenfalls besänftigt; selbst die Naturheilpraktiker machten einen ziemlich ruhigen Eindruck. Ringsherum hörten wir nur leise Laute, sahen wir nur lächelnde Gesichter. Valérie wandte sich mir zu. Ich hatte beinah Lust, ihre Hand zu ergreifen; ohne bestimmten Grund unterließ ich es. Das Boot bewegte sich nicht mehr: Wir verharrten in der kurzen Ewigkeit eines glücklichen Nachmittags; selbst Babette und Léa schwiegen. Sie hatten abgehoben, um den Ausdruck zu verwenden, den Léa später auf dem Anlegesteg gebrauchte.

Während wir den Tempel der Morgenröte besichtigten, nahm ich mir vor, in einer offenen Apotheke Viagra zu kaufen. Auf dem Rückweg erfuhr ich, daß Valérie Bretonin war und daß ihre Eltern einen Bauernhof in der Gegend von Tréméven besessen hatten; ich selbst wußte nicht recht, was ich ihr sagen sollte. Sie machte einen intelligenten Eindruck, aber ich hatte keine Lust, ein intelligentes Gespräch zu führen. Mir gefiel ihre sanfte Stimme, ihr verhaltener katholischer Eifer, ihre Lippenbewegungen, wenn sie sprach; sie hatte bestimmt einen herrlich warmen Mund, der bereit war, den Samen eines echten Freundes hinunterzuschlucken. »Das war ein schöner Nachmittag …«, sagte ich schließlich verzweifelt. Ich hatte mich zu weit von meinen Mitmenschen entfernt, zu lange allein gelebt, ich wußte nicht mehr, wie man die Sache anfing. »O ja, ein schöner Nachmittag ...«, erwiderte sie; sie stellte keine hohen Ansprüche, sie war wirklich ein nettes Mädchen. Dennoch eilte ich in die Bar, sobald der Bus wieder am Hotel ankam.

Drei Cocktails später begann ich, meine Haltung zu bereuen. Ich ging in die Lobby. Es war neunzehn Uhr; aus der Gruppe war noch niemand da. Für vierhundert Baht konnte, wer wollte, an einem Diner mit »traditionellen Thai-Tänzen« teilnehmen; die Veranstaltung begann um zwanzig Uhr. Valérie würde sicherlich hingehen. Ich dagegen hatte bereits einen kleinen Einblick in diese traditionellen Thai-Tänze erhalten, als ich drei Jahre zuvor an einer von Kuoni veranstalteten Rundreise *Thailand classic*, von der »*Rose des Nordens*« bis zur »*Stadt der Engel*«, teilgenommen hatte. Nicht schlecht übrigens, aber ein bißchen teuer und von entsetzlich hohem kulturellen Niveau, alle Teilnehmer hatten mindestens acht Semester Uni auf dem Buckel. Die zweiunddreißig Stellungen des Buddhas in der Ratanakosin-Bildhauerkunst, der Birmanisch-thai-, der Khmer-thai-, der Thai-thai-Stil, nichts entging ihnen. Ich war erschöpft von der Reise wiedergekommen und hatte mich die ganze Zeit lächerlich gefühlt ohne den *Guide Bleu*. Aber jetzt hatte ich erst mal richtig Lust zu vögeln. In einem Zustand zunehmender Unentschlossenheit ging ich in der Lobby auf und ab, bis ich plötzlich ein Schild *Health Club* entdeckte, das auf das untere Geschoß verwies.

Der Eingang war von roten Neonröhren und einer Lichterkette aus bunten Glühbirnen erhellt. Auf einer Leuchtreklame mit weißem Untergrund hielten drei bikinibekleidete Sirenen mit etwas übertriebenen Brüsten dem potentiellen Besucher Champagnergläser entgegen, ein stark stilisierter Eiffelturm zeichnete sich in der Ferne ab; jedenfalls war es ein etwas anderes Konzept als die »Fitneßräume« der Hotelkette Mercure.

Ich ging hinein und bestellte an der Bar einen Bourbon . Mehr als zehn Mädchen drehten hinter der Glasscheibe den Kopf in meine Richtung; manche mit einem aufreizenden Lächeln, andere ohne die Miene zu verziehen. Ich war der einzige Kunde. Obwohl es nur ein kleines Etablissement war, trugen die Mädchen numerierte Abzeichen. Meine Wahl fiel sehr schnell auf Nummer 7: Zum einen, weil sie hübsch war, und zum anderen, weil sie dem Fernsehprogramm keine allzu große Aufmerksamkeit zu widmen schien und auch nicht in eine anregende Unterhaltung mit ihrer Nachbarin verwickelt war. Als ihr Name aufgerufen wurde, erhob sie sich tatsächlich mit sichtlicher Zufriedenheit. Ich lud sie zu einer Cola an der Bar ein, dann zogen wir uns aufs Zimmer zurück. Sie hieß Oôn, zumindest hatte ich das verstanden, und sie kam aus dem Norden des Landes – aus einem kleinen Dorf in der Nähe von Chiang Mai. Sie war neunzehn.

Nachdem wir gemeinsam ein Bad genommen hatten, legte ich mich auf eine mit Seifenschaum bedeckte Matratze; ich begriff sofort, daß ich meine Wahl nicht bereuen würde. Oôn bewegte sich sehr gut, war sehr gelenkig; sie hatte genau die richtige Menge an Seife benutzt. An einem bestimmten Moment streichelte sie mit ihren Brüsten lange meinen Hintern; das war eine persönliche Initiative, das taten nicht alle Mädchen. Ihre gut eingeseifte Möse rieb meine Waden wie eine kleine harte Bürste. Zu meiner leichten Überraschung bekam ich sofort einen Ständer; als sie mich umdrehte und anfing, mein Geschlechtsteil mit ihren Füßen zu streicheln, glaubte ich sogar, ich würde mich nicht zurückhalten können. Nur dadurch, daß ich mit einer großen Anstrengung plötzlich die Streckmuskeln der Schenkel spannte, gelang es mir.

Als sie über mich aufs Bett kletterte, glaubte ich, ich könne noch lange durchhalten; aber ich mußte schnell klein beigeben. Auch wenn sie noch sehr jung war, wußte sie sich ihrer Möse zu bedienen. Sie nahm mich erst sehr sanft mit kleinen Kontraktionen an der Eichel; dann ging sie mehrere Zentimeter tiefer und übte dabei einen deutlich zu spürenden Druck auf meinen Schwanz aus. »O nein, Oôn, o nein!« rief ich. Zufrieden über ihre Macht lachte sie laut auf, dann ging sie immer tiefer und zog die Scheidenmuskeln mit langen, starken Kontraktionen zusammen; gleichzeitig blickte sie mir sichtlich belustigt in die Augen. Ich kam, lange bevor sie die Wurzel meines Glieds erreicht hatte.

Anschließend blieben wir noch eine Weile eng umschlungen auf dem Bett liegen und plauderten; sie habe nicht viele Kunden, sagte sie, es sei eher ein Hotel für Gruppen in der Endphase ihrer Reise, unbescholtene Leute, die sich praktisch für nichts mehr interessierten. Es seien viele Franzosen darunter, aber nur wenige schienen die *body massage* zu schätzen. Diejenigen, die zu ihnen kämen, seien nett, aber es kämen vor allem Deutsche und Australier. Auch ein paar Japaner, aber die möge sie nicht, die seien seltsam, sie wollten einen immer schlagen oder fesseln; oder aber sie blieben dort und onanierten, wobei sie einem auf die Schuhe starrten; das sei völlig uninteressant.

Was sie von mir halte? Nicht schlecht, aber sie hätte sich gewünscht, daß ich ein bißchen länger durchgehalten hätte. »*Much need* ...«, sagte sie und schüttelte dabei sanft mein befriedigtes Glied zwischen ihren Fingern. Ansonsten hatte ich den Eindruck eines netten Menschen auf sie gemacht. »*You look quiet* ...«, sagte sie. Da irrte sie sich ein wenig, aber sie hatte schon recht, sie hatte mich schön beruhigt. Ich gab ihr dreitausend Bath, was, wenn mich meine Erinnerung nicht trog, ein guter Preis war. An ihrer Reaktion merkte ich, daß es tatsächlich ein guter Preis war. »Krôp khun khât!« sagte sie mit einem breiten Lächeln und legte die Hände vor der Stirn flach aufeinander. Dann nahm sie mich an die Hand und begleitete mich zum Ausgang; vor der Tür küßten wir uns mehrmals auf die Wangen.

Als ich die Treppe hinaufging, stand ich plötzlich Josiane gegenüber, die offensichtlich zögerte, hinunterzugehen. Sie hatte für den Abend eine lange schwarze Bluse mit goldenen Borten angezogen, aber auch das machte sie nicht sympathischer. Ihr fettes, intelligentes Gesicht sah mich starr an. Ich bemerkte, daß sie sich das Haar gewaschen hatte. Sie war nicht häßlich, nein; sie hätte sogar, wenn man so will, schön sein können, ich hatte Libanesinnen ihres Typs geschätzt; aber ihr grundlegender Gesichtsausdruck war eindeutig boshaft. Ich konnte mir gut vorstellen, wie sie irgendeinen politischen Standpunkt vertrat; ich konnte keinerlei Mitleid an ihr erkennen. Außerdem hatte ich ihr nichts zu sagen. Ich senkte den Kopf. Möglicherweise etwas geniert richtete sie das Wort an mich: »Gibt es da unten irgend etwas Interessantes?« Sie nervte mich derart, daß ich fast erwidert hätte: »Eine Nuttenbar«, aber letztlich habe ich gelogen, das war einfacher: »Nein, nein, ich weiß nicht, so eine Art Schönheitssalon …«

»Sie waren nicht auf der Tanzveranstaltung …«, bemerkte die Zicke. »Sie auch nicht …«, erwiderte ich schlagfertig. Diesmal zögerte sie ein wenig mit der Antwort, sie mimte die Schüchterne. »O nein, ich habe für solche Sachen nicht viel übrig …«, fuhr sie mit einer Armbewegung fort, die geradezu eines Racine-Dramas würdig war. »Das ist mir ein bißchen zu touristisch …« Was wollte sie damit sagen? Alles ist touristisch. Ich hielt mich noch einmal zurück, ihr in die Fresse zu hauen. Sie stand mitten auf der Treppe und versperrte mir den Weg; ich mußte wirklich Geduld aufbringen. Der heilige Hieronymus, der gelegentlich ein schwungvoller Briefschreiber gewesen ist, war ebenfalls ein Meister darin, sich in den Tugenden der *christlichen Geduld* zu üben, wenn die Umstände es erforderten; darum wird er als großer Heiliger und Kirchenlehrer angesehen.

Diese Veranstaltung mit »traditionellen Thai-Tänzen« war ihr zufolge höchstens gut genug für Josette und René, die sie insgeheim als *Fleischklöpse* bezeichnete; mir schwante mit Unbehagen, daß sie in mir einen Verbündeten suchte. Die Rundreise würde uns tatsächlich bald ins Landesinnere führen, und dann würden wir bei den Mahlzeiten auf zwei Tische verteilt; es war Zeit, sein Lager zu wählen. »Nun …«, sagte ich nach langem Schweigen. In diesem Augenblick tauchte wie durch ein Wunder Robert über uns auf. Er wollte die Treppe hinuntergehen. Ich machte ihm schnell Platz und lief mehrere Stufen nach oben. Kurz bevor ich auf das Restaurant zustürmte, drehte ich mich noch einmal um: Josiane verharrte immer noch regungslos und starrte Robert nach, der mit entschlossenem Schritt auf den Massagesalon zuging.

Babette und Léa standen vor den Gemüseschalen. Ich nickte ihnen zum Zeichen des minimalen Wiedererkennens zu, ehe ich mir Brunnenkresse auftat. Auch sie hatten die traditionellen Thai-Tänze wohl als *zickig* angesehen. Als ich an meinen Tisch zurückkehrte, stellte ich fest, daß die beiden Schnepfen ein paar Meter von mir entfernt saßen. Léa trug ein T-Shirt mit dem Aufdruck *Rage against the machine* und sehr eng anliegende Bermudashorts aus Jeansstoff und Babette ein undefinierbares Etwas mit sich abwechselnden verschiedenfarbigen Seidestreifen und durchsichtigen Zonen. Sie schwatzten angeregt, riefen sich anscheinend verschiedene New Yorker Hotels ins Gedächtnis. Eines dieser Weiber zu heiraten, sagte ich mir, muß der *totale* Horror sein. Konnte ich noch den Tisch wechseln? Nein, das war ein bißchen zu auffällig. Ich setzte mich auf einen Stuhl gegenüber, um ihnen wenigstens den Rücken zuzuwenden, schlang das Essen hinunter und zog mich in mein Zimmer zurück.

Ein Kakerlak tauchte auf, als ich gerade in die Badewanne steigen wollte. Genau der richtige Moment für einen Kakerlak, um in meinem Leben aufzutauchen; besser konnte er es gar nicht treffen. Er flitzte über die Fliesen, der kleine Geselle. Ich sah mich nach einem Pantoffel um, aber im Grunde wußte ich, daß ich kaum eine Chance hatte, ihn zu zerquetschen. Was nützte es zu kämpfen? Und was konnte Oôn schon bewirken, trotz ihrer wunderbar geschmeidigen Scheide? Wir waren schon jetzt dem Untergang geweiht. Die Kakerlaken kopulieren ohne Anmut, ohne sichtbare Freude; aber sie kopulieren zu vielen, und ihre

Genmutationen vollziehen sich sehr rasch. Wir sind den Kakerlaken gegenüber völlig machtlos.

Ehe ich mich auszog, huldigte ich in Gedanken noch einmal Oôn und allen thailändischen Prostituierten. Kein leichter Job, den diese Mädchen hatten; es kam sicher nicht so oft vor, daß sie es mit einem anständigen Kerl zu tun hatten, der relativ passabel aussah, normal konstituiert war und sich nur wünschte, gemeinsam mit ihr einen Orgasmus zu erleben. Ganz zu schweigen von den Japanern – ich erschauerte bei diesem Gedanken und ergriff meinen *Guide du Routard.* Babette und Léa, dachte ich, wären nicht fähig gewesen, thailändische Prostituierte zu sein; sie waren dessen nicht würdig. Valérie vielleicht; sie hatte etwas Mütterliches und zugleich etwas von einem geilen Luder, potentiell war sie übrigens beides, aber bisher war sie vor allem ein nettes, freundliches, ernsthaftes Mädchen. Und ein intelligentes dazu. Wirklich, ich mochte Valérie sehr gern. Ich onanierte leicht, um mich meiner Lektüre mit Gelassenheit widmen zu können; es kamen ein paar Tropfen.

Obwohl der *Guide du Routard* vom Prinzip her das Ziel verfolgt, den Leser auf die Thailandreise vorzubereiten, äußert er in der Praxis die größten Vorbehalte und fühlt sich gehalten, bereits im Vorwort den Sextourismus anzuprangern, diese *abscheuliche Sklaverei.* Kurz gesagt, die Schreiberlinge, die diesen Reiseführer verfaßt hatten, waren *Nörgeltypen*, deren einziges Ziel darin bestand, den Touristen, die sie haßten, auch noch die letzte kleine Freude zu vermiesen. Sie liebten im übrigen nichts so sehr wie sich selbst, den kleinen sarkastischen Bemerkungen nach zu urteilen, die sich durch das ganze Buch zogen, wie etwa: »Ach, liebe Frau, wenn Sie das zur Zeit der Hippies gekannt hätten! ...« Das Unangenehmste war zweifellos dieser entschiedene, ruhige, strenge Ton, in dem eine gezügelte Empörung bebte: »Das hat nichts mit Prüderie zu tun, aber uns gefällt Pattaya einfach nicht. Was zuviel ist, ist zuviel.« Ein paar Zeilen weiter ließen sie sich über die »fettwanstigen Westeuropäer« aus, die mit kleinen Thai-Mädchen Hand in Hand einherstolzierten; das fanden sie »geradezu zum Kotzen«. Protestantisch-humanitäre Idioten waren das, sie und die ganze »Schar von netten Freunden, die ihnen bei diesem Buch geholfen hatten« und deren dreckige Visagen selbstgefällig auf dem hinteren Buchdeckel prangten. Ich feuerte das Buch mit aller Kraft durch den Raum, verfehlte ganz knapp den Sony-Fernseher und nahm mir resigniert *Die Firma* von John Grisham vor. Das ist ein amerikanischer Bestseller, einer der besten; einer, der sich am besten verkauft hat, versteht sich. Der Held ist ein junger, vielversprechender, glänzender Anwalt, ein gutaussehender Mann, der neunzig Stunden in der Woche arbeitet; dieses Scheißbuch war nicht nur von vornherein als Drehbuch angelegt, sondern man spürte förmlich, wie der Autor bereits ans Casting gedacht hatte, ganz offensichtlich eine Rolle, die Tom Cruise auf den Leib geschrieben war. Die Frau des Helden ist auch nicht schlecht, selbst wenn sie nur achtzig Stunden in der Woche arbeitet; das jedoch war nichts für Nicole Kidman, das war keine Rolle für einen Lockenkopf; eher eine Rolle für eine Fönfrisur. Gott sei Dank haben die Turteltäubchen keine Kinder, was uns ein paar nervige Szenen erspart. Es handelt sich um einen Roman voller Spannung, oder besser mit mäßiger Spannung: Schon im zweiten Kapitel wird klar, daß die Manager der Firma Arschlöcher sind, und es kommt natürlich nicht in Frage, daß der Held am Ende stirbt; seine Frau übrigens auch nicht. Um zu zeigen, daß er nicht mit sich spaßen läßt, opfert der Autor in der Zwischenzeit ein paar sympathische Nebenfiguren; die Frage ist nur, welche, und das mag die Lektüre rechtfertigen. Vielleicht den Vater des Helden: Seine Geschäfte laufen schlecht, er hat Mühe, sich an das moderne Management zu gewöhnen; ich hatte ganz den Eindruck, daß es der letzte *Thanksgiving* war, bei dem wir ihn erlebten.

6

Valérie hatte die ersten Jahre ihres Lebens in Tréméven verbracht, einem Weiler wenige Kilometer nördlich von Guingamp. In den siebziger Jahren und zu Anfang der achtziger Jahre hatten die Regierung und die Gebietskörperschaften den Ehrgeiz entwickelt, in der Bretagne einen Schwerpunkt für die Produktion von Schweinefleisch aufzubauen, der imstande sein sollte, mit Großbritannien und Dänemark zu konkurrieren. Die jungen Schweinezüchter – zu denen Valéries Vater gehörte – waren dazu ermuntert worden, Produktionseinheiten für Intensivhaltung einzurichten, und nahmen dafür hohe Kredite beim Crédit Agricole auf. 1984 brach der Preis für Schweinefleisch zusammen; Valérie war damals elf. Ein braves kleines, etwas ungeselliges Mädchen, eine gute Schülerin; sie sollte in die siebte Klasse der Realschule von Guingamp kommen. Ihr älterer Bruder, ebenfalls ein guter Schüler, hatte gerade das Abitur gemacht; er hatte sich am Gymnasium in Rennes in die Vorbereitungsklasse für das Institut national agronomique eingeschrieben.

Valérie erinnerte sich noch an den Heiligen Abend 1984; ihr Vater hatte den ganzen Tag mit dem Finanzexperten des Nationalen Bauernverbandes verbracht. Während des Weihnachtsessens schwieg er die meiste Zeit. Beim Nachtisch, nach zwei Gläsern Champagner, sprach er mit seinem Sohn. »Ich kann dir nur abraten, den Hof zu übernehmen«, sagte er. »Seit zwanzig Jahren stehe ich vor Tagesanbruch auf und bin mit der Arbeit nicht vor acht oder neun fertig; deine Mutter und ich sind so gut wie nie in Urlaub gefahren. Wenn ich jetzt verkaufe, samt den Maschinen und dem Stallhaltungssystem, und das Geld in Freizeitimmobilien investiere, kann ich mich für den Rest meines Lebens in die Sonne legen und mich bräunen lassen.«

In den folgenden Jahren fielen die Preise für Schweinefleisch immer tiefer in den Keller. Bauerndemonstrationen fanden statt, die von verzweifelter Gewalt begleitet waren; tonnenweise wurde Jauche auf den freien Platz vor dem Dôme des Invalides gekippt, mehrere Schweine vor dem Palais Bourbon geschlachtet. Ende 1986 ergriff die Regierung angesichts der Dringlichkeit Hilfsmaßnahmen und verkündete ein Konjunkturprogramm für die Schweinezüchter an. Im April 1987 verkaufte Valéries Vater seinen Betrieb – für etwas über vier Millionen Franc. Mit diesem Geld kaufte er eine große Wohnung in Saint-Quay-Portrieux, um dort zu wohnen, und drei Appartements in Torremolinos. Ihm blieb noch eine Million Franc, die er in Wertpapieren anlegte; er konnte sich sogar – das war ein Kindheitstraum – ein kleines Segelboot leisten. Traurig und ein wenig angewidert unterschrieb er den Kaufvertrag. Der neue Besitzer war ein junger Mann von dreiundzwanzig Jahren, ein Junggeselle aus Lannion, der seine Ausbildung als Diplomlandwirt gerade abgeschlossen hatte; er glaubte noch an die Konjunkturprogramme. Er selbst war achtundvierzig und seine Frau siebenundvierzig; sie hatten die besten Jahre ihres Lebens einer hoffnungslosen Aufgabe opfert. Sie lebten in einem Land, in dem die produktive Investition gegenüber der spekulativen nichts mehr einbrachte; das hatte er jetzt kapiert. Bereits im ersten Jahr überstieg das Einkommen aus der Vermietung der Appartements die Einkünfte, die er erwirtschaftet hatte, als er noch arbeitete. Er gewöhnte sich an, Kreuzworträtsel zu lösen, fuhr mit dem Segelboot in die Bucht hinaus, manchmal auch zum Angeln. Seine Frau gewöhnte sich leichter an ihr neues Leben und war ihm eine große Hilfe: Sie hatte plötzlich wieder Lust zu lesen, sich einen Film anzuschauen, auszugehen.

Zum Zeitpunkt des Verkaufs war Valérie vierzehn, sie begann, sich zu schminken; im Badezimmerspiegel verfolgte sie regelmäßig das Wachstum ihrer Brüste. Am Tag vor dem Umzug ging sie lange auf dem Hof spazieren. Im großen Stall befand sich noch ein knappes Dutzend Schweine, die sich ihr mit leisem Grunzen näherten. Noch am selben Abend würden sie vom Viehhändler abgeholt und in den nächsten Tagen geschlachtet.

Der darauffolgende Sommer war eine seltsame Zeit. Im Vergleich zu Tréméven war Saint-Quay-Portrieux fast eine Kleinstadt. Wenn Valérie aus dem Haus ging, konnte sie sich nicht mehr ins Gras legen, ihre Gedanken mit den Wolken dahinziehen, mit dem Wasser des Flusses forttreiben lassen. Unter den Feriengästen waren Jungen, die sich nach ihr umsahen; es gelang ihr nie, sich völlig zu entspannen. Gegen Ende August lernte sie Bérénice kennen, ein Mädchen aus der Realschule, das gemeinsam mit ihr in die elfte Klasse des Gymnasiums von Saint-Brieuc überwechseln würde. Bérénice war ein Jahr älter als sie; sie schminkte sich bereits, trug Markenröcke; sie hatte ein hübsches, scharfgeschnittenes Gesicht und auffallend langes rotblondes Haar. Sie gewöhnten sich an, gemeinsam an den Strand in Sainte-Marguerite zu gehen; sie zogen sich in Valéries Zimmer um, ehe sie aufbrachen. Eines Nachmittags, als Valérie gerade ihren Büstenhalter ausgezogen hatte, bemerkte sie den Blick, den Bérénice auf ihrem Busen ruhen ließ. Valérie wußte, daß sie wunderschöne hohe, runde Brüste hatte, die so prall und fest waren, daß sie fast künstlich wirkten. Bérénice streckte die Hand aus, streifte die Rundung und die Brustwarze. Valérie öffnete den Mund und schloß die Augen in dem Augenblick, da Bérénice ihr die Lippen auf den Mund drückte; sie überließ sich ganz dem Kuß. Ihre Scheide war schon feucht, als Bérénice ihr die Hand ins Höschen schob. Valérie streifte es ungeduldig ab, ließ sich aufs Bett fallen und spreizte die Schenkel. Bérénice kniete sich vor sie hin und legte den Mund auf ihre Muschel. Warme Schauer überliefen ihren Bauch, sie hatte das Gefühl, als gleite ihr Geist in die unendliche Weite des Himmels. Sie hätte nie geglaubt, daß es solche Lust gibt.

Bis zum Schulbeginn fingen sie jeden Tag wieder damit an. Ein erstes Mal am frühen Nachmittag, ehe sie an den Strand gingen; dann legten sie sich nebeneinander in die Sonne. Valérie spürte, wie das Begehren nach und nach in ihrer Haut hochkroch, und zog das Oberteil ihres Bikinis aus, um ihre Brüste Bérénices Blicken darzubieten. Auf dem Rückweg rannten sie fast und liebten sich ein zweites Mal in Valéries Zimmer.

Schon in der ersten Woche nach Schulbeginn ging Bérénice Valérie immer öfter aus dem Weg, vermied es, gemeinsam mit ihr vom Gymnasium zurückzugehen; kurz darauf freundete sie sich mit einem Jungen an. Valérie nahm die Trennung ohne wirkliche Trauer auf; sie fand das ganz normal. Sie hatte sich angewöhnt, jeden Morgen beim Aufwachen zu onanieren. Jedesmal erreichte sie nach wenigen Minuten einen Orgasmus; es war ein wunderbarer, einfacher Vorgang, der sich in ihr vollzog und der den Tag unter einem freudigen Vorzeichen beginnen ließ. Den Jungen gegenüber war sie zurückhaltender: Nachdem sie sich am Bahnhofskiosk ein paar Hefte *Hot Video* gekauft hatte, wußte sie Bescheid über deren Anatomie, Organe und die verschiedenen sexuellen Praktiken. Aber sie ekelte sich leicht vor der Behaarung und den Muskeln, die Haut der Jungen kam ihr dick und gar nicht weich vor. Die faltige, bräunliche Oberfläche des Hodensacks und der ausgesprochen anatomische Anblick der leuchtend roten Eichel, wenn die Vorhaut zurückgezogen war ... all das wirkte nicht sonderlich anziehend. Nach einem Besuch in einer Diskothek in Paimpol schlief sie trotzdem schließlich mit einem großen Blonden, einem Typen aus der dreizehnten Klasse; sie empfand kaum Lust dabei. In den letzten beiden Jahren auf dem Gymnasium versuchte sie es mehrmals mit anderen Jungen; es war leicht, sie zu verführen, es genügte, einen kurzen Rock zu tragen, die Beine übereinanderzuschlagen und eine weit ausgeschnittene oder durchsichtige Bluse zu tragen, um ihren Busen zur Geltung zu bringen. Keines dieser Experimente war wirklich schlüssig. Vom Verstand her gelang es ihr, das triumphierende und zugleich wohlige Gefühl zu erfassen, das manche Mädchen empfanden, wenn sie spürten, daß sich ein Pimmel in die Tiefen ihrer Möse bohrte; aber sie persönlich empfand nichts Vergleichbares. Die Kondome, das stimmt allerdings, erleichterten die Sache nicht gerade; das schlaffe, sich wiederholende leise Geräusch des Latex holte sie immer wieder in die Wirklichkeit zurück und hinderte ihre Gedanken daran, in die formlose Unendlichkeit der wollüstigen Empfindungen abzugleiten. Zu dem Zeitpunkt, da sie ihr Abitur ablegte, hatte sie praktisch völlig aufgehört.

Zehn Jahre später hatte sie noch nicht wirklich wieder angefangen, dachte sie traurig, als sie in ihrem Zimmer im *Bangkok Palace* aufwachte. Der Tag war noch nicht angebrochen. Sie knipste die Deckenbeleuchtung an und betrachtete ihren Körper im Spiegel. Ihre Brüste waren noch immer genauso fest, sie hatten sich nicht verändert, seit sie siebzehn war. Ihr Hintern war ebenfalls schön rund, ohne jede Spur von Fett. Sie hatte unbestreitbar einen sehr schönen Körper. Dennoch schlüpfte sie in ein weites Sweatshirt und formlose Bermudashorts, ehe sie in den Frühstücksraum hinunterfuhr. Bevor sie die Tür hinter sich zuzog, warf sie noch einen letzten Blick in den Spiegel: Ihr Gesicht war eher banal, wenn auch gefällig, aber mehr auch nicht; weder ihr schwarzes, glattes Haar, das ihr unordentlich auf die Schultern fiel, noch ihre dunkelbraunen Augen wirkten sich wirklich zu ihrem Vorteil aus. Sie hätte zweifellos mehr daraus machen können, hätte sich raffinierter schminken, eine andere Frisur tragen, eine Kosmetikerin aufsuchen können. Die meisten Frauen in ihrem Alter wandten dafür mindestens ein paar Stunden in der Woche auf; sie hatte jedoch nicht den Eindruck, daß das irgend etwas ändern würde. Ihr fehlte im Grunde vor allem der Wunsch zu verführen.

Gegen sieben Uhr verließen wir das Hotel; es herrschte bereits dichter Verkehr. Valérie nickte mir zu und setzte sich in meiner Höhe auf die andere Seite des Gangs. Niemand sprach im Bus. Die riesige graue Stadt erwachte langsam; Motorroller mit Paaren, manchmal sogar noch mit einem Kind in den Armen der Mutter, schlängelten sich zwischen den überfüllten Bussen hindurch. Ein leichter Nebel lag noch in manchen kleinen Straßen in der Nähe des Flusses. Bald würde die Sonne durch die morgendlichen Wolken dringen, und dann würde es sehr schnell heiß werden. Auf der Höhe von Nonthaburi lockerte sich das Stadtgebiet, wir entdeckten die ersten Reisfelder. Büffel standen regungslos im Schlamm und blickten dem Bus nach, genau wie Kühe es getan hätten. Ich spürte eine gewisse Unruhe bei den Ökofreaks aus dem Jura, vermutlich hätten sie gern zwei oder drei Aufnahmen von den Büffeln gemacht.

Der erste Halt fand in Kanchanaburi statt, einer Stadt, die sich, wie die Reiseführer übereinstimmend berichten, durch ihre lebhafte, fröhliche Atmosphäre auszeichnet. Für den *Guide Michelin* ist sie ein »wunderbarer Ausgangspunkt, um die umliegenden Regionen zu besuchen«; der *Guide du Routard* seinerseits bezeichnet den Ort als »gutes Ausgangslager«. Das anschließende Programm sah eine mehrere Kilometer lange Eisenbahnfahrt auf der Todesstrecke vor, die sich am River Kwai entlangschlängelt. Ich hatte diese Geschichte mit dem River Kwai noch nie in allen Einzelheiten begriffen, daher bemühte ich mich, den Erklärungen der Reiseleiterin zuzuhören. Zum Glück verfolgte René mit Hilfe seines Guide Michelin die Sache genau und war stets bereit, den einen oder anderen Punkt richtigzustellen. Zusammenfassend läßt sich sagen, daß die Japaner nach ihrem Kriegseintritt im Jahre 1941 beschlossen hatten, eine Eisenbahnlinie zu errichten, um Singapur und Birma zu verbinden – mit der Invasion Indiens als Endziel. Diese Bahnlinie sollte Malaysien und Thailand durchqueren. Aber was haben eigentlich die Thais im Zweiten Weltkrieg gemacht? Nun, im

Grunde nicht viel. Sie waren »neutral«, wie mich Sôn diskret belehrte. Tatsächlich, ergänzte René, hatten sie ein Militärabkommen mit Japan getroffen, ohne jedoch den Alliierten den Krieg zu erklären. Das war der Weg der Weisheit. So hatten sie wieder einmal ihren berühmten *Sinn für Feinheiten* beweisen können, der ihnen in über zwei Jahrhunderten, in denen sie zwischen der französischen und der englischen Kolonialmacht eingezwängt waren, erlaubt hatte, weder der einen noch der anderen nachzugeben und das einzige Land in Südostasien zu bleiben, das nie kolonisiert worden ist.

Wie dem auch sei, 1942 hatten die Arbeiten im Bereich des River Kwai begonnen, wofür sechzigtausend englische, australische, neuseeländische und amerikanische Kriegsgefangene sowie eine »unübersehbare« Anzahl von asiatischen Zwangsarbeitern eingesetzt wurden. Im Oktober 1943 war die Bahnlinie fertiggestellt, aber sechzehntausend Kriegsgefangene hatten dabei den Tod gefunden – aufgrund des Nahrungsmangels, des ungesunden Klimas und der natürlichen Bosheit der Japaner. Kurz darauf hatte ein Bombenangriff der Alliierten die Brücke am Kwai, ein wesentliches Element der Infrastruktur, zerstört und somit die Bahnlinie unbrauchbar gemacht. Kurz gesagt, viel kaltes Fleisch für ein Ergebnis, das praktisch gleich Null war. Seitdem hatte sich die Situation kaum verändert – und es blieb unmöglich, eine brauchbare Eisenbahnverbindung zwischen Singapur und Delhi zu schaffen.

In einem Zustand leichter Verzweiflung begann ich den Besuch des *JEATH Museum*, das zum Gedenken an das furchtbare Leid der alliierten Kriegsgefangenen errichtet worden ist. Gewiß, sagte ich mir, all das war sehr bedauernswert; aber es hatte im Zweiten Weltkrieg doch wirklich schlimmere Dinge gegeben. Ich konnte mir den Gedanken nicht verkneifen, daß man nicht soviel Wind darum gemacht hätte, wären die Kriegsgefangenen Polen oder Russen gewesen.

Kurz darauf mußten wir den Besuch des *Friedhofs* der alliierten Kriegsgefangenen über uns ergehen lassen – jener Menschen, die gewissermaßen das höchste Opfer dargebracht hatten. Er bestand aus akkurat ausgerichteten weißen Kreuzen, die alle völlig identisch waren; von dem Ort ging eine tiefe Langeweile aus. Ich mußte an Omaha Beach denken, einen Friedhof, der mich auch nicht sonderlich bewegt, sondern mich ehrlich gesagt eher an eine zeitgenössische Kunstinstallation erinnert hatte. »Hier«, hatte ich mir mit einem Gefühl der Trauer gesagt, die mir unzureichend vorgekommen war, »hier sind eine ganze Reihe von Dummköpfen für die Demokratie gestorben.« Der Friedhof am River Kwai war allerdings viel kleiner, es war sogar denkbar, die Gräber zu zählen; ich verzichtete ziemlich schnell auf diese Übung. »Aber das können doch keine sechzehntausend sein ...«, folgerte ich immerhin mit lauter Stimme daraus. »Das ist richtig!« teilte mir René mit, der immer noch seinen Guide Michelin in der Hand hielt. »Die Anzahl der Toten wird auf sechzehntausend geschätzt; aber auf diesem Friedhof befinden sich nur fünfhundertzweiundachtzig Gräber. Sie werden als die (er las vor und nahm dabei den Finger zu Hilfe) *fünfhundertzweiundachtzig Märtyrer der Demokratie* bezeichnet.«

Als ich mit zehn Jahren meine dritte Skiprüfung bestand, ging ich in eine Konditorei, um mich mit flambierten Crêpes vollzustopfen. Es war ein kleines einsames Fest; ich hatte keine Kameraden, mit denen ich diese Freude hätte teilen können. Wie jedes Jahr um die gleiche Zeit wohnte ich bei meinem Vater in Chamonix. Er war Bergführer und ein erfahrener Bergsteiger. Er hatte Freunde in seiner Art, mutige, unerschrockene Männer, ich fühlte mich in ihrer Gegenwart nicht wohl. Ich habe mich nie unter Männern wohlgefühlt. Ich war elf, als mir ein Mädchen zum erstenmal ihre Möse zeigte; ich war sogleich hellauf begeistert, hatte dieses kleine seltsam gespaltene Organ bewundert. Es war noch ziemlich unbehaart, das Mädchen war in meinem Alter, hieß Martine. Sie stand lange mit gespreizten Schenkeln da und zog ihr Höschen weit zur Seite, damit ich sehen konnte; aber als ich meine Hand vorstreckte, bekam sie Angst und lief fort. All das kam mir vor, als sei es vor kurzem gewesen, ich hatte nicht den Eindruck, als hätte ich mich derart verändert. Meine Begeisterung für Mösen hatte nicht nachgelassen, ich sah darin sogar einen meiner letzten wirklich menschlichen Züge, der noch zu erkennen war; was das übrige anging, da wußte ich auch nicht so recht.

Kurz nachdem wir wieder in den Bus gestiegen waren, ergriff Sôn das Wort. Wir fuhren jetzt zu der Unterkunft, in der wir die Nacht verbringen würden und die, wie sie ausdrücklich hervorhob, außergewöhnlich sei. Kein Fernseher, kein Videogerät. Kein Strom, sondern Kerzen. Kein Badezimmer, sondern das Flußwasser. Keine Matratzen, sondern Matten. Die völlige Rückkehr zur Natur. Diese Rückkehr zur Natur drückte sich, wie ich in Gedanken anmerkte, zunächst in Form einer Reihe von Entsagungen aus. Die Ökofreaks aus dem Jura – die Éric und Sylvie mit Vornamen hießen, was ich ungewollt während der Zugfahrt erfahren hatte – platzten schon vor Ungeduld. »Französische Küche heute abend«, sagte Sôn ohne sichtlichen Bezug abschließend. »Jetzt wir essen thai. Auch kleines Restaurant, Flußufer.«

Der Ort war bezaubernd. Die Tische standen im Schatten hohe Bäume. Neben dem Eingang befand sich ein sonniges Bekken mit Schildkröten und Fröschen; erneut wunderte ich mich über die unglaubliche Vielfalt des Lebens in diesen Breiten. Weißliche Fische schwammen in dem Wasser. Auf der Oberfläche waren Seerosen und Wasserflöhe. Insekten ließen sich unablässig auf den Seerosen nieder. Die Schildkröten betrachteten all das mit der Gelassenheit, die man von ihrer Gattung gewohnt ist.

Sôn kam, um mich zu benachrichtigen, daß das Mittagessen begonnen hatte. Ich ging auf das Restaurant am Fluß zu. Es waren zwei Tische für jeweils sechs Personen gedeckt worden; alle Plätze waren besetzt. Ich warf einen leicht verzweifelten Blick in die Runde, aber René kam mir sogleich zu Hilfe. »Kein Problem, kommen Sie an unseren Tisch!« rief er großzügig. »Wir stellen ein Gedeck hinzu.« Ich setzte mich also an den Tisch, an dem offensichtlich die *bestehenden Paare* versammelt waren: die Ökofreaks aus dem Jura, die Naturheilpraktiker – die, wie ich bei dieser Gelegenheit erfuhr, auf die Vornamen Albert und Suzanne hörten – und die beiden Metzgersenioren. Diese Zusammenstellung, das wurde mir sehr bald klar, ging in keiner Weise auf irgendwelche bestehenden Sympathien zurück, sondern entsprang der Notsituation, die sich bei der Auswahl der Tische ergeben hatte. Die Paare hatten sich wie in jeder Notsituation instinktiv zusammengeschlossen; dieses Mittagessen war im Grunde eine *Beobachtungsrunde.*

Das Gespräch drehte sich zunächst um das Thema der *Massagen*, das den Naturheilpraktikern am Herzen zu liegen schien. Am Vorabend hatten Albert und Suzanne auf die traditionellen Tänze verzichtet und waren statt dessen in den Genuß einer ausgezeichneten Rückenmassage gekommen. René konnte sich ein anzügliches Lächeln nicht verkneifen; Alberts Worte klärten ihn schnell darüber auf, daß seine Reaktion völlig unangebracht war. Die traditionelle Thai-Massage, sagte Albert begeistert, hatte nichts mit weiß der Teufel welchen Praktiken zu tun. Sie war der Ausdruck einer jahrhundertealten wenn nicht gar jahrtausendealten Zivilisation und stimmte im übrigen vollkommen mit der chinesischen Akupunkturlehre überein. Sie selbst übten sie in ihrer Praxis in Montbéliard aus, auch wenn sie natürlich nicht die Fingerfertigkeit der Thai-Profis erreichten; sie hätten am Vorabend eine gute Lehrstunde erhalten, sagte er zum Schluß. Éric und Sylvie hatten ihnen fasziniert zugehört. René hüstelte verlegen; das Paar aus Montbéliard rief allerdings keinerlei lüsterne Bilder hervor. Wer nur hatte die Legende verbreitet, Frankreich sei das Land der *losen Sitten* und des *ausschweifenden Lebens-*

wandels? Frankreich war ein beknacktes Land, ein völlig beknacktes, vom Amtsschimmel beherrschtes Land.

»Ich habe mir auch den Rücken massieren lassen, aber das Mädchen hat auch meine Eier dabei nicht vergessen...«, warf ich ohne große Überzeugung ein. Da ich gerade auf Cachounüssen kaute, hörte niemand meine Bemerkung, bis auf Sylvie, die mir einen entsetzten Blick zuwarf. Ich trank einen Schluck Bier und hielt ihrem Blick ungeniert stand: War diese Frau überhaupt fähig, sich *ordentlich* um einen Pimmel zu kümmern? Der Beweis dafür stand noch aus. In der Zwischenzeit konnte ich auf meinen Kaffee warten.

»Sie sind allerdings sehr hübsch, diese Kleinen ...«, bemerkte Josette, während sie sich ein Stück Papaya nahm, und vergrößerte damit noch die allgemeine Verlegenheit. Der Kaffee ließ auf sich warten. Was soll man am Ende einer Mahlzeit tun, wenn man nicht das Recht hat, eine Zigarette zu rauchen? Ich erlebte ruhig mit, wie sich eine allgemeine Langeweile ausbreitete. Wir beendeten mühselig das Gespräch mit ein paar Bemerkungen über das Klima.

Ich sah meinen Vater wieder vor mir, ans Bett gefesselt, niedergestreckt von einer plötzlichen Depression – etwas Furchtbares für einen so aktiven Mann; seine Bergsteigerfreunde standen verlegen um ihn herum, waren hilflos angesichts dieses Übels. Wenn er soviel Sport trieb, hatte er mir eines Tages erklärt, dann deshalb, um sich abzustumpfen, um sich am Denken zu hindern. Das war ihm gelungen: Ich war überzeugt, daß er es geschafft hatte, durchs Leben zu gehen, ohne das menschliche Dasein je wirklich zu hinterfragen.

7

Im Bus ergriff Sôn wieder das Wort. Die Grenzregion, der wir uns näherten, sei zum Teil mit birmanischen Flüchtlingen karenischer Abstammung bevölkert; aber das sei überhaupt kein Problem. Karen gut, meinte Sôn, mutig, Kinder fleißig arbeiten in der Schule, keine Schwierigkeit. Nicht zu vergleichen mit gewissen Stämmen im Norden, die wir auf unserer Rundreise nicht sehen würden; ihr zufolge war das auch kein Verlust. Insbesondere was die Akha anging, gegen die sie eine starke Abneigung zu empfinden schien. Trotz der Bemühungen der Regierung schienen die Akha nicht in der Lage zu sein, auf den Mohnanbau zu verzichten, ihre traditionelle Tätigkeit. Sie seien größtenteils Animisten und äßen Hunde. Akha schlecht, hob Sôn energisch hervor: außer Mohnanbau und Sammeln von Früchten sie zu nichts fähig; Kinder arbeiten nicht in der Schule. Viel Geld ausgegeben für sie, Resultat null. Sie sind völlige Nieten, sagte sie abschließend in einer scharfsinnigen Zusammenfassung.

Als wir im Hotel ankamen, beobachtete ich neugierig die besagten *Karen*, die sich am Flußufer zu schaffen machten. Aus der Nähe gesehen, ohne Maschinenpistole meine ich, wirkten sie nicht sonderlich bösartig; als erstes fiel einem auf, daß sie ihre Elefanten geradezu vergötterten. Im Fluß zu baden und den Rücken ihrer Elefanten zu bürsten, schien ihre größte Freude zu sein. Es handelte sich allerdings nicht um *karenische Rebellen*, sondern um *gewöhnliche Karen* – und zwar ebenjene, die aus den Kampfgebieten geflüchtet waren, weil sie diese ganze Geschichte leid waren und der Sache der karenischen Unabhängigkeit ziemlich gleichgültig gegenüberstanden.

Meinem *Guide du Routard* entnahm ich ein paar Hinweise über die Geschichte dieses *resort*, das im wesentlichen auf das bemerkenswerte Abenteuer des Globetrotters Bertrand Le Moal zurückging: eines waschechten *Routard* zu einem Zeitpunkt, als es diesen Begriff noch gar nicht gab, und der sich bereits Ende der sechziger Jahre in diesen Ort verliebt und dort »seinen Rucksack endgültig abgelegt« hatte. Mit verbissener Hartnäckigkeit und mit Hilfe seiner karenischen Freunde hatte er nach und nach dieses »ökologische Paradies« errichtet, das jetzt einer internationalen Kundschaft zugute kam.

Es war tatsächlich ein herrliches Fleckchen Erde. Bungalows aus fein geschnitztem Teakholz, die durch eine blumengeschmückte Außengalerie miteinander verbunden waren, überragten den Fluß, den man unter seinen Füßen dahinrauschen hörte. Das Hotel lag am Ende eines tief eingeschnittenen Tals, dessen Hänge mit dichtem Dschungel bewachsen waren. In dem Augenblick, da ich auf die Terrasse hinausging, entstand eine tiefe Stille. Es dauerte einige Sekunden, ehe ich die Erklärung dafür fand: Alle Vögel hatten mit einem Schlag aufgehört zu singen. Es war der Zeitpunkt, an dem der Dschungel sich auf die Nacht vorbereitete. Was gab es wohl für große Raubtiere in diesem Wald? Vermutlich nicht sehr viele, zwei oder drei Leoparden; aber es fehlte sicher nicht an Schlangen und Spinnen. Es wurde schnell dunkel. Ein einzelner Affe hüpfte am anderen Ufer von Baum zu Baum; er stieß einen kurzen Schrei aus. Man spürte, daß er ängstlich war und so schnell wie möglich zu seiner Horde zurückwollte.

Ich trat wieder in mein Zimmer und zündete die Kerzen an. Die Einrichtung war schlicht: ein Teakholztisch, zwei Bettgestelle aus rohem Holz, Schlafsäcke und Matten. Ich verbrachte eine Viertelstunde damit, mich systematisch mit *Cinq sur Cinq* einzureiben. Flüsse sind ja was Schönes, aber man weiß auch, was das zu bedeuten hat, das zieht die Mücken an. Da lag auch ein mit Zitronenkraut getränkter Wachsblock, den man schmelzen lassen konnte; diese Vorsichtsmaßnahme schien mir nicht überflüssig zu sein.

Als ich nach draußen ging, um zu Abend zu essen, war die Nacht bereits angebrochen; Girlanden mit bunten Glühbirnen hingen zwischen den Häusern. Es gab also doch Strom in dieser Ferienanlage, stellte ich fest, man hatte es nur nicht für nötig erachtet, die Zimmer mit Strom zu versorgen. Ich blieb einen Augenblick stehen und stützte mich auf die Brüstung, um den Fluß zu beobachten; der Mond war aufgegangen und spiegelte sich im Wasser. Auf der gegenüberliegenden Seite konnte man undeutlich die dunkle Masse des Dschungels erkennen; ab und zu ertönte der heisere Schrei eines Nachtvogels.

Gruppen, die aus mehr als zwei Personen bestehen, haben anscheinend die spontane Tendenz, sich in zwei feindliche Untergruppen aufzuteilen. Das Abendessen wurde auf einem in der Mitte des Flusses verankerten Ponton serviert; diesmal hatte man zwei Tische für jeweils acht Personen für uns gedeckt. Die Ökofreaks und die Naturheilpraktiker hatten sich schon an einem Tisch niedergelassen; das ehemalige Metzgerpaar saß bisher noch allein am zweiten. Was hatte wohl den Bruch herbeigeführt? Vielleicht die Diskussion von heute mittag über die Massagen, die im Grunde nicht besonders gut verlaufen war. Außerdem war Suzanne, die eine schlichte Kasackbluse und eine weiße Hose trug – beides aus weißem Leinen gefertigt und ihre hagere Figur unterstreichend –, bereits am Vormittag in lautes Gelächter ausgebrochen, als sie Josettes geblümtes Kleid gesehen hatte. Wie dem auch sei, die Aufteilung hatte bereits begonnen. Auf etwas feige Weise verlangsamte ich den Schritt, um mich von Lionel, meinem Flugzeugnachbarn – und jetzigem Bungalownachbarn –, überholen zu lassen. Er entschied sich rasch, ohne daß es ihm richtig klar geworden war; ich hatte nicht einmal den Eindruck, daß er die Wahl aufgrund irgendeiner Wesensverwandtschaft getroffen hatte, sondern aus einer gewissen *Klassensolidarität* oder eher (denn er arbeitete bei den Gaswerken GDF und war also Beamter, während die anderen ehemalige kleine Kaufleute waren) wegen einer *Solidarität im Ausbildungsniveau.* René empfing uns mit sichtbarer Erleichterung. Unsere Entscheidung hatte im übrigen in diesem Stadium der Platzeinnahme noch nichts Definitives: Wenn wir uns zu den anderen gesetzt hätten, wäre die Isolation des ehemaligen Metzgerpaars unzweideutig bestätigt worden, während wir so im Grunde die Tische nur wieder in ein gewisses Gleichgewicht brachten.

Babette und Léa trafen kurz darauf ein und setzten sich ohne zu zögern an den Nebentisch.

Eine ganze Weile später – die Vorspeisen waren schon aufgetragen worden – tauchte Valérie am anderen Ende des Pontons auf; sie ließ ihren Blick unentschlossen in die Runde schweifen. Am anderen Tisch waren noch zwei Plätze neben Babette und Léa frei. Sie zögerte einen Augenblick, gab sich dann einen Ruck und setzte sich an meine Linke.

Josiane hatte noch länger als sonst gebraucht, um sich zurechtzumachen; sie hatte wohl Mühe gehabt, sich im Kerzenschein zu schminken. Ihr schwarzes Samtkleid war nicht schlecht, es war ein wenig ausgeschnitten, aber nicht übertrieben weit. Auch sie hielt einen Augenblick inne, dann kam sie und setzte sich Valérie gegenüber.

Robert tauchte als letzter auf, mit zögerndem Schritt – er hatte wohl vor dem Essen einen kleinen gepichelt, ich hatte ihn eine Weile zuvor mit einer Flasche Mekong gesehen. Er ließ sich schwerfällig auf die Bank links von Valérie fallen. Ein kurzer, aber furchtbarer Schrei ertönte aus dem nahen Dschungel; vermutlich ein kleines Säugetier, das gerade seine letzten Sekunden erlebte.

Sôn ging von einem Tisch zum anderen, um sich zu vergewissern, daß alles in Ordnung war und wir so gut wie möglich untergebracht waren. Sie selbst aß mit dem Fahrer zusammen – eine nicht sehr demokratische Aufteilung, die bereits beim Mittagessen Josianes Mißfallen erregt hatte. Aber ich glaube, daß ihr das im Grunde ganz recht war, auch wenn sie nichts gegen uns hatte; obwohl sie sich sehr anstrengte, schienen ihr die langen Diskussionen auf französisch doch etwas schwerzufallen.

Am Nachbartisch spulte sich eine angeregte Unterhaltung über die Schönheit des Ortes ab, über die Freude, wieder einmal mitten in der Natur, fern der Zivilisation zu sein, die grundlegenden Werte usw. »Ja, das ist Spitze«, bestätigte Léa. »Und haben Sie gesehen, wir sind hier mitten im Dschungel … Das hältst du im Kopf nicht aus.«

Uns fiel es nicht so leicht, einen gemeinsamen Nenner zu finden. Mir gegenüber aß Lionel bedächtig und schien nicht die leiseste Absicht zu haben, irgendeine Anstrengung zu unternehmen. Ich warf nervöse Seitenblicke um mich. Irgendwann entdeckte ich einen dicken bärtigen Mann, der aus der Küche kam und die Kellner abkanzelte; das konnte nur der vielzitierte Bertrand Le Moal sein. Für mich bestand bisher sein größtes Verdienst darin, daß er den Karen das Rezept für den *Gratin dauphinois* beigebracht hatte. Er schmeckte ausgezeichnet; und der Schweinebraten war perfekt geraten, knusprig und zart zugleich. »Es fehlt nur ein bißchen Wein …«, äußerte René melancholisch. Josiane verzog verächtlich die Lippen. Was sie von den französischen Touristen hielt, die nicht ohne ihren Wein verreisen konnten, brauchte man sie nicht zu fragen. Ziemlich ungeschickt verteidigte Valérie René. Wenn man thailändisch ißt, sagte sie, habe man nicht das Bedürfnis danach; aber hier sei ein bißchen Wein durchaus vertretbar. Sie selbst trinke sowieso nur Wasser.

»Wenn man ins Ausland fährt«, sagte Josiane in schneidendem Tonfall, »dann tut man es doch, um die *einheimische* Küche zu probieren und um sich an die *einheimischen* Gebräuche zu halten! … Sonst sollte man besser gleich zu Hause bleiben.«

»Bin ich einverstanden!« brüllte Robert. In ihrem Schwung unterbrochen, hielt sie inne und sah ihn haßerfüllt an.

»Manchmal ist das aber doch ziemlich scharf gewürzt ...«, gestand Josette schüchtern. »Sie scheint das wohl nicht zu stören ...«, sagte sie zu mir gewandt, vermutlich, um die Atmosphäre etwas aufzulockern.

»Nein, nein, ich liebe das. Je schärfer, desto besser. Selbst in Paris esse ich die meiste Zeit chinesisch«, erwiderte ich schnell. Auf diese Weise konnte das Gespräch auf die chinesischen Restaurants gebracht werden, die sich in Paris in den letzten Jahren so stark vermehrt hatten. Valérie schätzte sie besonders für das Mittagessen: Sie waren nicht teuer, viel besser als die Fastfoodlokale und vermutlich viel gesünder. Josiane hatte zu dem Thema nichts zu sagen, sie aß in einer Kantine; was Robert anging, war das Thema vermutlich seiner nicht würdig. Kurz gesagt, bis zum Nachtisch verlief alles einigermaßen ruhig.

Doch beim Klebreis ging es dann los. Er war leicht goldbraun gebacken und mit Zimt gewürzt – ein originelles Rezept, wie mir schien. Josiane beschloß, den Stier bei den Hörnern zu packen und das Problem des *Sextourismus* deutlich zur Sprache zu bringen. Für sie sei die Sache wirklich zum Kotzen, da gäbe es kein anderes Wort. Es sei ein Skandal, daß die thailändische Regierung so etwas dulde, die internationale Öffentlichkeit müsse alarmiert werden. Robert hörte ihr mit einem hämischen Lächeln zu, das mir nichts Gutes verhieß. Das sei ein Skandal, aber das sei kein Wunder, fuhr sie fort; man müsse nämlich wissen, daß ein großer Teil dieser Salons (dieser *Bordelle*, anders könne man sie nicht nennen) in Wirklichkeit im Besitz von *Generälen* seien; man könne sich ja vorstellen, welchen Schutz sie daher genössen.

»Ich bin General ...«, warf Robert ein. Sie hielt verblüfft inne, wobei ihre Kinnlade jämmerlich herabhing. »Nein, nein, das war nur ein Scherz ...«, fuhr er mit einem verkrampften Lachen fort. »Ich habe nicht mal den Wehrdienst abgeleistet.«

Das schien sie nicht gerade zum Lächeln zu bringen. Es dauerte eine Weile, ehe sie die Fassung wiederfand, aber dann fuhr sie mit vervielfachter Energie fort:

»Es ist wirklich eine Schande, daß dicke Spießer ungestraft das Elend dieser Mädchen ausnutzen können. Man muß wissen, daß sie alle aus Provinzen des Nordens oder des Nordostens kommen, aus den ärmsten Regionen des Landes.«

»Nicht alle ...«, widersprach er, »einige kommen auch aus Bangkok.«

»Das ist sexuelle Sklaverei!« schrie Josiane, die seine Bemerkung überhört hatte. »Es gibt kein anderes Wort dafür! ...«

Ich gähnte leicht. Sie warf mir einen finsteren Blick zu, fuhr aber fort und nahm uns alle zum Zeugen: »Finden Sie es nicht skandalös, daß irgendein spießiger Dickwanst herkommt und diese kleinen Mädchen für einen Hungerlohn aufs Kreuz legt?«

»Nicht für einen Hungerlohn ...«, protestierte ich bescheiden. »Ich habe dreitausend Bath bezahlt, das entspricht etwa den französischen Preisen.« Valérie drehte sich um und warf mir einen erstaunten Blick zu. »Sie haben die Sache ziemlich teuer bezahlt ...«, bemerkte Robert. »Aber wenn das Mädchen es wert war ...«

Josiane zitterte am ganzen Körper, sie machte mir allmählich Sorgen. »Na hören Sie ...«, kreischte sie mit schriller Stimme, »es ist zum Kotzen, daß ein dickes Schwein Geld bezahlen kann, um seinen Pimmel in ein kleines Mädchen zu schieben!«

»Nichts zwingt Sie, mich zu begleiten, meine Liebe ...«, erwiderte Robert ruhig.

Sie stand zitternd auf, ihren Teller mit Reis in der Hand. Am Nebentisch waren alle Gespräche verstummt. Ich hatte wirklich den Eindruck, daß sie ihm den Teller ins Gesicht schleudern würde, und ich glaube, daß nur ein Funken Angst sie davon abgehalten hat. Robert blickte sie mit allergrößtem Ernst an, seine Muskeln waren unter dem Polohemd gespannt. Er wirkte nicht wie jemand, der sich alles gefallen läßt, ich konnte mir gut vorstellen, daß er ihr eine scheuerte. Sie knallte ihren Teller so heftig auf den Tisch, daß er in drei Teile zerbrach, drehte sich um, ging mit schnellen Schritten auf die Bungalows zu und verschwand in der Dunkelheit.

»Tsss ...«, zischte er zurückhaltend.

Valérie war zwischen ihm und mir eingekeilt, zuvorkommend stand er auf, ging um den Tisch herum und setzte sich für den Fall, daß auch sie den Tisch verlassen wollte, auf Josianes Platz; aber sie tat es nicht. In diesem Augenblick brachte der Kellner den Kaffee. Nach dem zweiten Schluck wandte sich Valérie mir wieder zu. »Stimmt es, daß Sie mit einem Mädchen zusammen waren und ihr dafür Geld gegeben haben? ...« fragte sie sanft. Ihr Ton war neugierig, aber es lag nichts Vorwurfsvolles darin.

»So arm sind die Mädchen gar nicht«, fügte Robert hinzu, »sie können sich Motorroller und Klamotten leisten. Manche lassen sich sogar die Brüste vergrößern. Es ist nicht billig, sich die Brüste vergrößern zu lassen. Sie unterstützen allerdings auch ihre Eltern ...«, sagte er nachdenklich.

Am Nachbartisch trennte man sich, nachdem mit leiser Stimme ein paar Sätze gewechselt worden waren, sehr schnell – zweifellos aus Solidarität. Wir behielten gewissermaßen die Oberhand. Der Mond beleuchtete jetzt voll die Oberfläche des Pontons, die leicht glitzerte. »Sind sie wirklich so gut, die kleinen Masseusen? ...« fragte René träumerisch.

»Ah, Monsieur!« rief Robert mit absichtlich geschwollener, letztlich aber doch, wie mir schien, aufrichtiger Rührung. »Die sind traumhaft, einfach traumhaft! Und dabei kennen Sie noch nicht mal Pattaya. Das ist ein Badeort an der Ostküste«, fuhr er begeistert fort, »der ganz dem ausschweifenden Leben und der

Sinnenlust gewidmet ist. Als erste sind die Amerikaner dorthin gekommen, während des Vietnamkriegs; anschließend viele Engländer und Deutsche; und jetzt sieht man allmählich Polen und Russen. Dort findet jeder, was er sucht, für jeden Geschmack das Richtige: Homosexuelle, Heterosexuelle, Transvestiten ... Das ist Sodom und Gomorra in einem. Sogar noch besser, denn da gibt es auch Lesbierinnen.«

»So, so ...« Der ehemalige Metzger schien in seine Gedanken versunken. Seine Frau gähnte gelassen, entschuldigte sich und wandte sich ihrem Mann zu; sie hatte ganz offensichtlich Lust, schlafen zu gehen.

»In Thailand«, sagte Robert abschließend, »kann jeder bekommen, was er sich wünscht, und jeder kann etwas *Gutes* bekommen. Sie haben vielleicht schon von den Brasilianerinnen oder den Mädchen auf Kuba gehört. Ich bin sehr viel gereist, Monsieur, ich bin zu meinem Vergnügen gereist, und ich zögere nicht, Ihnen zu sagen: Für mich sind die Thailänderinnen die besten Liebhaberinnen der Welt.«

Valérie, die ihm gegenübersaß, hörte ihm mit großem Ernst zu. Kurz darauf zog sie sich mit einem leichten Lächeln zurück, gefolgt von Josette und René. Lionel, der den ganzen Abend keinen Ton gesagt hatte, stand ebenfalls auf; ich tat das gleiche. Ich hatte keine große Lust, das Gespräch mit Robert fortzusetzen. Ich ließ ihn also in der Dunkelheit allein, ein leuchtendes Beispiel des Scharfblicks; er bestellte sich einen zweiten Cognac. Er schien einen wachen Verstand zu besitzen, voller komplexer, nuancierter Gedankengänge; es sei denn, er *relativierte*, was immer die Illusion der Komplexität und der Nuancierung hervorruft. Vor dem Bungalow wünschte ich Lionel eine gute Nacht. Die Atmosphäre war vom Summen der Insekten erfüllt; ich war mir so gut wie sicher, daß ich kein Auge zutun würde.

Ich öffnete die Tür, zündete erneut eine Kerze an und fand mich mehr oder weniger damit ab, mir *Die Firma* wieder vorzunehmen und noch ein bißchen zu lesen. Mücken näherten sich, manche verbrannten sich die Flügel in der Kerzenflamme, ihre Kadaver klebten in dem geschmolzenen Wachs; keine einzige setzte sich auf mich. Dabei war ich bis unter die Lederhaut mit nahrhaftem, köstlichem Blut gefüllt; aber sie machten automatisch kehrt, unfähig, die Geruchsschwelle des Hydroxyethyl und Carboxylat zu überwinden. Man konnte das pharmazeutische Labor Roche-Nicholas beglückwünschen, den Hersteller des *Cinq sur Cinq Tropic*. Ich blies die Kerze aus, zündete sie wieder an und sah dem immer dichter werdenden Ballet der dreckigen kleinen Flugmaschinen zu. Hinter der Zwischenwand hörte ich, wie Lionel leise in der Nacht schnarchte. Ich stand auf, steckte einen weiteren Wachsblock mit Zitronenkraut an, dann ging ich pissen. Ein rundes Loch war im Fußboden des Badezimmers ausgespart; es führte direkt in den Fluß. Man hörte Geplätscher und das Geräusch von Flossen; ich versuchte, nicht daran zu denken, was sich dort unten befand. Als ich mich gerade wieder ins Bett legte, furzte Lionel lange. »Recht hast du, Alter!« stimmte ich ihm kräftig zu. »Wie Martin Luther schon gesagt hat, es gibt nichts Schöneres, als in einen Schlafsack zu furzen.« Meine Stimme hallte seltsam durch die Nacht, übertönte das Rauschen des Wassers und das ununterbrochene Surren der Insekten. Der realen Welt zuzuhören war schon als solches ein Leid. »Mit Gottes Reich ist es wie mit den Wattestäbchen!« brüllte ich erneut in die Nacht hinaus. »Wer Ohren hat zu hören, der höre!« Lionel drehte sich in seinem Bett auf die andere Seite und knurrte leicht, ohne aufzuwachen. Ich hatte keine andere Wahl: Ich mußte eine weitere Schlaftablette nehmen.

8

Von der Strömung mitgerissen, schwammen Grasbüschel den Fluß hinab. Der Gesang der Vögel setzte wieder ein, drang aus dem leicht nebligen Dschungel. Ganz unten im Süden, am Ausgang des Tales, zeichneten sich die birmanischen Berge in der Ferne ab. Ich hatte diese abgerundeten, bläulichen Formen, die von plötzlichen Einschnitten unterbrochen wurden, schon irgendwo gesehen. Vielleicht in den Landschaften der italienischen Maler des ausgehenden Mittelalters, bei einem Museumsbesuch während meiner Schulzeit. Die Gruppe war noch nicht wach; um diese Zeit war die Temperatur noch mild. Ich hatte sehr schlecht geschlafen.

Nach der Krise des Vorabends war beim Frühstück ein gewisser guter Wille an den Tischen zu spüren. Josette und René schienen bestens in Form zu sein; die Ökofreaks aus dem Jura dagegen befanden sich in einem jämmerlichen Zustand; ich stellte es gleich fest, als sie heranhumpelten. Die Proletarier der vorherigen Generation, die den modernen Komfort, wenn er geboten wird, ohne Komplexe zu schätzen wissen, erweisen sich bei deutlich mangelndem Komfort viel widerstandsfähiger als ihre Kinder, selbst wenn diese *ökobewegte* Ansichten bekunden. Éric und Sylvie hatten die ganze Nacht kein Auge zugetan; außerdem war Sylvie mit roten Schwellungen buchstäblich übersät.

»Ja, die Mücken sind richtig über mich hergefallen«, bestätigte sie bitter.

»Ich habe eine reizlindernde Creme gegen Insektenstiche, wenn Sie wollen. Sie ist sehr wirksam; ich kann sie Ihnen holen.«

»Ja gern, das ist nett; aber lassen Sie uns erst einen Kaffee trinken.«

Der Kaffee war abscheulich, sehr klar, fast ungenießbar; wenigstens in dieser Hinsicht wichen wir nicht von der amerikanischen Norm ab. Das junge Paar aus dem Jura machte einen saublöden Eindruck, es tat mir fast weh, zuschauen zu müssen, wie ihr »ökologisches Paradies« vor ihren Augen rissig wurde; aber ich spürte, daß mir heute alles wehtun würde. Ich blickte wieder nach Süden. »Ich glaube, Birma ist sehr schön«, sagte ich halblaut eher zu mir selbst. Sylvie bestätigte ernsthaft: Es sei tatsächlich ein sehr schönes Land, sie habe das gleiche gehört; allerdings *lehne sie es ab*, nach Birma zu fahren. Es sei untragbar, sich zum Komplizen einer solchen Diktatur zu machen, indem man sie durch Devisen unterstützte. Ja, ja, dachte ich, die Devisen. »Die Menschenrechte, die sind wichtig!« rief sie fast verzweifelt. Wenn die Leute über die »Menschenrechte« reden, habe ich immer mehr oder weniger den Eindruck, es handele sich dabei um *Ironie*; aber das war hier nicht der Fall, glaube ich.

»Ich persönlich fahre seit Francos Tod *nicht* mehr nach Spanien«, schaltete sich Robert ein und setzte sich an unseren Tisch. Den Typen hatte ich nicht ankommen sehen. Er schien bestens in Form zu sein, all seine Fähigkeiten, anderen zu schaden, waren wiederhergestellt. Er teilte uns mit, daß er total betrunken zu Bett gegangen sei und dementsprechend ausgezeichnet geschlafen habe. Er sei auf dem Weg zu seinem Bungalow mehrmals fast in den Fluß gestürzt; aber letztlich sei das doch nicht passiert. »*Inch Allah*«, sagte er mit volltönender Stimme zum Schluß.

Nach dieser Karikatur eines Frühstücks begleitete mich Sylvie zu meinem Zimmer. Unterwegs begegneten wir Josiane. Sie war finster, verschlossen und würdigte uns keines Blickes; auch sie schien weit entfernt vom Weg der Vergebung zu sein. Ich hatte erfahren, daß sie *im Zivilleben*, wie René im Scherz gesagt hatte, Literaturprofessorin war; das wunderte mich nicht im geringsten. Sie war genauso eine Schlampe wie die, die mich vor Jahren veranlaßt hatte, mein Literaturstudium abzubrechen.

Ich gab Sylvie die Tube mit der reizlindernden Creme. »Ich bringe sie Ihnen gleich wieder«, sagte sie. »Sie können Sie behalten, wir werden von jetzt an wahrscheinlich keine Mücken mehr antreffen; ich glaube, sie mögen keine Meeresküsten.« Sie dankte mir, schritt zur Tür, zögerte und drehte sich um: »Sie können doch wohl nicht mit der sexuellen Ausbeutung von Kindern einverstanden sein! ...« rief sie bedrückt. Ich hatte mit irgend so etwas gerechnet, schüttelte den Kopf und erwiderte matt: »In Thailand gibt es kaum Kinderprostitution. Meiner Ansicht nach nicht mehr als in Europa.« Sie nickte nur halbwegs überzeugt und ging hinaus. In Wirklichkeit verfügte ich über weitaus genauere Informationen, die ich einem seltsamen Buch mit dem Titel *The White Book* entnommen hatte, das ich mir während meiner vorigen Reise gekauft hatte. Es war ohne den Verfassernamen und ohne Angabe des Verlags erschienen, anscheinend veröffentlicht von einem Verein namens »Inquisition 2000«. Unter dem Vorwand, den Sextourismus anzuprangern, lieferte das Buch sämtliche einschlägigen Adressen, Land für Land – jedes informative Kapitel begann mit einem kurzen, vehementen Aufruf zur Achtung des göttlichen Plans und zur Wiedereinführung der Todesstrafe für Sexualtäter. Hinsichtlich der Pädophilie war das *White Book* sehr klar: Sie rieten förmlich von Thailand ab, das uninteressant geworden sei, wenn es überhaupt jemals von Interesse gewesen war. Statt dessen solle man lieber auf die Philippinen oder noch besser nach Kambodscha fahren – die Reise könne zwar gefährlich sein, lohne sich aber durchaus.

Im 12. Jahrhundert, zum Zeitpunkt der Errichtung von Angkor Vat, erreichte das Khmerreich seinen Höhepunkt. Anschließend ging es ziemlich stark bergab; die Hauptfeinde Thailands waren von diesem Zeitpunkt an die Birmanen. 1351 gründete König Ramathibodi I. die Stadt Ayutthaya. 1402 fiel sein Sohn Ramathibodi II. in das im Niedergang begriffene Reich von Angkor ein. Die sechsunddreißig Herrscher von Ayutthaya prägten ihre Herrschaft durch die Errichtung von buddhistischen Tempeln und Palästen. Im 16. und 17. Jahrhundert war es den Berichten französischer und portugiesischer Reisender zufolge die herrlichste Stadt Asiens. Die Kriege gegen die Birmanen gingen weiter, und 1767 fiel Ayutthaya nach fünfzehnmonatiger Belagerung. Die Birmanen plünderten die Stadt, schmolzen das Gold der Statuen ein und ließen nur Ruinen zurück.

Jetzt war alles sehr friedlich, eine leichte Brise wehte Staub zwischen den Tempeln auf. Von König Ramathibodi war bis auf ein paar Zeilen im Guide Michelin nicht mehr viel übrig geblieben. Das Bild des Buddha war dagegen noch sehr gegenwärtig und hatte all seine Bedeutung behalten. Die Birmanen hatten thailändische Handwerker verschleppt und sich ein paar Hundert Kilometer weiter identische Tempel errichten lassen. Der Wille zur Macht existiert, er äußert sich in Form von *Geschichte*; sie ist als solche grundsätzlich unproduktiv. Das Lächeln des Buddha schwebte noch immer über den Ruinen. Es war drei Uhr nachmittags. Dem Guide Michelin zufolge mußte man drei Tage für die komplette Besichtigung und einen Tag für eine schnelle Besichtigung einplanen. Wir hatten in Wirklichkeit drei Stunden Zeit; das war der geeignete Augenblick, um die Videokameras hervorzuholen. Ich stellte mir Chateaubriand im Kolosseum mit einem *Panasonic*-Camcorder vor, wie er eine Zigarette rauchte; vermutlich eine *Benson* und keine *Gauloises Légères*. Mit einer derart radikalen Religion konfrontiert, wären seine Ansichten vermutlich etwas anders ausgefallen; er hätte weniger Begeisterung für Napoleon gezeigt. Ich war mir sicher, daß er fähig gewesen wäre, ein hervorragendes Buch über den *Genius des Buddhismus* zu schreiben.

Josette und René langweilten sich etwas im Verlauf der Besichtigung; ich hatte den Eindruck, daß sie ziemlich schnell Leerlauf hatten. Babette und Léa ging es nicht anders. Die Ökofreaks aus dem Jura dagegen schienen in ihrem Element zu sein, genau wie die Naturheilpraktiker; sie verfügten über ein eindrucksvolles Arsenal von Fotoapparaten. Valérie war nachdenklich und schlenderte durch die Alleen; über die Steinplatten, zwischen denen Gras wuchs. Das ist Kultur, sagte ich mir, ziemlich beschissen, aber auch gut; jeder wird auf sein eigenes Nichts verwiesen. Aber abgesehen davon, wie hatten die Bildhauer der Ayutthaya-Epoche das bloß *fertiggebracht*? Wie hatten sie es fertiggebracht, ihren Buddha-Statuen einen so leuchtenden Ausdruck des Verstehens zu verleihen?

Nach dem Fall von Ayutthaya wurde es im thailändischen Reich für lange Zeit sehr ruhig. Die Hauptstadt wurde in Bangkok angesiedelt, und das war der Beginn der Rama-Dynastie. Zwei Jahrhunderte lang (und im Grunde bis heute) erlebte das Reich keinen nennenswerten Krieg mit einem Nachbarland und weder einen Bürgerkrieg noch einen Religionskrieg; es gelang ihm ebenfalls, jeder Form von Kolonisierung zu entgehen. Es gab auch keine großen Hungersnöte oder Epidemien. Unter solchen Bedingungen, wenn die Erde fruchtbar ist und reiche Ernten hervorbringt, wenn die Krankheiten ihre Macht nicht allzusehr spüren lassen, wenn eine friedfertige Religion ihr Gesetz im Gewissen der Menschen verbreitet, wachsen die Menschen und vermehren sich; sie führen im allgemeinen ein glückliches Leben. Jetzt war die Sache anders. Thailand war in die *freie Welt* eingetreten, also in die Marktwirtschaft; das Land hatte vor fünf Jahren eine schwere Wirtschaftskrise erlebt, bei der die Landeswährung die Hälfte ihres Wertes verloren hatte und die florierendsten Unternehmen an den Rand des Ruins geraten waren. Das war das erste Drama, das seit über zwei Jahrhunderten wirklich über das Land hereinbrach.

In recht erstaunlicher Stille gingen wir einer nach dem anderen zum Bus zurück. Bei Sonnenuntergang fuhren wir los. Anschließend ging es mit dem Nachtzug von Bangkok nach Surat Thani weiter.

9

Surat Thani – 816 000 Einwohner – zeichnet sich allen Reiseführern zufolge dadurch aus, daß es völlig uninteressant ist. Die Stadt ist, und das ist alles, was man über sie sagen kann, ein unvermeidlicher Durchgangspunkt, wenn man die Fähre nach Koh Samui nehmen will. Dennoch leben dort Menschen, und der Guide Michelin macht uns darauf aufmerksam, daß die Stadt seit langem ein wichtiges Zentrum für Metallindustrie ist – und daß sie in der jüngsten Zeit eine gewisse Bedeutung im Bereich der Metallverarbeitung gewonnen hat.

Und was wären wir schon ohne Metallverarbeitung? Eisenerz wird in irgendwelchen obskuren Regionen gewonnen und mit Frachtern hertransportiert. Außerdem werden Werkzeugmaschinen hergestellt, meistens unter der Kontrolle japanischer Firmen. Die Synthese vollzieht sich in Städten wie Surat Thani: Das Ergebnis sind Autobusse, Eisenbahnwagen, Fähren; all das unter Lizenz von NEC, General Motors oder Fujimori. Das Endprodukt dient zum Teil dazu, westliche Touristen zu befördern oder westliche Touristinnen wie Babette und Léa.

Ich konnte das Wort an sie richten, ich war Teilnehmer der gleichen Reisegruppe. Ich konnte jedoch nicht den Anspruch erheben, ein potentieller Liebhaber zu sein, was von vornherein die möglichen Gesprächsthemen begrenzte; ich hatte aber vor der Abfahrt das gleiche *Ticket* bezahlt, daher konnte ich in gewisser Weise den Kontakt herstellen. Babette und Léa arbeiteten, wie sich herausstellte, in derselben *PR-Agentur*; sie veranstalteten im wesentlichen *Events*. Events? Ja. Mit institutionellen Partnern oder Unternehmen, die sich auf dem Sektor des

Sponsoring profilieren wollten. Damit war bestimmt eine Menge Kohle zu machen, dachte ich. Ja und nein. Inzwischen hätten sich die Unternehmen mehr auf die »Menschenrechte« verlegt, die Investitionen in ihrem Bereich seien daher zurückgegangen. Aber trotzdem liefe die Sache noch ganz gut. Ich erkundigte mich nach ihrem Gehalt: Es sei gut. Es hätte besser sein können, aber es sei gut. Etwa fünfundzwanzigmal so hoch wie das eines Arbeiters in der Metallindustrie in Surat Thani. Die Wirtschaft ist ein Rätsel.

Nach der Ankunft im Hotel ging die Gruppe auseinander, ich vermutete das jedenfalls; ich hatte keine große Lust, mit den anderen zu Mittag zu essen; ich hatte die anderen ein wenig satt. Ich zog die Vorhänge zu und legte mich hin. Seltsamerweise schlief ich gleich ein und träumte von einer Nordafrikanerin, die in einem Metroabteil tanzte. Sie hatte nicht Aïchas Gesichtszüge, glaube ich zumindest. Sie lehnte sich an den Mittelpfeiler wie die Go-go-Girls in den Nachtlokalen. Ihre Brüste waren von einem winzigen Baumwollband bedeckt, das sie nach und nach hochzog. Mit einem Lächeln befreite sie ihre Brüste ganz; sie waren prall, rund und braun, wunderschön. Anschließend leckte sie an ihren Fingern und streichelte ihre Brustwarzen. Dann legte sie ihre Hand auf meine Hose, öffnete den Hosenschlitz, holte mein Glied heraus und wichste mich. Die Leute gingen an uns vorbei und stiegen in ihren jeweiligen Stationen aus. Sie hockte sich auf alle viere und hob ihren Minirock hoch; sie trug nichts darunter. Ihre Scheide war einladend, von kohlschwarzen Haaren umgeben, wie ein Geschenk; ich drang langsam in sie ein. Die Metro war halbvoll, aber niemand beachtete uns. All das konnte sich unmöglich ereignen. Es war ein Hungertraum, der lächerliche Traum eines alternden Mannes.

Gegen fünf Uhr wachte ich auf und stellte fest, daß die Bettlaken ausgiebig mit Sperma befleckt waren. Ein *unwillkürlicher Samenerguß* ... das war rührend. Ich stellte auch zu meiner großen Überraschung fest, daß ich immer noch eine Erektion hatte; das machte wohl das Klima. Ein Kakerlak lag auf dem Rücken mitten auf dem Nachttisch, man konnte seine Beine deutlich erkennen. Der brauchte sich keine Sorgen mehr zu machen, wie mein Vater gesagt hätte. Mein Vater ist Ende 2000 gestorben; er hat gut daran getan. Auf diese Weise hatte sich sein ganzes Dasein auf das 20. Jahrhundert beschränkt, für das er ein abscheulich charakteristisches Element dargestellt hatte. Ich ging auf die Fünfzig zu, nein, eigentlich war ich noch nicht einmal richtig *in den Vierzigern*, denn ich war ja erst knapp vierzig; ich war etwa auf halbem Weg. Der Tod meines Vaters ließ mir eine gewisse Freiheit. Ich hatte mein letztes Wort noch nicht gesagt.

Das Hotel lag an der Ostküste von Koh Samui und entsprach genau dem Bild des *tropischen Paradieses*, wie man sie in den Broschüren der Reisebüros abgebildet sieht. Die Hügel ringsumher waren von dichtem Dschungel bedeckt. Die von Laubwerk umgebenen niedrigen Gebäude waren terrassenförmig angelegt und gingen stufenweise bis zu einer riesigen ovalen Poolanlage hinab, die an beiden Enden einen Whirlpool besaß. Außerdem befand sich mitten im Wasser auf einer kleinen Insel eine »Swim-up«-Pool-Bar. Ein paar Meter tiefer war ein weißer Sandstrand und das Meer. Ich warf einen zurückhaltenden Blick auf die Umgebung; von weitem erkannte ich Lionel, der in den Wellen planschte wie ein behinderter Delphin. Dann machte ich kehrt und ging über einen schmalen Steg, der über das Wasser führte, zur Pool-Bar. Mit eingeübter Lässigkeit studierte ich die Cocktailkarte; die *happy hour* war angebrochen.

Ich hatte mich gerade für einen *Singapore Sling* entschieden, als Babette auftauchte. »Na? ...« sagte ich. »Na? ...« Sie trug ein zweiteiliges, nicht sehr knappes Bade-Ensemble, das aus eng anliegenden Shorts und einem großen Oberteil in harmonischen hell- und dunkelblauen Tönen bestand. Der Stoff schien außerordentlich fein zu sein; es war ein Badeanzug, der wohl erst richtig zur Geltung kam, wenn er naß war. »Gehen Sie nicht ins Wasser?« fragte sie. »Äh …«, sagte ich. Dann tauchte Léa auf, auf klassischere Weise sexy, in einem einteiligen Badeanzug aus leuchtend rotem Vinyl mit schwarzen, leicht geöffneten Reißverschlüssen (einer davon ließ die Brustwarze ihrer linken Brust sehen) und einer an den Schenkeln weit ausgeschnittenen Tangaform. Sie nickte mir zu, ehe sie an den Rand des Beckens zu Babette ging; als sie sich umdrehte, stellte ich fest, daß sie einen perfekt geformten Hintern hatte. Die beiden waren mir anfangs mit Mißtrauen begegnet; aber seit ich sie auf der Fähre angesprochen hatte, müssen sie wohl daraus gefolgert haben, daß ich ein harmloser und eher unterhaltsamer Mensch bin. Sie hatten recht: das traf in etwa zu.

Sie sprangen gleichzeitig ins Wasser. Ich wandte den Kopf ab und ließ den Blick schweifen. Am Nachbartisch saß ein Mann, der Robert Hue unglaublich glich. Einmal naß, war Babettes Badeanzug in der Tat aufsehenerregend: Man konnte die Brustwarzen und die Arschspalte genau erkennen; man sah sogar die sich leicht abhebende Masse der Schamhaare, auch wenn sie die ziemlich kurz geschnitten hatte. Währenddessen arbeiteten andere Leute, produzierten nützliche Dinge; oder auch manchmal nutzlose Dinge. Aber sie produzierten. Was hatte ich selbst während meines vierzigjährigen Daseins produziert? Ehrlich gesagt, nicht viel. Ich hatte Informationen zusammengestellt, dafür gesorgt, daß man sie leichter abrufen und übermitteln konnte, manchmal hatte ich auch Gelder transferiert (in bescheidenem Maße: Ich hatte mich damit begnügt, Rechnungen zu bezahlen, die im allgemeinen nicht sehr hoch waren). Kurz gesagt, ich hatte auf dem *Dienstleistungssektor* gearbeitet. Auf Menschen wie mich hätte man verzichten können. Meine Nutzlosigkeit war jedoch nicht so kraß wie die von Babette und Léa; ich war ein bescheidener Schmarotzer, war nie *in meinem Job aufgegangen* und hatte nie das Bedürfnis empfunden, so zu tun, als sei dies der Fall.

Nach Einbruch der Dunkelheit ging ich wieder in die Lobby, wo ich Lionel begegnete; er hatte fast am ganzen Körper einen Sonnenbrand und war begeistert von dem Tag, den er verbracht hatte. Er war viel geschwommen; er hätte nie gewagt, von solch einem Ort zu träumen. »Ich habe ziemlich lange gespart, um mir die Reise leisten zu können«, sagte er, »aber ich bereue es nicht.« Er setzte sich an den Rand eines Sessels, dachte an seinen Alltag zurück. Er arbeitete bei Gaz de France im südöstlichen Sektor der Pariser Vorstädte; er wohnte in Juvisy. Er hatte oft mit sehr armen Leuten zu tun, einfachen alten Leuten, deren Geräte nicht mehr den Vorschriften entsprachen. Er war gezwungen, ihnen das Gas abzudrehen, wenn sie nicht genügend Geld hatten, um die erforderlichen Erneuerungsarbeiten zu bezahlen. »Manche Leute leben in Verhältnissen ...«, sagte er, »die kann man sich gar nicht vorstellen.«

»Man erlebt manchmal seltsame Dinge ...«, fuhr er fort und nickte dabei. Er selbst könne sich nicht beklagen. Sein Viertel sei zwar nicht besonders schön, sei sogar richtig gefährlich. »Es gibt Ecken, die man besser meidet«, sagte er weiter. Aber insgesamt könne er sich nicht beklagen. »Im übrigen sind wir im Urlaub«, sagte er abschließend, ehe er sich zum Speisesaal aufmachte. Ich griff mir ein paar Informationsblätter und ging in mein Zimmer, um sie zu lesen. Ich hatte immer noch keine Lust, mit den anderen zu Abend zu essen. In der Beziehung zu anderen wird man sich über sich selbst klar; genau das macht die Beziehung zu anderen unerträglich.

Von Léa hatte ich erfahren, daß Koh Samui nicht nur ein tropisches Paradies war, sondern auch eine Insel, die eher *hip* war. In jeder Vollmondnacht fand auf der kleinen Nachbarinsel Koh Lanta ein gigantischer *rave* statt, die Leute kamen aus Australien oder Deutschland, um daran teilzunehmen. »Fast wie in Goa ...«, sagte ich. »Viel besser als in Goa«, erklärte sie bestimmt. Goa sei völlig *out*; um an einem vernünftigen Rave teilzunehmen, müsse man jetzt nach Koh Samui oder nach Lombok fahren.

Soviel erwartete ich gar nicht. Alles, was ich mir im Augenblick wünschte, war eine anständige *body massage*, und anschließend wollte ich mir einen blasen lassen und richtig vögeln. Anscheinend keine komplizierte Sache; doch als ich die Broschüren durchblätterte, stellte ich mit zunehmender Enttäuschung fest, daß das offensichtlich keine Spezialität dieser Gegend war. Es gab da alles mögliche wie zum Beispiel Akupunktur, Massagen mit aromatischen ätherischen Ölen, vegetarische Restaurants oder Tai-Chi-Chuan; aber weder *body massages* noch *go-go-bars*. Alles schien außerdem von einer betrüblich amerikanischen oder gar kalifornischen Atmosphäre geprägt zu sein, die auf »healthy life« und »meditation activities« basierte. Ich überflog einen Leserbrief in *What's on Samui*, den ein gewisser Guy Hopkins geschrieben hatte; er definierte sich selbst als »health addict« und kam seit gut zwanzig Jahren regelmäßig auf die Insel zurück. »*The aura that backpackers spread on the island is unlikely to be erased quickly by upmarket tourists*«, schrieb er abschließend; es war frustrierend. Ich konnte nicht einmal aufs Geratewohl irgendwohin gehen, da das Hotel fern von allem lag; ehrlich gesagt, lag hier alles fern von allem, da es nirgendwo etwas Interessantes gab. Auf der Karte der Insel war keinerlei Zentrum zu entdecken, nur ein paar Bungalow-Anlagen wie die unsere an ruhigen Stränden. Da erinnerte ich mich mit Schrecken, daß die Insel mit sehr schmeichelhaften Worten im *Guide du Routard* beschrieben war. Hier habe man eine gewisse Negativentwicklung zu verhindern gewußt. Ich saß in der Falle. Ich empfand dennoch eine leichte, eher theoretische Befriedigung bei dem Gedanken, daß ich mich in der Lage fühlte zu vögeln. Ich nahm mir resigniert wieder *Die Firma* vor, übersprang zweihundert Seiten und ging dann fünfzig Seiten zurück; durch Zufall stieß ich auf eine Sexszene. Die Handlung war inzwischen etwas vorangekommen: Tom Cruise befand sich jetzt auf den Cayman-Inseln und versuchte irgend etwas auf die Beine zu stellen, um eine Steuerflucht zu organisieren – oder diese zu vereiteln, das war nicht klar. Wie dem auch sei, er lernte eine wunderschöne Mulattin kennen, und das Mädchen schreckte offensichtlich vor nichts zurück. »Mitch hörte ein kurzes Geräusch und sah, wie Eilene der Rock auf die Knöchel fiel, und entdeckte einen String, der von zwei feinen Schnüren gehalten wurde.« Ich machte den Reißverschluß meines Hosenschlitzes auf. Anschließend kam eine seltsame, psychologisch wenig nachvollziehbare Passage: »Lauf weg, flüsterte ihm eine innere Stimme zu. Wirf die Bierflasche ins Meer. Wirf den Rock in den Sand. Und lauf, als wäre der Teufel hinter dir her. Lauf in das Appartement! Lauf!« Zum Glück wollte Eilene davon nichts wissen: »In Zeitlupe ließ sie ihre Hand auf den Rücken gleiten. Sie hakte das Bikini-Oberteil auf, und es fiel herunter, ganz langsam. Ihre Brüste wirkten in ihrer Nacktheit noch voller. Sie reichte es ihm. ›Heben Sie das für mich auf‹, sagte sie. Es war weich und weiß und federleicht.« Ich holte mir ernsthaft einen runter und versuchte mir Mulattinnen nachts in winzigen Badeanzügen vorzustellen. Mit einem Seufzer der Befriedigung ejakulierte ich zwischen zwei Buchseiten. Sie würden wohl zusammenkleben; na ja, es war eh kein Buch, das man zweimal las.

Am Morgen war der Strand menschenleer. Ich badete direkt nach dem Frühstück; die Luft war lau. Die Sonne würde bald am Himmel aufsteigen und bei den Menschen weißer Rasse die Gefahr des Hautkrebses erhöhen. Ich hatte vor, nur so lange zu bleiben, wie die Zimmermädchen vermutlich brauchen würden, um mein Zimmer aufzuräumen, anschließend wollte ich unter die Bettlaken schlüpfen und die Klimaanlage auf volle Touren stellen; ich sah diesem *Tag zur freien Verfügung* mit größter Ruhe entgegen.

Tom Cruise dagegen machte sich ununterbrochen Sorgen über diese Geschichte mit der Mulattin; er nahm sich sogar vor, den Zwischenfall seiner Frau zu erzählen (die, und darin lag das eigentliche Problem, sich nicht damit begnügte, geliebt zu werden; sie wollte die aufreizendste, begehrenswerteste aller Frauen bleiben). Der Idiot verhielt sich so, als stünde die Zukunft seiner Ehe auf dem Spiel. »Wenn sie einen kühlen Kopf bewahrte und großherzig reagierte, würde er ihr sagen, daß er es bereue, zutiefst bereue, und ihr versprechen, daß er nie wieder damit anfangen werde. Wenn sie dagegen in Tränen ausbrach, würde er um Vergebung flehen – notfalls auf den Knien – und auf die Bibel schwören, daß er nie wieder damit anfangen werde.« Das lief ganz offensichtlich mehr oder weniger auf das gleiche hinaus; aber die ständige Reue des Helden wirkte sich schließlich, auch wenn sie völlig uninteressant war, auf die Geschichte aus – die immerhin sehr ernst war: Wir hatten es mit üblen Mafiabossen, dem FBI und vielleicht sogar den Russen zu tun. Man war zunächst genervt und am Ende richtig verärgert.

Ich versuchte es mit meinem anderen amerikanischen Bestseller, *Total Control* von David G. Balducci; aber das war noch schlimmer. Diesmal war der Held kein Anwalt, sondern ein ungewöhnlich begabter junger Informatiker; er arbeitete hundertzehn Stunden in der Woche. Seine Frau dagegen war Anwältin und arbeitete neunzig Stunden in der Woche; sie hatten ein Kind. Die Rolle des Bösen wurde diesmal von einem »europäischen« Unternehmen übernommen, das sich betrügerischer Machenschaften bediente, um sich eines Marktes zu bemächtigen. Dieser Markt hätte normalerweise dem amerikanischen Unternehmen zufallen sollen, in dem der Held arbeitete. Im Laufe einer Unterhaltung mit den Bösen des europäischen Unternehmens zündeten sich diese »ohne irgendwelche Hemmungen« mehrere Zigaretten an; die Luft wurde dadurch buchstäblich verpestet, aber der Held schaffte es, durchzuhalten. Ich hob ein kleines Loch im Sand aus, um die beiden Bücher darin zu vergraben; das Problem war jetzt nur, daß ich etwas zu lesen finden mußte. Leben ohne zu lesen ist gefährlich, weil man sich mit dem Leben begnügen muß, das kann dazu führen, daß man Risiken eingeht. Im Alter von vierzehn Jahren hatte ich mich an einem Nachmittag, an dem der Nebel besonders dicht war, beim Skilaufen verirrt; ich war gezwungen, Lawinengräben zu überqueren. Ich erinnerte mich vor allem an die bleigrauen, niedrigen Wolken und die absolute Stille im Gebirge. Ich wußte, daß sich die Schneemassen bei einer heftigen Bewegung von mir oder sogar ohne ersichtlichen Grund mit einem Schlag lösen konnten, als Ergebnis eines minimalen Temperaturanstiegs oder eines Windstoßes. Ich würde mitgerissen und mehrere hundert Meter hinabgeschleudert bis an den Fuß der Felswände; dann wäre ich wahrscheinlich auf der Stelle tot. Dennoch hatte ich absolut keine Angst. Ich war betrübt, daß die Sache auf diese Weise verlaufen würde, betrübt für mich selbst und für die anderen. Ich hätte einen besser vorbereiteten, in gewisser Weise offizielleren Tod vorgezogen, mit einer Krankheit, einer Feier und Tränen. In Wirklichkeit bedauerte ich vor allem, daß ich nie den Körper einer Frau kennengelernt hatte. In den Wintermonaten vermietete mein Vater die erste Etage seines Hauses; in jenem Jahr war es ein Architektenehepaar. Ihre Tochter Sylvie war ebenfalls vierzehn; sie schien sich von mir angezogen zu fühlen, auf jeden Fall suchte sie meine Gesellschaft. Sie war klein und anmutig, hatte schwarzes, lockiges Haar. War ihr Schamhaar ebenfalls schwarz und lockig? Diese Dinge gingen mir durch den Kopf, während ich mühsam den Berghang entlanglief. Seither habe ich mir oft über diese Besonderheit Gedanken gemacht: Angesichts der Gefahr, sogar des nahen Todes empfand ich keinerlei besondere Gefühlsregung, keinerlei Adrenalinstoß. Die Empfindungen, die die Extrem-Sportler anzogen, suchte ich vergeblich. Ich bin überhaupt nicht mutig und gehe der Gefahr so weit wie möglich aus dem Weg; aber wenn ich doch einmal damit konfrontiert werde, nehme ich sie mit der Ruhe eines Ochsen hin. Vermutlich braucht man darin keine tiefere Bedeutung zu suchen, es ist eine rein technische Angelegenheit, eine Frage der Dosierung der Hormone. Andere Menschen, die mir dem Anschein nach gleichen, empfinden offenbar beim Anblick eines Frauenkörpers absolut nichts, während mich das damals in eine unbeherrschbare Trance versetzte, was mir manchmal auch noch heute passieren kann. In den meisten Lebensumständen bin ich etwa so frei wie ein Staubsauger.

Die Sonne begann allmählich zu brennen. Ich stellte fest, daß Babette und Léa an den Strand gekommen waren; sie hatten sich gut zehn Meter von mir entfernt in den Sand gelegt. Heute hatten sie nackte Brüste und trugen beide das gleiche brasilianische Bikinihöschen in schlichtem Weiß. Sie hatten anscheinend Männer kennengelernt, aber ich glaube nicht, daß sie mit ihnen schlafen würden: Die Typen waren nicht schlecht, eher muskulös, aber auch nicht umwerfend; kurz gesagt, eher Mittelklasse.

Ich stand auf und nahm meine Sachen. Babette hatte eine Nummer von *Elle* neben ihr Badehandtuch gelegt. Ich warf einen Blick in Richtung Meer: Sie badeten und scherzten mit den Männern. Ich bückte mich schnell und steckte die Zeitschrift in meine Tasche; dann suchte ich mir einen Platz am Strand.

Das Meer war ruhig, Richtung Osten hatte man einen weiten Blick. Am gegenüberliegenden Ufer mußte wohl Kambodscha liegen oder Vietnam. Auf halber Entfernung vor dem Horizont konnte man eine Segelyacht erkennen, vielleicht verbrachten manche Milliardäre ihre Zeit damit, die Weltmeere zu durchkreuzen; das war ein monotones und zugleich romantisches Leben.

Valérie näherte sich, sie ging an der Wassergrenze entlang und vergnügte sich damit, manchmal zur Seite zu laufen, um einer stärkeren Welle auszuweichen. Ich richtete mich schnell auf den Ellbogen auf und stellte mit einem Stich im Herzen fest, daß sie einen wunderschönen Körper hatte, eine sehr attraktive Figur in ihrem eher biederen zweiteiligen Badeanzug; ihre Brüste füllten das Oberteil des Badeanzugs auf vollkommene Weise aus. Ich winkte ihr leicht zu, da ich glaubte, sie habe mich nicht bemerkt, aber sie war bereits in meine Richtung abgebogen; es ist nicht leicht, Frauen bei einem Fehler zu ertappen.

»Sie lesen *Elle*?« fragte sie halb erstaunt, halb spöttisch.

»Äh ...«, sagte ich.

»Sie haben doch nichts dagegen?« sagte sie und ließ sich neben mir nieder. Ungezwungen, mit der Gewandtheit der Kennerin, blätterte sie die Zeitschrift durch: ein Blick auf die Modeseiten, ein weiterer auf die ersten Seiten. Die *Elle*-Leserin interessiert sich für Bücher, die *Elle*-Leserin möchte ausgehen ...

»Sind Sie gestern abend wieder in einen Massagesalon gegangen?« fragte sie mich mit einem Seitenblick.

»Äh ... nein. Ich habe keinen gefunden.«

Sie nickte kurz und vertiefte sich wieder in die Lektüre des Hauptartikels: »Sind Sie für eine lange Liebe vorprogrammiert?«

»Na, wie sieht es damit aus?« fragte ich nach einer Weile des Schweigens.

»Ich habe keinen Liebhaber«, erwiderte sie trocken. Diese Frau brachte mich völlig aus dem Konzept.

»Ich verstehe diese Zeitschrift nicht«, fuhr sie fort, ohne den Kopf zu heben. »Da geht es nur um die Mode und die neusten Trends: Was man sich ansehen, was man lesen, auf welchem Gebiet man sich engagieren soll, die *trendigen* Gesprächsthemen ... Die Leserinnen können unmöglich die gleichen Kleider wie die Mannequins tragen, und warum sollten sie sich für die neuen Trends interessieren? Im allgemeinen sind es doch eher ältere Frauen.«

»Glauben Sie wirklich?«

»Ich bin sicher. Meine Mutter liest *Elle*.«

»Vielleicht schreiben die Journalisten nur über das, was sie selbst interessiert, und nicht über das, was ihre Leserinnen interessiert.«

»Vom wirtschaftlichen Standpunkt aus gesehen wäre das kaum haltbar; normalerweise tut man alles, um dem Geschmack der Kunden entgegenzukommen.«

»Vielleicht kommt das ja dem Geschmack der Kunden entgegen.«

Sie dachte nach und entgegnete zögernd: »Ja, vielleicht ...«

»Glauben Sie«, fuhr ich fort, »daß Sie sich nicht mehr für die neuen Trends interessieren, wenn Sie sechzig sind?«

»Ich hoffe nicht ...«, sagte sie aufrichtig.

Ich zündete mir eine Zigarette an. »Wenn ich hier bleibe, muß ich mich eincremen ...«, sagte ich betrübt.

»Kommen Sie, wir gehen schwimmen! Sie können sich hinterher eincremen.«

Im Nu war sie auf den Beinen und zog mich ins Wasser.

Sie schwamm gut. Ich persönlich kann nicht sagen, daß ich schwimme; ich kann den toten Mann machen, aber ich werde schnell müde. »Sie werden schnell müde«, sagte sie. »Das kommt davon, daß Sie zuviel rauchen. Sie müssen Sport treiben. Ich werde mich um Sie kümmern! ...« Sie drehte mir die Armmuskeln. O nein, dachte ich, nur das nicht. Sie beruhigte sich schließlich und legte sich wieder in die Sonne, um sich bräunen zu lassen, nachdem sie sich den Kopf energisch abgetrocknet hatte. Sie war hübsch, mir ihrem langen schwarzen zerzausten Haar. Sie nahm das Oberteil ihres Badeanzugs nicht ab, das war schade; ich hätte es gern gemocht, daß sie das Oberteil ablegte. Ich hätte jetzt, in diesem Augenblick, gern ihre Brüste gesehen.

Sie hatte meinen Blick auf ihren Busen gespürt und lächelte kurz: »Michel ...«, sagte sie nach einer kurzen Stille. Ich zuckte bei der Nennung meines Vornamens zusammen. »Warum fühlen Sie sich eigentlich so alt?« fragte sie, wobei sie mir fest in die Augen sah.

Das war eine gute Frage; mir verschlug es fast den Atem. »Sie brauchen mir nicht gleich zu antworten ...«, sagte sie freundlich. »Ich habe ein Buch für Sie«, fuhr sie fort und holte es aus ihrer Tasche. Ich erkannte erstaunt den gelben Umschlag der *Masque*-Reihe, einen Krimi von Agatha Christie, *Das Eulenhaus*.

»Agatha Christie?« sagte ich wie benommen.

»Lesen Sie es trotzdem. Ich könnte mir vorstellen, daß Sie das interessiert.«

Ich nickte stumpfsinnig. »Gehen Sie nicht zum Mittagessen?« fragte sie nach einer Minute. »Es ist schon ein Uhr.«

»Nein ... Nein, ich glaube nicht.«

»Sie mögen wohl das Gruppenleben nicht allzu sehr?«

Unnötig, ihr zu antworten; ich lächelte. Wir nahmen unsere Sachen und gingen gemeinsam fort. Auf dem Weg zum Hotel begegneten wir Lionel, der wie eine verlorene Seele umherirrte; er winkte uns freundlich zu, schien sich aber schon längst nicht mehr so gut zu amüsieren. Nicht ohne Grund trifft man so selten alleinreisende Männer in den Ferienclubs an. Man sieht, wie sie nervös am Rande der Freizeiteinrichtungen stehen. Meistens machen sie kehrt, manchmal versuchen sie ihr Glück und nehmen an etwas teil. Ich ließ Valérie vor den Tischen des Restaurants allein.

In jeder Geschichte mit Sherlock Holmes erkennt man natürlich die charakteristischen Züge des Protagonisten wieder; aber außerdem versäumt es der Autor nie, ein neues Element hinzuzufügen (das Kokain, die Geige, die Existenz des älteren Bruders Mycroft, die Vorliebe für italienische Opern ..., gewisse Dienste, die früher manchen herrschenden Familien geleistet worden sind ..., die erste Affäre, die Sherlock bereits als Jugendlicher gelöst hat). Bei jeder neu enthüllten Einzelheit zeichnen sich neue Dunkelzonen ab, und so entsteht schließlich eine wirklich faszinierende Romanfigur: Conan Doyle ist es gelungen, eine perfekte Mischung aus der *Freude am Entdecken* und der *Freude am Wiedererkennen* zu schaffen. Ich habe immer den Eindruck gehabt, daß Agatha Christie dagegen der Freude am Wiedererkennen einen zu großen Platz einräumt. In ihren anfänglichen Beschreibungen von Poirot tendiert sie dazu, sich auf ein paar Standardsätze zu beschränken, die auf die offensichtlichsten Eigenschaften des Protagonisten begrenzt sind (seine fast manische Vorliebe für Symmetrie, seine Lackstiefel und die sorgfältige Pflege seines Schnurrbarts); in ihren schwächsten Romanen hat man sogar den Eindruck, als seien diese einleitenden Sätze einfach voneinander abgeschrieben und von Buch zu Buch übernommen worden.

Der Reiz vom *Eulenhaus* liegt jedoch woanders. Noch nicht einmal in der ambitionierten Figur der Bildhauerin Henrietta, an der Agatha Christie nicht nur die Qualen des künstlerischen Schaffens (die Szene, in der Henrietta eine ihrer Statuen, nachdem sie diese gerade mit vieler Mühe fertiggestellt hat, zerstört, weil sie spürt, daß *irgend etwas* fehlt), sondern auch das spezifische Leiden darzustellen versucht, das mit dem Künstlerdasein verbunden ist: die Unfähigkeit, *wirklich* glücklich oder unglücklich zu sein; *wirklich* Haß, Verzweiflung, große Freude oder Liebe zu empfinden, diesen ästhetischen Filter, der sich unerbittlich zwischen den Künstler und die Welt schiebt. Die Autorin hat sehr viel von sich selbst in die Romanfigur gelegt, und ihre Aufrichtigkeit ist unbestreitbar. Leider wird der Künstler, der gewissermaßen eine Außenseiterstellung einnimmt und die Dinge auf zweifache, ambivalente Weise empfindet – folglich nicht so brutal –, eben dadurch zu einer weniger interessanten Romanfigur.

Agatha Christie, die zutiefst konservativ war und dem Gedanken einer sozial gerechteren Verteilung der Reichtümer feindlich gegenüberstand, vertrat während ihrer ganzen langen Laufbahn als Romanautorin sehr klare ideologische Positionen. Aufgrund dieses theoretisch radikalen Engagements konnte sie sich in der Praxis erlauben, bei der Beschreibung der englischen Aristokratie, deren Privilegien sie verteidigte, häufig sehr grausam zu verfahren. Lady Angkatell ist eine manchmal fast erschreckende, burleske Figur an der Grenze der Glaubwürdigkeit. Die Autorin ist von dieser Romanfigur fasziniert, die sogar die Umgangsregeln vergessen hat, die unter normalen menschlichen Wesen gängig sind. Agatha Christie hat sich vermutlich köstlich dabei amüsiert, solche Sätze zu schreiben wie: »Es ist äußerst schwer, *richtig* Bekanntschaft zu machen, wenn man einen Mordfall im Hause hat«; aber ihre Sympathie gehört sicherlich nicht Lady Angkatell. Dagegen zeichnet sie ein sehr warmherziges Porträt von Midge, die gezwungen ist, sich ihren Lebensunterhalt in der Woche als Verkäuferin zu verdienen, und die die Wochenenden unter Leuten verbringt, die nicht die geringste Vorstellung davon haben, was es heißt zu *arbeiten*. Die mutige, tatkräftige Midge liebt Edward ohne jede Hoffnung auf Erwiderung ihrer Liebe. Edward betrachtet sich selbst als Versager: Er hat nie etwas im Leben erreicht, *nicht einmal, Schriftsteller zu werden*; er schreibt kleine Chroniken voll bitterer Ironie in irgendwelchen obskuren bibliophilen Zeitschriften. Er hat Henrietta dreimal einen Heiratsantrag gemacht, jedoch ohne Erfolg. Henrietta ist Johns Geliebte gewesen, sie bewundert seine strahlende Persönlichkeit, seine Kraft; aber John ist verheiratet. Seine Ermordung erschüttert das subtile Gleichgewicht aus ungestillten Sehnsüchten, das diese Figuren verbindet: Edward begreift endlich, daß Henrietta ihn nie lieben wird und daß er John einfach nicht gewachsen ist; dennoch gelingt es ihm nicht, sich Midge zu nähern, und sein Leben scheint endgültig verpfuscht zu sein. Von diesem Augenblick an wird *Das Eulenhaus* zu einem seltsam ergreifenden Buch; es ist, als stünde man vor tiefen Wassern, in denen sich etwas regt. In der Szene, in der Midge Edward vor dem Selbstmord rettet und er ihr einen Heiratsantrag macht, hat Agatha Christie in der Darstellung des verwunderten Entzückens etwas sehr Schönes erreicht, das an Dickens erinnert.

Sie schloß ihn in die Arme. Er lächelte ihr zu: »Du bist so warm, Midge ... so warm ...«

Ja, dachte Midge, so ist die Verzweiflung. Etwas Eisiges, eine unendliche Kälte und eine grenzenlose Einsamkeit. Sie hatte nie zuvor begriffen, daß die Verzweiflung eiskalt war; sie hatte sie sich immer sengend heiß, heftig, gewaltig vorgestellt. Aber nein. Die Verzweiflung war anders: Sie war ein bodenloser Abgrund eisiger Finsternis, unerträglicher Einsamkeit. Und die Sünde der Verzweiflung, von der die Priester sprachen, war eine kalte Sünde, die darin bestand, sich von jedem menschlichen, warmen, lebendigen Kontakt loszusagen.

Gegen einundzwanzig Uhr beendete ich meine Lektüre; ich stand auf und ging ans Fenster. Das Meer war ruhig, auf der Wasseroberfläche tanzten Myriaden von kleinen leuchtenden Flekken; ein schwacher Hof umgab die Mondscheibe. Ich wußte, daß an diesem Abend in Koh Lanta eine *full moon rave party* stattfand; Babette und Léa würden sicherlich mit einem guten Teil der Gäste hingehen. Es ist leicht, auf das Leben zu verzichten, leicht, das eigene Leben auszuklammern. In dem Augenblick, da die Vorbereitungen für die Abendveranstaltung begannen, Taxis am Hotel vorfuhren und auf den Fluren emsiges Treiben entstand, empfand ich nichts anderes als traurige Erleichterung.

10

Im nördlichen Teil des Isthmus von Kra, einem schmalen gebirgigen Landstrich, der den Golf von Thailand und die Andamanensee trennt, verläuft die Grenze zwischen Thailand und Birma. Auf der Höhe von Ranong im südlichsten Teil Birmas ist der Streifen nur noch zweiundzwanzig Kilometer breit; anschließend verbreitert er sich allmählich und bildet die malaiische Halbinsel.

Von den Hunderten von Inseln, die die Andamanensee übersäen, sind nur einige bewohnt, und keine, die zum birmanischen Gebiet gehört, wird touristisch genutzt. Die Inseln der Bucht von Phang Nga im thailändischen Raum liefern dem Land dagegen 43 % seiner jährlichen Tourismuseinkünfte. Die bedeutendste Insel ist Phuket, wo bereits Mitte der achtziger Jahre die ersten *resorts* entstanden, zumeist mit chinesischem oder französischem Kapital (der Südosten Asiens ist von der Gruppe Aurore sehr früh als einer ihrer wichtigsten Wachstumsmärkte angesehen worden). In dem Kapitel, das Phuket gewidmet ist, erreicht der *Guide du Routard* zweifellos seinen höchsten Grad an Gehässigkeit, vulgärem elitären Denken und aggressivem Masochismus. »Für manche«, schreiben sie gleich zu Beginn, »ist Phuket eine aufsteigende Insel; für uns geht es mit ihr eher abwärts.«

»Wir müssen ja zwangsläufig auf diese ›Perle im indischen Ozean‹ zu sprechen kommen«, fahren sie fort. »Noch vor ein paar Jahren haben wir Phuket über alle Maßen gelobt: Sonne, traumhafte Strände, ein herrliches Leben. Selbst auf die Gefahr hin, einen Mißton in diesen Lobgesang zu bringen, müssen wir

Ihnen die Wahrheit gestehen: Uns gefällt Phuket nicht mehr! *Patong Beach*, der berühmteste Strand, ist zu einer Betonwüste geworden. Der Anteil der Männer unter den Gästen hat stark zugenommen, ebenso wie die Anzahl der Animierlokale, überall ist das Lächeln käuflich geworden. Und die Bungalows für *Routards* sind einem Lifting mit der Planierraupe zum Opfer gefallen, um Platz zu schaffen für Hotels für einsame, dickwanstige Europäer.«

Wir sollten zwei Nächte in Patong Beach verbringen. Ich setzte mich zuversichtlich in den Bus, bereit, meine Rolle als einsamer, dickwanstiger Europäer zu spielen. Die Rundreise sollte ihren abschließenden Höhepunkt mit drei Tagen zur freien Verfügung auf der Insel Koh Phi Phi finden, einem Reiseziel, das traditionellerweise als paradiesisch angesehen wird. »Was soll man über Koh Phi Phi schon sagen?« beklagte sich der Reiseführer. »Es ist fast, als bäte man uns, über eine enttäuschte Liebe zu sprechen ... Man möchte gern etwas Gutes sagen, aber mit einem dicken Kloß in der Kehle.« Dem Masochisten mit Manipulationsbedürfnis reicht es nicht, daß er selbst unglücklich ist; auch die anderen sollen es sein. Nach dreißig Kilometern hielt der Bus, um zu tanken; ich warf meinen *Guide du Routard* in die Mülltonne der Tankstelle. Der westliche Masochismus, sagte ich mir. Zwei Kilometer später wurde mir bewußt, daß ich diesmal wirklich nichts mehr zu lesen hatte; ich würde die letzten Tage der Rundreise ohne jeglichen gedruckten Text als Schutzschirm verbringen müssen. Ich blickte in die Runde, mein Herzschlag hatte sich beschleunigt, die Außenwelt kam mir plötzlich viel näher vor. Auf der anderen Seite des Mittelgangs hatte Valérie ihren Sitz schräg gestellt; sie schien zu träumen oder zu schlafen, ihr Gesicht war der Scheibe zugewandt. Ich versuchte, ihrem Beispiel zu folgen. Draußen zog die Landschaft vorbei, die sich aus unterschiedlichen Pflanzenarten zusammensetzte. In meiner Verzweiflung lieh ich mir von René seinen Guide Michelin aus; ich erfuhr darin, daß die Pflanzungen von Kautschuk-

…umen und der Latex eine entscheidende Rolle für die Wirtschaft dieser Region spielt: Thailand ist auf dem Weltmarkt der drittgrößte Kautschukproduzent. Diese verworrene Vegetation dient also zur Herstellung von Kondomen und Reifen; die menschliche Erfindungsgabe ist wirklich bemerkenswert. Man kann den Menschen in so mancher Hinsicht kritisieren, aber diese Sache kann man ihm nicht nehmen: Man hat es tatsächlich mit einem *erfinderischen* Säugetier zu tun.

Seit dem Abend am River Kwai war die Aufteilung der Tische endgültig geregelt. Nachdem Valérie sich für das, wie sie es nannte, »Lager der Spießer« entschieden hatte, hatte Josiane sich zu den Naturheilpraktikern gesellt, mit denen sie gewisse Wertvorstellungen teilte – wie zum Beispiel die Praktiken, die die innere Ruhe zum Ziel hatten. Beim Mittagessen konnte ich daher aus der Ferne einen richtigen *Wettstreit der inneren Ruhe* zwischen Albert und Josiane verfolgen, und zwar unter dem aufmerksamen Blick der Ökofreaks, die in einem gottverlassenen Nest in der Franche-Comté wohnten, wo ihnen natürlich weniger Praktiken zur Verfügung standen. Babette und Léa hatten, obwohl aus dem Pariser Raum stammend, nicht viel zu sagen, bis auf ein gelegentliches »Das ist Spitze«; die innere Ruhe war für sie nur ein mittelfristiges Ziel. Insgesamt gesehen hatten wir es mit einem gut ausgewogenen Tisch mit zwei *natürlichen Führergestalten* unterschiedlichen Geschlechts zu tun, die ein aktives Einverständnis entwickeln konnten. Auf unserer Seite kam die Sache nur mühsam in Gang. Josette und René gaben in regelmäßigen Abständen Kommentare zur Speisekarte ab, sie hatten sich sehr gut an die hiesige Küche gewöhnt, Josette äußerte sogar die Absicht, sich gewisse Rezepte geben zu lassen. Ab und zu kritisierten sie die Gruppenmitglieder am anderen Tisch, die sie als *eingebildete Angeber* ansahen; all das konnte uns nicht sehr weit führen, und ich wartete im allgemeinen ungeduldig auf den Nachtisch.

Ich gab René den Guide Michelin zurück; es blieben noch vier Stunden Fahrt bis Phuket. In der Bar des Restaurants kaufte ich eine Flasche Mekong. Ich verbrachte die folgenden vier Stunden damit, gegen die Scham anzukämpfen, die mich daran hinderte, die Flasche aus meinem Rucksack zu holen, um mich in Ruhe zu besaufen; schließlich siegte die Scham. Die Einfahrt zum *Beach Resort* war mit einer Banderole mit der Aufschrift FEUERWEHRVEREIN AUS CHAZAY – HERZLICH WILLKOMMEN geschmückt. »Das ist ja witzig …«, kommentierte Josette, »Chazay ist der Ort, wo deine Schwester wohnt …« René erinnerte sich nicht mehr. »Doch, doch …«, sagte sie mit Nachdruck. Ehe ich meinen Zimmerschlüssel bekam, hörte ich noch, wie sie sagte: »Durch die Fahrt über den Isthmus von Kra verliert man letztlich einen ganzen Tag«; das Gemeine daran war, daß sie recht hatte. Ich ließ mich auf das *king size*-Bett fallen und schenkte mir einen kräftigen Schluck Alkohol ein, dann einen weiteren.

Ich wachte mit furchtbaren Kopfschmerzen auf und übergab mich lange in die Kloschüssel. Es war fünf Uhr morgens: zu spät für die Animierlokale, zu früh für das Frühstück. In der Nachttischschublade lag eine englische Bibel sowie ein Buch über Buddhas Lehre. »*Because of their ignorance*«, las ich darin, »*people are always thinking wrong thoughts and always losing the right viewpoint and, clinging to their egos, they take wrong actions. As a result, they become attached to a delusive existence.*« Ich war mir nicht sicher, ob ich alles richtig verstanden hatte, aber der letzte Satz veranschaulichte wunderbar meinen gegenwärtigen Zustand; er verschaffte mir genügend Erleichterung, um die Zeit bis zum Frühstück überbrücken zu können. Am Nachbartisch saß eine Gruppe von riesigen amerikanischen Schwarzen, man hätte sie für eine Basketballmannschaft halten können. Ein Stück weiter ein Tisch mit Chinesen aus Hongkong – erkennbar an ihrer Schmutzigkeit, die schon für einen Westeuropäer schwer zu ertragen war und die die thailändischen Kellner völlig fassungslos machte, obwohl sie es bereits gewohnt waren. Im Gegensatz zu den Thais, die sich in allen Situationen durch eine geradezu pedantische, bisweilen übertriebene Sauberkeit auszeichnen, schlingen die Chinesen das Essen gierig hinunter, lachen laut mit offenem Mund, wobei sie winzige Nahrungsstückchen ausspeien, sie spucken auf den Boden, schneuzen sich zwischen den Fingern – kurz gesagt, sie verhalten sich in allem genau wie Schweine. Außerdem sind es sehr viele Schweine, was die Sache nicht besser macht.

Nachdem ich ein paar Minuten durch die Straßen von Patong Beach gelaufen war, wurde mir klar, daß all das, was die zivilisierte Welt an Touristen hervorgebracht hatte, hier auf diesen zwei Kilometern, die am Meer entlangführten, versammelt war. Auf ein paar Dutzend Metern begegnete ich Japanern, Italienern, Deutschen, Amerikanern, ganz abgesehen von einigen Skandinaviern und reichen Südamerikanern. »Es geht uns allen gleich, wir sehnen uns alle nach Sonne«, wie mir das Mädchen im Reisebüro gesagt hatte. Ich verhielt mich wie ein exemplarischer Durchschnittsgast: Ich mietete mir einen Liegestuhl mit eingearbeiteter Matratze, einen Sonnenschirm und trank ein paar *Sprite*; ich ging ein paarmal kurz ins Wasser. Die Wellen waren sanft. Gegen fünf kehrte ich ins Hotel zurück, nur mäßig zufrieden mit meinem freien Tag, aber dennoch entschlossen, weiterzumachen. *I was attached to a delusive existence.* Blieben mir noch die Animierlokale; ehe ich auf das entsprechende Viertel zusteuerte, flanierte ich noch eine Weile vor den Auslagen der Restaurants. Vor dem *Royal Savoey Seafood* entdeckte ich ein amerikanisches Paar, das mit übertriebener Aufmerksamkeit einen Hummer anstarrte. »Zwei Säugetiere vor einem Schalentier«, sagte ich mir. Ein Kellner kam mit strahlendem Lächeln auf sie zu, vermutlich um die Frische des Produkts anzupreisen. »Das macht drei«, fuhr ich automatisch fort. Die Menge strömte ununterbrochen vorbei, setzte sich aus Einzelpersonen, Familien, Paaren zusammen; das alles machte einen recht unschuldigen Eindruck.

Wenn deutsche Senioren viel getrunken haben, tun sie sich manchmal zu einer Gruppe zusammen und stimmen langsame Gesänge von unendlicher Traurigkeit an. Das belustigt die umstehenden thailändischen Kellner so sehr, daß sie kleine Schreie ausstoßen.

Nachdem ich eine Weile drei Männern in den Fünfzigern gefolgt war, die sich mit so manchem lauten »Ach!« und »Ja« verständigten, kam ich, ohne danach gesucht zu haben, in die Straße mit den Animierlokalen. Mädchen in kurzen Röcken gurrten um die Wette, um mich ins *Blue Nights*, ins *Naughty Girl*, ins *Classroom*, ins *Marilyn*, ins *Venus* zu locken ... Ich entschied mich schließlich für das *Naughty Girl*. Das Lokal war noch relativ leer: Ein knappes Dutzend Männer, die allein an ihrem Tisch saßen – vor allem junge Engländer und Amerikaner zwischen fünfundzwanzig und dreißig. Auf der Tanzfläche schwenkten etwa zehn Mädchen zu einem eher seichten Disco-Rhythmus langsam die Hüften. Manche trugen einen weißen Bikini, andere hatten das Oberteil abgelegt und nur den String anbehalten. Sie waren alle um die Zwanzig, hatten alle eine goldbraune Haut und einen geschmeidigen, aufreizenden Körper. Ein älterer Deutscher saß zu meiner Linken vor einer Flasche Carlsberg: Eindrucksvoller Bauch, weißer Bart, Brille, er sah sehr nach einem Universitätsprofessor im Ruhestand aus. Wie gebannt starrte er auf diese jungen Körper, die sich vor seinen Augen bewegten; er saß so regungslos da, daß ich einen Augenblick glaubte, er sei tot.

Mehrere Nebelmaschinen traten in Aktion, die Musik wechselte, es kam jetzt ein polynesischer Slow. Die Mädchen verließen die Bühne und wurden durch zehn andere ersetzt, die auf der Höhe von Busen und Taille mit Blumenketten bekleidet waren. Sie drehten sich sanft im Kreis, wobei die Blumenketten mal die Brüste, mal den Poansatz sehen ließen. Der alte Deutsche starrte noch immer auf die Bühne; irgendwann nahm er die Brille ab, um sie zu putzen, seine Augen waren feucht. Er war im Paradies.

Strenggenommen gingen die Mädchen nicht auf Kundenfang; aber man konnte sie zu einem Drink einladen, sich mit ihnen unterhalten, eventuell eine *bar fee* von fünfhundert Baht an das Lokal entrichten und das Mädchen mit ins Hotel nehmen, nachdem man den Preis ausgehandelt hatte. Für eine ganze Nacht war der Tarif, glaube ich, vier- oder fünftausend Baht – in etwa das Monatsgehalt eines ungelernten Arbeiters in Thailand; aber Phuket ist ein teurer Badeort. Der alte Deutsche gab einem der Mädchen, das immer noch mit einem weißen String bekleidet vor der Bühne auf den nächsten Auftritt wartete, diskret ein Zeichen. Sie näherte sich sogleich und setzte sich zwanglos zwischen seine Schenkel. Ihre jungen runden Brüste bewegten sich vor dem Gesicht des alten Mannes, der vor Vergnügen errötete. Ich hörte, wie sie ihn »Papa« nannte. Ich bezahlte meinen Tequila-Zitrone und ging ein wenig geniert nach draußen; ich hatte den Eindruck, eine der letzten Freuden des alten Mannes miterlebt zu haben, das war zu rührend und zu persönlich.

Direkt neben dem Lokal entdeckte ich ein Gartenrestaurant, in das ich mich setzte, um einen Teller Reis mit Krebsfleisch zu essen. Fast alle Tische waren mit Paaren besetzt, die sich aus einem Nicht-Asiaten und einer Thailänderin zusammensetzten – die meisten Männer ähnelten Kaliforniern oder der Vorstellung, die man sich von Kaliforniern macht, auf jeden Fall trugen sie Schaumgummisandalen. In Wirklichkeit handelte es sich vielleicht um Australier – man kann sie leicht miteinander verwechseln; wie dem auch sei, sie wirkten gesund, sportlich und wohlgenährt. Sie waren die Zukunft der Welt. In diesem Augenblick, als ich all diese jungen, untadeligen, vielversprechenden Angelsachsen sah, begriff ich, in welchem Maße der Sextourismus die Zukunft der Welt sein würde. Am Nachbartisch schwatzten zwei etwa dreißigjährige Thailänderinnen mit üppigen Formen sehr angeregt; sie saßen zwei jungen Engländern mit glattrasierten Schädeln und einem Aussehen wie postmoderne Sträflinge gegenüber, die mit Mühe ihr Bier tranken, ohne ein Wort zu sagen. Ein paar Tische weiter hatten sich zwei pummelige deutsche Lesben in Latzhosen und mit kurzgeschorenem roten Haar die Gesellschaft einer reizenden Minderjährigen mit langem schwarzen Haar und sehr feinen Gesichtszügen geleistet, die einen bunten Sarong trug. Auch zwei einzelne Araber von undefinierbarer Nationalität waren dort – ihre Schädel waren mit diesem geschirrtuchartigen Stofflappen umwickelt, an dem man Jassir Arafat bei seinen Fernsehauftritten erkennt. Kurz gesagt, die reiche oder halbreiche Welt war hier, war dem unwandelbaren, sanften Ruf der asiatischen Möse gefolgt. Das Seltsame daran war, daß man schon beim ersten Blick auf ein Paar zu wissen meinte, ob die Sache klappen würde oder nicht. Meistens langweilten sich die Mädchen, setzten eine schmollende oder resignierte Miene auf, warfen Seitenblicke auf die anderen Tische. Aber manche hatten auch den Blick in liebevoller Erwartung auf ihren Gefährten gerichtet, hingen an deren Lippen und antworteten angeregt; in solchen Fällen konnte man sich vorstellen, daß es dabei nicht blieb, sondern daß sich eine Freundschaft oder sogar eine dauerhaftere Beziehung entwickelte: Ich wußte, daß es nicht selten zu Eheschließungen kam, besonders mit Deutschen.

Ich selbst verspürte keine allzu große Lust, ein Gespräch mit einem Mädchen in einer Bar anzufangen; diese Unterhaltungen sind im allgemeinen enttäuschend, da sie zu sehr auf die Art und den Preis der bevorstehenden sexuellen Dienstleistung ausgerichtet sind. Ich zog die Massagesalons vor, in denen man mit dem Sex beginnt; manchmal entwickelt sich eine persönlichere Beziehung, manchmal auch nicht. In manchen Fällen erwägt man eine Fortsetzung im Hotel und stellt dabei dann fest, daß das Mädchen nicht unbedingt Lust dazu hat: Manchmal ist sie geschieden und hat Kinder, die versorgt werden müssen; das ist traurig und das ist gut. Während ich meinen Reis aß, entwarf ich die Grundideen für einen pornographischen Abenteuerfilm mit dem Titel *Der Massagesalon*. Sirien, eine junge Thailänderin aus dem Norden, hat sich unsterblich in Bob verliebt, einen amerikanischen Studenten, der nach einem feuchten Abend durch Zufall dort gelandet ist, weil ihn seine Saufkumpane mitgeschleppt haben. Bob rührt Sirien nicht an, sondern begnügt sich damit, sie mit seinen schönen hellblauen Augen anzusehen und ihr von seinem Heimatland zu erzählen – Nord Carolina oder so etwas. Anschließend treffen sie sich noch mehrmals außerhalb von Siriens Arbeit, aber leider muß Bob wieder abreisen, um sein letztes Studienjahr an der Universität Yale zu beenden. Ellipse. Sirien wartet voller Hoffnung, ohne jedoch die Erwartungen ihrer zahlreichen Kunden zu enttäuschen. Auch wenn sie ein reines Herz besitzt, wichst und lutscht sie mit Hingabe dickwanstige, schnurrbärtige Franzosen (Nebenrolle für Gérard Jugnot), fette, glatzköpfige Deutsche (Nebenrolle für einen deutschen Schauspieler). Schließlich kommt Bob wieder und versucht, sie aus ihrer Hölle herauszureißen; aber die chinesische Mafia will nichts davon wissen. Bob schaltet den amerikanischen Botschafter und die Leiterin einer humanitären Vereinigung ein, die den Mädchenhandel bekämpft (Nebenrolle für Jane Fonda). Wenn man die chinesische Mafia (Anspielung auf die Triaden) und die thailändischen Generäle berücksichtigt, die mit ihnen unter einer Decke stecken (politische Dimension, Appell an die demokratischen Wertvorstellungen), muß man mit Schießereien und Verfolgungsjagden in Bangkok rechnen. Letztlich soll Bob gewinnen. In einer der letzten Szenen stellt Sirien ihre ganze sexuelle Kunstfertigkeit unter Beweis, und zwar zum erstenmal voller Aufrichtigkeit. Die ganzen Pimmel, die sie als einfache Angestellte eines Massagesalons lutschen mußte, hat sie nur in hoffnungsvoller Erwartung von Bobs Pimmel abgelutscht, der alle anderen in sich vereint – na ja, das kam auf den Dialog an. Überblenden der beiden Flüsse (den Chao Phraya, den Delaware). Abspann. Für den europäischen Raum faßte ich bereits einen spezifischen Werbeslogan ins Auge, etwa in der Art: »Hat Ihnen *Das Musikzimmer* gefallen? Dann wird Sie *Der Massagesalon* begeistern.« Na ja, das war alles noch ein bißchen vage, im Augenblick fehlten mir dazu noch die geeigneten Partner.

Ich stand auf, nachdem ich bezahlt hatte, und ging hundertfünfzig Meter weiter, wobei ich verschiedene Angebote ausschlug, und befand mich vor dem *Pussy Paradise*. Ich öffnete die Tür und ging hinein. Drei Meter vor mir erkannte ich Robert und Lionel, die an einem Tisch saßen und beide einen *Irish coffee* vor sich stehen hatten. Im hinteren Teil des Raumes saßen hinter einer Glasscheibe etwa fünfzig Mädchen mit ihren numerierten Abzeichen auf ansteigenden Sitzreihen. Ein Kellner kam sehr schnell auf mich zu. Als Lionel den Kopf wandte, bemerkte er mich, und sein Gesicht nahm einen schamhaften Ausdruck an. Dann wandte sich auch Robert um und lud mich mit einer langsamen Handbewegung ein, mich zu ihnen zu setzen. Lionel biß sich auf die Lippen, er wußte nicht mehr ein noch aus. Der Kellner nahm meine Bestellung entgegen. »Ich stehe politisch rechts ...«, sagte Robert ohne ersichtlichen Grund, »aber Vorsicht ...« Er bewegte den Zeigefinger über dem Tisch hin und her, als wolle er mich warnen. Seit Beginn der Reise, das hatte ich bemerkt, stellte er sich vor, daß ich ein *Linker* sei, und wartete auf die Gelegenheit, ein Gespräch mit mir anzufangen; ich hatte nicht die Absicht, mich auf dieses Spielchen einzulassen. Ich zündete mir eine Zigarette an; er musterte mich streng. »Das Glück ist eine heikle Sache«, sagte er in belehrendem Ton, »es ist schwierig, es in uns selbst, und unmöglich, es anderswo zu finden.« Nach ein paar Sekunden fügte er mit strenger Stimme hinzu: »Chamfort.« Lionel betrachtete ihn bewundernd, er schien völlig von ihm fasziniert zu sein. Der Ausspruch kam mir fragwürdig vor: Wenn man »schwierig« und »unmöglich« gegeneinander austauschte, kam man der Wirklichkeit vielleicht etwas näher; aber ich hatte keine Lust, das Gespräch fortzusetzen, es war dringend nötig, wieder zu der normalen touristischen Situation zurückzufinden. Außerdem hatte ich allmählich Lust auf die 47, eine kleine, sehr schlanke, fast etwas magere Thailänderin; sie hatte kräftige Lippen und wirkte sehr nett, trug einen roten Minirock und schwarze Seidenstrümpfe. Robert, dem nicht entgangen war, daß meine Aufmerksamkeit nachgelassen hatte, wandte sich Lionel zu. »Ich glaube an die Wahrheit«, sagte er mit leiser Stimme, »ich glaube an die Wahrheit und an das Prinzip des Beweises.« Obwohl ich nur mit halbem Ohr hinhörte, erfuhr ich überrascht, daß er Mathematikprofessor gewesen war und in seiner Jugend vielversprechende Arbeiten über die Lie-Gruppen veröffentlicht hatte. Ich reagierte lebhaft auf diese Information: Es hatte also gewisse Gebiete, gewisse Sektoren der menschlichen Intelligenz gegeben, auf denen er als erster die Wahrheit deutlich erkannt habe und deren Gesetzmäßigkeiten er mit absoluter Gewißheit nachgewiesen habe. »Ja ...«, stimmte er mir beinah wider Willen zu. »Selbstverständlich ist all das in einem allgemeineren Rahmen erneut nachgewiesen worden.« Anschließend hatte er unterrichtet, vor allem in den Vorbereitungsklassen für die *grandes écoles*; ohne rechte Freude hatte er die besten Jahre seines Lebens damit verbracht, beknackte Schüler, die nur von dem Gedanken besessen waren, in die École Polytechnique oder die École Centrale aufgenommen zu werden – und auch das würden nur die begabtesten unter ihnen schaffen –, zum Büffeln anzuhalten. »Ich hatte sowieso nicht das Zeug zu einem schöpferischen Mathematiker«, fuhr er fort. »Diese Gabe haben nur sehr wenige.« Gegen Ende der siebziger Jahre hatte er in einem Ausschuß des Erziehungsministeriums an der Reform des Mathematikunterrichts mitgearbeitet – völliger Stuß, wie er selbst zugab. Inzwischen war er dreiundfünfzig; seit er sich vor drei Jahren hatte pensionieren lassen, widmete er sich dem Sextourismus. Er hatte dreimal geheiratet. »Ich bin Rassist ...«, sagte er fröhlich. »Ich bin Rassist geworden ... Eine der ersten Folgen des Reisens«, fügte er hinzu, »besteht darin, Rassenvorurteile zu stärken oder zu schaffen; denn wie stellt man sich schon die anderen vor, ehe man sie kennt? Genauso wie wir, selbstredend; erst nach und nach wird einem klar, daß die Wirklichkeit etwas anders aussieht. Wenn er kann, *arbeitet* der westliche Mensch; häufig langweilt oder verbittert ihn seine Arbeit, aber er tut, als interessiere sie ihn: Das bemerkt man sehr oft. Mit fünfzig Jahren hatte ich den Unterricht, die Mathematik und all das satt und habe beschlossen, die Welt zu entdecken. Ich hatte mich gerade zum drittenmal scheiden lassen; in sexueller Hinsicht hatte ich keine besonderen Erwartungen. Meine erste Reise ging nach Thailand; gleich danach bin ich nach Madagaskar gefahren. Seither habe ich nie mehr eine Weiße gevögelt; ich habe nicht einmal mehr den Wunsch danach empfunden. Glauben Sie mir«, fügte er hinzu und legte die Hand fest auf Lionels Unterarm, »eine schöne, sanfte Möse, die willig, geschmeidig und muskulös ist, finden Sie nicht mehr bei einer Weißen; all das ist völlig verschwunden.« Die 47 merkte, daß ich sie hartnäckig anstarrte; sie lächelte mir zu und schlug die Beine so übereinander, daß ich ihren leuchtend roten Strapshalter sehen konnte. Robert legte weiter seine Anschauungen dar. »Zu der Zeit, als sich die Weißen noch als überlegen betrachteten«, sagte er, »war der Rassismus nicht gefährlich. Für die Siedler, die Missionare und die Lehrer in den konfessionslosen Grundschulen des 19. Jahrhunderts war der Neger ein großes, nicht sehr böses Tier mit unterhaltsamen Bräuchen, gleichsam ein etwas weiterentwickelter Affe. Schlimmstenfalls betrachtete man ihn als nützliches Arbeitstier, das bereits fähig war, komplexe Aufgaben zu erledigen; und bestenfalls als eine grobe Seele, die zwar ungeschliffen, durch die Erziehung jedoch fähig war, zu Gott zu finden – oder wenigstens zur abendländischen Vernunft. Auf jeden Fall sah man in ihm einen ›niedriger stehenden Bruder‹, und für einen niedriger stehenden Menschen empfindet man keinen Haß, höchstens verächtliche Gutmütigkeit. Dieser wohlwollende, fast humanistische Rassismus ist völlig verschwunden. Von dem Augenblick an, da die Weißen begonnen haben, die Schwarzen als *ebenbürtige* Wesen zu betrachten, war es klar, daß sie diese früher oder später als *überlegene* Wesen betrachten würden. Dem Begriff der Gleichheit fehlt beim Menschen jede Grundlage«, fuhr er fort und hob erneut den Zeigefinger. Ich glaubte einen Augenblick, er würde seine Quellen zitieren – La Rochefoucauld oder wen auch immer –, aber letztlich tat er es nicht. Lionel runzelte die Stirn. »Die Weißen betrachten sich selbst als minderwertige Rasse«, fuhr Robert in dem Bestreben fort, verstanden zu werden, »alles ist bereit für das Aufkommen eines neuartigen Rassismus, der auf Masochismus beruht: Historisch gesehen sind das die Bedingungen, unter denen Gewalt, Kriege zwischen unterschiedlichen Rassen und Metzeleien entstehen. Alle Antisemiten zum Beispiel sind sich darin einig, den Juden eine Überlegenheit *auf gewissen Bereichen* zuzuerkennen: Wenn Sie die antisemitischen Schriften aus der damaligen Zeit lesen, werden Sie über die Tatsache erstaunt sein, daß der Jude als intelligenter und gewitzter angesehen wird, man unterstellt ihm besondere Fähigkeiten auf dem Gebiet der Finanz – und im übrigen eine ausgeprägte Solidarität innerhalb der Gemeinschaft. Ergebnis: sechs Millionen Tote.«

Ich warf wieder einen Blick auf die 47: Das Warten ist immer ein aufreizender Augenblick, den man gern in die Länge ziehen möchte; aber es besteht dabei immer die Gefahr, daß das Mädchen mit einem anderen Kunden abzieht. Ich gab dem Kellner ein kleines Zeichen mit der Hand. »Ich bin kein Jude!« rief Robert, weil er glaubte, ich wolle einen Einwand vorbringen. Ich hätte allerdings Verschiedenes einwenden können: Schließlich waren wir in Thailand, und die Menschen der gelben Rasse sind nie von den Weißen als »niedriger stehende Brüder« angesehen worden, sondern als hochentwickelte Wesen, als Mitglieder anderer Kulturen, die komplex und möglicherweise gefährlich waren; ich hätte ebenfalls bemerken können, daß wir hier waren, um zu vögeln, und daß diese Diskussionen reine Zeitverschwendung ware. Das war im Grunde mein wesentlicher Einwand. Der Kellner kam auf unseren Tisch zu; mit einer schnellen Geste bestellte Robert eine neue Runde Getränke. »*I need a girl*«, sagte ich mit dünner Stimme, »*the girl forty seven.*« Er beugte sich mit besorgter, fragender Miene zu mir herab; eine Gruppe von Chinesen hatte sich gerade am Nebentisch niedergelassen, sie machten furchtbaren Lärm. »*The girl number four seven!*« brüllte ich und hob dabei jede einzelne Silbe hervor. Diesmal verstand er mich, lächelte breit und ging auf ein Mikrophon zu, das vor der Scheibe angebracht war, und sagte ein paar Worte. Das Mädchen stand auf, ging die Sitzreihen hinab und steuerte auf einen Seitenausgang zu, wobei sie sich das Haar glattstrich. »Der Rassismus«, fuhr Robert fort und warf mir einen Seitenblick zu, »scheint sich zunächst durch eine gesteigerte Antipathie zu äußern, durch ein stärkeres Gefühl des Wettbewerbs zwischen männlichen Wesen unterschiedlicher Rasse; aber er hat auch ein erhöhtes sexuelles Begehren für die weiblichen Wesen der anderen Rasse zur Folge. Was eigentlich beim Rassenkampf auf dem Spiel steht«, sagte Robert sehr deutlich, »ist weder wirtschaftlicher noch kultureller Art, sondern eine brutale biologische Tatsache: Es ist der Konkurrenzkampf um die Scheide junger Frauen.« Ich spürte, daß er gleich auf den Darwinismus kommen würde; in diesem Augenblick kam der Kellner, begleitet von der Nummer 47, zurück an unseren Tisch. Robert blickte zu ihr auf und betrachtete sie lange. »Sie haben eine gute Wahl getroffen …«, sagte er schließlich düster, »sie macht den Eindruck, als wäre sie ein geiles Luder.« Das Mädchen lächelte schüchtern. Ich schob meine Hand unter ihren Rock und streichelte ihr den Hintern, wie um sie zu beschützen. Sie schmiegte sich an mich.

»Es stimmt allerdings, in meinem Viertel haben die Weißen nichts mehr zu sagen ...«, griff Lionel ohne ersichtlichen Anlaß ein.

»Genau!« stimmte Robert ihm nachdrücklich zu. »Sie haben Angst, und das ist durchaus berechtigt. Ich sehe für die kommenden Jahre eine Zunahme der rassistisch begründeten Gewalttaten in Europa voraus; das Ganze endet bald in einem Bürgerkrieg«, sagte er leicht schäumend, »dann wird das Ganze mit einer Kalaschnikow ausgetragen.« Er leerte seinen Cocktail in einem Zug; Lionel blickte ihn mit leichter Besorgnis an. »Aber mir ist das scheißegal!« fügte er hinzu und knallte sein Glas heftig auf den Tisch. »Ich bin Westeuropäer, aber ich kann leben, wo ich will, und zur Zeit sitzen wir noch an der Geldquelle. Ich bin im Senegal gewesen, in Kenia, in Tansania, an der Elfenbeinküste. Die Mädels dort verstehen ihr Handwerk nicht so gut wie die Thailänderinnen, das stimmt wohl, sie sind nicht so sanft, aber sie sind gut gebaut und haben eine wohlriechende Möse.« Ein paar Erinnerungen gingen ihm wohl in diesem Augenblick durch den Sinn, denn er hielt mit einem Schlag inne. »*What is your name?*« fragte ich, die Stille ausnutzend, die Nummer 47. »*I am Sin*«, erwiderte sie. Die Chinesen des Nebentischs hatten ihre Wahl getroffen, sie gingen mit glucksendem Lachen ins obere Stockwerk; es wurde wieder relativ ruhig. »Sie hocken sich auf allen vieren hin, die kleinen Negerinnen, und präsentieren ihre Möse und ihren Arsch«, fuhr Robert nachdenklich fort, »und von innen ist ihre Möse ganz rosa ...«, fügte er murmelnd hinzu. Jetzt stand auch ich auf. Lionel warf mir einen dankbaren Blick zu; er war sichtlich erleichtert, daß ich als erster mit einem Mädchen verschwand, dadurch war die Sache für ihn nicht mehr ganz so peinlich. Ich nickte Robert zu, um mich zu verabschieden. Sein Gesicht mit den harten Zügen war zu einer verbitterten Grimasse verzerrt, und seine Augen schweiften unbarmherzig durch den Saal – und jenseits davon über die Menschheit. Er hatte sich offen ausgesprochen, zumindest hatte er die Gelegenheit dazu gehabt; ich spürte, daß ich ihn ziemlich bald vergessen würde. Er kam mir auf einmal wie ein geschlagener Mann vor, der am Ende war. Ich hatte den Eindruck, daß er nicht einmal mehr wirklich Lust hatte, mit diesen Mädchen zu schlafen. Man kann das Leben als einen Prozeß des Ruhigerwerdens begreifen, der bei der französischen Bulldogge deutlich sichtbar ist – in ihrer Jugend sind sie unglaublich zappelig und im Alter völlig apathisch. Bei Robert war der Prozeß schon weit fortgeschritten; er hatte vielleicht noch Erektionen, aber das war nicht einmal sicher. Es ist leicht, große Töne zu spucken und den Eindruck zu vermitteln, daß man etwas vom Leben begriffen hat, doch das Leben geht einmal zu Ende. Mein Schicksal glich dem seinen, wir erlebten die gleiche Niederlage; dennoch empfand ich keinerlei Solidarität mit ihm. Ohne Liebe kann nichts geheiligt werden. Unter der Haut der Augenlider verschmelzen leuchtende Flekken miteinander; es gibt Visionen, und es gibt Träume. All das betrifft nicht mehr den Menschen, der die Nacht erwartet; die Nacht kommt. Ich gab dem Kellner, der mich zur Doppeltür begleitete, die zu den oberen Stockwerken führte, zweitausend Bath. Sin nahm mich an die Hand; sie würde versuchen, mich ein oder zwei Stunden lang glücklich zu machen.

In einem Massagesalon gerät man natürlich sehr selten an ein Mädchen, das Lust zum Vögeln hat. Kaum waren wir im Zimmer, da kniete Sin sich vor mich hin, zog mir die Hose und den Slip hinunter und nahm mein Glied zwischen die Lippen. Es wurde sehr bald steif. Sie schob die Lippen weiter vor und befreite mit kleinen Zungenschlägen die Eichel. Ich schloß die Augen, spürte, wie mich ein warmer Schauer durchlief, und hatte den Eindruck, daß ich in ihrem Mund kommen würde. Sie hörte mit einem Schlag auf, zog sich lächelnd aus, faltete ihre Kleider und legte sie über einen Stuhl. »*Massage later* …«, sagte sie, während sie sich aufs Bett legte, dann spreizte sie die Schenkel. Ich war schon in ihr und bewegte mich kräftig auf und ab, als ich bemerkte, daß ich vergessen hatte, ein Kondom überzuziehen. Dem Bericht der Ärzteorganisation *Médecins du monde* zufolge war ein Drittel der thailändischen Prostituierten HIV-infiziert. Trotzdem kann ich nicht sagen, daß ich einen Schauer des Entsetzens empfand, ich war nur leicht beunruhigt. Den Kampagnen zur Aids-Verhütung war augenscheinlich ein totaler Mißerfolg beschieden. Mein Glied wurde dennoch etwas schlaffer. »*Something wrong*«, fragte sie leicht verstört und richtete sich auf den Ellbogen auf. »*Maybe ... a condom*«, erwiderte ich verwirrt. »*No problem, no condom ... I'm OK!*« rief sie unbeschwert. Sie nahm meine Eier in die hohle Hand und strich mit der anderen Hand über meinen Pimmel. Ich legte mich auf den Rücken, überließ mich der Liebkosung. Die Bewegung ihrer Hand wurde schneller, ich spürte, wie das Blut wieder in mein Glied strömte. Vielleicht gab es hier ja doch eine medizinische Überwachung oder irgend so etwas. Sobald mein Glied sich wieder aufgerichtet hatte, stieg sie auf mich und ließ sich mit einem Schlag hinabgleiten. Ich verschränkte die Hände hinter ihren Hüften, fühlte mich unverwundbar. Sie begann das Becken mit kleinen Stößen zu bewegen, ihre Erregung nahm zu, ich spreizte die Schenkel, um tiefer in sie eindringen zu können. Ich empfand eine unbändige, fast berauschende Lust, atmete ganz langsam, um mich zurückzuhalten, und fühlte mich wieder mit dem Dasein versöhnt. Sie legte sich auf mich und rieb mit kleinen Schreien der Lust ihre Scham an der meinen; ich hob die Hände, um ihr den Nacken zu streicheln. Als sie den Orgasmus erreichte, verharrte sie eine Weile, ohne sich zu rühren, stieß ein langes Stöhnen aus und ließ sich dann auf meine Brust fallen. Ich war noch immer in ihr, spürte, wie sich ihre Scheidenwände zusammenzogen. Sie hatte einen zweiten Orgasmus, eine sehr tiefe, von innen kommende Kontraktion. Ich drückte sie unwillkürlich mit den Armen an mich und ejakulierte mit einem Schrei. Sie hatte den Kopf auf meine Brust gelegt und blieb etwa zehn Minuten regungslos so liegen; dann stand sie auf und schlug mir vor, zu duschen. Sie trocknete mich behutsam ab, indem sie mich mit einem Handtuch abtupfte, wie man es mit einem Baby tut. Ich setzte mich wieder auf das Sofa und bot ihr eine Zigarette an. »*We have time …*«, sagte sie, »*we have a little time.*« Ich erfuhr, daß sie zweiunddreißig war. Sie liebte ihre Arbeit nicht, aber ihr Mann hatte sie mit zwei Kindern sitzen lassen. »*Bad man*«, sagte sie. »*Thai men, bad men.*« Ich fragte sie, ob sie Freundinnen unter den anderen Mädchen habe. Keine richtigen Freundinnen, erwiderte sie; die meisten Mädchen seien jung und hätten nichts im Kopf, sie gäben alles, was sie verdienten, für Kleider und Parfüm aus. Sie sei da anders, sie sei seriös, bringe ihr Geld zur Bank. In ein paar Jahren könne sie aufhören und in ihr Dorf zurückkehren, um dort zu leben; ihre Eltern seien jetzt alt und brauchten Unterstützung.

Bevor ich ging, gab ich ihr ein Trinkgeld von zweitausend Bath; das war absurd, das war viel zu viel. Sie nahm ungläubig die Scheine und grüßte mich mehrmals mit auf der Höhe der Brust flach aufeinandergelegten Händen. »*You good man*«, sagte sie. Sie zog ihre Seidenstrümpfe an und schlüpfte in ihren Minirock; sie mußte sich noch zwei Stunden bis zur Schließung zur Verfügung halten. Sie begleitete mich zur Tür und legte noch einmal die Hände aufeinander. »*Take care*«, sagte sie dann, »*be happy.*« Ich ging ein wenig nachdenklich auf die Straße. Die Abfahrt zur letzten Etappe der Reise war für den nächsten Morgen um acht Uhr angesetzt. Ich fragte mich, wie Valérie ihren freien Tag verbracht hatte.

11

»Ich habe Geschenke für meine Angehörigen gekauft«, sagte sie. »Ich habe wunderschöne Muscheln gefunden.« Das Boot glitt zwischen Kalkwänden, die mit dichtem Dschungel bewachsen waren, über das türkisfarbene Meer; genauso hatte ich mir die Landschaft der *Schatzinsel* vorgestellt. »Man muß schon zugeben, die Natur, ja ...«, sagte ich. Valérie wandte sich mir mit aufmerksamer Miene zu; sie hatte ihr Haar zu einem Knoten hochgesteckt, aber ein paar Strähnen flatterten neben ihren Schläfen im Wind. »Die Natur ist immerhin manchmal ...«, fuhr ich entmutigt fort. Es müßte *Konversationskurse* geben, so wie es Tanzkurse gibt; ich hatte mich vermutlich zu lange mit Buchhaltung beschäftigt, hatte den Kontakt verloren. »Heute ist der 31. Dezember, können Sie sich das vorstellen?« bemerkte sie, ohne sich beirren zu lassen. Ich ließ meinen Blick in die Runde schweifen, über den unwandelbaren azurblauen Himmel, den türkisfarbenen Ozean; nein, das konnte ich mir kaum vorstellen. Die Menschen müssen viel Mut aufgebracht haben, um die kalten Regionen zu kolonisieren.

Sôn stand auf, um sich an die Gruppe zu wenden: »Wir jetzt kommen nach Koh Phi Phi. Nicht möglich bis dahin fahren, habe ich Ihnen gesagt. Haben Sie Badeanzug an, um bis dahin gehen? Zu Fuß gehen, nicht tief, laufen. Durch Wasser laufen. Keine Koffer, Koffer später.« Der Bootsführer umrundete eine Landzunge, stellte den Motor ab, und das Boot glitt aus eigener Kraft in eine kleine runde Bucht, die sich inmitten der mit Dschungel bewachsenen Felsen öffnete. Das klare grüne Wasser schlug mit sanften Wellen auf einen fast unwirklich erscheinenden Strand mit völlig weißem Sand. Vor den ersten Hängen konnte man mitten im Wald auf Pfählen errichtete hölzerne Bungalows mit Palmdächern erkennen. In der Gruppe wurde es eine Weile still. »Das Paradies auf Erden ...«, sagte Sylvie mit vor aufrichtiger Regung zugeschnürter Kehle leise. Das war kaum übertrieben. Allerdings war sie nicht Eva. Genausowenig wie ich Adam.

Die Mitglieder der Gruppe standen nacheinander auf und stiegen über den Bootsrand ins Wasser. Ich half Josette, zu ihrem Mann hinunterzusteigen. Sie hatte ihren Rock bis zur Taille gerafft und konnte sich nur mit Mühe aufrichten, aber sie war entzückt, nieste vor Begeisterung. Ich blickte mich um; auf das Ruder gestützt, wartete der thailändische Seemann darauf, daß alle Passagiere ausstiegen. Valérie hatte die Hände auf den Knien verschränkt, warf mir einen verschämten Blick zu und lächelte verlegen. »Ich habe vergessen, meinen Badeanzug anzuziehen ...«, sagte sie schließlich. Ich hob langsam die Hände, um ihr anzudeuten, daß ich mich dafür nicht zuständig fühlte. »Ich kann ja schon mal gehen ...«, sagte ich dümmlich. Sie biß sich vor Verärgerung auf die Lippen, stand auf und zog mit einem Ruck ihre lange Hose aus. Sie trug darunter ein Höschen aus sehr feiner Spitze, das überhaupt nicht zum Gruppengeist dieser Expedition paßte. Ihr Schamhaar schaute auf beiden Seiten daraus hervor, es war ziemlich dicht und kohlschwarz. Ich wandte den Kopf nicht ab, das wäre blöd gewesen, aber mein Blick war auch nicht zu aufdringlich. Ich stieg links aus dem Boot und reichte ihr die Hand, um ihr zu helfen; dann sprang auch sie aus dem Boot. Uns stand das Wasser bis zur Taille.

Bevor Valérie an den Strand ging, betrachtete sie noch einmal die Muschelketten, die für ihre Nichten bestimmt waren. Ihr Bruder hatte gleich nach dem Studium eine Stelle als Diplomingenieur in der Forschung bei Elf bekommen. Nach einer mehrmonatigen firmeninternen Ausbildung ging er nach Venezuela – sein erster Auftrag. Ein Jahr später heiratete er ein einheimisches

Mädchen. Valérie hatte den Eindruck, daß er zuvor kaum sexuelle Erfahrungen gemacht hatte; auf jeden Fall hatte er nie ein Mädchen mit nach Hause gebracht. Bei den jungen Männern, die ein Ingenieurstudium absolvieren, ist das oft der Fall, sie haben keine Zeit, auszugehen und eine Freundin kennenzulernen. Sie verbringen ihre Freizeit mit harmlosen Vergnügen, wie zum Beispiel klugen Rollenspielen oder Schachpartien im Internet. Sie legen ihr Diplom ab, finden ihre erste Anstellung und entdecken alles auf einmal: das Geld, die berufliche Verantwortung, Sex. Wenn sie eine Stelle in einem tropischen Land antreten, können sie nur selten der Versuchung widerstehen. Bertrand hatte eine Mulattin mit wunderschönem Körper geheiratet; schon mehrmals hatte Valérie, als sie bei ihren Eltern in Saint-Quay-Portrieux die Ferien verbrachten, am Strand plötzlich ein heftiges Begehren für ihre Schwägerin empfunden. Es fiel ihr schwer, sich ihren Bruder beim Liebesspiel vorzustellen. Dabei hatten sie inzwischen zwei Kinder und schienen ein glückliches Paar zu sein. Es war nicht schwer, ein Geschenk für Juana zu kaufen: Sie liebte Schmuck, und die hellen Steine kamen auf ihrer braunen Haut herrlich zur Geltung. Für Bertrand dagegen hatte Valérie nichts gefunden. Wenn die Männer keine Laster haben, sagte sie sich, ist es schwer zu erraten, was ihnen eine Freude machen kann.

Ich blätterte gerade die *Phuket Weekly* durch, die ich in einem Salon des Hotels gefunden hatte, als ich Valérie am Strand entlanggehen sah. Ein Stückchen weiter war eine Gruppe von Deutschen, die nackt badeten. Sie zögerte einen Augenblick, dann kam sie auf mich zu. Die Sonne blendete stark; es war gegen Mittag. Irgendwie mußte es mir gelingen, das Spiel mitzumachen. Babette und Léa gingen an uns vorbei; sie trugen beide eine Tasche über der Schulter, ansonsten waren sie völlig nackt. Ich nahm es zur Kenntnis, ohne zu reagieren. Valérie dagegen blickte ihnen lange neugierig und ungeniert nach. Sie ließen sich in der Nähe der Deutschen nieder. »Ich glaube, ich gehe erst mal schwimmen ...«, sagte ich. »Ich gehe später ...«, erwiderte sie. Ich lief ohne die geringste Überwindung ins Wasser. Es war warm, klar, angenehm ruhig; kleine silbrige Fische schwammen knapp unter der Oberfläche. Der Meeresboden hatte ein sehr geringes Gefälle, noch hundert Meter vom Ufer entfernt konnte ich stehen. Ich holte meinen Schwanz aus der Badehose, schloß die Augen und stellte mir Valéries Scham vor, so wie ich sie, halb vom Spitzenhöschen verdeckt, heute morgen gesehen hatte. Ich bekam einen Steifen, das war ja schon etwas; das konnte eine Motivation schaffen. Außerdem muß man ja leben und Beziehungen zu anderen Menschen aufbauen; ich war im allgemeinen viel zu angespannt und das schon viel zu lange. Ich hätte vielleicht abends etwas Praktisches machen sollen, Federball, Chorsingen oder sonst irgend etwas. Die einzigen Frauen, an die ich mich erinnern konnte, waren immerhin jene, mit denen ich gevögelt hatte. Und das will schon was heißen; man schafft sich Erinnerungen, um im Angesicht des Todes nicht ganz so allein zu sein. Ich sollte solche Gedanken lieber lassen. »*Think positive*«, sagte ich bestürzt zu mir, »*think different*.« Ich schwamm langsam wieder aufs Ufer zu und hielt nach jeweils zehn Schwimmzügen inne, um tief durchzuatmen und mich zu entspannen. Das erste, was ich bemerkte, als ich den Fuß auf den Sand setzte, war die Tatsache, daß Valérie ihr Oberteil abgelegt hatte. Im Augenblick lag sie noch auf dem Bauch, aber sie würde sich umdrehen, das war genauso unabwendbar wie das Kreisen der Planeten. Wo war ich eigentlich genau stehengeblieben? Ich setzte mich auf mein Badehandtuch und beugte mich leicht vor. »*Think different*«, sagte ich mir noch einmal. Ich hatte schon viele Brüste gesehen, hatte sie gestreichelt und geleckt; dennoch traf es mich diesmal wieder wie ein Schlag. Ich hatte schon geahnt, daß sie wunderschöne Brüste hatte; aber es kam noch schlimmer, als ich es mir hätte vorstellen können. Ich konnte den Blick nicht von den Brustspitzen und den Warzenhöfen lösen. Sie hatte ohne jeden Zweifel meinen Blick gespürt, dennoch schwieg sie ein paar Sekunden, die mir sehr lang vorkamen. Was geht eigentlich genau in den Köpfen der Frauen vor? Sie sind so leicht mit den Spielregeln einverstanden. Wenn sie sich manchmal nackt von Kopf bis Fuß im Spiegel betrachten, liegt in ihrem Blick ein gewisser Realismus, eine kühle Einschätzung ihrer eigenen Verführungskünste, eine Fähigkeit, die kein Mann je erreichen wird. Ich senkte als erster die Augen.

Anschließend verging eine gewisse Zeit, die ich nicht zu definieren vermag; die Sonne schien immer noch senkrecht auf uns herab, das Licht war außerordentlich hell. Mein Blick war starr auf den weißen pulverigen Sand gerichtet. »Michel …«, sagte sie sanft. Ich hob den Kopf mit einem Ruck, als hätte ich einen Schlag erhalten. Ihre tiefbraunen Augen versenkten sich in meinen. »Was haben die Thailänderinnen den westlichen Frauen voraus?« fragte sie sehr deutlich. Schon wieder gelang es mir nicht, ihrem Blick standzuhalten. Ihr Busen bewegte sich im Rhythmus ihres Atems, die Brustwarzen schienen mir härter geworden zu sein. In diesem Augenblick hätte ich Lust gehabt zu sagen: »Nichts.« Doch dann kam mir ein Gedanke; ein nicht sehr guter Gedanke.

»Hier ist ein Artikel darüber, eine Art Werbereportage …« Ich reichte ihr die *Phuket Weekly*. »*Find your longlife companion … Well educated Thai ladies*, meinen Sie den?« »Ja, weiter unten ist ein Interview.« Cham Sawanasee, lächelnd, schwarzer Anzug und dunkle Krawatte, beantwortete die zehn Fragen (»*Ten questions you could ask*«), die man sich mit Recht über die Arbeitsweise der Agentur *Heart to Heart*, die er leitete, stellen konnte.

»*There seems to be*«, bemerkte Mr. Sawanasee, »*a near-perfect match between the Western men, who are unappreciated and get no respect in their own countries, and the Thai women, who would be happy to find someone who simply does his job and hopes to come home to a pleasant family life after work. Most Western women do not want such a boring husband.*

One easy way to see this«, fuhr er fort, »*is to look at any publication containing ›personal‹ ads. The Western women want someone who looks a certain way, and who has certain ›social skills‹, such as dancing and clever conversation, someone who is interesting and exciting and seductive. Now go to my catalogue, and look at what the girls say they want. It's all pretty simple, really. Over and over they state that they are happy to settle down FOREVER with a man who is willing to hold down a steady job and be a loving and understanding HUSBAND and FATHER. That will get you exactly nowhere with an American girl!*

As Western women«, folgert er zum Schluß nicht ohne Unverfrorenheit, »*do not appreciate men, as they do not value traditional family life, marriage is not the right thing for them to do. I'm helping modern Western women to avoid what they despise.*«

»Das hat durchaus Hand und Fuß, was er da sagt ...«, bemerkte Valérie traurig. »Der Markt dafür ist auf jeden Fall da ...« Sie legte die Zeitschrift weg und blieb nachdenklich. In diesem Augenblick kam Robert an uns vorbei, er ging mit auf dem Rükken verschränkten Händen und düsterem Blick am Strand entlang. Valérie drehte sich mit einer brüsken Bewegung um und blickte in die andere Richtung.

»Ich mag diesen Typen nicht ...«, flüsterte sie gereizt.

»Er ist nicht dumm ...«, erwiderte ich mit einer ziemlich gleichgültigen Geste.

»Er ist nicht dumm, aber ich mag ihn nicht. Er tut alles, um die anderen zu schockieren und sich unbeliebt zu machen; das mag ich nicht. Sie dagegen versuchen wenigstens, sich anzupassen.«

»So?« sagte ich und warf ihr einen überraschten Blick zu.

»Ja. Man spürt natürlich, daß Ihnen das schwer fällt, daß diese Art von Ferien nicht das richtige für Sie ist; aber wenigstens bemühen Sie sich. Ich glaube, daß Sie im Grunde eher ein netter Mensch sind.«

In diesem Augenblick hätte ich sie in den Arm nehmen, ihre Brüste streicheln und sie auf die Lippen küssen können – küssen müssen –, dummerweise versäumte ich es. Der Nachmittag zog sich in die Länge, die Sonne wanderte über die Palmen dahin; wir wechselten unbedeutende Worte.

Zum Sylvesteressen trug Valérie ein langes Kleid aus einem fließenden grünen, leicht durchsichtigen Stoff mit einem trägerlosen Oberteil, das ihren Busen weitgehend unverhüllt ließ. Nach dem Dessert spielte draußen auf der Terrasse ein Orchester mit einem seltsamen alten Sänger, der näselnd *slow-rock*-Bearbeitungen von Bob Dylan sang. Babette und Léa hatten sich offensichtlich in die Gruppe der Deutschen eingegliedert, ich hörte sie aus ihrer Ecke lachen. Josette und René tanzten zärtlich umschlungen wie nette Fleischklöpse. Die Nacht war sehr warm, Nachtfalter hingen in dichten Trauben an den bunten Lampions, die an der Balustrade befestigt waren. Ich fühlte mich bedrückt, trank einen Whisky nach dem anderen.

»Was dieser Typ gesagt hat, das Interview in der Zeitung…«

»Ja…«, Valérie blickte zu mir auf; wir saßen nebeneinander auf einer Korbbank. Ihre Brüste rundeten sich unter dem trägerlosen Oberteil wie ein in schmalen Körbchen dargebotenes Geschenk. Sie hatte sich geschminkt; ihr langes Haar fiel ihr auf die Schultern.

»Das trifft vor allem auf die Amerikanerinnen zu, glaube ich. Für die Europäerinnen ist das nicht so eindeutig.«

Sie verzog den Mund, um ihren Zweifel anzudeuten, und blieb stumm. Ich hätte ganz offensichtlich besser daran getan, sie zum Tanz aufzufordern. Ich trank einen weiteren Whisky, lehnte mich zurück und holte tief Atem.

Als ich aufwachte, war der Saal fast leer. Der Sänger trällerte noch immer etwas auf Thai und wurde träge vom Schlagzeuger begleitet; niemand hörte ihnen mehr zu. Die Deutschen waren verschwunden, aber Babette und Léa waren in ein lebhaftes Gespräch mit zwei Italienern vertief, die wer weiß woher aufgetaucht waren. Valérie war verschwunden. Es war drei Uhr morgens Ortszeit, das Jahr 2001 hatte eben begonnen. In Paris würde der offizielle Jahreswechsel erst in drei Stunden stattfinden; es war genau Mitternacht in Teheran und fünf Uhr morgens in Tokyo. Die Menschheit mit ihren verschiedenen Arten trat in das dritte Jahrtausend ein; was mich anging, war mein Eintritt eher versaut.

12

Schamerfüllt kehrte ich in meinen Bungalow zurück; aus dem Garten ertönte Gelächter. Mitten auf dem Sandweg stieß ich auf eine kleine, graue regungslose Kröte. Sie lief nicht davon, zeigte keinerlei Selbsterhaltungsreflex. Früher oder später würde jemand sie achtlos zertreten, ihr die Wirbelsäule brechen und ihr Fleisch zerquetschen, das sich mit dem Sand vermischen würde. Der Spaziergänger würde etwas Weiches unter seiner Sohle spüren, einen kurzen Fluch ausstoßen und sich die Schuhe säubern, indem er sie auf dem Boden abrieb. Ich schob die Kröte mit dem Fuß ein wenig zur Seite: Ohne Eile bewegte sie sich auf den Wegrand zu. Ich schob sie noch ein Stück weiter: Sie gelangte auf den Rasen, wo sie relativ sicher war; ich hatte vielleicht ihr Überleben um einige Stunden verlängert. Ich hatte den Eindruck, in einer Lage zu sein, die der ihren kaum überlegen war: Ich war weder behütet im trauten Kreis einer Familie aufgewachsen noch in sonst irgendeinem Kreis, der sich über mein Schicksal hätte Sorgen machen, mich in einer Notlage hätte unterstützen oder über meine Abenteuer und meine Erfolge sein Entzücken hätte äußern können. Ich selbst hatte auch kein Gebilde solcher Art gegründet: Ich war ledig, ohne Kinder; niemand wäre auf den Gedanken gekommen, sich auf meine Schulter stützen zu wollen. Ich hatte gelebt wie ein Tier und würde einsam sterben. Einige Minuten lang aalte ich mich in einem Mitleid ohne Objekt.

Andererseits war ich ein kompakter, widerstandsfähiger Block mit einer Körpergröße, die die durchschnittliche Größe der Tierarten übertraf; meine Lebenserwartung war vergleichbar mit der eines Elefanten oder eines Raben. Ich war etwas, das viel schwerer zu zerstören war als ein kleines Amphibientier.

An den folgenden beiden Tagen verkroch ich mich in meinem Bungalow. Ab und zu schlich ich mich hinaus und lief zu dem Minimarket, um mir Pistazien und ein paar Flaschen Mekong zu kaufen. Die Vorstellung, Valérie wieder am Mittagsbuffet oder am Strand zu begegnen, war mir unerträglich. Es gibt Dinge, die man tun kann, und andere, die zu schwierig erscheinen. Nach und nach wird alles zu schwierig; darin läßt sich das Leben zusammenfassen.

Am Nachmittag des 2. Januar fand ich unter meiner Tür den Beurteilungsbogen von Nouvelles Frontières. Ich füllte ihn gewissenhaft aus, kreuzte im allgemeinen die Felder »gut« an. In gewisser Weise stimmte das, alles war gut. Mein Urlaub war normal verlaufen. Die Rundreise war *cool* gewesen und trotzdem hatte ein Hauch von Abenteuer nicht gefehlt; sie entsprach der Beschreibung im Prospekt. In die Rubrik »persönliche Bemerkungen« schrieb ich den folgenden Vierzeiler:

Heute fühle ich mich in eine andere Welt versetzt,
In eine Welt mit genau definierten Rastern,
Ich kenne die Modalitäten des Lebens, weiß, es ist vernetzt
Wie ein Fragebogen mit angekreuzten Feldern.

Am Morgen des 3. Januar packte ich meinen Koffer. Als Valérie mich auf dem Boot sah, unterdrückte sie einen Ausruf; ich wandte den Kopf ab. Auf dem Flughafen von Phuket verabschiedete sich Sôn von uns; wir waren zu früh dort, das Flugzeug flog erst in drei Stunden ab. Nach dem Einchecken irrte ich durch das Einkaufszentrum. Auch wenn die Flughafenhalle völlig überdacht war, hatten die Läden die Form von Hütten, mit Teakholzpfeilern und palmgedeckten Dächern. Das Warenangebot war eine Mischung aus internationalem Standard (Schals von Hermès, Parfums von Yves Saint Laurent, Handtaschen von Vuitton) und einheimischen Produkten (Muscheln, Nippsachen, thailändische Seidenkrawatten); alle Artikel waren mit einem Bar-Code ausgezeichnet. Kurz gesagt, die Läden im Flughafen bildeten noch einen Raum nationalen Lebens, aber eines in eine Sicherheitszone verwandelten, abgeschwächten, dem Standard des Weltkonsums angepaßten nationalen Lebens. Für den Touristen, für den die Reise zu Ende ging, handelte es sich um einen Zwischen-Raum, der nicht so interessant und zugleich nicht so beängstigend war wie der Rest des Landes. Ich hatte die Vision, daß die ganze Welt tendentiell immer mehr einem Flughafen gleicht.

Als ich am *Emporium* vorbeikam, hatte ich plötzlich Lust, ein Geschenk für Marie-Jeanne zu kaufen; schließlich hatte ich nur noch sie auf der Welt. Eine Halskette, eine Brosche? Ich war gerade dabei, einen Korb durchzuwühlen, als ich zwei Meter neben mir Valérie entdeckte.

»Ich suche nach einer Halskette ...«, sagte ich zögernd.

»Für eine Dunkelhaarige oder eine Blondine?« In ihrer Stimme lag ein Hauch von Bitterkeit.

»Für eine blonde Frau mit blauen Augen.«

»Dann nehmen Sie besser helle Korallen.«

Ich reichte dem Mädchen an der Kasse meine Bordkarte. Während ich zahlte, sagte ich in ziemlich jämmerlichem Ton zu Valérie: »Das ist für eine Arbeitskollegin ...« Sie warf mir einen seltsamen Blick zu, als sei sie sich unschlüssig, ob sie mich ohrfeigen oder in Lachen ausbrechen sollte; dennoch begleitete sie mich ein paar Meter, nachdem wir das Geschäft verlassen hatten. Die meisten Mitglieder unserer Reisegruppe saßen auf Bänken in der Halle, sie hatten offensichtlich ihre Einkäufe beendet. Ich blieb stehen, atmete tief ein und wandte mich Valérie zu.

»Vielleicht könnten wir uns in Paris wiedersehen ...«, sagte ich schließlich.

»Meinen Sie?« entgegnete sie schneidend.

Ich erwiderte nichts, begnügte mich damit, sie erneut anzusehen. Irgendwann hatte ich die Absicht zu sagen: »Es wäre schade ...«, aber ich bin mir nicht sicher, ob ich diese Worte ausgesprochen habe.

Valérie blickte sich um, bemerkte Babette und Léa auf der Bank ganz in der Nähe und wandte den Kopf gereizt ab. Dann zog sie einen Block aus ihrer Tasche, riß einen Zettel heraus und schrieb schnell etwas darauf. Während sie mir den Zettel reichte, versuchte sie, etwas zu sagen, verzichtete dann darauf, drehte sich um und gesellte sich zu der Gruppe. Ich warf einen Blick auf den Zettel, ehe ich ihn in die Tasche steckte: Es war eine Handynummer.

Zweiter Teil

Wettbewerbsvorteil

1

Das Flugzeug landete um elf Uhr in Roissy; ich bekam als einer der ersten meinen Koffer wieder. Um halb eins war ich zu Hause. Es war Samstag. Ich konnte in die Stadt gehen, um Einkäufe zu machen und Krimskrams für meine Wohnung zu kaufen usw. Durch die Rue Mouffetard fegte ein eisiger Wind, und ich entdeckte nichts, was sich zu kaufen lohnte. Aktivisten der Tierrechts-Bewegung verkauften gelbe Sticker. Nach den Feiertagen läßt der Nahrungsmittelkonsum der Haushalte immer etwas nach. Ich kaufte mir ein gegrilltes Hähnchen, zwei Flaschen Graves und die letzte *Hot Video*-Nummer. Das war kein sehr anspruchsvolles Programm für mein Wochenende; aber ich hatte nicht den Eindruck, daß ich mehr verdient hätte. Ich verschlang die Hälfte des Hähnchens mitsamt der verkohlten, fetten, leicht ekelerregenden Haut. Kurz nach drei rief ich Valérie an. Sie meldete sich beim zweiten Klingeln. Ja, sie sei heute abend frei, zum Essen, ja. Ich könne sie um acht Uhr abholen, sie wohne Avenue Reille am Parc Montsouris.

Sie trug eine weiße Jogginghose und ein kurzes T-Shirt, als sie mir die Tür öffnete. »Ich bin noch nicht fertig«, sagte sie und strich ihr Haar nach hinten glatt. Bei dieser Bewegung hoben sich ihre Brüste; sie trug keinen Büstenhalter. Ich legte meine Hände auf ihre Taille und näherte mein Gesicht ihrem Kopf. Sie öffnete die Lippen und schob sofort ihre Zunge in meinen Mund. Eine heftige Erregung durchfuhr mich, so daß ich fast ohnmächtig wurde, ich bekam auf der Stelle einen Steifen. Ohne ihr Becken von meinem zu lösen, schob sie die Wohnungstür zu, die mit einem dumpfen Geräusch ins Schloß fiel.

Der Raum, der nur von einer Nachttischlampe beleuchtet war, wirkte riesig. Valérie hielt mich an der Taille fest und führte mich tastend in ihr Schlafzimmer. Neben dem Bett küßte sie mich erneut. Ich schob ihr T-Shirt hoch, um ihre Brüste zu streicheln; sie flüsterte etwas, was ich nicht verstand. Ich kniete mich vor ihr nieder, streifte ihr die Jogginghose und den Slip ab und drückte dann mein Gesicht gegen ihr Geschlecht. Die Spalte war feucht, offen und roch gut. Sie stöhnte auf und ließ sich aufs Bett fallen. Ich zog mich sehr schnell aus und drang in sie. Mein Glied war heiß und wurde von einem lustvollen Stechen durchzuckt. »Valérie«, sagte ich, »ich kann mich nicht lange zurückhalten, ich bin zu erregt.« Sie zog mich an sich und flüsterte mir ins Ohr: »Komm …« In diesem Augenblick spürte ich, wie sich die Scheidenwände um mein Glied zusammenzogen. Ich hatte den Eindruck, mich im All aufzulösen, nur mein Glied war lebendig, wurde von einer unglaublich heftigen Welle der Lust erfaßt. Ich ejakulierte lange, mehrmals; ganz am Schluß merkte ich, daß ich laut schrie. Für solch einen Moment wäre ich bereit gewesen zu sterben.

Gelbe und blaue Fische schwammen rings um mich herum. Ich schwebte ein paar Meter unter der von der Sonne beleuchteten Wasseroberfläche aufrecht im Meer. Valérie war nicht weit von mir, auch sie stand vor einem Korallenriff im Wasser und wandte mir den Rücken zu. Wir waren beide nackt. Ich wußte, daß dieser Zustand der Schwerelosigkeit auf eine Veränderung der Wasserdichte des Meeres zurückzuführen war, aber ich wunderte mich, daß ich atmen konnte. Mit ein paar Handschlägen war ich bei ihr. Das Riff war mit phosphoreszierenden, silbrigen, sternförmigen Organismen übersät. Ich legte die eine Hand auf ihre Brüste, die andere auf ihren Unterleib. Sie straffte den Körper, rieb ihren Hintern an meinem Glied.

Ich wachte in der gleichen Stellung auf; es war noch dunkel. Ich spreizte sanft Valéries Schenkel, um in sie einzudringen. Gleichzeitig befeuchtete ich meine Finger, um ihre Klitoris zu streicheln. Als sie anfing zu stöhnen, merkte ich, daß sie wach war. Sie richtete sich auf und kniete sich aufs Bett. Ich drang immer heftiger in sie, spürte an ihrem schnell gehenden Atem, daß sie bald kommen würde. Als sie den Orgasmus erreichte, bäumte sie sich auf und stieß einen markerschütternden Schrei aus; dann rührte sie sich nicht mehr, war wie am Boden zerstört. Ich zog mich aus ihr zurück und legte mich neben sie. Sie entspannte sich und schlang die Arme um mich; wir waren schweißgebadet. »Es ist schön, durch die Lust geweckt zu werden«, sagte sie und legte ihre Hand auf meine Brust.

Als ich wieder aufwachte, war es hell; ich war allein im Bett. Ich stand auf und ging durch das Schlafzimmer. Der andere Raum war tatsächlich sehr groß und besaß eine beachtliche Deckenhöhe. Über dem Sofa befand sich eine Loggia mit Bücherregalen an den Wänden. Valérie war aus dem Haus gegangen; sie hatte Brot, Käse, Butter und Marmeladen auf den Küchentisch gestellt. Ich schenkte mir eine Tasse Kaffee ein und legte mich wieder hin. Zehn Minuten später kam Valérie mit *croissants* und *pains au chocolat* zurück und brachte ein Tablett ins Schlafzimmer. »Es ist verdammt kalt draußen«, sagte sie, während sie sich auszog. Ich dachte an Thailand zurück.

»Valérie ...«, sagte ich zögernd, »was findest du eigentlich an mir? Ich sehe nicht besonders gut aus und bin auch nicht besonders unterhaltsam; ich begreife nicht recht, was an mir anziehend sein soll.« Sie blickte mich wortlos an; sie war fast nackt, hatte nur ihr Höschen anbehalten. »Die Frage ist ernst gemeint«, sagte ich nachdrücklich. »Ich bin ziemlich verbraucht, ein ungeselliger Typ und habe mich mit einem eher langweiligen Leben abgefunden. Und dann kommst du auf mich zu, du bist herzlich, liebevoll und verschaffst mir große Lust. Das verstehe ich nicht. Mir scheint, du suchst etwas in mir, was da nicht ist. Das kann nur eine Enttäuschung für dich werden.« Sie lächelte, ich hatte den Eindruck, als zögere sie, mir etwas zu sagen; dann legte sie die Hand auf meine Eier und näherte sich mit dem Mund. Ich bekam sofort wieder einen Steifen. Sie rollte eine Strähne ihres Haars um den Ansatz meines Glieds und begann mich mit den Fingerspitzen zu wichsen. »Ich weiß nicht«, flüsterte sie, ohne aufzuhören. »Es ist schön, daß du nicht so selbstsicher bist. Ich habe dich während der Reise sehr begehrt. Es war schrecklich, ich habe jeden Tag daran gedacht.« Sie drückte stärker auf meine Eier, umschloß sie mit der Hand. Mit der anderen Hand nahm sie etwas Himbeermarmelade und strich sie auf mein Glied; dann leckte sie es mit sorgfältigen Zungenschlägen. Meine Lust wurde immer stärker, ich spreizte die Beine in dem verzweifelten Versuch, mich zurückzuhalten. Wie im Spiel wichste sie mich ein bißchen schneller und drückte meinen Pimmel an ihren Mund. In dem Augenblick, als ihre Zunge das Vorhautbändchen kitzelte, ejakulierte ich heftig in ihren halbgeöffneten Mund. Sie schluckte mein Sperma mit einem leisen Grunzen hinunter, dann legte sie die Lippen um meine Schwanzspitze, um die letzten Samentropfen abzusaugen. Eine Welle unglaublicher Entspannung durchströmte mich und pulsierte durch jede einzelne Ader. Valérie zog den Mund zurück, legte sich neben mich und schmiegte sich an mich.

»In der Sylvesternacht hätte ich fast an deine Zimmertür geklopft; aber dann habe ich es doch nicht gewagt. Ich war überzeugt, daß sich nichts mehr zwischen uns abspielen würde; und das Schlimmste war, ich konnte nicht einmal sauer auf dich sein. Die Leute führen viele Gespräche, wenn sie mit einer Reisegesellschaft unterwegs sind, aber das bleibt nur eine gekünstelte Kameradschaft, sie wissen ganz genau, daß sie sich anschließend nie wiedersehen. Sexuelle Beziehungen unter ihnen sind sehr selten.«

»Wirklich?«

»Da bin ich mir sicher; darüber hat es Untersuchungen gegeben. Das trifft sogar auf die Ferienclubs zu. Das ist im übrigen ein Problem für sie, denn das war immerhin das einzig Interessante an dieser Art von Ferien. Seit zehn Jahren nimmt die Nachfrage ständig ab, obwohl die Preise immer mehr sinken. Das erklärt sich nur dadurch, daß die sexuellen Beziehungen im Urlaub so gut wie unmöglich geworden sind. Die einzigen Ferienziele, die noch einigermaßen laufen, sind Orte mit großer homosexueller Kundschaft wie Korfu oder Ibiza.«

»Du bist ja verdammt gut informiert«, sagte ich überrascht.

»Das ist kein Wunder, ich arbeite in der Tourismusbranche.« Sie lächelte. »Auch das ist typisch für Gruppenreisen: Man spricht nur sehr selten über sein Berufsleben. Es ist eine Art spielerischer Ausnahmesituation, die völlig auf das ausgerichtet ist, was die Veranstalter ›die Freude am Entdecken‹ nennen. Stillschweigend einigen sich die Teilnehmer darauf, ernste Themen wie Arbeit oder Sex zu vermeiden.«

»Wo arbeitest du?«

»Bei Nouvelles Frontières.«

»Hast du dann etwa aus beruflichen Gründen an der Reise teilgenommen? Um einen Bericht zu schreiben oder irgend so was?«

»Nein, ich habe richtig Urlaub gemacht. Ich bekomme natürlich eine große Ermäßigung, aber die Zeit wird mir von meinen Urlaubstagen abgezogen. Ich arbeite schon seit fünf Jahren dort, und es ist das erste Mal, daß ich mit ihnen verreise.«

Während Valérie einen Tomatensalat mit Mozzarella zubereitete, erzählte sie mir ihren beruflichen Werdegang. Im März 1990, drei Monate vor dem Abitur, hatte sie sich zum ersten Mal die Frage gestellt, was sie studieren – und was sie überhaupt aus ihrem Leben machen sollte. Nach großen anfänglichen Schwierigkeiten war es ihrem älteren Bruder gelungen, in die Ingenieurschule für Geologie in Nancy aufgenommen zu werden; er hatte gerade sein Diplom abgelegt. Er würde vermutlich als Diplomingenieur in einem Bergbaubetrieb oder auf einer Bohrinsel arbeiten, auf jeden Fall aber fernab von Frankreich. Er reiste gern. Auch sie reiste gern, wenigstens relativ gern; schließlich beschloß sie, einen Abschluß im Fach Touristikmanagement zu machen. Hartnäckige intellektuelle Arbeit, die ein längeres Studium erforderte, lag ihrem Wesen, wie sie meinte, ziemlich fern.

Das war ein Irrtum, wie sie sehr bald merkte. Das Niveau ihrer Kurse kam ihr außerordentlich niedrig vor, sie machte ihre Scheine ohne jede Anstrengung und konnte damit rechnen, ihr Diplom abzulegen, ohne je einen Gedanken darauf verwendet zu haben. Nebenbei belegte sie Kurse an der philosophischen Fakultät, die ihr nach Ablegung der Zwischenprüfung erlaubten, den Studiengang zu wechseln. Nach ihrem Diplom für Touristikmanagement schrieb sie sich in Soziologie ein. Aber auch da wurde sie bald enttäuscht. Das Arbeitsgebiet war interessant, es gab dort bestimmt noch vieles zu entdecken; aber die Arbeitsmethoden und die Theorien, die man ihnen vorsetzte, kamen ihr lächerlich simpel vor: Sie waren ideologisch überfrachtet, unpräzise und rochen geradezu nach Dilettantismus. Sie brach das Studium mitten im Jahr ab, ohne ihre Scheine zu machen, und nahm eine Stelle als Kundenberaterin in einer Niederlassung von Kuoni in Rennes an. Nach zwei Wochen, als sie beschloß, sich ein Appartement zu mieten, wurde ihr plötzlich klar, daß sie in der Falle saß: Von nun an war sie berufstätig.

Sie blieb ein Jahr im Reisebüro von Kuoni in Rennes, wo sie sich als gute Verkäuferin herausstellte. »Das war nicht schwer«, sagte sie, »man brauchte die Kunden nur ein bißchen zum Reden zu bringen und sich für sie zu interessieren. Denn letztlich ist es sehr selten, daß sich jemand für andere Menschen interessiert.« Die Unternehmensleitung bot ihr dann eine Stelle als Assistentin im Produktmanagement der Pariser Hauptverwaltung an. Ihre Arbeit bestand darin, an der Gestaltung der Rundreisen mitzuarbeiten, die Reiserouten und Ausflüge festzulegen und die Preise mit den Hotelinhabern und den einheimischen Leistungserbringern auszuhandeln. Auch da erwies sie sich als sehr erfolgreich. Sechs Monate später antwortete sie auf eine Anzeige von Nouvelles Frontières, die eine ähnliche Stelle anbot. Das war für sie der Beginn einer steil ansteigenden Karriere. Sie wurde dem Team von Jean-Yves Frochot zugeteilt, der zwar so gut wie nichts von Tourismus verstand, aber an der HEC studiert hatte, einer angesehenen Hochschule für Wirtschaftswissenschaften. Er war gleich von ihr angetan, schenkte ihr viel Vertrauen und ließ ihr große Entscheidungsfreiheit, auch wenn er theoretisch ihr Vorgesetzter war.

»Das Gute an Jean-Yves ist, daß er an meiner Stelle Ehrgeiz entwickelt hat. Immer wenn es darum ging, eine Beförderung oder eine Gehaltserhöhung auszuhandeln, hat er die Sache in die Hand genommen. Inzwischen ist er Produktmanager für die ganze Welt – er hat die Gestaltung sämtlicher Rundreisen unter sich; und ich bin immer noch seine Assistentin.«

»Dann verdienst du bestimmt eine ganze Menge.«

»Vierzigtausend Franc im Monat. Das heißt, jetzt müssen wir das ja in Euro umrechnen. Etwas mehr als sechstausend Euro.«

Ich blickte Valérie überrascht an. »Damit hätte ich nicht gerechnet«, sagte ich.

»Du hast mich ja auch noch nie im Kostüm gesehen.«

»Du hast ein Kostüm?«

»Das ist zwar ziemlich überflüssig, denn ich erledige praktisch alles am Telefon. Aber wenn es sein muß, kann ich auch ein Kostüm anziehen. Ich habe sogar Strapshalter. Wenn du willst, können wir das ja irgendwann mal ausprobieren.«

In diesem Augenblick wurde mir voller ungläubigem Staunen klar, daß ich Valérie wiedersehen würde und daß wir vermutlich glücklich sein würden. Diese Freude war zu unvorhergesehen, ich hätte am liebsten geweint; ich mußte das Thema wechseln.

»Und wie ist Jean-Yves?«

»Ganz normal. Verheiratet, zwei Kinder. Er arbeitet wahnsinnig viel, nimmt sich Unterlagen übers Wochenende mit nach Hause. Na ja, eben ein normaler, ziemlich intelligenter, ehrgeiziger junger Manager; aber er ist sehr nett und hat keinerlei Makken. Ich verstehe mich gut mit ihm.«

»Ich weiß auch nicht warum, aber es freut mich, daß du reich bist. Eigentlich ist das völlig unwichtig, aber das freut mich trotzdem.«

»Ja, ich bin ganz erfolgreich in meinem Beruf und habe ein gutes Gehalt; aber ich zahle 40 % Steuern, und meine Monatsmiete beträgt zehntausend Franc. Ich bin mir nicht sicher, ob ich die richtige Wahl getroffen habe: Wenn der Umsatz auf meinem Sektor sinkt, zögern sie garantiert nicht, mich zu entlassen; das ist schon genug Leuten passiert. Wenn ich Aktien hätte, wäre ich wirklich reich geworden. Ursprünglich war Nouvelles Frontières ein reiner Anbieter von Billigflügen. Daß das Unternehmen zum größten französischen Touristik-Konzern geworden ist, verdankt es der Gestaltung und dem Preis-Leistungs-Verhältnis seiner Rundreisen, also im wesentlichen Jean-Yves und mir. In zehn Jahren hat sich der Marktwert des Unternehmens um das Zwanzigfache erhöht; da Jacques Maillot noch immer einen Anteil von 30 % besitzt, kann man sagen, daß er durch mich reich geworden ist.«

»Hast du ihn mal getroffen?«

»Mehrere Male; ich mag ihn nicht. Auf den ersten Blick wirkt er mit seinen bunten Krawatten und seinem Motorroller wie ein kleinkarierter katholischer Yuppie mit einem Hang zum Demagogen, aber in Wirklichkeit ist er ein hartherziges, scheinheiliges Arschloch. Jean-Yves ist kurz vor Weihnachten von einem Headhunter kontaktiert worden; er müßte ihn eigentlich inzwischen getroffen haben und weiß jetzt sicher mehr, ich habe ihm versprochen, ihn nach meiner Rückkehr anzurufen.«

»Dann ruf ihn doch an, das ist wichtig.«

»Ja …« Sie schien nicht sonderlich überzeugt zu sein; bei dem Gespräch über Jacques Maillot hatte sich ihr Gesicht verfinstert. »Mein Leben ist auch wichtig. Tatsächlich habe ich Lust, noch mal mit dir zu vögeln.«

»Ich weiß nicht, ob ich jetzt gleich schon wieder einen hochkriege.«

»Dann leck mir die Möse. Das wird mir gut tun.«

Sie stand auf, zog ihr Höschen aus und machte es sich auf dem Sofa gemütlich. Ich kniete mich vor sie hin, schob ihre Schamlippen weit auseinander und leckte mit kleinen Zungenschlägen an ihrer Klitoris. »Stärker …«, flüsterte sie. Ich steckte ihr einen Finger in den Arsch, schob den Mund heran, küßte das Lustknöpfchen und walkte es mit den Lippen durch. »Ja, ja …«, stöhnte sie. Ich küßte sie noch stärker. Sie kam ganz unerwartet mit einem Schlag, wobei ein heftiges Beben ihren ganzen Körper durchlief.

»Komm her …« Ich setzte mich zu ihr aufs Sofa. Sie schmiegte sich an mich, legte den Kopf auf meine Schenkel. »Als ich dich gefragt habe, was die Thailänderinnen uns voraushaben, hast du mir keine richtige Antwort gegeben, mir nur das Interview des Leiters eines Heiratsvermittlungsbüros gezeigt.«

»Was er sagt, ist völlig richtig: Viele Männer haben Angst vor den modernen Frauen, weil sie nur eine liebe Ehefrau wollen, die den Haushalt führt und sich um ihre Kinder kümmert. Das gibt es nach wie vor, aber in den westlichen Ländern ist es unmöglich geworden, so einen Wunsch einzugestehen; deshalb heiraten sie Asiatinnen.«

»Na gut …« Sie dachte einen Augenblick nach. »Aber du bist da anders. Ich merke doch, daß es dich überhaupt nicht stört, daß ich eine verantwortungsvolle Stellung bekleide und ein hohes Gehalt beziehe; ich habe wirklich nicht den Eindruck, daß dir das Angst einflößt. Und trotzdem bist du in die Massagesalons gegangen und hast nicht einmal den kleinsten Versuch unternommen, mich anzumachen. Das kapiere ich nicht. Was ist denn an diesen Mädchen so außergewöhnlich? Sind sie wirklich besser im Bett als wir?«

Bei den letzten Worten hatte sich ihre Stimme leicht verändert; ich war ziemlich gerührt, es dauerte eine Minute, ehe ich ihr antworten konnte. »Valérie«, sagte ich schließlich, »ich habe nie jemanden getroffen, mit dem ich mich im Bett so gut verstanden habe wie mit dir; was ich seit gestern abend erlebt habe, ist kaum zu glauben.« Ich schwieg einen Augenblick, ehe ich hinzufügte: »Dir ist das bestimmt nicht bewußt, aber du bist tatsächlich eine Ausnahme. Frauen, die Lust empfinden und bereit sind, dir Lust zu verschaffen, sind inzwischen sehr selten geworden. Heutzutage eine Frau anzumachen, die man nicht kennt, und mit ihr zu schlafen, bringt alle möglichen Demütigungen und Probleme mit sich. Wenn du nur an die langen öden Gespräche denkst, auf die du dich einlassen mußt, um eine Frau rumzukriegen, mit dir ins Bett zu gehen, und sie sich dann noch in den meisten Fällen als eine Null im Bett herausstellt, die dich mit ihren Problemen nervt und dir von ihren ehemaligen Typen erzählt – und dir so ganz nebenbei den Eindruck vermittelt, daß du es mit ihnen nicht aufnehmen kannst, aber natürlich trotzdem darauf dringt, daß du wenigstens den Rest der Nacht mit ihr verbringen mußt –, dann kann man leicht verstehen, daß sich die Männer lieber eine Menge Sorgen ersparen und dafür etwas Geld bezahlen. Sobald sie etwas älter und erfahrener sind, ziehen sie es vor, der Liebe aus dem Weg zu gehen; sie finden es einfacher, mit Nutten zu schlafen. Allerdings nicht mit den Nutten hier bei uns, das lohnt sich nicht, das sind richtige menschliche Wracks; außerdem haben die Männer außerhalb ihres Urlaubs sowieso keine Zeit dazu, sie arbeiten zu viel. Daher verzichten die meisten ganz auf Sex; und manche leisten sich ab und zu ein bißchen Sextourismus. Und das auch nur im günstigsten Fall: Zu einer Nutte zu gehen bedeutet, noch einen kleinen menschlichen Kontakt aufrechtzuerhalten. Es gibt auch eine ganze Menge von

Typen, die es einfacher finden, vorm Internet zu wichsen oder sich einen Pornofilm anzusehen. Sobald der Pimmel seinen kleinen Strahl ausgespuckt hat, hat man ja wieder seine Ruhe.«

»Ich verstehe …«, sagte sie nach langem Schweigen. »Ich verstehe, was du meinst. Aber glaubst du nicht, daß die Männer oder die Frauen sich ändern könnten?«

»Ich glaube nicht, daß wir das Rad rückwärts drehen können, nein. Vermutlich passiert etwas anderes, und zwar dürften sich die Frauen immer mehr den Männern angleichen; zur Zeit legen sie noch großen Wert auf Verführung, während die Männer damit wenig am Hut haben, sie wollen vor allem vögeln. Die Verführung interessiert nur ein paar Typen, die kein wirklich aufregendes Berufsleben und auch sonst keine Interessen im Leben haben. Sobald sich die Frauen stärker für ihr Berufsleben und ihre persönlichen Vorhaben interessieren, werden auch sie es einfacher finden, zu bezahlen, um zu vögeln; und dann wenden sie sich dem Sextourismus zu. Die Frauen können sich den männlichen Wertvorstellungen anpassen; es fällt ihnen zwar manchmal schwer, aber sie können es durchaus, das hat die Geschichte gezeigt.«

»Insgesamt sieht es also eher düster aus.«

»Sehr düster«, bestätigte ich mit finsterer Befriedigung.

»Dann haben wir also Glück gehabt.«

»Ich habe Glück gehabt, daß ich dich kennengelernt habe, allerdings.«

»Ich auch …«, sagte sie und blickte mir in die Augen. »Auch ich habe Glück gehabt. Die Männer, die ich kenne, sind eher eine Katastrophe, keiner von denen glaubt mehr an eine Liebesbeziehung; und deshalb machen sie so viel Theater um Freundschaft und kameradschaftliches Verhalten, also all das, was einen zu nichts verpflichtet. Ich bin inzwischen soweit, daß ich nicht mal mehr das Wort *Freundschaft* hören kann, es widert mich richtig an. Und dann gibt es noch die Männer, die sich möglichst schnell verheiraten und dann nur noch an ihre Karriere denken. Auf dich trifft das natürlich nicht zu; aber ich habe auch gleich gewußt, daß du nie so vulgär sein würdest, mir mit *Freundschaft* zu kommen. Ich habe gleich gehofft, daß wir miteinander schlafen würden und daß irgend etwas Starkes dabei herauskommen würde; es konnte natürlich auch sein, daß nichts passieren würde, das war sogar viel wahrscheinlicher.« Sie hielt inne und seufzte gereizt. »Na gut …«, sagte sie dann resigniert, »ich muß wohl doch Jean-Yves anrufen.«

Ich zog mich im Schlafzimmer an, während sie telefonierte. »Ja, einen sehr schönen Urlaub«, hörte ich. Kurz darauf rief sie: »Wieviel? …« Als ich ins Wohnzimmer zurückkam, hielt sie den Hörer noch in der Hand und wirkte nachdenklich; sie hatte sich noch nicht wieder angezogen.

»Jean-Yves hat den Typen von der Vermittlungsagentur getroffen«, sagte sie, »sie haben ihm hundertzwanzigtausend Franc im Monat angeboten. Sie sind bereit, auch mich einzustellen; er meint, sie könnten bis zu achtzigtausend gehen. Er hat morgen früh einen Termin, um alles weitere zu besprechen.«

»Und für wen würdet ihr arbeiten?«

»Für die Gruppe Aurore, in der Abteilung Urlaubshotellerie.«

»Ist das ein großes Unternehmen?«

»Das kann man wohl sagen: Es ist weltweit die größte Gruppe auf dem Hotelsektor.«

2

Das Verhalten des Verbrauchers zu begreifen, um ihn besser einschätzen und ihm das richtige Produkt im richtigen Augenblick anbieten zu können und ihn vor allem zu überzeugen, daß das angebotene Produkt seinen Bedürfnissen entspricht, ist der Traum aller Unternehmen.

Jean-Louis Barma: *Wovon die Unternehmen träumen*

Jean-Yves wachte morgens um fünf auf und warf einen Blick auf seine Frau, die noch schlief. Sie hatten ein fürchterliches Wochenende bei seinen Eltern verbracht – seine Frau fuhr nur widerwillig aufs Land. Ihr zehnjähriger Sohn Nicolas haßte es ebenfalls, ins Loiret zu fahren, weil er seinen Computer nicht mitnehmen konnte; und er mochte seine Großeltern nicht, er fand, daß sie stanken. Mit seinem Vater ging es tatsächlich abwärts, er ließ sich immer mehr gehen und interessierte sich nur noch für seine Kaninchen. Der einzige Lichtblick an diesen Wochenenden war seine Tochter Angélique: Mit ihren drei Jahren war sie noch fähig, über die Kühe und die Hühner in Ekstase zu geraten; aber zur Zeit war sie gerade krank, sie hatte einen Großteil der Nächte geweint und gejammert. Als sie nach dreistündiger Fahrt und endlosen Staus wieder zu Hause waren, kam Audrey auf die Idee, noch mit Freunden auszugehen. Er machte sich etwas Tiefgefrorenes warm und sah sich einen ziemlich schlechten amerikanischen Fernsehfilm an, der die Geschichte eines autistischen *serial killer* zeigte – das Drehbuch beruhte angeblich auf einer wahren Begebenheit, der Mann war der erste Geisteskranke gewesen, der seit über sechzig Jahren in Nebraska hingerichtet worden war. Sein Sohn weigerte sich, etwas zu essen, und vertiefte sich sofort in eine Partie *Total Annihilation* oder *Mortal Kombat II*, er verwechselte die beiden immer. Ab und zu, wenn seine Tochter zu laut schrie, ging er in ihr Schlafzimmer und versuchte sie zu beruhigen. Sie schlief gegen ein Uhr ein; Audrey war noch nicht wieder da.

Irgendwann ist sie doch nach Hause gekommen, dachte er, während er sich mit der Espressomaschine einen Kaffee zubereitete; diesmal jedenfalls. Das Anwaltsbüro, in dem sie arbeitete, hatte unter anderem *Libération* und *Le Monde* als Kunden; sie verkehrte inzwischen im Milieu der Journalisten, Fernsehsprecher und Politiker. Sie gingen oft aus, manchmal in seltsame Lokale – als er eines Tages eins ihrer Bücher durchblätterte, war er auf die Visitenkarte eines Fetischistenlokals gestoßen. Jean-Yves vermutete, daß sie ab und zu mit irgendeinem Typen ins Bett ging; auf jeden Fall schliefen sie nicht mehr miteinander. Erstaunlicherweise hatte er selbst keinerlei Abenteuer. Dabei wußte er, daß er gut aussah – ein blonder, blauäugiger Typ, wie er eher unter Amerikanern geläufig ist; aber er hatte keine rechte Lust, die Gelegenheiten zu nutzen, die sich ihm boten und die im übrigen ziemlich selten waren, denn er arbeitete zwölf bis vierzehn Stunden am Tag, und in seiner Gehaltsklasse waren Frauen dünn gesät. Da war natürlich noch Valérie; aber ihm war nie in den Sinn gekommen, in ihr etwas anderes als eine Kollegin zu sehen. Es war übrigens erstaunlich, die Dinge unter diesem neuen Blickwinkel zu betrachten. Aber er wußte, daß es eine folgenlose Träumerei war: Er arbeitete schon seit fünf Jahren mit ihr zusammen, und in diesem Bereich entscheiden sich die Dinge sehr schnell – entweder es klappt sofort oder nie. Er schätzte Valérie sehr, ihr erstaunliches Organisationstalent, ihr zuverlässiges Gedächtnis; er wußte, daß er ohne sie nicht oder zumindest nicht so schnell Karriere gemacht hätte. Und heute würde er vielleicht einen entscheidenden Schritt weiterkommen. Er putzte sich die Zähne und rasierte sich sorgfältig, bevor er sich für einen eher klassischen Anzug entschied. Dann warf er einen Blick ins Schlafzimmer seiner Tochter: Sie war genauso blond wie er und schlief fest in ihrem mit Küken bedruckten Schlafanzug.

Er ging zu Fuß zum Gymnase-Club an der Place de la République, der um sieben Uhr aufmachte; sie wohnten in der Rue du Faubourg-du-Temple, einem Viertel, das gerade *in* war und das er nicht mochte. Seine Verabredung im Firmensitz der Gruppe Aurore war erst um zehn. Ausnahmsweise würde Audrey einmal die Kinder anziehen und zur Schule fahren müssen. Er wußte, daß er an diesem Abend eine halbe Stunde lang Vorwürfe zu hören bekommen würde; während er zwischen leeren Kartons und Abfällen den feuchten Bürgersteig entlangging, wurde ihm klar, daß ihm das völlig egal war. Und zugleich wurde ihm zum erstenmal richtig klar, daß er die falsche Frau geheiratet hatte. Diese Art von Erkenntnis, das wußte er, geht der Scheidung im allgemeinen zwei oder drei Jahre voraus, denn eine solche Entscheidung fällt einem nie leicht.

Der große Schwarze am Empfang rief ihm ein nicht sehr überzeugendes »Alles klar, Chef?« zu. Er hielt ihm seine Mitgliedskarte hin, nickte und nahm ein Handtuch. Er hatte Audrey mit dreiundzwanzig kennengelernt. Zwei Jahre später hatten sie geheiratet, nicht zuletzt – aber nicht nur –, weil sie schwanger war. Sie war hübsch, elegant, geschmackvoll gekleidet – und konnte gelegentlich sehr sexy sein. Außerdem hatte sie etwas im Kopf. Die sich in Frankreich ausbreitende Tendenz zu Gerichtsverfahren nach amerikanischem Vorbild empfand sie nicht als Rückschritt, sondern im Gegenteil als einen weiteren Schritt zum Schutz der Bürger und der individuellen Freiheit. Sie war imstande, eine ganze Reihe von Argumenten zu diesem Thema vorzubringen, sie hatte gerade ein Praktikum in den USA hinter sich. Kurz gesagt, sie hatte ihn geblufft. Komisch, sagte er sich, daß er immer das Bedürfnis empfunden hatte, sich von Frauen intellektuell beeindrucken zu lassen.

Als erstes verbrachte er eine halbe Stunde auf dem Stepper mit unterschiedlichen Schwierigkeitsstufen, dann schwamm er zwanzigmal durch den Pool. In der Sauna, die um diese Zeit noch leer war, entspannte er sich allmählich und nutzte die Gelegenheit, um sich all das, was er über die Gruppe Aurore wußte, noch einmal vor Augen zu führen. Das Unternehmen Novotel-SIEH war Ende 1966 von Gérard Pélisson und Paul Dubrule – einem Absolventen der École Centrale und einem Autodidakten – gegründet worden, und zwar ausschließlich mit bei Angehörigen und Freunden geliehenem Kapital. Im August 1967 wurde das erste Novotel in Lille eröffnet; es besaß bereits die Merkmale, die die Identität der Hotelkette ausmachen sollten: starke Standardisierung der Zimmer, Standort am Stadtrand – genauer gesagt, direkt an der Autobahn auf der Höhe der letzten Ausfahrt vor dem Ballungsgebiet – und ein für die damalige Zeit hohes Niveau an Komfort, Novotel war eine der ersten Hotelketten, die ihre Zimmer systematisch mit einem Bad ausstattete. Der Erfolg bei den Geschäftsreisenden war durchschlagend: 1972 besaß die Kette bereits fünfunddreißig Hotels. 1973 folgte die Gründung der Ibis-Hotels, 1975 die Übernahme der Mercure-Hotels und 1981 die der Sofitel-Kette. Gleichzeitig unternahm die Gruppe eine vorsichtige Diversifizierung im Gaststättengewerbe – Aufkauf der Restaurantkette Courtepaille und der Gruppe Jacques Borel International, die auf dem Bereich der Großküchen und der vom Arbeitgeber subventionierten Essensmarken eine gute Marktposition besaß. 1983 änderte das Unternehmen den Namen und verwandelte sich in die Gruppe Aurore. 1985 entstanden dann die Formule-1-Hotels, die ersten Hotels ohne jegliches Personal – einer der größten Erfolge in der Geschichte der Hotellerie. Die Gruppe, die bereits in Afrika und im Mittleren Osten gut angesiedelt war, faßte in Asien Fuß und schuf ihr eigenes Ausbildungszentrum – die Akademie Aurore. Die Übernahme der Motel 6 mit ihren sechshundertfünfzig Niederlassungen in den USA im Jahre 1990 brachte die Gruppe in die Spitzenposition auf dem Weltmarkt; 1991 folgte ein erfolgreich abgeschlossenes öffentliches Kaufangebot der Gruppe

Wagons Lits. Diese Übernahmen verschlangen viel Kapital, und 1993 machte Aurore eine Krise durch. Die Verschuldung wurde von den Aktionären als zu hoch erachtet, und der Aufkauf der Méridien-Kette kam nicht zustande. Dank des Verkaufs einiger Vermögenswerte und der Sanierung von Europcar, Lenôtre und der Société des Casinos Lucien Barrière kam die Gruppe bereits im Geschäftsjahr 1995 wieder aus den roten Zahlen. Im Januar 1997 zogen sich Paul Dubrule und Gérard Pélisson aus dem Vorstand der Gruppe zurück und übergaben die Leitung Jean-Luc Espitalier – einen Absolventen der ENA, der renommierten Verwaltungshochschule –, dessen Laufbahn die Wirtschaftszeitungen als »untypisch« bezeichneten. Sie blieben jedoch Mitglieder des Aufsichtsrats. Der Übergang vollzog sich problemlos, und Ende 2000 hatte die Gruppe ihren Status als weltweiter Marktführer gefestigt und ihren Vorsprung vor Mariott und Hyatt – Nummer zwei bzw. Nummer drei auf dem Weltmarkt – weiter ausgebaut. Von den zehn größten Hotelketten auf der Welt waren neun in amerikanischer und eine in französischer Hand – die Gruppe Aurore.

Jean-Yves stellte seinen Wagen um neun Uhr dreißig auf dem Parkplatz des Sitzes der Unternehmensgruppe in Évry ab. Er machte ein paar Schritte in der eiskalten Luft, um sich vor der Verabredung noch ein wenig zu entspannen. Pünktlich um zehn wurde er in das Büro von Éric Leguen gebeten, dem Vizepräsidenten, der für den Hotelleriebereich verantwortlich und Vorstandsmitglied war. Der Mann war fünfundvierzig, hatte die École Centrale besucht und besaß ein Diplom der Universität Stanford. Er war groß und kräftig, hatte blondes Haar und blaue Augen und glich Jean-Yves ein wenig – nur daß er zehn Jahre älter war und ein etwas selbstsichereres Auftreten besaß.

»Präsident Espitalier empfängt Sie in einer Viertelstunde«, sagte er als erstes. »Bis dahin möchte ich Ihnen erklären, warum wir Sie hergebeten haben. Vor zwei Monaten haben wir die Kette Eldorador von der Gruppe Jet Tours übernommen. Das ist eine kleine Kette von einem knappen Dutzend Club-Hotels mit Strandlage im Maghreb, Schwarzafrika und den Antillen.«

»Ein Verlustunternehmen, soweit ich weiß.«

»Die Verluste sind nicht größer als die auf dem gesamten Sektor.« Er lächelte plötzlich. »Na ja, ein bißchen größer sind sie schon. Um Ihnen nichts zu verschweigen, der Kaufpreis war angemessen; aber es war kein Spottpreis, denn es waren auch noch andere Gruppen daran interessiert: Es gibt noch eine ganze Menge Leute in der Branche, die glauben, daß es mit dem Markt wieder aufwärts geht. Zur Zeit ist der Club Méditerranée tatsächlich der einzige, der sich noch ganz gut über Wasser hält; ganz im Vertrauen gesagt hatten wir übrigens daran gedacht, dem Club Med ein öffentliches Übernahmeangebot zu machen. Aber die Beute war etwas zu groß, die Aktionäre hätten da nicht mitgemacht. Und außerdem wäre das Philippe Bourguignon gegenüber nicht sehr fair gewesen, der früher bei uns angestellt war ...« Diesmal lächelte er ein wenig schräg, als wollte er damit andeuten, daß es sich möglicherweise – aber nicht unbedingt – um einen Scherz handelte. »Kurz und gut«, fuhr er fort, »wir möchten Ihnen anbieten, die Leitung sämtlicher Eldorador Club-Hotels zu übernehmen. Ihr Ziel besteht natürlich darin, so bald wie möglich aus den roten Zahlen herauszukommen und anschließend Gewinne zu erwirtschaften.«

» Keine leichte Aufgabe.«

»Das ist uns klar; wir meinen aber, daß die Vergütung, die wir Ihnen anbieten, einen ausreichenden Anreiz dafür darstellen kann. Ganz zu schweigen von den vielen Aufstiegsmöglichkeiten innerhalb unserer Gruppe: Wir sind in hundertzweiundvierzig Ländern vertreten und beschäftigen über hundertdreißigtausend Menschen. Außerdem werden die meisten Führungskräfte bei uns ziemlich schnell Aktionäre der Gruppe, das ist ein System, an das wir glauben; ich habe Ihnen eine kurze Übersicht mit ein paar Zahlenbeispielen darüber zusammengestellt.«

»Außerdem benötige ich natürlich genauere Informationen über die Situation der Hotels der Kette.«

»Selbstverständlich; ich gebe Ihnen nachher eine detaillierte Aufstellung. Das war nicht nur ein rein taktischer Kauf, sondern wir glauben an die strukturellen Möglichkeiten: Die geographische Ansiedlung der Clubs ist gut, ihr allgemeiner Zustand ausgezeichnet – es brauchen nur wenige Umbauten vorgenommen zu werden. Zumindest habe ich den Eindruck; aber ich besitze keine Erfahrung auf dem Sektor der Urlaubshotellerie. Wir arbeiten natürlich Hand in Hand, aber in all diesen Fragen entscheiden Sie allein. Wenn Sie ein Hotel abstoßen oder ein anderes erwerben möchten, liegt die letzte Entscheidung bei Ihnen. Das ist eine der Grundregeln bei Aurore.«

Er dachte einen Augenblick nach, ehe er fortfuhr: »Selbstverständlich ist es kein Zufall, daß Sie hier sind. Ihre Laufbahn innerhalb von Nouvelles Frontières ist in der Branche sehr aufmerksam verfolgt worden; man kann sogar sagen, daß Sie Schule gemacht haben. Sie haben nicht systematisch versucht, die niedrigsten Preise oder die besten Leistungen anzubieten, Sie sind immer sehr nah an einem Preisniveau geblieben, das den Kunden für ein gewisses Leistungsniveau annehmbar schien; das ist genau die Philosophie, die wir für jede unserer Hotelketten vertreten. Und was ebenfalls noch sehr wichtig ist, Sie haben daran mitgearbeitet, dem Firmennamen ein starkes Image zu verleihen; das ist uns bei Aurore nicht immer gelungen.«

Das Telefon auf Leguens Schreibtisch klingelte. Das Gespräch war sehr kurz. Er stand auf und führte Jean-Yves durch einen Flur mit beigen Steinplatten. Jean-Luc Espitaliers Büro war riesig, mindestens zwanzig Meter lang; auf der linken Seite stand ein Konferenztisch mit etwa fünfzehn Stühlen. Espitalier erhob sich, als sie sich näherten, und empfing sie mit einem Lächeln. Er war klein und noch ziemlich jung – bestimmt nicht über fünfundvierzig –, hatte eine leichte Stirnglatze und rief einen erstaunlich bescheidenen, fast unbedarften Eindruck hervor, als lege er Wert darauf, der Bedeutung seiner Stellung mit einer gewissen Ironie zu begegnen. Vermutlich war es klüger, diesem Anschein nicht zu trauen, dachte Jean-Yves; die ENA-Absolventen sind oft so, sie stellen einen Humor zur Schau, der sich meistens als trügerisch erweist. Sie setzten sich in die Sessel an einen niedrigen Tisch vor seinem Schreibtisch. Espitalier betrachtete ihn lange mit seinem seltsamen schüchternen Lächeln, ehe er das Wort ergriff.

»Ich bewundere Jacques Maillot sehr«, sagte er schließlich. »Er hat ein sehr schönes, sehr originelles Unternehmen aufgebaut mit einer echten Unternehmensphilosophie. Das ist sehr selten. Auch wenn ich den Eindruck habe – aber ich will nicht den Unglückspropheten spielen –, daß sich die französischen Reiseveranstalter auf harte Zeiten einstellen müssen. In Kürze – das ist unvermeidlich geworden und meiner Ansicht nach nur noch eine Frage von Monaten – werden die britischen und deutschen Touristik-Konzerne hier bei uns auf dem Markt auftauchen. Sie verfügen über eine Finanzkraft, die zwei- bis dreimal so groß ist, und bieten Rundreisen an, die 20 bis 30 % billiger sind, und das bei gleichen oder sogar höheren Leistungen. Die Konkurrenz wird hart sein, erbarmungslos. Um es deutlich zu sagen, einige werden auf der Strecke bleiben. Ich will damit nicht sagen, daß Nouvelles Frontières dazugehört; es ist eine Gruppe mit starker Corporate Identity und einem fest verbundenen Kreis von Aktionären, sie sind vielleicht imstande zu widerstehen. Aber in jedem Fall werden die kommenden Jahre für alle sehr schwierig werden.

Wir haben bei uns nicht die gleichen Probleme«, fuhr er nach einem leichten Seufzer fort. »Aurore ist der unbestrittene Marktführer auf dem Geschäftsreisensektor, ein Markt, der nur geringen Schwankungen unterworfen ist; aber im Bereich der Urlaubshotellerie, die viel flexibler ist und den wirtschaftlichen und politischen Schwankungen viel stärker unterliegt, sind wir kaum vertreten.«

»Genau aus diesem Grund habe ich mich über Ihren jüngsten Kauf gewundert«, warf Jean-Yves ein. »Ich dachte, Ihr vorrangiges Entwicklungsziel bliebe der Geschäftsreisensektor, vor allem in Asien.«

»Das bleibt auch unsere vorrangige Zielrichtung«, erwiderte Espitalier ruhig. »Allein in China zum Beispiel sind die Möglichkeiten im Bereich des Niedrigpreissegments ungeheuer groß. Wir besitzen die Erfahrung, wir haben das Know-how: Stellen Sie sich nur mal Konzepte wie Ibis oder Formule 1 vor, die landesweit ausgebaut werden können. Andererseits ... wie soll ich Ihnen das erklären ...«, er dachte einen Augenblick nach, blickte erst an die Decke, dann auf den Konferenztisch zu seiner Rechten, ehe er den Blick wieder auf Jean-Yves richtete. »Aurore ist eine diskrete Gruppe«, fuhr er schließlich fort. »Paul Dubrule hat oft zu uns gesagt, das einzige Geheimnis, um Erfolg auf dem Markt zu haben, besteht darin, zur rechten Zeit zu kommen. Und das heißt, nicht zu früh: Es ist selten, daß die wirklichen Pioniere auf einem Gebiet einen maximalen Gewinn aus ihrer Erfindung ziehen – das ist die Geschichte von Apple gegen Microsoft. Aber das heißt natürlich auch, nicht zu spät zu kommen. Und genau da hat sich unsere Diskretion bezahlt gemacht. Wenn man die Entwicklung im dunkeln vorantreibt, ohne Aufsehen zu erregen, ist es für Ihre Konkurrenten, wenn sie plötzlich aufwachen und sich ebenfalls bemühen, die Marktlücke auszunutzen, meist zu spät: Dann haben Sie den Sektor bereits völlig abgeriegelt und einen entscheidenden Wettbewerbsvorteil erzielt. Unser Bekanntheitsgrad bleibt hinter unserer wirklichen Bedeutung zurück; das war weitgehend beabsichtigt.

Aber diese Zeit ist vorbei«, fuhr er nach einem weiteren Seufzer fort. »Heute weiß jeder, daß wir auf dem Weltmarkt führend sind. Und von diesem Augenblick an ist es unnötig – und sogar gefährlich –, allzu große Diskretion zu zeigen. Eine so bedeutende Gruppe wie Aurore ist es sich schuldig, ihr öffentliches Image zu pflegen. Die Business-Hotellerie ist ein sehr sicherer Sektor, der hohe, regelmäßige Einkünfte garantiert. Aber wie soll ich es sagen, der Fun-Faktor ist ziemlich gering. Wer spricht schon über seine Geschäftsreisen? Niemand hat Spaß daran. Um ein positives Image in der breiten Öffentlichkeit zu entwickeln, hatten wir die Wahl zwischen zwei Möglichkeiten: Pauschalreisen oder Club-Hotels. Pauschalreisen sind weiter von unserem ursprünglichen Gewerbe entfernt, aber es gibt sehr solide Firmen, die nur darauf warten, den Besitzer zu wechseln, wir wären um ein Haar diesen Weg gegangen. Doch dann bot sich uns die Gelegenheit, die Eldorador-Kette aufzukaufen, und da haben wir zugegriffen.«

»Ich versuche nur Ihre Zielvorstellungen zu begreifen«, bemerkte Jean-Yves. »Legen Sie größeren Wert auf das Ergebnis oder auf das Image?«

»Das ist eine komplexe Frage ...« Espitalier zögerte und rutschte leicht in seinem Sessel hin und her. »Das Problem, mit dem Aurore zu kämpfen hat, besteht darin, daß die Aktionäre keine homogene Gruppe bilden. Das hat übrigens 1994 zu dem Gerücht geführt, ein anderes Unternehmen versuche die Gruppe mit einem öffentlichen Übernahmeangebot zu schlucken – ich kann Ihnen versichern«, fuhr er mit selbstsicherer Geste fort, »daß diese Gerüchte völlig unbegründet waren. Und heute wären sie es erst recht: Unsere Verschuldung ist gleich Null, und keine Unternehmensgruppe auf der Welt, selbst außerhalb des Hotelleriesektors, ist groß genug, um sich auf so ein Vorhaben einzulassen. Es stimmt allerdings, daß unsere Aktionäre im Gegensatz zu Nouvelles Frontières zum Beispiel keinen kohärenten Personenkreis bilden. Paul Dubrule und Gérard Pélisson waren im Grunde weniger Kapitalisten als Unternehmer – sehr große Unternehmer, meiner Meinung nach zählen sie zu den größten Unternehmern des Jahrhunderts. Aber sie haben nicht versucht, die Aktionäre ihres Unternehmens persönlich unter Kontrolle zu halten; und das bringt uns heute in eine heikle Lage. Sie wissen genausogut wie ich, daß es aus Prestigegründen manchmal nötig ist, Ausgaben zu tätigen, die die strategische Position der Gruppe verbessern, ohne kurzfristig eine positive finanzielle Wirkung zu erzielen. Wir wissen ebenfalls, daß es manchmal nötig ist, einen defizitären Sektor eine Zeitlang zu unterstützen, weil der Markt noch nicht reif ist oder weil er eine vorübergehende Krise durchmacht. Das sind Dinge, die die Aktionäre der neuen Generation immer weniger akzeptieren: Die Theorie der raschen Rentabilität der Investitionen hat verheerende Auswirkungen auf ihre Mentalität gehabt.«

Er hob unaufdringlich die Hand, als er sah, daß Jean-Yves etwas einwerfen wollte. »Aber seien Sie beruhigt«, fuhr er fort, »unsere Aktionäre sind bei weitem keine Dummköpfe. Sie wissen ganz genau, daß es im gegenwärtigen Kontext für eine Hotelkette wie Eldorador nicht möglich ist, bereits im ersten Jahr aus den roten Zahlen herauszukommen – und vermutlich nicht einmal in einem Zeitraum von zwei Jahren. Aber ab dem dritten Jahr dürften sie die Zahlen ernsthaft unter die Lupe nehmen – und die Konsequenzen, die sie daraus ziehen, lassen nicht lange auf sich warten. Selbst wenn Sie ein verlockendes Projekt haben, das große Möglichkeiten in sich birgt, kann ich von diesem Augenblick an nichts mehr für Sie tun.«

Eine ganze Weile sagte niemand etwas. Leguen rührte sich nicht und hatte den Kopf gesenkt. Espitalier strich sich leicht zweifelnd mit dem Finger über das Kinn. »Ich verstehe ...«, sagte Jean-Yves schließlich. Nach einigen Sekunden fügte er ruhig hinzu: »Ich gebe Ihnen meine Antwort in drei Tagen.«

3

In den folgenden beiden Monaten sah ich Valérie sehr oft. Ich glaube sogar, daß ich sie mit Ausnahme eines Wochenendes, das sie bei ihren Eltern verbrachte, jeden Tag sah. Jean-Yves hatte beschlossen, das Angebot der Gruppe Aurore anzunehmen; Valérie beschloß, ihm zu folgen. Ich erinnere mich noch an die erste Bemerkung, die sie zu mir machte: »Von jetzt an muß ich 60 % Steuern zahlen.« Ihr Gehalt erhöhte sich tatsächlich von vierzigtausend auf fünfundsiebzigtausend Franc im Monat; wenn man die Steuern abrechnete, war der Anstieg nicht ganz so spektakulär. Sie wußte, daß sie ab Anfang März, wenn sie bei der Gruppe Aurore anfing, sehr hart arbeiten mußte. Einstweilen lief bei Nouvelles Frontières alles normal weiter: Die beiden hatten ihre Kündigung eingereicht und arbeiteten ihre Nachfolger in Ruhe ein. Ich riet Valérie, ein Sparbuch anzulegen, einen Bausparvertrag abzuschließen oder was weiß ich; aber in Wirklichkeit waren wir mit den Gedanken meist woanders. Der Frühling ließ auf sich warten, aber das war völlig unwichtig. Als ich später an diese glückliche Zeit mit Valérie zurückdachte, an die ich seltsamerweise nur wenig Erinnerungen behalten sollte, sagte ich mir, daß der Mensch wirklich nicht für das Glück geschaffen ist. Um die konkrete Möglichkeit des Glücks realisieren zu können, müßte sich der Mensch vermutlich ändern – *physisch* ändern. Womit läßt sich Gott vergleichen? Zunächst natürlich mit der Möse einer Frau; aber vielleicht auch mit den Schwaden eines Dampfbads. Auf jeden Fall mit irgend etwas, bei dem der Geist zu einer konkreten Möglichkeit werden kann, weil der Körper mit Zufriedenheit und Lust gesättigt und jegliche Besorgnis verschwunden ist. Ich halte es jetzt für sicher, daß der Geist noch nicht geboren ist, daß er auf die Welt kommen möchte, daß es aber eine schwere Geburt sein wird und wir bisher nur eine unzureichende, schädliche Vorstellung von ihm haben. Wenn ich Valérie zum Orgasmus brachte und spürte, wie ihr Körper unter mir bebte, hatte ich manchmal den flüchtigen, aber unwiderstehlichen Eindruck, ein völlig anderes Bewußtseinsniveau zu erreichen, in dem alles Böse aus der Welt verbannt war. In diesen praktisch regungslosen Momenten der Schwebe, in denen ihr Körper der Lust entgegenstrebte, fühlte ich mich wie ein Gott, von dem die Heiterkeit und die Gewitter abhingen. Das war die erste, unbestreitbare, vollkommene Freude.

Die zweite Freude, die Valérie mir schenkte, war ihr außerordentlich sanfter Charakter und ihre natürliche Güte. Wenn ihre Arbeitstage sehr lang gewesen waren – und sie sollten im Laufe der Monate immer länger werden –, spürte ich manchmal, daß sie angespannt und mit den Nerven am Ende war. Doch nie ließ sie ihren Frust an mir aus, nie geriet sie in Wut, nie hatte sie eine jener unvorhersehbaren Nervenkrisen, die den Umgang mit Frauen häufig so bedrückend und erschütternd machen. »Ich bin nicht besonders ehrgeizig, Michel«, sagte sie manchmal zu mir. »Ich bin glücklich mit dir, ich glaube, du bist der Mann meines Lebens, und im Grunde möchte ich mich damit zufriedengeben. Aber das ist nicht möglich: Ich darf mich nicht damit zufriedengeben. Ich bin in ein System verstrickt, das mir nicht mehr allzuviel gibt und von dem ich im übrigen weiß, daß es unnötig ist; aber ich weiß nicht, wie ich ihm entkommen soll. Wir müßten uns mal die Zeit zum Nachdenken nehmen; aber ich weiß nicht, wann wir uns die Zeit dazu nehmen sollten.«

Was mich betraf, so arbeitete ich immer weniger; das heißt, ich tat nur soviel, wie eben nötig war. Ich war immer rechtzeitig zu Hause, um mir »Fragen an den Champion« anzusehen und etwas für das Abendessen einzukaufen; ich schlief jetzt jede Nacht bei Valérie. Erstaunlicherweise schien mir Marie-Jeanne meinen immer geringer werdenden Arbeitseifer nicht übelzunehmen. Im Gegensatz zu mir liebte sie eben ihren Job und war durchaus bereit, die anfallende Mehrarbeit zu übernehmen. Ich glaube, sie erwartete von mir vor allem, daß ich nett zu ihr war – und ich war in all diesen Wochen nett und friedlich. Das Korallenhalsband, das ich ihr aus Thailand mitgebracht hatte, gefiel ihr sehr, sie trug es jeden Tag. Wenn sie die Ausstellungsunterlagen vorbereitete, warf sie mir manchmal einen ungewöhnlichen, schwer zu deutenden Blick zu. An einem Morgen im Februar – ich erinnere mich noch genau, es war mein Geburtstag – sagte sie offen zu mir: »Du hast dich verändert, Michel ... Ich weiß nicht, aber du wirkst richtig glücklich.«

Sie hatte recht. Ich war glücklich, ich erinnere mich. Natürlich gibt es immer irgendwelchen Ärger, das eine oder andere unvermeidliche Problem, und natürlich den Verfall und den Tod. Und doch kann ich, wenn ich an diese wenigen Monate zurückdenke, mit Sicherheit sagen: Ich weiß, daß es das Glück gibt.

Jean-Yves dagegen war nicht glücklich, das war offensichtlich. Ich erinnere mich, daß Valérie und ich eines Abends mit ihm in einem italienischen, genauer gesagt einem venezianischen Restaurant, auf jeden Fall einem ziemlich schicken Lokal, gegessen haben. Er wußte, daß wir bald nach Hause gehen würden, um miteinander zu vögeln, und daß wir voller Liebe vögelten. Ich wußte nicht recht, was ich zu ihm sagen sollte – was zu sagen war, war zu offensichtlich, zu klar. Ganz offensichtlich liebte seine Frau ihn nicht, sie hatte vermutlich nie jemanden geliebt; und sie würde nie jemanden lieben, auch das war klar. Er hatte kein Glück gehabt, das war alles. Die zwischenmenschlichen Beziehungen sind gar nicht so kompliziert, wie man so oft behauptet: Sie sind oft unlösbar, aber selten *kompliziert*. Jetzt mußte er sich natürlich scheiden lassen; das war nicht einfach, aber es mußte sein. Was hätte ich ihm schon anderes sagen sollen? Das Thema war bereits abgehakt, noch ehe wir mit den *antipasti* fertig waren.

Anschließend sprachen sie über ihre berufliche Zukunft innerhalb der Gruppe Aurore: Sie hatten schon ein paar Ideen, ein paar ungefähre Vorstellungen, wie sie die Eldorador-Kette wieder sanieren konnten. Sie waren intelligent, kompetent und auf ihrem beruflichen Sektor anerkannt; aber sie durften keinen Fehler machen. Ein Mißerfolg in ihrer neuen Stellung würde noch nicht das Ende ihrer Laufbahn bedeuten: Jean-Yves war fünfunddreißig und Valérie achtundzwanzig, man würde ihnen eine zweite Chance geben. Aber innerhalb der Branche würde man den ersten Fehlschlag nicht vergessen, sie würden auf einem deutlich niedrigeren Niveau wieder anfangen müssen. In der Gesellschaft, in der wir lebten, stellten das *Gehalt* und, ganz allgemein gesagt, die finanziellen Vorteile den wesentlichen Anreiz zur Arbeit dar; das Prestige, das Ehrenvolle an einer Stellung spielten inzwischen eine viel geringere Rolle. Es gab jedoch ein ausgeklügeltes System der Umverteilung, das es erlaubte, die nutzlosen, die inkompetenten und die schädlichen Individuen am Leben zu erhalten – zu denen in gewisser Weise ich gehörte. Kurz gesagt, wir lebten in einem gemischtwirtschaftlichen System, das sich allmählich zu einer ausgeprägteren freien Marktwirtschaft entwickelte, die nach und nach die Schutzmaßnahmen gegen den Wucherzins – und ganz allgemein gegen das Geld – überwand, die in den Ländern mit ehemaliger katholischer Tradition noch existierten. Sie würden keinen wirklichen Nutzen aus dieser Entwicklung ziehen. Manche junge HEC-Absolventen, die viel jünger waren als Jean-Yves – oder ihr Studium noch gar nicht abgeschlossen hatten –, stürzten sich von vornherein auf die Börsenspekulation, ohne überhaupt nach einer festen Anstellung zu suchen. Sie verfügten über Computer mit Internetanschluß und hochentwickelte Software, mit der sich der Markt verfolgen ließ. Häufig schlossen sie sich zu Clubs zusammen, um über ein größeres Anfangskapital verfügen zu können. Sie lebten mit ihrem Computer zusammen, lösten sich rund um die Uhr ab, fuhren nie in Urlaub. Das Ziel, das sie alle verfolgten, war ausgesprochen einfach: Sie wollten Milliardäre werden, ehe sie dreißig waren.

Jean-Yves und Valérie gehörten der Generation einer Übergangszeit an, in der es noch schwer war, sich eine Laufbahn außerhalb eines Unternehmens – oder eventuell des Staatsdienstes – vorzustellen. Ich war etwas älter als sie, befand mich aber im Grunde in der gleichen Situation; wir saßen alle drei in diesem Gesellschaftssystem fest wie Insekten in einem Bernsteinblock, wir hatten keinerlei Möglichkeit, aus ihm herauszukommen.

Am Vormittag des 1. März nahmen Valérie und Jean-Yves offiziell ihre Arbeit innerhalb der Gruppe Aurore auf. Für Montag, den 4. März war bereits eine Sitzung mit den wichtigsten Mitarbeitern anberaumt, die an dem Projekt Eldorador beteiligt waren. Die Unternehmensleitung hatte *Profiles*, ein ziemlich bekanntes Institut für Konsumforschung, mit einer Marktstudie über die Zukunft der Ferienclubs beauftragt.

Als Jean-Yves zum erstenmal den Sitzungssaal im 23. Stock betrat, war er doch ziemlich beeindruckt. Gut zwanzig Mitarbeiter waren dort versammelt, die alle bereits seit mehreren Jahren bei Aurore arbeiteten; und ihm fiel jetzt die Aufgabe zu, dieses Team zu leiten. Valérie setzte sich links neben ihn. Er hatte das Wochenende damit verbracht, die Unterlagen zu studieren: Er kannte den Namen, die genaue Funktion und die berufliche Vergangenheit jedes einzelnen der um den Tisch versammelten Mitarbeiter; dennoch hatte er Mühe, ein leichtes Gefühl der Beklommenheit zu unterdrücken. Ein grauer Himmel legte sich über die Vororte in der Essonne, allesamt *soziale Brennpunkte.* Als Paul Dubrule und Gérard Pélisson sich für Évry als Standort für ihren Firmensitz entschieden, hatten die niedrigen Grundstückspreise, die Nähe der Südautobahn und des Flughafens Orly den Ausschlag gegeben; damals war Évry noch ein ruhiger Vorort gewesen. Heute hatten die umliegenden Gemeinden die höchste Kriminalitätsrate in ganz Frankreich. Jede Woche wurden Autobusse und Fahrzeuge der Gendarmerie oder der Feuerwehr angegriffen; wie viele Überfälle und Diebstähle stattfanden, war nicht genau zu beziffern; manchen Schätzungen zufolge mußte man die Zahl der erstatteten Anzeigen mit fünf multiplizieren, um ein den Tatsachen entsprechendes Bild zu erhalten. Die Gebäude des Unternehmens wurden rund um die Uhr von einem bewaffneten Sicherheitsdienst überwacht. Ein Rundschreiben der Firmenleitung empfahl dringend, nach einer bestimmten Uhrzeit die öffentlichen Verkehrsmittel zu meiden. Für die Angestellten, die abends spät noch etwas zu tun hatten und keinen eigenen Wagen besaßen, hatte Aurore mit einem Taxiunternehmen einen Festpreis ausgehandelt.

Bei der Ankunft von Lindsay Lagarrigue, dem Konsumverhaltenssoziologen, hatte Jean-Yves den Eindruck, sich auf vertrautem Boden zu bewegen. Der Typ war um die Dreißig, hatte eine Stirnglatze und im Nacken zusammengebundenes Haar; er trug eine Adidas-Jogginghose, ein Prada-T-Shirt und ausgetretene Nikes, kurz gesagt: er hatte das Aussehen eines Konsumverhaltenssoziologen. Als erstes verteilte er eine sehr dünne Akte, die vor allem aus Diagrammen mit Pfeilen und Kreisen bestand; in seiner Aktentasche befand sich sonst nichts. Die erste Seite war eine Fotokopie eines Artikels aus dem *Nouvel Observateur*, genauer gesagt der Leitartikel der Urlaubsbeilage mit dem Titel: »Anders Reisen«.

»Im Jahr 2000«, begann Lagarrigue den Artikel vorzulesen, »ist es vorbei mit dem Massentourismus. Die Menschen träumen vom Reisen als Selbstverwirklichung, die zugleich einen ethischen Anspruch erhebt.« Dieser Abschnitt, mit dem der Leitartikel begann, erschien ihm symptomatisch für die gegenwärtigen Veränderungen. Er redete ein paar Minuten lang über dieses Thema, dann forderte er die Anwesenden auf, ihre Aufmerksamkeit auf folgende Sätze zu richten: »Im Jahr 2000 stellt man sich die Frage nach einem Tourismus, der den anderen Menschen respektiert. Die Bewohner der reichen Länder möchten nicht nur aus egoistischem Vergnügen verreisen, sondern zugleich eine gewisse Form von Solidarität unter Beweis stellen.«

»Wieviel hat der Typ für seine Studie bekommen?« fragte Jean-Yves Valérie leise.

»Hundertfünfzigtausend Franc.«

»Das ist nicht zu fassen ... Will sich dieser Idiot etwa damit bescheiden, uns einen Artikel aus dem *Nouvel Obs* vorzulesen?«

Lindsay Lagarrigue fuhr mit der Paraphrasierung einiger Begriffe des Artikels fort, dann las er mit emphatischem Ton, der völlig deplaziert wirkte, eine dritte Passage vor: »Im Jahr 2000«, deklamierte er, »fühlt man sich als Nomade. Man fährt mit dem Zug oder unternimmt eine Kreuzfahrt, auf den Flüssen oder auf den Weltmeeren: Im Zeitalter der Schnelligkeit entdeckt man die Freuden der Langsamkeit wieder. Man verliert sich in der unendlichen Stille der Wüste; und dann stürzt man sich ohne Übergang in das brodelnde Leben der großen Hauptstädte. Aber immer mit der gleichen Leidenschaft ...« Ethik, Selbstverwirklichung, Solidarität, Leidenschaft: Damit waren ihm zufolge die Schlüsselbegriffe benannt. In diesem neuen Kontext dürfe man sich nicht wundern, daß das System der Ferienclubs, das auf der Vereinheitlichung der Bedürfnisse und der Wünsche sowie auf einer egoistischen Abkapselung von der Außenwelt beruhte, immer wieder auf die gleichen Schwierigkeiten stieß. Die Zeit der *Strandflitzer,* wie Patrice Leconte die Club-Med-Freaks der 70er Jahre bezeichnet, sei endgültig vorbei: Der moderne Urlauber wolle eine authentische Erfahrung machen, etwas Neues entdecken und den Sinn für Gemeinsamkeit wiederfinden. Ganz allgemein gesagt, habe sich das Ford-Modell des Freizeittourismus, das durch die berühmten »4 S«: *Sea, Sand, Sun ... and Sex* charakterisiert war, überlebt. Wie die Arbeiten von Michky und Braun in überzeugender Weise gezeigt hätten, müsse sich die gesamte Tourismusbranche schon jetzt darauf einstellen, die Post-Ford-Ära einzuleiten und ihre Tätigkeit unter ein neues Vorzeichen zu setzen.

Der Konsumverhaltenssoziologe hatte Erfahrung in seinem Metier, er hätte noch stundenlang weiterreden können. »Entschuldigen Sie ...«, unterbrach ihn Jean-Yves in einem Ton, der eine leichte Gereiztheit verriet.

»Ja? ...« Der Konsumverhaltenssoziologe schenkte ihm ein charmantes Lächeln.

»Ich glaube, daß jedem hier an diesem Tisch völlig klar ist, daß das System der Ferienclubs zur Zeit in eine Krise geraten ist. Wir erwarten daher von Ihnen nicht, daß Sie uns endlos die Einzelheiten des Problems schildern, sondern uns interessiert mehr, daß Sie uns wenigstens ansatzweise die eine oder andere Lösungsmöglichkeit andeuten.«

Lindsay Lagarrigue stand mit offenem Mund da; mit einem Einwand dieser Art hatte er nun wirklich nicht gerechnet. »Ich glaube ...«, stammelte er schließlich, »ich glaube, wenn man ein Problem lösen will, besteht der erste Schritt darin, es einzugrenzen und seine Ursachen zu erforschen.« Schon wieder so ein hohler Satz, dachte Jean-Yves wütend; er war nicht nur hohl, sondern im vorliegenden Fall auch noch falsch. Denn die Ursachen waren natürlich in einer allgemeinen gesellschaftlichen Tendenz zu suchen, die keiner von uns zu ändern vermochte. Man mußte sich ihr anpassen, das war alles. Aber wie konnte man sich ihr anpassen? Dazu hatte dieser Idiot offensichtlich nichts zu sagen.

»Wenn ich mal grob zusammenfasse, was Sie uns gesagt haben«, fuhr Jean-Yves fort, »dann sind Sie der Ansicht, daß das System der Ferienclubs überholt ist.«

»Nein, nein, überhaupt nicht ...« Der Konsumverhaltenssoziologe verlor allmählich den Boden unter den Füßen. »Ich glaube ... ich glaube nur, daß die Sache einiges Nachdenken erfordert.« »Und wofür bezahlen wir dich, du Arsch?« sagte Jean-Yves halblaut, ehe er sich an alle wandte: »Nun, wir werden versuchen, darüber nachzudenken. Monsieur Lagarrigue, ich danke Ihnen für Ihre Ausführungen; ich glaube, wir brauchen Sie heute nicht mehr. Ich schlage vor, wir machen zehn Minuten Kaffeepause.«

Mißmutig steckte der Konsumverhaltenssoziologe seine Diagramme wieder in die Aktentasche. Als die Sitzung nach der Pause weiterging, holte Jean-Yves seine Notizen hervor und ergriff das Wort:

»Zwischen 1993 und 1997 hat der Club Méditerranée, wie Sie wissen, die schlimmste Krise seit seinem Bestehen durchgemacht. Die Konkurrenten und Nachahmer waren immer zahlreicher geworden und hatten ganz einfach das Konzept des Club Méditerranée als solches übernommen, dabei aber die Preise enorm gesenkt. Die Folge davon war, daß die Buchungen drastisch zurückgingen. Wie haben sie es geschafft, die Situation wieder in den Griff zu bekommen? Nun, im wesentlichen, indem auch sie die Preise senkten. Aber sie haben sie nicht so stark gesenkt wie ihre Konkurrenten: Sie wußten, daß ihnen ihr Ruf, ihr Image und die Tatsache zugute kam, daß sie kein *newcomer* auf dem Gebiet waren; sie wußten, daß ihre Kundschaft bereit war, einen gewissen Aufpreis in Kauf zu nehmen – einen Aufpreis, der nach gründlichen Untersuchungen je nach Bestimmungsort auf 20 bis 30 % festgesetzt wurde –, um in den Genuß der authentischen Form des *Club Med*, also gewissermaßen der ›Originalfassung‹ zu kommen. Das ist die erste Überlegung, die wir im Laufe der nächsten Wochen vertiefen sollten: Ist der Markt der Ferienclubs groß genug, um ein anderes Konzept als das des *Club Med* zu verkraften? Und wenn ja, können wir es schon in groben Zügen umreißen und uns eine Vorstellung von der Zielgruppe unserer potentiellen Kundschaft machen? Diese Fragen sind nicht leicht zu beantworten.

Ich komme, wie Sie vermutlich schon alle wissen«, fuhr er fort, »von Nouvelles Frontières. Auch dort haben wir, selbst wenn es nicht der bekannteste Sektor des Unternehmens ist, Ferienclubs geschaffen: die *Paladiens*. Etwa zur gleichen Zeit wie der Club Méditerranée haben auch wir mit unseren Clubs Schwierigkeiten gehabt, aber wir haben sie sehr schnell behoben. Warum? Weil wir der größte französische Touristik-Konzern waren. Nachdem unsere Kunden eine Entdeckungsreise durch das Land gemacht hatten, wünschte sich die überwiegende Mehrzahl von ihnen eine Verlängerung in Form eines Badeaufenthalts. Unsere Rundreisen stehen im durchaus berechtigten Ruf, manchmal ziemlich anstrengend zu sein und eine gute körperliche Verfassung vorauszusetzen. Nachdem sich unsere Kunden gewissermaßen ihre Lorbeeren als ›Reisende‹ hart verdient hatten, waren sie im allgemeinen begeistert, eine Zeitlang die Rolle des einfachen Touristen spielen zu dürfen. Angesichts des Erfolgs dieses Konzeptes haben wir beschlossen, bei den meisten Rundreisen die Verlängerung durch einen Badeaufenthalt von vornherein einzuplanen – was uns erlaubte, die Gesamtdauer in unseren Katalogangeboten zu verlängern: Ein Tag in einem Badeort ist, wie Sie wissen, viel billiger als ein Reisetag. Unter diesen Umständen war es natürlich sehr leicht, unsere eigenen Hotels zu bevorzugen. Das ist die zweite Überlegung, über die Sie sich bitte Gedanken machen sollten: Es kann sein, daß der Erfolg der Ferienclubs von einer engeren Zusammenarbeit mit einem Reiseveranstalter abhängt. Auch da müssen Sie Erfindungsgeist zeigen, Sie sollten sich nicht nur auf die Konzerne beschränken, die auf dem französischen Markt vertreten sind. Das ist ein neues Gebiet, das zu erforschen ich Sie bitten möchte; vielleicht kann der Zusammenschluß mit einem der großen Touristik-Konzerne Nordeuropas für uns von großem Vorteil sein.«

Nach der Sitzung kam eine Frau in den Dreißigern mit hübschem Gesicht und blondem Haar auf Jean-Yves zu. Sie hieß Marylise Le François und war für die Öffentlichkeitsarbeit zuständig. »Ich wollte Ihnen nur sagen, daß mich Ihre Ausführungen sehr überzeugt haben«, bemerkte sie. »Das war wirklich notwendig. Ich glaube, daß es Ihnen gelungen ist, die Leute zu motivieren. Jetzt ist allen klar, daß jemand wieder das Steuer übernommen hat; jetzt können wir uns wieder richtig an die Arbeit machen.«

4

Es war nicht so leicht, das stellten sie schnell fest. Die meisten britischen und vor allem die meisten deutschen Touristik-Konzerne besaßen bereits ihre eigene Kette von Ferienclubs; es lag nicht in ihrem Interesse, sich mit einer anderen Gruppe zusammenzuschließen. Alle Kontakte, die in dieser Hinsicht aufgenommen wurden, erwiesen sich als Fehlschläge. Andererseits schien der Club Méditerranée die einzig brauchbare Lösung für die Ferienclubs gefunden zu haben; seit seinem Bestehen war kein Konkurrent imstande gewesen, ein wirklich innovatives Konzept zu entwickeln.

Zwei Wochen später hatte Valérie schließlich eine Idee. Es war fast zehn Uhr abends; sie saß zusammengesunken in einem Sessel mitten in Jean-Yves' Büro und trank einen Kakao, bevor sie heimfuhr. Sie waren beide erschöpft, sie hatten den ganzen Tag die Bilanz der Ferienclubs studiert.

»Im Grunde«, seufzte sie, »sollte man vielleicht die Rundreisen und die Aufenthalte in einem Badehotel nicht völlig voneinander trennen.«

»Wie meinst du das?«

»Denk doch an Nouvelles Frontières: Selbst abgesehen vom Badeurlaub am Schluß waren die Leute immer von einem Tag Strandurlaub mitten in der Rundreise sehr angetan. Und die häufigsten Klagen der Leute bezogen sich darauf, daß sie ständig das Hotel wechseln mußten. Vielleicht sollte man ganz systematisch die Exkursionen und die Strandaufenthalte abwechseln: eine eintägige Besichtigungsfahrt und anschließend einen Ruhetag und so weiter. Und jeden Abend geht es wieder ins Hotel zurück, oder bei längeren Ausflügen jeden zweiten Abend; aber selbst dann, ohne daß sie wieder ihre Koffer packen oder das Zimmer aufgeben müssen.«

»In den Clubs werden bereits Ausflüge angeboten; ich bin mir nicht sicher, ob sie wirklich Anklang gefunden haben.«

»Ja, aber sie sind nicht im Preis inbegriffen, und die Franzosen zahlen sehr ungern einen Aufpreis. Außerdem muß man die Ausflüge vor Ort reservieren, und da zögern die Leute, zieren sich, können sich nicht entscheiden und unternehmen letztlich nichts. Dabei lieben sie in Wirklichkeit Entdeckungsreisen, vorausgesetzt, man nimmt ihnen die Arbeit ab; und vor allem haben sie es gern, wenn alles im Preis inbegriffen ist.«

Jean-Yves dachte kurz nach. »Keine schlechte Idee, die du da hast«, sagte er. »Außerdem müßte es möglich sein, die Sache schnell auf die Beine zu stellen: Ich denke, daß wir dieses Konzept schon ab diesem Sommer in die normalen Aufenthalte integrieren können. Wir könnten es ›Eldorador Entdeckung‹ oder irgend so etwas nennen.«

Jean-Yves zog Leguen zu Rate, ehe er die Sache in Angriff nahm; er stellte schnell fest, daß sein Vorgesetzter keine Lust hatte, Stellung zu beziehen, weder dafür noch dagegen. »Die Verantwortung dafür tragen Sie«, sagte er nüchtern. Als Valérie mir von ihrer Arbeit berichtete, wurde mir beim Zuhören klar, daß ich nichts vom Management großer Unternehmen verstand. Das Gespann, das sie mit Jean-Yves bildete, war als solches schon eine Ausnahme. »Im Normalfall«, sagte sie zu mir, »hätte er eine Mitarbeiterin, die nur davon träumt, seine Stelle zu bekommen. Daher liegt manchen Entscheidungen in den Unternehmen auch eine eiskalte Berechnung zugrunde: Manchmal kann es sich als durchaus vorteilhaft erweisen, einen Mißerfolg zu erzielen – vorausgesetzt man kann die Verantwortung dafür auf jemand andern abwälzen.« Die Atmosphäre, in der Jean-Yves und Valérie arbeiteten, war jedoch eher entspannt: Niemand innerhalb der Gruppe war auf den Posten der beiden versessen, die meisten Mitarbeiter aus der Chefetage waren der Ansicht, daß die Übernahme von Eldorador ein Fehler war.

Bis Ende des Monats arbeitete sie viel mit Marylise Le François zusammen. Die Kataloge für die Sommerferien mußten unbedingt Ende April fertig sein, das war der letzte Termin, eigentlich war das sogar schon zu spät. Die Werbung von Jet Tours für die Clubs, das war ihr sofort klar, war völlig absurd gewesen. »Ferien im Eldorador ist wie einer dieser magischen Augenblicke, wenn in Afrika die Hitze nachläßt und das ganze Dorf sich unter dem Palaverbaum versammelt, um den alten Weisen zu lauschen ...«, las sie Jean-Yves vor. »Sag mal ganz ehrlich, findest du das überzeugend? Und daneben die Fotos der Club-Betreuer, die in ihren beknackten gelben Anzügen Luftsprünge machen. Das ist wirklich die letzte Scheiße.«

»Und was hältst du von dem Slogan ›Das Leben in Eldorador: Eine starke Sache!‹?«

»Ich weiß nicht; ich weiß wirklich nicht mehr, was ich davon halten soll.«

»Für das normale Clubangebot ist es zu spät. Die Kataloge sind schon verteilt. Aber eins ist sicher, für den Katalog ›Entdeckung‹ müssen wir uns was völlig Neues einfallen lassen.«

»Ich glaube«, warf Marylise ein, »wir sollten mit dem Kontrast von harten Bedingungen und Luxus arbeiten. Ein Pfefferminztee mitten in der Wüste, aber auf kostbaren Teppichen ...«

»Ja, die magischen Augenblicke ...«, sagte Jean-Yves müde. Er erhob sich mühsam von seinem Stuhl. »Und vergeßt nicht, irgendwo ›magische Augenblicke‹ einzubauen, seltsamerweise zieht das immer noch. So, jetzt muß ich mich aber wieder meiner Berechnung der Festkosten zuwenden ...«

Ihm fiel der undankbarste Teil der Arbeit zu, das war Valérie klar. Sie selbst verstand so gut wie nichts von Betriebsführung, das erinnerte sie nur dunkel an ihre Ausbildung in Hotelmanagement: »Édouard Yang, Inhaber eines Drei-Sterne-

Hotels mit eigenem Restaurant, erachtet es als seine Pflicht, die Kundschaft möglichst hundertprozentig zufriedenzustellen; er ist ständig auf der Suche nach neuen Einfällen, um auf ihre Bedürfnisse einzugehen. Er weiß aus Erfahrung, daß das Frühstück ein wichtiger Moment ist, der für das Nahrungsgleichgewicht des ganzen Tages von Bedeutung ist und ganz entscheidend zum Image des Hotels beiträgt.« Das hatte sie als Übungsaufgabe im ersten Jahr gestellt bekommen. Édouard Yang hatte eine statistische Untersuchung durchgeführt, die besonders auf die Zahl der Zimmerbewohner (Alleinreisende, Paare, Familien) einging. Die Untersuchung mußte ausgewertet und das Chi^2 berechnet werden; das Thema endete mit folgender Frage: »Anders gesagt, ist der Familienstand ein Erklärungsfaktor für den Konsum von frischem Obst beim Frühstück?«

Als sie ihre Unterlagen durchsuchte, fand sie ein zu jener Zeit behandeltes Prüfungsthema, das ihrer gegenwärtigen Situation recht gut entsprach. »Sie sind zum Marketingleiter innerhalb des internationalen Vorstandes der Gruppe *South America* ernannt worden. Die Gruppe hat gerade das Hotel-Restaurant ›Les Antilles‹ erworben, einen Vier-Sterne-Betrieb mit hundertzehn Zimmern in Guadeloupe, direkt am Meer. Das Hotel ist 1988 erbaut und 1996 renoviert worden und steckt zur Zeit in großen Schwierigkeiten. Die durchschnittliche Belegungsrate erreicht nur 45 %, was weit unter der erwarteten Rentabilitätsschwelle liegt.« Sie hatte ein »sehr gut« für ihre Arbeit bekommen, was als gutes Vorzeichen zu werten war. Damals war ihr das alles, wie sie sich noch gut erinnerte, wie eine Fabelwelt vorgekommen, eine im übrigen nicht sehr glaubhafte Fabelwelt. Sie hatte sich nicht vorstellen können, Marketingleiterin der Gruppe *South America* oder sonst irgendeines Unternehmens zu sein. Es war ein Spiel gewesen, ein nicht sehr interessantes, aber auch nicht sehr schwieriges intellektuelles Spiel. Jetzt war es kein Spiel mehr; oder doch, nur daß es dabei um ihre Karriere ging.

Sie kam so erschöpft von der Arbeit nach Hause, daß sie nicht mehr die Kraft hatte, mit mir zu vögeln, sie schaffte es nur knapp, mir einen zu blasen; sie schlief halb dabei ein, behielt mein Glied im Mund. Im allgemeinen liebten wir uns nur morgens, beim Aufwachen. Ihre Orgasmen waren dann sanfter, begrenzter, wie von einem Schleier der Müdigkeit erstickt; ich glaube, ich liebte sie immer mehr.

Ende April lagen die Kataloge vor und wurden in fünftausend Reisebüros verteilt – fast dem gesamten französischen Netz. Jetzt mußte die Infrastruktur der Exkursionen ausgearbeitet werden, damit alles zum 1. Juli fertig war. Die Mundpropaganda spielte bei dieser Art von neuen Produkten eine wichtige Rolle: Eine abgesagte oder schlecht organisierte Exkursion konnte den Verlust vieler Kunden bedeuten. Sie beschlossen, auf eine groß angelegte Werbekampagne zu verzichten. Seltsamerweise hielt Jean-Yves, obwohl er eine Marketingausbildung hatte, wenig von Werbung. »Die kann nützlich sein, um das Image zu ändern; aber soweit sind wir noch nicht. Zur Zeit ist es für uns vor allem wichtig, daß wir in allen Verteilern sind und daß das Produkt in den Ruf kommt, zuverlässig zu sein.« Sie investierten jedoch eine Menge Geld, um die Reisebüros zu informieren; es war dringend notwendig, daß deren Kundenberater das Produkt sehr schnell und spontan anboten. Das übernahm vor allem Valérie, sie kannte die Branche sehr gut. Sie erinnerte sich an die Regel EVB/SSNKGS, die sie sich im Laufe ihres Studiums zu eigen gemacht hatte (Eigenschaften–Vorteile–Beweise; Sicherheit–Stolz–Neuheit–Komfort–Geld–Sympathie); sie erinnerte sich auch daran, daß die Sache in Wirklichkeit sehr viel einfacher war. Aber die meisten Sachbearbeiterinnen in den Reisebüros waren noch sehr jung, viele hatten gerade erst ihr Touristikdiplom abgelegt; es war besser, eine Sprache mit ihnen zu sprechen, die sie gewohnt waren. Als sie mit einigen dieser Mädchen sprach, stellte sie fest, daß die Typologie von Barma noch immer an den Hochschulen gelehrt wurde. (*Der sachverständige Käufer*: Er interessiert sich im wesentlichen für das Produkt selbst, seinen quantitativen Aspekt, und legt großen Wert auf den technischen Aspekt sowie auf die Neuheit. *Der gutgläubige Käufer*: Er bringt dem Verkäufer blindes Vertrauen entgegen, da das Produkt ihn überfordert. *Der verständnisvolle Käufer*: Er sucht nach Gemeinsamkeiten, die ihn mit dem Verkäufer verbinden, wenn dieser einen guten persönlichen Kontakt zu ihm herzustellen versteht. *Der auf seinen Vorteil bedachte Käufer*: Er versucht den Verkäufer zu manipulieren und den Namen des Lieferanten in Erfahrung zu bringen, um den größtmöglichen Vorteil daraus zu schlagen. *Der entwicklungsbewußte Käufer*: Er hört dem Verkäufer aufmerksam und respektvoll zu, interessiert sich für das angebotene Produkt, kennt seine Bedürfnisse und ist gewandt im Gespräch.) Valérie war fünf oder sechs Jahre älter als diese Mädchen; sie war von dem gleichen Niveau ausgegangen, das sie zur Zeit besaßen, und hatte eine Karriere gemacht, von der die meisten kaum zu träumen wagten. Sie warfen ihr etwas dümmliche Blicke voller Bewunderung zu.

Ich hatte jetzt einen Schlüssel zu ihrer Wohnung; wenn ich abends auf sie wartete, las ich im allgemeinen *Soziologie. Die positive Philosophie* von Auguste Comte. Ich mochte diesen langweiligen, verdichteten Text; oft las ich dieselbe Seite drei- oder viermal. Ich brauchte etwa drei Wochen, um die Lektion 50 »Vorbemerkungen zur Sozialstatistik oder allgemeine Theorie der spontanen natürlichen Ordnung der menschlichen Gesellschaften« ganz durchzulesen. Ohne Zweifel brauchte ich irgendeine Theorie, um mir über meine gesellschaftliche Situation klar zu werden.

»Du arbeitest viel zu viel, Valérie«, sagte ich eines Abends im Mai zu ihr, als sie vor Erschöpfung zusammengerollt auf dem Sofa im Wohnzimmer lag, um sich auszuruhen. »Irgendwozu sollte das wenigstens gut sein. Am besten fängst du an zu sparen, sonst geben wir das Geld noch für irgendwelchen Unsinn aus.« Sie stimmte mir zu. Am nächsten Morgen nahm sie sich zwei Stunden frei und wir gingen zum Crédit Agricole an der Porte d'Orléans, um dort ein gemeinsames Konto zu eröffnen. Sie gab mir eine Vollmacht, und ich kehrte zwei Tage später zu der Bank zurück, um mich mit einem Berater zu unterhalten. Ich beschloß, zwanzigtausend Franc pro Monat von ihrem Gehalt festzulegen, die eine Hälfte in eine Kapitalversicherung und die andere in einen Bausparvertrag. Ich wohnte jetzt fast ständig bei ihr, es hatte kaum noch Sinn, daß ich meine eigene Wohnung beibehielt.

Sie machte mir den Vorschlag Anfang Juni. Wir hatten am Nachmittag mehrmals miteinander geschlafen und machten lange Pausen, in denen wir eng umschlungen unter den Bettlaken lagen; dann wichste oder leckte sie mich und ich drang wieder in sie ein; weder sie noch ich hatten einen Orgasmus gehabt, aber jedesmal wenn sie mich berührte, bekam ich sofort wieder einen Steifen, und ihre Möse blieb ständig feucht. Sie fühlte sich wohl, das merkte ich, in ihrem Blick lag ruhige Zufriedenheit. Gegen neun Uhr schlug sie mir vor, in einem italienischen Restaurant in der Nähe des Parc Montsouris essen zu gehen. Es war noch nicht richtig dunkel, und die Luft war sehr lau. Ich mußte anschließend bei mir zu Hause vorbeifahren, wenn ich wie gewöhnlich im Anzug und mit einer Krawatte ins Büro gehen wollte. Der Ober brachte uns zwei Cocktails.

»Weißt du, Michel ...«, sagte sie zu mir, als er sich wieder entfernt hatte, »du könntest eigentlich auch ganz bei mir wohnen. Ich denke, wir müssen die Komödie der Unabhängigkeit nicht unbedingt noch länger spielen. Oder wenn es dir lieber ist, können wir auch zusammen in eine neue Wohnung ziehen.«

Ja, das war mir in gewisser Hinsicht lieber; sagen wir, dadurch hatte ich eher den Eindruck, etwas Neues zu beginnen. Oder, was mich betraf, zum erstenmal überhaupt etwas zu beginnen; und im Grunde war es auch für sie das erste Mal. Man gewöhnt sich an das Alleinsein und die Unabhängigkeit; aber das ist nicht unbedingt eine gute Gewohnheit. Wenn ich etwas erleben wollte, das einer Eheerfahrung glich, war es ganz offensichtlich der richtige Moment. Ich kannte natürlich die Nachteile der Ehe, wußte, daß das sexuelle Begehren durch das Zusammenleben abstumpft. Aber es stumpft sowieso allmählich ab, das ist ein Gesetz des Lebens; und vielleicht läßt sich dann sogar eine andere Form der Zweierbeziehung entwickeln – wie dem auch sei, viele Menschen haben das zumindest geglaubt. Heute abend war mein sexuelles Begehren für Valérie jedenfalls alles andere als abgestumpft. Kurz bevor wir uns trennten, küßte ich sie auf den Mund; sie öffnete weit die Lippen und überließ sich völlig dem Kuß. Ich schob die Hand in ihre Jogginghose, unter ihren Slip, legte die flache Hand unter ihren Hintern. Sie zog den Kopf zurück, blickte nach links und nach rechts: Die Straße war völlig ruhig. Sie kniete sich auf den Bürgersteig, öffnete meinen Hosenschlitz und nahm mein Glied in den Mund. Ich lehnte mich mit dem Rücken an das Eisengitter des Parks; ich war kurz davor zu kommen. Sie schob den Kopf zurück und wichste mich weiter mit zwei Fingern, während sie die andere Hand in meine Hose schob, um meine Eier zu streicheln. Sie schloß die Augen; ich spritzte ihr meinen Samen ins Gesicht. In diesem Augenblick hatte ich den Eindruck, als würde sie in Tränen ausbrechen; aber das tat sie dann doch nicht, sondern leckte sich lediglich meinen Samen ab, der ihr über die Wangen rann.

Schon am folgenden Morgen begann ich, die Anzeigen durchzulesen; wegen Valéries Arbeitsstätte suchte ich eher in den Vierteln im Süden der Stadt. Eine Woche später hatte ich etwas gefunden: Es war eine große Vierzimmerwohnung im dreißigsten Stock des Opal-Turms in der Nähe der Porte de Choisy. Ich hatte noch nie zuvor einen schönen Blick auf Paris gehabt; ich hatte allerdings auch nie wirklich danach gesucht. Als der Tag des Umzugs sich näherte, wurde mir klar, daß es nichts in meiner Wohnung gab, an dem ich wirklich hing. Ich hätte mich darüber freuen, etwas empfinden können, das einem gewissen Taumel der Unabhängigkeit nahekommt, statt dessen war ich eher leicht erschrocken. Ich hatte also vierzig Jahre gelebt, ohne die geringste persönliche Beziehung zu einem Gegenstand zu entwickeln. Insgesamt besaß ich zwei Anzüge, die ich abwechselnd trug. Und Bücher, ja, ich hatte Bücher; aber die könnte ich mir leicht wieder besorgen, keines davon war irgendwie wertvoll oder selten. Mehrere Frauen hatten meinen Weg gekreuzt; ich hatte weder ein Foto noch einen Brief von ihnen aufbewahrt. Auch von mir besaß ich kein Foto: Es fehlte jede Erinnerung daran, was ich mit fünfzehn, zwanzig oder dreißig Jahren gewesen sein mochte. Es waren auch keine wirklich persönlichen Schriftstücke da: Meine Identität beschränkte sich auf ein paar dünne Aktenbündel, die leicht in einer kartonierten Sammelmappe üblichen Formats Platz fanden. Die Behauptung, daß jeder Mensch einmalig sei und in sich eine unersetzliche Einzigartigkeit trage, ist falsch; was mich anging, nahm ich auf jeden Fall keine Spur dieser Einzigartigkeit wahr. Man müht sich zumeist vergeblich ab, individuelle Schicksale und Charaktere zu unterscheiden. Die Vorstellung von der Einmaligkeit der menschlichen Person ist nur eine pathetische Absurdität. Man erinnert sich an sein eigenes Leben, schreibt Schopenhauer irgendwo, kaum besser als an einen Roman, den man irgendwann gelesen hat. Ja, so ist das: kaum besser.

5

In der zweiten Junihälfte hatte Valérie wahnsinnig viel zu tun; die Schwierigkeit bei der Arbeit mit so vielen verschiedenen Ländern besteht darin, daß man aufgrund des Zeitunterschieds praktisch rund um die Uhr tätig sein müßte. Draußen wurde es immer heißer, der Sommer versprach wunderschön zu werden; bisher konnten wir das allerdings kaum ausnutzen. Nach der Arbeit ging ich gern in den Supermarkt Tang Frères, denn ich wollte versuchen, mich mit der asiatischen Küche vertraut zu machen. Aber es war zu kompliziert für mich, man mußte ein neues Gleichgewicht im Hinblick auf die Zutaten finden und das Gemüse auf besondere Art zerkleinern, das erforderte schon fast eine andere Denkweise. Ich nahm mit der italienischen Küche vorlieb, die mir leichter zugänglich war. Ich hätte nie gedacht, daß es mir eines Tages Spaß machen könnte zu kochen. Die Liebe heiligt so manches.

In der fünfzigsten Lektion der Soziologie bekämpft Auguste Comte jene »seltsame metaphysische Verirrung«, die die Familie nach dem Modell der Gesellschaft begreift. »Wesentlich auf Bindung und Anerkennung begründet«, schreibt er, »ist die eheliche Vereinigung vor allem dazu bestimmt, unmittelbar durch ihr bloßes Vorhandensein alle unsere sympathischen Instinkte zu befriedigen, unabhängig von jedem Gedanken einer aktiven und kontinuierlichen Zusammenarbeit im Hinblick auf ein beliebiges Ziel, wenn nicht das ihrer eigenen Stiftung. Wenn unglücklicherweise die Koordination der Arbeiten das einzige Prinzip der Verbindung bleibt, verkümmert die eheliche Vereinigung ihrer Tendenz nach zwangsläufig zu einer bloßen

Assoziation, ja wird sich sogar sehr bald schon im Kern auflösen.« Ich tat im Büro weiterhin so wenig wie möglich; ich mußte zwar zwei oder drei wichtige Ausstellungen vorbereiten, doch ich brachte das ohne Schwierigkeiten hinter mich. Es ist nicht schwer, in einem Büro zu arbeiten, man braucht nur ein wenig gewissenhaft zu sein, schnell Entscheidungen zu treffen und sich an sie zu halten. Ich hatte rasch begriffen, daß es nicht darauf ankommt, *die beste Entscheidung* zu treffen, sondern daß es in den meisten Fällen genügt, *irgendeine Entscheidung* zu treffen, vorausgesetzt, man trifft sie schnell; zumindest wenn man im Staatsdienst arbeitet. Manche künstlerischen Projekte lehnte ich ab, andere unterstützte ich: nach Kriterien, die unzureichend waren, nicht ein einziges Mal in zehn Jahren hatte ich um zusätzliche Informationen gebeten; und ich machte mir im allgemeinen deswegen keine Gewissensbisse. Im Grunde hatte ich für das Milieu der zeitgenössischen Kunst wenig übrig. Die meisten Künstler, die ich kannte, verhielten sich genau wie *Unternehmer*: Sie waren ständig auf der Suche nach neuen, ausbaufähigen Bereichen, und dann versuchten sie sich schnell zu plazieren. Wie die Unternehmer hatten sie zumeist die gleichen Schulen besucht, waren nach demselben Modell geschaffen. Dennoch gibt es einige Unterschiede: Im Bereich der Kunst ist der Erfolgszuschlag für Neuerungen höher als in den meisten anderen Berufssparten; außerdem operieren die Künstler oft im Rahmen einer *Clique* oder eines *Netzwerks*; die Unternehmer dagegen sind einsame Wesen, die von Feinden umgeben sind: auf der einen Seite die Aktionäre, die jederzeit bereit sind, sie fallenzulassen, auf der anderen die Führungskräfte, die jederzeit bereit sind, sie zu verraten. Aber bei den Kunstausstellungen, um die ich mich zu kümmern hatte, empfand ich nur selten eine innere Notwendigkeit. Ende Juni fand immerhin die Ausstellung von Bertrand Bredane statt, die ich von Anfang an hartnäckig unterstützt hatte – und zwar zur großen Überraschung von Marie-Jeanne, die sich an meine gleichgültige Gefügigkeit gewöhnt hatte und persönlich von den Werken dieses Typen zutiefst geschockt war. Er gehörte nicht gerade zu den jungen Künstlern, er war bereits dreiundvierzig und sah ziemlich mitgenommen aus – er glich ziemlich dem versoffenen Dichter in dem Film *Der Gendarm von Saint Tropez.* Bekannt geworden war er vor allem dadurch, daß er in den Höschen von jungen Frauen Fleisch hatte verrotten lassen oder in seinen eigenen Exkrementen Fliegen gezüchtet hatte, die er anschließend in den Ausstellungsräumen freiließ. Er hatte nie viel Erfolg gehabt, er gehörte nicht den richtigen Kreisen an und versteifte sich darauf, eine etwas überholte *trash*-Richtung fortzusetzen. Ich spürte in ihm eine gewisse Authentizität – aber vielleicht war das auch nur die Authentizität des Scheiterns. Er wirkte nicht sehr ausgeglichen. Sein letztes Projekt war noch schlimmer als die früheren – oder besser, das ist Auffassungssache. Er hatte einen Videofilm darüber gedreht, was mit den Leichen jener Leute geschah, die sich bereiterklärt hatten, ihren Körper nach dem Tod der Wissenschaft zu überlassen – also zum Beispiel als Leichenpräparat, an dem die Studenten in der medizinischen Fakultät das Sezieren übten. Ein paar richtige, normal gekleidete Medizinstudenten sollten sich unter das Publikum mischen und hin und wieder abgeschnittene Hände oder aus den Augenhöhlen gelöste Augen vorzeigen – kurz gesagt, sie sollten jene Scherze treiben, die der Legende nach unter Medizinstudenten so beliebt waren. Ich beging den Fehler, Valérie zur Vernissage mitzunehmen, obwohl sie sehr abgespannt von der Arbeit heimgekommen war. Ich stellte überrascht fest, daß ein Haufen Leute da waren, unter ihnen mehrere wichtige Persönlichkeiten: Sollte für Bertrand Bredane eine Erfolgssträhne beginnen? Nach einer halben Stunde hatte sie genug und bat mich, wir sollten gehen. Ein Medizinstudent, der einen abgeschnittenen Pimmel mit behaartem Hodensack in der Hand hielt, blieb vor ihr stehen. Sie wandte angewidert den Kopf ab und zog mich zum Ausgang. Wir suchten im Café Beaubourg Zuflucht.

Eine halbe Stunde später kam auch Bertrand Bredane in das Café, begleitet von zwei oder drei Mädchen, die ich kannte, und anderen Leuten, unter denen ich den Leiter der Abteilung für Kunstförderung der Caisse des dépôts et consignations wiedererkannte. Sie setzten sich an den Nebentisch; ich mußte notgedrungen aufstehen und sie begrüßen. Bredane war sichtlich erfreut, mich zu sehen, immerhin verdankte er mir, was den heutigen Abend anging, eine ganze Menge. Das Gespräch zog sich in die Länge, Valérie setzte sich zu uns. Ich weiß nicht mehr, wer den Vorschlag machte, noch im *Bar-bar* einen trinken zu gehen; vermutlich Bredane selbst. Ich beging den Fehler zuzustimmen. Die meisten Swingerclubs, die versucht haben, einmal in der Woche einen SM-Abend in ihr Programm aufzunehmen, sind damit gescheitert. Das *Bar-bar* dagegen, das sich von Anbeginn auf sadomasochistische Praktiken spezialisiert hatte, ohne jedoch – mit Ausnahme ganz bestimmter Veranstaltungen – auf einem allzu strengen *dress-code* zu bestehen, war seit der Eröffnung ständig gut besucht. Meinen Informationen nach war das SM-Milieu ein recht spezifisches Milieu, das sich aus Leuten zusammensetzte, die für landläufige sexuelle Praktiken nur noch wenig übrighaben und es daher verabscheuen, normale Swingerclubs zu besuchen.

In der Nähe des Eingangs ging eine etwa fünfzigjährige, mit Handschellen gefesselte und geknebelte Frau mit pausbäckigem Gesicht in einem Käfig auf und ab. Als ich genauer hinsah, stellte ich fest, daß sie außerdem noch an den Knöcheln mit Metallketten an die Streben des Käfigs gekettet war; sie trug lediglich ein Korsett aus schwarzem Skai, auf das ihre großen schlaffen Brüste hinabhingen. Es handelte sich den Bräuchen des Lokals entsprechend um eine Sklavin, die von ihrem Herren für die Dauer des Abends versteigert werden sollte. Das schien ihr allerdings keinen großen Spaß zu machen, ich stellte fest, daß sie sich nach allen Seiten drehte, um ihren stark von Zellulitis gezeichneten Hintern zu verstecken; aber das war unmöglich, der

Käfig war von allen vier Seiten her einsehbar. Vielleicht verdiente sie sich damit ihren Lebensunterhalt, meines Wissens konnte man sich für tausend bis zweitausend Franc am Abend als Sklave oder Sklavin verdingen. Ich hatte ganz den Eindruck, daß es sich um eine einfache Angestellte handelte – eine Telefonistin bei der staatlichen Krankenkasse zum Beispiel –, die diesen Job machte, um sich etwas hinzuzuverdienen. Es war nur noch ein Tisch frei, und zwar neben dem Eingang zur ersten Folterkammer. Kurz nachdem wir uns gesetzt hatten, wurde ein glatzköpfiger, dickbäuchiger höherer Angestellter in einem dreiteiligen Anzug von einer schwarzen Domina mit nacktem Hintern an einer Leine an uns vorbeigeführt. Auf der Höhe unseres Tisches blieb sie stehen und befahl ihm, den Oberkörper freizumachen. Er gehorchte. Sie holte Metallklammern aus ihrer Tasche; er hatte für einen Mann ziemlich stark ausgebildete, fette Brüste. Sie machte die Klemmen an seinen Brustwarzen fest, die lang und rot waren. Er verzerrte das Gesicht vor Schmerz. Dann zog sie wieder an seiner Leine: Er ließ sich auf alle viere nieder und folgte ihr, so gut er konnte; die im gedämpften Licht bleich schimmernden Falten seines Bauches wabbelten hin und her. Ich bestellte einen Whisky, Valérie einen Orangensaft. Ihr Blick war hartnäckig auf den Tisch gerichtet; sie beobachtete nicht, was um sie herum geschah, und nahm auch nicht an der Unterhaltung teil. Marjorie und Géraldine, die beiden Mädchen, die ich aus der Abteilung für bildende Kunst kannte, schienen dagegen sehr erregt zu sein. »Ganz schön brav heute abend, ganz schön brav ...«, brummte Bredane enttäuscht. Er erklärte uns anschließend, daß sich an manchen Abenden die Gäste Nadeln in die Eier oder die Eichel stechen ließen; einmal hatte er sogar einen Typen gesehen, dem seine Domina mit einer Zange einen Fingernagel ausgerissen hatte. Valérie zuckte vor Abscheu zusammen.

»Ich finde das widerlich«, sagte sie, unfähig, sich länger zu beherrschen.

»Warum *widerlich*?« protestierte Géraldine. »Solange die Leute freiwillig daran teilnehmen, sehe ich nicht, was daran schockierend sein soll. Das ist eine Abmachung, das ist alles.«

»Ich glaube nicht, daß man *freiwillig* der Erniedrigung und dem Schmerz zustimmen kann. Und selbst wenn es der Fall sein sollte, scheint mir das kein ausreichender Grund zu sein.«

Valérie war wirklich aufgebracht, ich überlegte einen Augenblick, ob ich das Gespräch auf den israelisch-palästinensischen Konflikt bringen sollte, doch dann wurde mir klar, daß mir die Meinung dieser Mädchen scheißegal war; und falls sie aufhören sollten, mich dauernd anzurufen, um so besser, dann hatte ich weniger Arbeit. »Ja, diese Leute kotzen mich an«, ging ich noch ein Stück weiter. »Und ihr kotzt mich auch an«, fügte ich leiser hinzu.

Géraldine hatte es nicht gehört oder tat so, als habe sie es nicht gehört. »Wenn ich volljährig und damit einverstanden bin«, warf sie ein, »und mein Phantasma darin besteht, zu leiden und die masochistische Dimension meiner Sexualität auszuleben, dann sehe ich nicht, mit welchem Recht man mich daran hindern könnte. Wir leben schließlich in einer Demokratie ...« Sie war ebenfalls aufgebracht, ich spürte, daß es nicht mehr lange dauern würde, bis sie sich auf die *Menschenrechte* berief. Bei dem Wort *Demokratie* hatte Bredane ihr einen etwas verächtlichen Blick zugeworfen; er wandte sich Valérie zu. »Sie haben recht«, sagte er nüchtern, »das ist total beschissen. Wenn ich sehe, daß jemand zustimmt, daß man ihm mit der Zange einen Fingernagel ausreißt, ihm auf den Körper scheißt und er sich anschließend bereit findet, die Scheiße seines Henkers zu fressen, dann finde ich das widerlich. Aber mich interessiert nun mal gerade die widerliche Seite am Menschen.«

Nach ein paar Sekunden fragte Valérie betrübt: »Und warum?...«

»Ich weiß nicht«, erwiderte Bredane ungekünstelt. »Ich glaube nicht an die Vorstellung vom *verfemten Teil* im Menschen, weil ich an keine Form des Fluchs, allerdings auch nicht der Segnung glaube. Aber ich habe den Eindruck, wenn man sich dem Leiden und der Grausamkeit, der Herrschsucht und der Knechtschaft nähert, dann stößt man auf etwas Wesentliches, auf die eigentliche Natur der Sexualität. Meinen Sie nicht? ...« Jetzt wandte er sich an mich. Nein, ehrlich gesagt glaubte ich das nicht. Die Grausamkeit ist tief im Menschen verankert, man trifft sie bei den primitivsten Völkern an: Bereits bei den ersten Stammeskriegen haben die Sieger darauf geachtet, gewisse Gefangene am Leben zu erhalten, um sie später unter fürchterlichen Qualen sterben zu lassen. Diese Tendenz hat sich immer wiederholt, ist eine Konstante in der Geschichte, selbst heute ist sie unverändert: Sobald ein Bürgerkrieg oder ein Krieg mit einem anderen Land die normalen moralischen Zwänge außer Kraft setzt – und zwar unabhängig von Rasse, Bevölkerung oder Kultur –, gibt es immer Menschen, die bereit sind, sich den Freuden der Barbarei und des Mordens hinzugeben. Das ist dokumentiert, unabänderlich und unbestreitbar, hat aber nichts mit der Suche nach sexueller Lust zu tun, die ebenfalls tief verankert, ebenfalls sehr stark ist. Kurz gesagt, ich war nicht seiner Meinung; aber mir war wie üblich klar, daß die Diskussion fruchtlos war.

»Vielleicht sollten wir uns hier mal etwas umsehen«, sagte Bredane, nachdem er sein Bier ausgetrunken hatte. Ich folgte ihm in Begleitung der anderen in die erste Folterkammer. Es war ein Kellergewölbe aus unverputzten Steinen. Die Hintergrundmusik bestand aus sehr tiefen Orgelakkorden, die von höllischem Geheul überlagert waren. Ich stellte fest, daß die Verstärker riesig waren; fast überall waren rote Spotlights, Masken und an Gestellen hängende Folterwerkzeuge; die Einrichtung mußte ein Vermögen gekostet haben. In einem Alkoven war ein kahlköpfiger, fast zum Skelett abgemagerter Typ an allen vier Gliedmaßen festgemacht, seine Füße steckten in einer hölzernen Vorrichtung, die ihn etwa fünfzig Zentimeter über dem Boden hielten, und seine Arme steckten in Handschellen, die an der Decke befestigt waren. Eine Domina in schwarzem Latex, die Stiefel und Handschuhe trug und mit einer Peitsche aus feinen, mit Edelsteinsplittern inkrustierten Lederriemen bewaffnet war, ging um ihn herum. Erst schlug sie mit weit ausholenden, festen Hieben auf seinen Hintern ein; der Typ befand sich direkt vor uns, war völlig nackt und stieß Schmerzensschreie aus. Eine kleine Gruppe hatte sich um das Paar gebildet. »Sie muß wohl auf Stufe zwei sein«, flüsterte Bredane mir zu. »Bei Stufe eins hört man beim Anblick der ersten Blutstropfen auf.« Der Pimmel und die Eier des Typen baumelten lang und wie verzerrt ins Leere. Die Domina lief um ihn herum, wühlte in einer kleinen Tasche, die an ihrem Gürtel befestigt war, und holte mehrere Angelhaken hervor, die sie in seinem Hodensack festhakte; ein paar Blutstropfen perlten über die Haut. Dann begann sie seine Geschlechtsteile auszupeitschen, wenn auch etwas sanfter. Es war ziemlich gewagt: Wenn einer der Lederriemen an den Angelhaken hängenblieb, drohte die Haut seines Sacks zerrissen zu werden. Valérie wandte den Kopf ab und schmiegte sich an mich. »Laß uns gehen«, sagte sie in flehendem Ton, »laß uns gehen, ich sag dir nachher warum.« Wir kehrten in die Bar zurück; die anderen waren so von dem Anblick gefesselt, daß sie überhaupt nicht auf uns achteten. »Die Frau, die den Typen auspeitscht«, sagte sie halblaut zu mir, »die kenne ich. Ich habe sie erst einmal gesehen, aber ich bin sicher, daß sie es ist ... Audrey, die Frau von Jean-Yves.«

Gleich darauf gingen wir. Im Taxi war Valérie völlig niedergeschlagen und rührte sich nicht. Sie schwieg auch noch im Aufzug, bis wir in der Wohnung waren. Erst als sich die Tür hinter uns schloß, wandte sie sich mir zu: »Michel ... findest du mich nicht zu prüde?«

»Nein. Ich habe auch einen Horror vor so etwas.«

»Ich verstehe ja, daß es Peiniger gibt: Das widert mich an, aber ich weiß, daß es Leute gibt, die Lust dabei empfinden, andere Menschen zu quälen; was ich nicht verstehe, sind die Opfer. Wie kann nur ein Mensch dazu kommen, den Schmerz der Lust vorzuziehen. Ich weiß nicht, man müßte sie umerziehen, sie lieben, ihnen die Lust beibringen.«

Ich zuckte die Achseln, um anzudeuten, daß das Thema meine Zuständigkeit überschritt – was jetzt in fast allen Lebensumständen bei mir der Fall war. Was immer die Leute tun oder was sie zu ertragen bereit sind ... alldem läßt sich nichts abgewinnen, daraus kann man weder eine allgemeine Schlußfolgerung ziehen noch irgendeinen Sinn ableiten. Ich zog mich stumm aus. Valérie setzte sich neben mich aufs Bett. Ich spürte, daß sie noch angespannt war und weiter nachgrübelte.

»Eine Sache macht mir dabei angst«, fuhr sie fort, »und zwar, daß es überhaupt keinen körperlichen Kontakt mehr gibt. Die Leute tragen alle Handschuhe und benutzen irgendwelche Geräte. Nie kommt die Haut des einen mit der des anderen in Berührung, sie küssen sich nicht, sie streifen sich nicht, sie streicheln sich nicht. Für mich ist es das genaue Gegenteil von Sexualität.«

Sie hatte recht, aber ich nehme an, daß die SM-Adepten in ihren Praktiken die Krönung, die höchste Form der Sexualität sahen. Jeder blieb in seiner Haut und konnte sich ganz dem Gefühl überlassen, einmalig zu sein; zumindest war das eine Möglichkeit, die Dinge zu sehen. Fest steht auf jeden Fall, daß solche Clubs in zunehmendem Maße in Mode gerieten. Ich konnte mir gut vorstellen, daß junge Frauen wie zum Beispiel Marjorie und Géraldine zum Beispiel sie besuchten, während ich mir nur schlecht vorstellen konnte, daß sie die Fähigkeit der Selbstaufgabe besaßen, die für eine Penetration oder überhaupt für jede Art des Geschlechtsverkehrs notwendig ist.

»Die Sache ist einfacher, als man denkt«, sagte ich schließlich. »Es gibt die Sexualität der Menschen, die sich lieben, und die Sexualität der Menschen, die sich nicht lieben. Wenn es keine Möglichkeit mehr gibt, sich mit dem anderen zu identifizieren, dann bleibt als einzige Modalität das Leiden und die Grausamkeit übrig.«

Valérie schmiegte sich an mich. »Wir leben in einer seltsamen Welt«, sagte sie. In gewisser Weise war sie naiv geblieben, ihr wahnsinnig langer Arbeitstag, der ihr kaum Zeit ließ, Einkäufe zu machen und sich auszuruhen, ehe sie wieder losfuhr, hatte sie vor der menschlichen Wirklichkeit geschützt. Sie fügte hinzu: »Ich mag die Welt nicht, in der wir leben.«

6

Wie unsere Untersuchung zeigt, zeichnen sich beim Verbraucher drei große Erwartungen ab: der Wunsch nach Sicherheit, der Wunsch nach einem emotionalen Bezug und der Wunsch nach formschöner Gestaltgebung.

Bernard Guilbaud

Am 30. Juni wurden die Ergebnisse der Buchungen im Verbund der Reisebüros bekannt. Sie waren ausgezeichnet. Das Produkt »Eldorador Entdeckung« war ein Erfolg, es übertraf auf Anhieb die Ergebnisse des »Normalangebots« der Eldorador Clubs, die weiterhin zurückgingen. Valérie beschloß, eine Woche Urlaub zu nehmen; wir fuhren zu ihren Eltern nach Saint-Quay-Portrieux. Ich fühlte mich ein wenig alt für die Rolle des Verlobten, den man der Familie vorstellt; ich war immerhin dreizehn Jahre älter als sie, und es war das erste Mal, daß ich mich in einer solchen Situation befand. Der Zug endete in Saint-Brieuc, ihr Vater erwartete uns am Bahnhof. Er nahm seine Tochter liebevoll in die Arme, drückte sie lange an sich, man sah, daß sie ihm gefehlt hatte. »Du hast abgenommen«, sagte er zu ihr. Dann wandte er sich mir zu und reichte mir die Hand, ohne mich recht anzusehen. Auch er war eingeschüchtert, glaube ich: Er wußte, daß ich im Kulturministerium arbeitete, während er nur ein Bauer war. Ihre Mutter war viel gesprächiger, sie befragte mich ausführlich nach meinem Leben, meiner Arbeit, meinen Freizeitbeschäftigungen. Jedenfalls war es nicht allzu schwierig, Valérie war an meiner Seite; ab und zu antwortete sie an meiner Stelle, wir wechselten Blicke. Ich konnte mir nicht vorstellen, wie ich mich in einer solchen Situation verhalten würde, falls ich eines Tages Kinder haben sollte. Ich konnte mir sowieso nicht recht vorstellen, wie die Zukunft aussehen würde.

Das Abendessen war ein richtiges Festmahl, es gab Hummer, Lammrücken, eine Käseplatte, eine Erdbeertorte und Kaffee. Ich war geneigt, darin den Hinweis zu sehen, daß man mich akzeptierte, auch wenn ich natürlich wußte, daß das Essen schon vorher zubereitet worden war. Valérie bestritt die Unterhaltung im wesentlichen allein, sie sprach vor allem über ihre neue Arbeit, über die ich fast alles wußte. Ich ließ den Blick über den Stoff der Vorhänge, die Nippsachen, die gerahmten Familienfotos schweifen. Ich war in einer *Familie*, das war ergreifend und zugleich ein wenig beklemmend.

Valérie bestand darauf, in dem Zimmer zu schlafen, das sie als junges Mädchen bewohnt hatte. »Ihr solltet besser im Gästezimmer schlafen«, protestierte ihre Mutter, »da habt ihr mehr Platz.« Das Bett war tatsächlich ziemlich schmal, aber als ich Valéries Höschen zur Seite schob und ihre Möse streichelte, war ich ganz gerührt bei dem Gedanken, daß sie schon hier geschlafen hatte, als sie noch dreizehn oder vierzehn war. Die verlorenen Jahre, sagte ich mir. Ich kniete mich am Fußende aufs Bett, streifte ihr das Höschen ganz ab und drehte sie mir zu. Sie preßte die Scheide zusammen, nachdem meine Schwanzspitze in sie eingedrungen war. Im Spiel bewegte ich mich mit kurzen Stößen schnell hin und her, aber nur auf wenigen Zentimetern, wobei ich ihre Brüste fest in den Händen hielt. Sie kam mit einem unterdrückten Schrei, dann lachte sie laut. »Meine Eltern ...«, flüsterte sie, »sie schlafen noch nicht.« Ich drang wieder in sie, aber diesmal stärker, um selbst zu kommen. Sie sah mir mit glänzenden Augen zu und legte mir genau in dem Moment, da ich mit einem heiseren Stöhnen in ihr kam, die Hand auf den Mund.

Später betrachtete ich neugierig die Einrichtung des Zimmers. Direkt über der *Bibliothèque Rose*, der Bücherreihe für Mädchen, standen auf einem Regal mehrere sorgsam gebundene kleine Hefte. »Ach die«, sagte sie, »die habe ich geschrieben, als ich zehn oder zwölf war. Du kannst sie dir ansehen. Das sind Geschichten der *Fünf Freunde.*«

»Was meinst du damit?«

»Das sind unveröffentlichte Geschichten, die ich selbst geschrieben habe, wobei ich die Figuren der Fünf Freunde benutzt habe.«

Ich nahm die kleinen Hefte vom Regal: Da waren *Fünf Freunde im All, Fünf Freunde in Kanada.* Ich stellte mir plötzlich ein ziemlich einsames kleines Mädchen voller Phantasie vor, das mir immer unbekannt bleiben würde.

An den folgenden Tagen taten wir kaum etwas anderes, als an den Strand zu gehen. Es war schönes Wetter, aber das Wasser war zu kalt, um lange zu baden. Valérie blieb stundenlang in der Sonne liegen, sie erholte sich allmählich wieder; die drei letzten Monate waren die anstrengendsten ihres ganzen Berufslebens gewesen. Drei Tage nach unserer Ankunft sprach ich eines Abends mit ihr darüber. Wir saßen in der *Oceanic Bar* und hatten uns beide gerade einen Cocktail bestellt.

»Ich nehme an, in der nächsten Zeit hast du weniger Arbeit, jetzt ist das neue Konzept ja lanciert.«

»Anfangs ja.« Sie lächelte ein wenig traurig. »Aber dann müssen wir schnell wieder was Neues finden.«

»Warum? Warum wollt ihr es nicht dabei belassen?«

»Weil das nun mal zum Spiel gehört. Wenn Jean-Yves da wäre, würde er dir sagen, daß das Prinzip des Kapitalismus darauf beruht: Wenn du nicht ständig einen Schritt vorangehst, bist du fertig. Es sei denn, du bist der Konkurrenz entscheidend voraus, in dem Fall kannst du dich ein paar Jahre ausruhen; aber soweit sind wir noch nicht. Das Prinzip der ›Eldorador Entdeckung‹ ist gut, ein cleverer, wenn du so willst, genialer Einfall, aber das ist nichts wirklich Neues, das ist nur eine gut dosierte Mischung zweier älterer Konzepte. Die Konkurrenz wird feststellen, daß das funktioniert, und sehr schnell dieselbe Marktlücke ausnutzen. Das ist leicht zu verwirklichen; schwierig daran war nur, die Sache in so kurzer Zeit auf die Beine zu stellen. Aber ich bin sicher, daß Nouvelles Frontières zum Beispiel imstande ist, bereits für den nächsten Sommer ein konkurrenzfähiges Angebot zu machen. Wenn wir unseren Wettbewerbsvorteil wahren wollen, müssen wir wieder was Neues anbieten.«

»Hört das denn nie auf?«

»Ich glaube nicht, Michel. Ich arbeite in einem System, das ich kenne, und werde gut dafür bezahlt; ich habe mich auf die Spielregeln eingelassen.«

Ich muß wohl ein düsteres Gesicht gemacht haben, denn sie legte mir den Arm um den Hals. »Komm, laß uns zum Essen gehen«, sagte sie, » meine Eltern werden schon warten.«

Wir fuhren Sonntagabend nach Paris zurück. Bereits am Montagmorgen waren Valérie und Jean-Yves mit Éric Leguen verabredet. Er wollte ihnen im Namen der Gruppe seine Zufriedenheit über die ersten Ergebnisse ihrer Sanierungsbemühungen ausdrücken. Der Vorstand hatte einstimmig beschlossen, ihnen eine Prämie in Form von Aktien zu gewähren – was für Mitarbeiter, die noch kein ganzes Jahr in der Firma arbeiteten, außergewöhnlich war.

Abends aßen wir alle drei in einem marokkanischen Restaurant in der Rue des Écoles. Jean-Yves war schlecht rasiert, wackelte mit dem Kopf und wirkte ein wenig aufgeschwemmt. »Ich glaube, er hat angefangen zu trinken«, hatte Valérie im Taxi zu mir gesagt. »Er hat gräßliche Ferien mit seiner Frau und seinen Kindern auf der Ile de Ré verbracht. Er wollte eigentlich vierzehn Tage bleiben, aber nach einer Woche ist er abgereist. Er hat mir gesagt, daß er die Freunde seiner Frau wirklich nicht mehr ertragen könne.«

Er schien tatsächlich nicht in Form zu sein: Er rührte sein *Tagine* nicht an, schenkte sich ständig Wein nach. »Jetzt ist es soweit!« rief er in hämischem Ton, »jetzt kriegen wir bald echte

Knete!« Er schüttelte den Kopf, leerte sein Glas Wein. »Entschuldigt bitte …«, sagte er jämmerlich, »entschuldigt bitte, ich sollte so etwas nicht sagen.« Er legte seine leicht zitternden Hände auf den Tisch und wartete; das Zittern ließ allmählich nach. Dann blickte er Valérie fest in die Augen.

»Hast du gehört, was Marylise passiert ist?«

»Marylise Le François? Nein, ich habe sie nicht gesehen. Ist sie krank?«

»Krank? Nein. Sie hat drei Tage im Krankenhaus gelegen, man hat ihr Beruhigungsmittel gegeben, aber sie ist nicht krank. Sie ist letzten Mittwoch auf der Heimfahrt von der Arbeit im Zug nach Paris überfallen und vergewaltigt worden.«

Marylise nahm am folgenden Montag die Arbeit wieder auf. Sie hatte ganz offensichtlich einen Schock erlitten; ihre Gesten waren langsamer als gewöhnlich, fast mechanisch. Sie erzählte ihre Geschichte mit großer Leichtigkeit, mit zu großer Leichtigkeit, das konnte kaum normal sein: Ihr Ton war neutral, ihr Gesicht starr und ausdruckslos, man hatte den Eindruck, als wiederholte sie mechanisch die Aussage, die sie zu Protokoll gegeben hatte. Als sie um 22 Uhr 15 ihre Arbeitsstelle verlassen hatte, beschloß sie, mit dem Zug um 22 Uhr 21 heimzufahren, da sie meinte, daß es so schneller ginge, als auf ein Taxi zu warten. Das Abteil war dreiviertel leer. Die vier Typen kamen auf sie zu und beschimpften sie sofort. Soweit sie es beurteilen konnte, stammten sie von den Antillen. Sie versuchte, mit ihnen zu reden und zu scherzen; zur Antwort erhielt sie eine Ohrfeige, die sie halb ohnmächtig werden ließ. Dann stürzten sie sich auf sie, zwei von ihnen hielten sie mit dem Rücken auf dem Boden fest. Sie drangen mit Gewalt, ohne die geringste Rücksicht, durch alle Körperöffnungen in sie ein. Jedesmal wenn sie einen Laut von sich zu geben suchte, erhielt sie erneut einen Schlag mit der Faust oder eine Ohrfeige. Das alles dauerte sehr lange, der Zug hielt mehrmals; die Fahrgäste stiegen aus, wechselten vorsichtshalber das Abteil. Während die Typen sie abwechselnd vergewaltigten, hörten sie nicht auf, sie zu verspotten und zu beschimpfen, nannten sie eine geile Sau und eine Vögelkiste. Am Ende war niemand anders mehr im Abteil. Schließlich stellten sie sich im Kreis um sie herum, spuckten und pißten sie an, dann versetzten sie ihr Fußtritte und versteckten sie halb unter einer Sitzbank, ehe sie in Ruhe in der Gare de Lyon ausstiegen. Die ersten Fahrgäste stiegen zwei Minuten später ein und benachrichtigten die Polizei, die kurz darauf eintraf. Der Kommissar war nicht sonderlich erstaunt; ihm zufolge hatte sie noch ziemliches Glück gehabt. Es kam häufig vor, daß die Typen, nachdem sie eine Frau vergewaltigt hatten, sie zum Schluß fertigmachten, indem sie ihr eine mit Nägeln gespickte Keule in die Scheide oder in den After rammten. Diese Bahnlinie war als gefährlich eingestuft worden.

Eine Hausmitteilung forderte die Angestellten zu den üblichen Vorsichtsmaßnahmen auf und hob noch einmal die Tatsache hervor, daß ihnen Taxis zur Verfügung standen, wenn sie bis spätabends arbeiten mußten, und daß die Unkosten dafür in voller Höhe vom Unternehmen erstattet wurden. Der Sicherheitsdienst, der die Gebäude und den Parkplatz der Mitarbeiter überwachte, wurde verstärkt.

An jenem Abend begleitete Jean-Yves Valérie nach Hause, deren Auto in Reparatur war. Als er sein Büro verließ, warf er einen Blick auf die chaotische Umgebung aus Einzelhäusern, Einkaufszentren, Autobahnkreuzen und Hochhäusern. In der Ferne verlieh die Dunstglocke dem Sonnenuntergang seltsame lilafarbene und grüne Töne. »Es ist merkwürdig«, sagte er, »wir sitzen hier im Schoß des Unternehmens wie wohlgenährte Arbeitstiere. Und draußen warten Raubtiere, und das Leben ist wie in der Wildnis. Ich war einmal in São Paulo, da ist diese Entwicklung bis zu ihrem äußersten Punkt vorangetrieben worden. Das ist keine Stadt mehr, sondern eine Art Ballungsraum, der sich ausdehnt, soweit der Blick reicht, mit Favellas, gigantischen Bürohochhäusern und Luxusvillen, die von Wächtern bewacht werden, die bis an die Zähne bewaffnet sind. Dort leben über zwanzig Millionen Menschen, von denen viele zur Welt kommen, leben und sterben, ohne jemals die Grenzen des Stadtgebiets zu verlassen. Die Straßen dort sind sehr gefährlich, selbst im Auto kann man an einer Ampel überfallen oder von einer motorisierten Bande verfolgt werden: Die am besten ausgerüsteten Banden haben Maschinengewehre und Bazookas. Die Geschäftsleute und die Reichen benutzen als Fortbewegungsmittel ausschließlich Hubschrauber; überall gibt es Landeplätze, auf den Dächern der Bankhochhäuser wie der Wohnkomplexe. Die Straßen und alles, was zu ebener Erde liegt, werden den Armen überlassen – und den Gangstern.«

Als er die Südautobahn erreichte, fügte er mit leiser Stimme hinzu: »Im Augenblick habe ich Zweifel. Ich habe große Zweifel, ob die Welt, die wir erschaffen, die richtige ist.«

Ein paar Tage später wiederholte sich das gleiche Gespräch. Nachdem Jean-Yves vor dem Hochhaus in der Avenue de Choisy geparkt hatte, zündete er sich eine Zigarette an, schwieg ein paar Sekunden und wandte sich dann Valérie zu: »Ich mache mir Gedanken um Marylise ... Die Ärzte haben gesagt, sie könne die Arbeit wieder aufnehmen, in gewisser Weise ist sie wieder normal, das stimmt, sie hat keine Nervenkrisen mehr. Aber sie ergreift keinerlei Initiativen, ist wie gelähmt. Jedesmal wenn eine Entscheidung getroffen werden muß, kommt sie zu mir, um mich um Rat zu fragen; und wenn ich nicht da bin, ist sie fähig, stundenlang zu warten, ohne einen Finger zu rühren. Für jemanden, der für die Öffentlichkeitsarbeit zuständig ist, geht das einfach nicht, so können wir nicht weitermachen.«

»Du willst sie doch wohl nicht vor die Tür setzen!«

Jean-Yves zerdrückte seine Zigarette und starrte lange durch die Scheibe auf den Boulevard; er klammerte sich ans Steuer. Er wirkte immer angespannter, geradezu verstört; Valérie bemerkte, daß sein Anzug mittlerweile sogar ein paar Flecken aufwies.

»Ich weiß nicht«, seufzte er schließlich mit Mühe. »Ich habe so was noch nie machen müssen. Sie vor die Tür setzen, nein, das wäre zu gemein; aber wir müssen wohl einen anderen Posten für sie finden, wo sie weniger Entscheidungen zu treffen und weniger Kontakte zu den Leuten hat. Seit ihr das passiert ist, neigt sie außerdem zu rassistischen Reaktionen. Das ist normal, das kann man verstehen, aber in der Tourismusbranche ist das wirklich unmöglich. In der Werbung, in den Katalogen, in allem, was die Öffentlichkeitsarbeit ganz allgemein angeht, werden die Einheimischen immer als herzliche, liebenswürdige, offene Menschen dargestellt. Das läßt sich unmöglich anders machen: Das ist wirklich ein beruflicher Zwang.«

Am nächsten Tag sprach Jean-Yves mit Leguen darüber, der weniger Skrupel hatte, und eine Woche später wurde Marylise in die Buchhaltung versetzt, auf die Stelle einer Angestellten, die gerade in den Ruhestand getreten war. Es mußte jemand andres für die Presse- und Öffentlichkeitsarbeit von Eldorador gefunden werden. Jean-Yves und Valérie führten die Vorstellungsgespräche gemeinsam durch. Nachdem sie ein knappes Dutzend Bewerber angehört hatten, aßen sie gemeinsam in der Kantine, um zu beratschlagen.

»Ich wäre dafür, Noureddine zu nehmen«, sagte Valérie. »Er hat ein unglaubliches Talent und schon an ziemlich vielen unterschiedlichen Projekten mitgearbeitet.«

»Ja, er ist der beste; aber ich habe den Eindruck, daß er fast zu begabt ist für diesen Posten. Ich kann ihn mir nicht recht in der Rolle des Pressesprechers eines Touristik-Konzerns vorstellen, eher in einer anspruchsvolleren Branche mit mehr *glamour*. Hier dürfte er sich bald langweilen, und dann bleibt er nicht lange. Unsere Zielgruppe ist doch eher die Mittelschicht. Außerdem ist er arabischer Abstammung, das kann Probleme mit sich bringen. Um die Leute anzuziehen, muß man eine ganze Menge Klischees über die arabischen Länder benutzen: Gastfreundschaft, Pfefferminztee, Fantasias, Beduinen ... Ich habe festgestellt, daß solche Dinge bei den arabischstämmigen Franzosen auf Widerstand stoßen; tatsächlich haben sie oft eine Abneigung gegen arabische Länder ganz allgemein.«

»Rassendiskriminierung bei der Einstellung ...«, sagte Valérie spöttisch.

»Das ist doch Quatsch!« Jean-Yves ereiferte sich ein wenig; seit seiner Rückkehr aus dem Urlaub war er wirklich zu angespannt, verlor allmählich den Sinn für Humor. »Das tut doch jeder!« fuhr er mit zu lauter Stimme fort; am Nebentisch drehten sich die Leute um. »Die Herkunft der Bewerber ist ein Teil ihrer Persönlichkeit, das muß einfach berücksichtigt werden, das ist doch klar. Zum Beispiel würde ich ohne zu zögern einen tunesischen oder marokkanischen Einwanderer für die Verhandlungen mit den einheimischen Leistungserbringern nehmen – selbst jemanden, der noch nicht so lange in Frankreich ist wie Noureddine. Sie haben eine doppelte Zugehörigkeit, das wirkt sich sehr positiv aus, ihr Gesprächspartner ist ihnen nie gewachsen. Außerdem kommen sie mit dem Prestige von jemandem an, der es in Frankreich zu etwas gebracht hat, das respektieren die Einheimischen von vornherein, sie haben den Eindruck, daß sie diese Typen unmöglich reinlegen können. Die besten Unterhändler, die ich gehabt habe, waren alles Leute mit doppelter Abstammung. Aber hier für diesen Job wäre ich eher geneigt, Brigit zu nehmen.«

»Die Dänin?«

»Ja. Sie kennt sich auch gut mit Grafikprogrammen aus. Sie ist eine entschiedene Gegnerin des Rassismus – ich glaube, sie lebt mit einem Jamaikaner zusammen, sie ist ein bißchen verrückt und begeistert sich sofort für alles, was mit Exotik zu tun hat. Sie hat nicht die Absicht, in der nächsten Zeit ein Kind zu bekommen. Alles in allem glaube ich, daß sie das richtige Profil besitzt.«

Vielleicht gab es auch noch einen anderen Grund. Valérie merkte das ein paar Tage später, als sie mitbekam, wie Brigit Jean-Yves die Hand auf die Schulter legte. »Ja, du hast recht«, bestätigte er ihr, als sie beide vor dem Kaffeeautomaten standen, »mein Fall verschlimmert sich, jetzt kommt auch noch sexuelle Belästigung dazu ... Na ja, das ist zwei- oder dreimal vorgekommen, aber weiter wird die Sache nicht gehen, außerdem hat sie sowieso einen Freund.« Valérie warf ihm einen raschen Blick zu. Er hätte sich das Haar schneiden lassen müssen, er vernachlässigte sich im Augenblick wirklich. »Ich mache dir keinen Vorwurf«, sagte sie. Seine geistige Kapazität hatte nicht nachgelassen, er schätzte die Situationen und die Leute noch immer sehr genau ein, und er besaß eine feine Nase, was Fragen der Finanzierung betraf. Aber er machte einen immer traurigeren Eindruck, wirkte wie einer, der sich gehenläßt.

Die Beurteilungsbogen wurden inzwischen ausgewertet; die Beteiligung daran war dank der Verlosung von fünfzig einwöchigen Urlaubsreisen hoch gewesen. Auf den ersten Blick waren die Gründe für das nachlassende Interesse am »Eldorador-Normalangebot« nur schwer zu erfassen. Die Gäste waren zufrieden mit der Unterbringung und der Lage der Clubs, zufrieden mit der Verpflegung, zufrieden mit dem Programm und den angebotenen Sportaktivitäten, und trotzdem wurde die Anzahl derer, die wiederkamen, immer geringer.

Zufällig stieß Valérie auf einen Artikel in *Tourisme Hebdo*, in dem die neuen Wertvorstellungen der Verbraucher analysiert wurden. Der Autor bezog sich auf das Modell von Holbrook und Hirschman, das auf der Gefühlsreaktion basiert, die ein Produkt oder eine Serviceleistung beim Verbraucher auslöst; aber seine Schlußfolgerungen ergaben nichts wirklich Neues. Die neuen Verbraucher seien unberechenbarer, wählerischer, spielerischer und stärker auf dem humanitären Sektor engagiert als früher. Sie konsumierten nicht mehr um des »Scheins«, sondern um des »Seins« willen, zeigten *mehr Gelassenheit*. Sie legten Wert auf eine ausgewogene Ernährung, achteten auf ihre Gesundheit; sie fürchteten sich ein wenig vor den anderen und vor der Zukunft. Sie forderten aus Neugier und aus einem Verlangen nach Vielseitigkeit heraus das Recht auf Untreue; sie hatten eine Vorliebe für alles, was solide, dauerhaft, authentisch war. Sie stellten ethische Ansprüche: *mehr Solidarität* usw. All das hatte sie schon hundertmal gelesen, die Konsumverhaltenssoziologen und -psychologen verwandten immer wieder die gleichen Begriffe von einem Artikel zum anderen, von einer Zeitschrift zur anderen. Im übrigen hatten sie all diese Dinge schon berücksichtigt. Die Eldorador-Ferienclubs waren aus herkömmlichem Baumaterial nach traditioneller Bauweise des jeweiligen Landes errichtet. Die Speisekarte der Selbstbedienungsrestaurants war ausgewogen, enthielt viel Rohkost, Obst und Gegrilltes. Das Angebot für das Freizeitprogramm umfaßte Yoga, Sophrologie und Tai-Chi-Chuan. Aurore hatte die Charta für ethischen Tourismus unterzeichnet und unterstützte regelmäßig den WWF. Doch nichts von alledem schien die rückläufige Tendenz aufhalten zu können. »Ich glaube, daß die Leute ganz einfach lügen«, sagte Jean-Yves, nachdem er zum zweitenmal die Auswertung der Fragebögen durchgelesen hatte. »Sie erklären, sie seien zufrieden, und kreuzen jedesmal das Feld ›gut‹ an, aber in Wirklichkeit haben sie sich während der ganzen Ferien tödlich gelangweilt, trauen sich aber nicht, das zuzugeben. Das beste ist wohl, ich verkaufe all die Clubs, auf die sich das Konzept ›Entdeckung‹ nicht anwenden läßt, und unternehme alles, um den aktiven Urlaub noch attraktiver zu machen: mehr Exkursionen mit Allradfahrzeugen, Flüge mit Heißluftballons, Abende in der Wüste mit am Spieß gebratenen Schafen, Kreuzfahrten auf einheimischen Flußschiffen, Tauchen, Rafting und alles …«

»Wir sind nicht die einzigen, die so etwas anbieten.«

»Das stimmt«, sagte er enttäuscht.

»Vielleicht sollten wir eine Woche inkognito in einem Club verbringen, ohne uns ein bestimmtes Ziel vorzugeben. Nur um zu sehen, was für eine Atmosphäre da herrscht.«

»Wenn du meinst ...« Jean-Yves richtete sich in seinem Sessel auf und nahm einen Stapel Unterlagen. »Man müßte vor allem die ansehen, die die schlechtesten Ergebnisse erzielen.« Er blätterte schnell die Seiten durch. »Djerba und Monastir sind Katastrophen; aber ich glaube, wir sollten Tunesien sowieso fallen lassen. Da ist viel zu viel gebaut worden, die Konkurrenz ist bereit, die Preise bis auf ein absurdes Niveau zu senken; angesichts unserer Positionierung können wir da nie mithalten.«

»Hast du Kaufangebote?«

»Seltsamerweise ja, Neckermann ist interessiert. Sie wollen die Kundschaft aus den ehemaligen Ostblockstaaten anziehen: Tschechoslowakei, Ungarn, Polen ... für sehr niedrige Ansprüche, aber die Costa Brava ist einfach zu überlaufen. Sie interessieren sich auch für unseren Club in Agadir, sie schlagen einen annehmbaren Preis vor. Ich bin durchaus geneigt, darauf einzugehen; trotz des marokkanischen Südens setzt sich Agadir einfach nicht durch, ich glaube, die Leute werden weiterhin Marrakesch vorziehen.«

»Dabei ist Marrakesch wirklich das letzte.«

»Ich weiß ... Seltsam ist auch, daß Sharm el Sheikh nicht richtig läuft. Dabei hat das viel zu bieten: Das schönste Korallenmeer der Welt, Ausflüge in die Wüste Sinai ...«

»Ja, aber das ist in Ägypten.«

»Na und?«

»Meiner Ansicht nach hat niemand das Attentat von 1997 in Luxor vergessen. Es hat immerhin achtundfünfzig Tote gegeben. Die einzige Chance, um Sharm el Sheikh zum Erfolg zu verhelfen, besteht darin, den Hinweis ›Ägypten‹ wegzulassen.«

»Und was willst du statt dessen schreiben?«

»Was weiß ich, ›Rotes Meer‹ zum Beispiel.«

»Okay, ›Rotes Meer‹, wenn du willst.« Er notierte es sich und blätterte weiter seine Unterlagen durch. »Afrika läuft gut … Seltsam, Kuba hat ein schlechtes Ergebnis erzielt. Dabei müßte das doch eigentlich in Mode sein, die kubanische Musik, die Latino-Atmosphäre usw. Santo Domingo zum Beispiel ist ständig voll ausgebucht.« Er warf einen Blick auf den Prospekt des kubanischen Clubs. »Das Hotel in Guardalavaca ist noch nicht alt, der Preis durchaus marktgerecht. Weder zu sportlich noch zu sehr auf Familien abgestimmt. ›Erleben Sie die Magie der kubanischen Nächte im entfesselten Salsa-Rhythmus …‹ Die Ergebnisse sind um 15 % zurückgegangen. Vielleicht sollten wir uns das mal ansehen: Entweder wir fahren dahin oder nach Ägypten.«

»Wohin du willst, Jean-Yves«, erwiderte sie matt. »Dir dürfte es auf jeden Fall gut tun, ohne deine Frau wegzufahren.«

Der August hatte in Paris Einzug gehalten; die Tage waren heiß und sogar drückend, aber das schöne Wetter hielt sich nicht: Nach ein oder zwei Tagen gab es ein Gewitter, und mit einem Schlag wurde es wieder kühl. Dann kam die Sonne wieder durch, die Quecksilbersäule des Thermometers und der Luftverschmutzungspegel begannen wieder in die Höhe zu klettern. Ich interessierte mich allerdings nur oberflächlich dafür. Seit ich Valérie begegnet war, hatte ich auf die Peepshows verzichtet; ich hatte auch auf das *Erlebnis der Stadt* verzichtet, und zwar schon seit vielen Jahren. Paris war für mich nie ein *Fest* gewesen, und ich sah keinen Grund, warum sich das ändern sollte. Dabei war ich vor zehn oder fünfzehn Jahren, als ich im Kulturministerium angefangen hatte, oft in die Nachtlokale und Bars gegangen, die damals gerade *in* waren; ich habe noch die Beklemmung in Erinnerung, die mich nie losließ. Ich hatte nichts zu sagen, fühlte mich völlig unfähig, mit irgend jemandem ein Gespräch zu beginnen, und tanzen konnte ich auch nicht. Unter diesen Umständen begann ich allmählich Alkoholiker zu werden. Der

Alkohol hat mich nie enttäuscht, zu keinem Zeitpunkt meines Lebens, er war mir immer eine Hilfe. Nach einem knappen Dutzend Gin-Tonic kam es sogar manchmal vor – wenn auch ziemlich selten, insgesamt vielleicht vier oder fünf Mal –, daß ich die nötige Energie aufbrachte, um eine Frau zu überreden, mit mir ins Bett zu gehen. Das Ergebnis war im übrigen meistens enttäuschend, ich bekam keinen hoch und schlief nach ein paar Minuten ein. Später entdeckte ich die Existenz von Viagra; der Alkoholgenuß schmälerte deutlich die Wirkung des Medikaments, aber wenn man die Dosis genügend erhöhte, kam trotzdem etwas dabei heraus. Aber die ganze Sache war sowieso nicht der Mühe wert. Bevor ich Valérie kennenlernte, hatte ich noch keine Frau getroffen, die den thailändischen Prostituierten das Wasser reichen konnte; vielleicht hatte ich mit sechzehn- oder siebzehnjährigen Mädchen mal etwas empfunden, aber das war zu einer Zeit, als ich selbst noch sehr jung war. In dem kulturellen Milieu, in dem ich zu Hause war, war es jedenfalls die reinste Katastrophe. Die Frauen interessierten sich überhaupt nicht für Sex, sondern nur für Verführung – und selbst dabei handelte es sich um eine elitäre, abgefuckte Masche, die im Grunde nichts mit Erotik zu tun hatte. Im Bett waren sie völlig unfähig. Oder man hätte *Phantasmen* haben und alle möglichen zickigen, stumpfsinnigen Dinge inszenieren müssen, die mich ankotzten, wenn ich nur daran dachte. Sie redeten gern über Sex, das steht fest, das war sogar ihr einziges Gesprächsthema; aber ihnen fehlte jede wirkliche sinnliche Unschuld. Die Männer waren im übrigen auch nicht besser. Das ist sowieso eine typisch französische Tendenz: Man spricht bei jeder Gelegenheit über Sex, unternimmt aber nie etwas; das ging mir allmählich ernstlich auf den Geist.

Alles kann einem im Leben passieren und vor allem nichts. Aber diesmal war in meinem Leben wirklich etwas geschehen: Ich hatte eine Geliebte gefunden, und sie machte mich glücklich.

Der August war für uns eine schöne Zeit. Espitalier, Leguen und überhaupt alle Manager von Aurore waren in die Ferien gefahren. Valérie und Jean-Yves hatten sich darauf geeinigt, alle wichtigen Entscheidungen auf Anfang September zu verschieben, nach der Rückkehr aus Kuba; es war eine Atempause, eine ruhige Zeit. Jean-Yves ging es etwas besser. »Er hat sich endlich entschlossen, mit Nutten zu schlafen«, teilte mir Valérie mit. »Das hätte er schon seit langem tun sollen. Jetzt trinkt er weniger und ist ruhiger.«

»Wenn ich mich recht erinnere, sind Nutten nicht gerade das Wahre.«

»Ja, aber hier ist die Sache anders, es handelt sich um Frauen, die per Internet auf Kundensuche gehen. Ziemlich junge Frauen, häufig Studentinnen. Sie nehmen nur wenige Kunden und suchen sie sich aus, außerdem tun sie es nicht ausschließlich wegen des Geldes. Jedenfalls hat er mir gesagt, es sei nicht schlecht. Wenn du willst, können wir das irgendwann ja mal ausprobieren. Ein bisexuelles Mädchen für uns beide, ich weiß, daß Männer auf so was abfahren; aber ich mag übrigens auch gern Frauen.«

Wir haben es in jenem Sommer nicht getan; aber die bloße Tatsache, daß sie es mir vorschlug, war ungeheuer erregend. Ich hatte Glück. Sie kannte alle die Dinge, die nötig sind, um das sexuelle Begehren eines Mannes aufrechtzuerhalten, zwar nicht in vollem Umfang, das ist nicht möglich, aber sagen wir, auf genügend hohem Level zu halten, um ab und zu miteinander zu schlafen, während man darauf wartet, daß alles zu Ende geht. Diese Dinge zu kennen, bedeutet ehrlich gesagt noch nichts, das ist einfach, lächerlich einfach; aber sie tat es gern, tat es mit Vergnügen, sie freute sich, wenn sie sah, wie das Begehren in meinem Blick zunahm. Wenn sie im Restaurant von der Toilette zurückkam, legte sie oft ihr Höschen, das sie gerade ausgezogen hatte, auf den Tisch. Und dann schob sie gern ihre Hand zwischen meine Beine, um meine Erektion auszunutzen. Manchmal öffnete sie meinen Hosenschlitz und wichste mich sogleich im Schutz des Tischtuchs. Auch morgens, wenn sie mich damit weckte, daß sie mein Glied in den Mund nahm und mir dann eine Tasse Kaffee reichte, ehe sie sich wieder meinem Schwanz widmete, durchliefen mich schwindelerregende Ströme wohliger Dankbarkeit. Sie verstand es innezuhalten, kurz bevor ich kam, und hätte mich stundenlang knapp vor der Grenze in Erregung halten können. Mein Leben war ein Spiel, ein erregendes, zärtliches Spiel, das einzige Spiel, das den Erwachsenen noch bleibt; ich befand mich in einer Welt unbeschwerten Begehrens und unbegrenzter Augenblicke der Lust.

7

Ende August rief mich der Häusermakler aus Cherbourg an, um mir mitzuteilen, daß er einen Käufer für das Haus meines Vaters gefunden hatte. Der Typ wollte den Preis ein wenig drükken, war aber bereit, in bar zu zahlen. Ich nahm das Angebot sofort an. Ich würde also sehr bald über mehr als eine Million Franc verfügen. Ich arbeitete gerade an dem Dossier einer Wanderausstellung, in der es darum ging, Frösche in einem mit Mosaik gepflasterten, eingegrenzten Raum, in dem Kartenspiele ausgebreitet waren, laufenzulassen – in manche Kacheln waren die Namen bedeutender historischer Persönlichkeiten wie Dürer, Einstein oder Michelangelo eingraviert. Das Budget sah im wesentlichen den Kauf von Kartenspielen vor, die ziemlich oft ausgetauscht werden mußten; ab und zu mußten auch die Frösche ausgetauscht werden. Der Künstler wünschte sich wenigstens für die anfängliche Ausstellung in Paris Tarot-Karten; er war bereit, sich für die Provinz mit normalen Kartenspielen zu begnügen. Ich beschloß, Anfang September mit Jean-Yves und Valérie eine Woche nach Kuba zu fahren. Ich hatte die Absicht, meine Reise selbst zu zahlen, aber Valérie sagte mir, daß sie das mit der Firma regeln würde.

»Ich störe euch nicht bei der Arbeit«, versprach ich.

»Weißt du, das ist im Grunde keine Arbeit, wir verhalten uns wie normale Touristen. Wir brauchen überhaupt nichts zu tun, und trotzdem ist das ungeheuer wichtig: Wir versuchen herauszufinden, was da nicht klappt, warum keine richtige Atmosphäre in dem Club aufkommt, warum die Leute nicht begeistert aus dem Urlaub zurückkehren. Du störst uns dabei nicht; im Gegenteil, du kannst uns sogar sehr nützlich sein.«

Am Freitag, dem 5. September nahmen wir nachmittags das Flugzeug nach Santiago de Cuba. Jean-Yves hatte es nicht lassen können, seinen Laptop mitzunehmen, aber in seinem hellblauen Polohemd sah er trotzdem recht ausgeruht aus, bereit, Ferien zu machen. Kurz nach dem Start legte Valérie die Hand auf meinen Schenkel; sie entspannte sich mit geschlossenen Augen. »Ich mache mir keine Sorgen, wir finden bestimmt etwas«, hatte sie beim Abflug zu mir gesagt.

Der Transfer vom Flughafen zum Hotel dauerte zweieinhalb Stunden. »Der erste Minuspunkt«, bemerkte Valérie, »wir müssen sehen, ob es nicht einen Flug nach Holguin gibt.« Vor uns im Bus saßen zwei ältere Damen mit bläulich schimmerndem grauen Haar und Dauerwelle, die unablässig plapperten und sich gegenseitig auf interessante Einzelheiten der Umgebung aufmerksam machten: Männer, die Zuckerrohr schnitten, einen Geier, der über die Weiden segelte, zwei Ochsen, die in den Stall zurückkehrten ... Sie schienen fest entschlossen zu sein, sich für alles zu interessieren, sie wirkten spröde und widerstandsfähig; ich hatte den Eindruck, daß sie keine leicht zufriedenzustellenden Gäste waren. Und tatsächlich bestand die Plappertante A bei der Zimmerverteilung hartnäckig darauf, ein Zimmer neben dem der Plappertante B zu bekommen. Auf solche Art von Forderungen war man hier nicht eingestellt, die Empfangsdame verstand kein Wort, der Geschäftsführer des Ferienclubs mußte geholt werden. Er war um die Dreißig, hatte einen Kopf wie ein Schafsbock, eine verstockte Miene, und seine schmale Stirn war von tiefen Sorgenfalten zerfurcht, kurz gesagt, er glich ganz ungemein dem Fernsehmoderator Nagui. »Immer mit der Ruhe, okay ...?« sagte er, nachdem man ihm das Problem auseinandergesetzt hatte. »Immer mit der Ruhe, liebe Frau. Für heute abend ist das nicht möglich, aber morgen reisen ein paar Gäste ab, dann bekommen Sie ein anderes Zimmer.«

Ein Gepäckträger begleitete uns zu unserem Bungalow mit Blick auf den Strand, stellte die Klimaanlage an und zog sich mit einem Dollar Trinkgeld zurück. »Da wären wir …«, sagte Valérie und setzte sich aufs Bett. »Für die Mahlzeiten steht ein Buffet zur Verfügung. Es ist ein ›Alles inklusive‹-Angebot, das Snacks und Cocktails umfaßt. Die Diskothek ist ab 23 Uhr geöffnet. Für Massagen und nächtliches Flutlicht auf den Tennisplätzen wird ein Aufpreis erhoben.« Das Ziel der Touristikunternehmen besteht darin, die Leute für einen gewissen Preis für eine gewisse Zeit glücklich zu machen. Die Aufgabe kann sich als leicht oder auch als unmöglich herausstellen – das hängt vom Charakter der Leute, den angebotenen Leistungen und anderen Faktoren ab. Valérie zog ihre Hose und ihre Bluse aus. Ich legte mich neben sie auf das Doppelbett. Die Geschlechtsorgane sind eine Quelle ständig verfügbarer Lust. Der Gott, der unser Unglück herbeigeführt hat, der uns als törichte, grausame, sterbliche Wesen geschaffen hat, hat zugleich diese Form der schwachen Entschädigung vorgesehen. Wenn es nicht ab und zu ein wenig Sex gäbe, woraus würde dann das Leben bestehen? Es wäre ein nutzloser Kampf gegen die sich versteifenden Gelenke, die allmählich einsetzende Zahnfäule. Alles Dinge, die noch dazu völlig uninteressant sind – die Kollagene, deren Fasern sich verhärten, die durch Mikroben verursachte Vertiefung der Höhlungen im Zahnfleisch. Valérie spreizte die Schenkel über meinem Mund. Sie trug einen sehr dünnen Tanga aus lila Spitze. Ich schob den Stoff zur Seite und befeuchtete meine Finger, um ihre Lippen zu streicheln. Sie zog mir die Hose aus und nahm mein Glied in die Hand. Sie begann mir sanft und ohne Eile die Eier zu massieren. Ich zog mir ein Kopfkissen heran, um den Mund auf der Höhe ihrer Möse zu haben. In diesem Augenblick sah ich ein Zimmermädchen, das den Sand von der Terrasse fegte. Die Vorhänge waren nicht zugezogen, die Fenstertür stand weit offen. Als die Kubanerin meinen Blick kreuzte, prustete sie los. Valérie richtete sich auf und winkte sie herbei. Die Kleine blieb auf der Terrasse stehen, stützte sich zögernd auf ihren Besen. Valérie stand auf, ging auf sie zu und streckte ihr die Hände entgegen. Sobald die junge Frau im Inneren des Bungalows war, begann sie ihren Kittel aufzuknöpfen: sie trug nichts darunter bis auf einen Slip aus weißer Baumwolle; sie mochte Anfang Zwanzig sein, ihr Körper war dunkelbraun, fast schwarz, sie hatte kleine, feste Brüste und einen stark gewölbten Hintern. Valérie zog die Vorhänge zu; jetzt stand auch ich auf. Das Mädchen hieß Margarita. Valérie nahm Margaritas Hand und legte sie auf mein Glied. Sie lachte wieder auf, begann mich aber zu wichsen. Valérie zog schnell ihren Büstenhalter und ihr Höschen aus, legte sich aufs Bett und begann sich zu streicheln. Margarita zögerte noch einen Augenblick, dann zog sie ihren Slip aus und kniete sich zwischen Valéries Schenkel. Sie blickte zunächst Valéries Möse an, streichelte sie mit der Hand, dann näherte sie sich mit dem Mund und begann sie zu lecken. Valérie legte die eine Hand auf Margaritas Kopf, um ihn zu führen, während sie mich mit der anderen weiterwichste. Ich spürte, daß ich bald kommen würde, rückte zur Seite und stand auf, um ein Kondom aus meinem Reisenecessaire zu holen. Ich war derart erregt, daß ich Mühe hatte, es zu finden und überzustreifen, ich sah alles nur noch verschwommen. Der Arsch der kleinen Schwarzen hob und senkte sich, wenn sie sich über Valéries Scham beugte und wieder aufrichtete. Ich drang mit einem Schlag in sie, ihre Möse war offen wie eine reife Frucht. Sie stöhnte leise, streckte mir den Hintern entgegen. Ich bewegte mich in ihr hin und her, ohne wirklich darauf zu achten, was ich tat, mir schwirrte der Kopf, Ströme der Lust durchzuckten meinen Körper. Die Dunkelheit brach an, man sah nicht mehr viel in dem Zimmer. Wie aus weiter Ferne, aus einer anderen Welt hörte ich, wie Valéries Stöhnen immer lauter wurde. Ich preßte die Hände gegen Margaritas Arsch, drang immer tiefer in sie, versuchte nicht mal mehr, mich zurückzuhalten. In dem Augenblick, da Valérie einen Schrei ausstieß, kam auch ich. Ein oder zwei Sekunden lang hatte ich das Gefühl, mich meines Gewichts zu entleeren, in der Luft zu schweben. Dann kehrte das Gefühl der Schwere wieder, ich fühlte mich mit einem Schlag erschöpft. Ich ließ mich in die Arme der beiden aufs Bett fallen.

Später sah ich undeutlich, wie Margarita sich wieder anzog und Valérie in ihrer Tasche wühlte, um ihr etwas zu geben. Die beiden gaben sich auf der Türschwelle einen Kuß; draußen war es stockdunkel. »Ich hab ihr vierzig Dollar gegeben«, sagte Valérie, während sie sich neben mich legte. »Das ist der Preis, den die Europäer hier zahlen. Für sie entspricht das einem Monatslohn.« Sie knipste die Nachttischlampe an. Silhouetten gingen vorbei, zeichneten sich wie beim Schattenspiel auf den Vorhängen ab; man hörte Stimmengeräusche. Ich legte die Hand auf ihre Schulter.

»Das war toll«, sagte ich mit ungläubigem Staunen. »Das war wirklich toll.«

»Ja, das ist ein sehr sinnliches Mädchen. Mich hat sie auch sehr gut geleckt.«

»Komisch, die Preise für Sex ...«, fuhr ich zögernd fort. »Ich habe den Eindruck, daß sie gar nicht so sehr vom Lebensstandard des jeweiligen Landes abhängen. Natürlich bekommt man je nach Land ganz unterschiedliche Dinge geboten, aber der Grundpreis ist in etwa immer der gleiche: der Preis, den die Europäer oder Amerikaner zu zahlen bereit sind.«

»Glaubst du, daß es das ist, was man unter *angebotsorientierter Ökonomie* versteht?«

»Ich habe keine Ahnung ...« Ich schüttelte den Kopf: »Ich habe noch nie was von Wirtschaft verstanden; es ist, als sperrte sich etwas in mir dagegen.«

Ich hatte großen Hunger, aber das Restaurant öffnete erst um acht Uhr; ich trank drei Pinacolada an der Bar und sah dem *Spiel zum Aperitif* zu. Die Wirkung des Orgasmus verflüchtigte sich nur langsam, ich war noch etwas benommen, aus der Ferne hatte ich den Eindruck, als glichen alle Animateure Nagui. Zwar traf das nicht zu, es waren auch jüngere darunter, aber alle hatten irgend etwas Seltsames an sich: einen kahlrasierten Schädel, einen Spitzbart oder Zöpfe. Sie stießen entsetzliche Schreie aus und schnappten sich ab und zu jemanden aus dem Zuschauerkreis und zwangen ihn, auf die Bühne zu kommen. Zum Glück war ich weit genug entfernt, um ernsthaft bedroht zu sein.

Der Verantwortliche für die Bar war ziemlich unangenehm, er diente sozusagen zu nichts: Jedesmal wenn ich etwas bestellen wollte, begnügte er sich damit, mich mit einer herablassenden Geste an seine Kellner zu verweisen; er wirkte ein bißchen wie ein ehemaliger Torero mit Narben und einem kleinen, runden, unter Kontrolle gehaltenen Bauch. Unter seiner gelben Badehose zeichnete sich sein Geschlechtsteil sehr deutlich ab; er war ein von der Natur *reichlich bedachter Mann* und legte Wert darauf, es zu zeigen. Während ich an meinen Tisch zurückging, nachdem ich unter großen Schwierigkeiten meinen vierten Cocktail bekommen hatte, sah ich, daß sich der Mann einem Nachbartisch näherte, am dem eine kleine, dicht gedrängte Gruppe von Mittfünfzigerinnen aus Quebec saß. Ich hatte sie schon beim Ankommen bemerkt; sie waren untersetzt und widerstandsfähig, zeigten vor allem ihre Zähne und ihr Fett und redeten unglaublich laut. Es war nicht schwer zu begreifen, daß sie ihre Ehemänner sehr bald unter die Erde gebracht hatten. Ich spürte, daß man es in ihrer Gegenwart besser vermied, sich in der Schlange vor dem Buffet vorzudrängeln oder sich eine Schale Müsli zu nehmen, auf die sie ihr Augenmerk gerichtet hatten. Als sich der ehemalige Beau ihrem Tisch näherte, warfen sie ihm flammende Blicke zu, bekamen fast wieder etwas Weibliches. Er stolzierte vor ihnen daher, verstärkte seine Obszönität noch durch eine in regelmäßigen Abständen wiederholte Geste, mit der er am Gummizug seiner Badehose zerrte, als wolle er sich dadurch der Materialität seiner *Garnitur* vergewissern. Die kanadischen Mittfünfzigerinnen schienen von der suggestiven Gesellschaft dieses Mannes begeistert zu sein; ihre alten, verbrauchten Körper hatten noch Sonne nötig. Er spielte seine Rolle sehr gut, flüsterte den alten Schnepfen etwas ins Ohr, nannte sie nach kubanischer Art »*mi corazón*« oder »*mi amor*«. Mehr würde sich nicht abspielen, das war klar, er begnügte sich damit, ein letztes Erschauern in ihren alten Mösen hervorzurufen. Aber vielleicht genügte das, um ihnen den Eindruck zu vermitteln, daß sie herrliche Ferien verbracht hatten, und um sie zu veranlassen, den Club ihren Freundinnen zu empfehlen; sie hatten mindestens noch zwanzig Jahre vor sich. Ich entwickelte daraufhin das Konzept für einen Gesellschaftsporno mit dem Titel *Die entfesselten Senioren*. Der Film setzte zwei Banden in Szene, die in den Ferienclubs operierten, die eine bestand aus italienischen Senioren, die andere aus kanadischen Seniorinnen aus Quebec. Beide Banden waren mit Nunchaku und Eispickeln bewaffnet und fielen über nackte, gebräunte Jugendliche her. Selbstverständlich begegneten sie sich schließlich auf einem Segelschiff des Club Méditerranée; die gesamte Crew wurde schnell unschädlich gemacht und ihre Mitglieder einer nach dem anderen von den blutrünstigen Seniorinnen vergewaltigt, ehe sie über Bord geworfen wurden. Der Film endete mit einer riesigen Sexparty der Senioren, während das Schiff, das sich von den Leinen gelöst hatte, direkt in Richtung Südpol segelte.

Endlich gesellte sich Valérie zu mir: Sie hatte sich geschminkt, trug ein kurzes, durchsichtiges weißes Kleid; ich hatte noch immer Lust auf sie. Wir trafen Jean-Yves vor dem Buffet wieder. Er wirkte entspannt, fast lässig, und teilte uns träge seinen ersten Eindruck mit. Das Zimmer war nicht schlecht, das Animationsprogramm etwas aufdringlich; sein Bungalow befand sich direkt neben der Lautsprecheranlage, es war fast unerträglich. Das Essen war nicht besonders, fügte er hinzu und starrte bitter auf sein Stück gekochtes Hühnchen. Dennoch bedienten sich alle reichlich und mehrmals am Buffet; vor allem die Senioren waren erstaunlich gierig, als hätten sie sich den ganzen Nachmittag mit Wassersport und *beach volley* verausgabt. »Sie essen und essen ...«, kommentierte Jean-Yves resigniert. »Was sollen sie auch schon anderes tun?«

Nach dem Abendessen gab es eine Darbietung, bei der wieder einmal die Beteiligung der Zuschauer gefordert war. Eine Frau um die Fünfzig versuchte sich in einer Karaoke-Nummer von Sheilas *Bang-bang*. Das war ganz schön mutig von ihr; sie erhielt etwas Applaus. Insgesamt wurde die Show jedoch von den Animateuren durchgezogen. Jean-Yves schien nahe am Einschlafen zu sein; Valérie schlürfte in Ruhe ihren Cocktail. Ich blickte zum Nebentisch hinüber: Die Leute machten den Eindruck, als langweilten sie sich ein wenig, aber nach jedem Sketch klatschten sie höflich. Die Gründe für das nachlassende Interesse an Ferien in Club-Hotels schienen mir nicht schwer zu erkennen zu sein, sie lagen meiner Ansicht nach geradezu auf der Hand. Die Kundschaft setzte sich größtenteils aus Senioren oder älteren Erwachsenen zusammen, und das Animationsteam bemühte sich, ihnen ein Glücksgefühl zu vermitteln, das sie nicht mehr empfinden konnten, zumindest nicht in dieser Form. Selbst Valérie und Jean-Yves – und sogar ich in gewisser Weise – trugen immerhin eine gewisse berufliche Verantwortung im *wirklichen Leben*; wir waren seriöse, achtbare Angestellte, die alle mehr oder weniger von Sorgen geplagt wurden – ganz zu schweigen von den Steuern, gesundheitlichen Problemen und anderen Dingen. Die meisten Gäste, die an diesen Tischen saßen, befanden sich in einer ganz ähnlichen Lage: Sie waren leitende Angestellte, Lehrer, Ärzte, Ingenieure, Buchhalter; oder sie waren es früher gewesen und jetzt im Ruhestand. Ich begriff nicht, wie sich die Animateure der Hoffnung hingeben konnten, wir würden uns begeistert in *Kontaktabende* oder *Gesangswettbewerbe* stürzen. Ich konnte mir nicht vorstellen, wie wir uns in unserem Alter und unserer Situation den *Sinn fürs Feiern* bewahrt haben sollten. Ihre Shows waren bestenfalls für Teenis unter vierzehn konzipiert.

Ich versuchte meine Überlegungen Valérie mitzuteilen, aber der Animateur begann wieder zu sprechen, er hielt das Mikrophon viel zu nah an den Mund, so daß es einen furchtbaren Lärm erzeugte. Er gab jetzt einen Sketch zum Besten, in dem er den Komiker Lagaf oder vielleicht auch Laurent Baffie nachahmte; wie dem auch sei, er ging mit Flossen über die Bühne, gefolgt von einem Mädchen, das sich als Pinguin verkleidet hatte und über alles lachte, was er sagte. Die Show endete mit dem Club-Tanz und den *crazy signs*; ein paar Leute in der ersten Reihe standen auf und schwenkten träge die Arme. Jean-Yves neben mir unterdrückte ein Gähnen. »Sollen wir mal in die Disco gehen?« schlug er vor.

Dort waren etwa fünfzig Leute, aber außer den Animateuren tanzte kaum jemand. Der DJ legte abwechselnd Techno- und Salsa-Platten auf. Schließlich versuchten sich einige Paare mittleren Alters in Salsa. Der Animateur mit den Flossen watschelte zwischen den Paaren über die Tanzfläche, klatschte in die Hände und brüllte: »*Caliente! Caliente!*« Ich hatte den Eindruck, als störe er die Tänzer eher. Ich setzte mich an die Bar und bestellte eine Pinacolada. Nach weiteren zwei Cocktails stieß mich Valérie mit dem Ellbogen an und wies auf Jean-Yves. »Ich glaube, wir können ihn jetzt allein lassen«, flüsterte sie mir ins Ohr. Er unterhielt sich mit einer sehr hübschen Frau um die Dreißig, vermutlich einer Italienerin. Sie standen ganz nah beieinander, Schulter an Schulter; ihre Gesichter waren einander zugewandt.

Die Nacht war heiß und schwül. Valérie nahm mich am Arm. Der Rhythmus der Diskothek verebbte; man hörte das Rauschen eines Walkie-Talkies, Wächter patrouillierten im Inneren des Geländes. Hinter dem Swimmingpool bogen wir seitlich ab und gingen auf den Ozean zu. Der Strand war menschenleer. Die Wellen trafen ein paar Meter vor uns sanft auf den Sand; kein Geräusch war mehr zu hören. Als wir im Bungalow ankamen, zog ich mich aus, dann legte ich mich hin und wartete auf Valérie. Sie putzte sich die Zähne, zog sich ebenfalls aus und kam zu mir. Ich schmiegte mich an ihren nackten Körper. Ich legte die eine Hand auf ihre Brüste, die andere auf ihren Schoß. Es war ein sanftes Gefühl.

8

Als ich aufwachte, lag ich allein im Bett und hatte leichte Kopfschmerzen. Ich stand taumelnd auf und zündete mir eine Zigarette an; nach ein paar Zügen fühlte ich mich etwas besser. Ich schlüpfte in meine Hose und ging auf die Terrasse hinaus, die voller Sand war – der Wind hatte ihn wohl in der Nacht herbeigeweht. Der Tag war gerade erst angebrochen; der Himmel schien bewölkt zu sein. Ich ging ein paar Meter aufs Meer zu, dann entdeckte ich Valérie. Sie tauchte mitten in die Wellen hinein, schwamm ein paar Züge, richtete sich wieder auf und tauchte erneut.

Ich blieb stehen, zog an meiner Zigarette; der Wind war ziemlich kühl, ich zögerte, zu ihr ins Wasser zu gehen. Sie wandte sich um, sah mich und rief: »Komm doch!«, wobei sie mir zuwinkte. In diesem Augenblick brach die Sonne durch die Wolken und beleuchtete Valérie von vorn. Das Licht funkelte auf ihren Brüsten und ihren Hüften, ließ die Gischt in ihrem Haar und ihrem Schamhaar aufblitzen. Ich blieb ein paar Sekunden wie angewurzelt stehen, wobei mir klar wurde, daß es ein Bild war, das ich nie vergessen würde, daß es zu jenen Bildern gehören würde, die man, wie es scheint, wenige Sekunden vor dem Tod vor seinem innerenAuge vorüberziehen sieht.

Die Kippe verbrannte mir die Finger; ich warf sie in den Sand, zog mich aus und ging auf das Meer zu. Das Wasser war kühl und sehr salzig; es war ein Jungbrunnen. Ein sonniger Streifen glitzerte auf der Oberfläche des Wassers, lief direkt auf den Horizont zu; ich atmete tief ein und tauchte in die Sonne.

Später kuschelten wir uns unter ein Badetuch und sahen zu, wie die Sonne über dem Ozean aufstieg. Die Wolken lösten sich nach und nach auf, die leuchtenden Oberflächen gewannen an Weite. Manchmal erscheint morgens alles einfach. Valérie warf das Badetuch von sich, überließ ihren Körper der Sonne. »Ich habe keine Lust, mich anzuziehen«, sagte sie. »Nur ein bißchen ...«, erwiderte ich auf gut Glück. Ein Vogel schwebte in nicht allzu großer Höhe, suchte die Wasseroberfläche ab. »Ich schwimme gern, ich mag gern Sex«, sagte sie weiter. »Aber ich tanze nicht gern, ich bin unfähig, mich abzulenken, und ich habe immer Abendveranstaltungen gehaßt. Ist das normal?«

Ich zögerte eine ganze Weile, ehe ich ihr antwortete. »Ich weiß nicht«, sagte ich schließlich. »Ich weiß nur, daß es mir genauso geht.«

Beim Frühstück waren noch nicht viele Tische besetzt, aber Jean-Yves war schon da, saß mit einer Zigarette in der Hand vor einer Tasse Kaffee. Er war unrasiert und machte den Eindruck, schlecht geschlafen zu haben; er winkte uns leicht zu. Wir setzten uns ihm gegenüber.

»Na, hat das mit der Italienerin geklappt?« fragte Valérie, während sie sich über ihr Rührei hermachte.

»Nein, nicht richtig. Sie hat mir erzählt, daß sie im Marketingbereich arbeitet und Schwierigkeiten mit ihrem Freund hat und daß sie deswegen allein in Urlaub gefahren ist. Das ist mir auf den Wecker gefallen und da bin ich ins Bett gegangen.«

»Du solltest es mal mit den Zimmermädchen versuchen ...«

Er gab ein leichtes Lächeln von sich, zerdrückte seine Kippe im Aschenbecher.

»Was wird heute geboten?« fragte ich. »Ich meine ... das sollte doch ein ›Entdeckungsurlaub‹ sein.«

»Ach ja ...«, Jean-Yves verzog müde den Mund. »Aber nur teilweise. Ich meine, wir haben nicht genug Zeit gehabt, um allzuviel auf die Beine zu stellen. Es ist das erste Mal, daß ich mit einem sozialistischen Land zusammenarbeite; es scheint ziemlich kompliziert zu sein, hier etwas im letzten Moment zu organisieren. Kurz und gut, heute nachmittag findet irgend etwas mit Delphinen statt …« Er verbesserte sich sogleich, versuchte, die Sache genauer zu formulieren. »Also wenn ich richtig verstanden habe, gibt es eine Show mit Delphinen, und anschließend kann man mit ihnen schwimmen. Ich nehme an, man setzt sich auf ihren Rücken oder irgend so was.«

»Ach ja, das kenne ich«, warf Valérie ein, »das ist absolute Kacke. Jeder glaubt, Delphine wären sehr sanfte, freundliche Säugetiere. Dabei ist das völlig falsch, sie leben in stark hierarchisch gegliederten Verbänden mit einem dominanten männlichen Tier, und sie sind eher aggressiv: Es gibt häufig Kämpfe auf Leben und Tod. Das einzige Mal, bei dem ich versucht habe, mit Delphinen zu schwimmen, bin ich von einem Weibchen gebissen worden.«

»Na ja, gut …«, Jean-Yves hob die Hände, um Valérie zu beschwichtigen. »Wie dem auch sei, auf jeden Fall findet heute nachmittag für alle, die es interessiert, die Sache mit den Delphinen statt. Morgen und übermorgen machen wir einen zweitägigen Ausflug nach Baracoa; das dürfte eigentlich nicht schlecht sein, ich hoffe es jedenfalls. Und danach …«, er überlegte eine Weile, »danach war es das auch schon. Ach nein, am letzten Tag, ehe wir wieder abfliegen, gibt es ein Mittagessen mit Langusten und es findet ein Besuch auf dem Friedhof von Santiago statt.«

Nach dieser Erklärung blieb es einige Sekunden still. »Ja«, sagte Jean-Yves dann mühsam, »ich glaube, wir haben bei diesem Reiseziel wohl Mist gebaut.«

»Im übrigen«, fuhr er nach kurzem Nachdenken fort, »habe ich den Eindruck, daß dieser Club nicht richtig läuft. Also ich meine, selbst unabhängig von mir. Ich habe nicht das Gefühl, als hätten sich gestern abend in der Diskothek viele Paare gebildet, selbst unter den jungen Leuten.« Er schwieg wieder ein paar

Sekunden. »*Ecco* ...«, sagte er schließlich mit einer resignierten Geste.

»Der Soziologe hatte doch recht«, meinte Valérie nachdenklich.

»Welcher Soziologe?«

»Lagarrigue. Der Konsumverhaltenssoziologe. Er hatte recht, als er sagte, daß die Zeit der *Strandflitzer* endgültig vorbei ist.«

Jean-Yves trank seinen Kaffee aus und schüttelte bitter den Kopf. »Also so was ...«, sagte er angewidert, »ich hätte wirklich nie gedacht, daß ich mich eines Tages nach den Zeiten der *Strandflitzer* zurücksehnen würde.«

Um an den Strand zu gelangen, mußten wir dem Ansturm einiger fliegender Händler standhalten, die ziemlich miese einheimische kunstgewerbliche Produkte anboten; aber es war erträglich, sie waren nicht allzu zahlreich und nicht allzu aufdringlich, man konnte sie mit einem Lächeln und einer betrübten Handbewegung loswerden. Tagsüber hatten die Kubaner das Recht, den Strand des Clubs zu betreten. »Sie haben nicht viel anzubieten oder zu verkaufen«, erklärte mir Valérie, »aber sie versuchen es eben, sie tun, was sie können.« Anscheinend konnte niemand in diesem Land von seinem Monatslohn leben. Nichts funktionierte hier wirklich: Es fehlte an Benzin für die Motoren, an Ersatzteilen für die Maschinen. Daher dieser Eindruck einer Agrarutopie, der sich aufdrängte, wenn man aufs Land fuhr: Bauern, die mit Ochsen pflügten und mit Pferdewagen fuhren ... Aber es handelte sich nicht um eine Utopie und auch nicht um einen ökologischen Wiederaufbau: Es war die Realität eines Landes, das sich nicht mehr auf dem Niveau des industriellen Zeitalters halten konnte. Kuba war noch imstande, ein paar landwirtschaftliche Produkte wie Kaffee, Kakao und Zuckerrohr auszuführen; aber die industrielle Produktion war praktisch auf Null zurückgegangen. Man hatte Mühe, die einfachsten Konsumgüter wie Seife, Papier oder Kugelschreiber zu finden. Die einzigen Geschäfte mit reichhaltigem Warenangebot waren jene, die Importartikel verkauften und in denen man in Dollar bezahlen mußte. Alle Kubaner überlebten daher dank einer Nebenbeschäftigung, die mit dem Tourismus verbunden war. Am meisten begünstigt waren jene, die direkt für die Tourismusindustrie arbeiteten; die anderen versuchten durch Dienstleistungen im Umkreis des Tourismus oder durch Schwarzhandel irgendwie an Devisen zu kommen.

Ich legte mich in den Sand, um nachzudenken. Die braun gebrannten Männer und Frauen, die zwischen den Touristenschwärmen hin und her liefen, betrachteten uns ausschließlich als wandelnde Brieftaschen, da sollte man sich nichts vormachen; aber das war in allen Ländern der Dritten Welt das gleiche. Das Besondere an Kuba war diese unbegreifliche Schwierigkeit mit der industriellen Produktion. Ich selbst war total inkompetent auf diesem Gebiet. Ich war völlig dem Zeitalter der Information, einer Luftblase also, angepaßt. Valérie und Jean-Yves konnten – ähnlich wie ich – lediglich mit Informationen und Kapital umgehen; sie benutzten sie auf kluge und wettbewerbsfähige Weise, während ich es auf routinierte, bürokratische Weise tat. Aber keiner von uns dreien und auch niemand, den ich kannte, wäre zum Beispiel im Fall einer Blockade durch eine ausländische Macht imstande, für die Wiederbelebung der industriellen Produktion zu sorgen. Wir hatten keine Ahnung von Metallgießerei, der maschinellen Fertigung von Einzelteilen, vom Thermoformen von Kunststoff. Ganz zu schweigen von neueren Gegenständen wie Glasfasern oder Mikroprozessoren. Wir lebten in einer Welt aus Gegenständen, deren Herstellung, Möglichkeitsbedingungen und Seinsweise uns völlig fremd waren. Erschrocken über diese Erkenntnis blickte ich mich um: Ich sah ein Handtuch, eine Sonnenbrille, Sonnencreme und ein Taschenbuch von Milan Kundera. Papier, Baumwolle, Glas: Alles Dinge, die hochentwickelte Maschinen, komplexe Herstellungssysteme erforderten. Ich war zum Beispiel unfähig, den Fabrikationsprozeß von Valéries Badeanzug zu begreifen: Er bestand zu 80 % aus Latex, zu 20 % aus Polyurethan. Ich schob zwei Finger unter das Oberteil: Unter der Verflechtung industrieller Fasern spürte ich das lebendige Fleisch. Ich schob die Finger etwas weiter, spürte, wie sich ihre Brustwarze verhärtete. Das war etwas, was ich tun konnte, was ich zu tun verstand. Die Sonne wurde allmählich sengend heiß. Als wir im Wasser waren, zog Valérie ihr Bikinihöschen aus. Sie schlang die Beine um meine Taille und ließ sich mit dem Rücken auf die Wasseroberfläche gleiten. Ihre Möse war schon offen. Ich drang sanft in sie, bewegte mich im Rhythmus der Wellen in ihr hin und her. Es gab keine andere Möglichkeit. Kurz vor dem Orgasmus hielt ich inne. Wir legten uns wieder an den Strand und ließen uns von der Sonne trocknen.

Ein Paar ging an uns vorbei: Ein großer Schwarzer und eine junge Frau mit ganz weißer Haut, lebhaftem Gesichtsausdruck und sehr kurzem Haar, die ihn beim Sprechen anblickte und zu laut lachte. Sie war offensichtlich Amerikanerin, vielleicht eine Journalistin der *New York Times* oder etwas Ähnliches. Wenn man genauer hinsah, stellte man fest, daß es tatsächlich eine ganze Reihe gemischter Paare an diesem Strand gab. Ein Stück weiter waren zwei etwas aufgeschwemmte, blonde junge Männer, die mit näselndem Akzent mit zwei sehr hübschen dunkelhäutigen Mädchen scherzten und lachten.

»Sie dürfen die Mädchen nicht mit ins Hotel nehmen«, sagte Valérie, die meinem Blick gefolgt war. »Im Nachbardorf kann man Zimmer mieten.«

»Ich dachte, die Amerikaner dürften nicht nach Kuba kommen.«

»Im Prinzip dürfen sie das auch nicht; aber sie fliegen über Kanada oder Mexiko. Tatsächlich sind sie sauer, daß sie Kuba verloren haben. Man kann sie verstehen …«, sagte sie nachdenklich. »Wenn es ein Land auf der Welt gibt, das Sextourismus braucht, dann sind sie das. Aber bisher gibt es noch ein Embargo für amerikanische Unternehmen, sie dürfen hier nicht investieren. Doch Kuba wird sowieso wieder ein kapitalistisches Land werden, das ist nur eine Frage von Jahren, und bis dahin haben die Europäer freie Hand. Deshalb hat Aurore keine Lust, darauf zu verzichten, selbst wenn der Club in Schwierigkeiten ist: Das ist der beste Zeitpunkt, um der Konkurrenz gegenüber einen entscheidenden Wettbewerbsvorteil wahrzunehmen. Kuba ist *die* Gelegenheit in der Karibik.

Ja, ja«, fuhr sie nach einer Weile des Schweigens in beschwingtem Ton fort. »So spricht man darüber in meinem beruflichen Milieu ... in der Welt der globalen Wirtschaft.«

9

Der Kleinbus nach Baracoa fuhr morgens um acht Uhr ab; etwa fünfzehn Personen nahmen an dem Ausflug teil. Sie hatten bereits Gelegenheit gehabt, sich gegenseitig kennenzulernen, und konnten die Show mit den Delphinen gar nicht genug loben. Die Begeisterung der Rentner (die in der Mehrzahl waren), der beiden Sprachheilpädagogen, die ihren Urlaub gemeinsam verbrachten, und des Studentenpaars drückte sich natürlich in leicht unterschiedlichen lexikalischen Bahnen aus; aber alle hätten sich auf folgende Worte einigen können: eine einmalige Erfahrung.

Anschließend brachten sie das Gespräch auf die Eigenschaften des Clubs. Ich warf Jean-Yves einen Blick zu: Er saß allein in der Mitte des Kleinbusses und hatte ein Notizbuch und einen Kugelschreiber auf den Nebensitz gelegt. Er hatte sich mit halb geschlossenen Augen zurückgelehnt und konzentrierte sich auf die Gespräche, um möglichst viel mitzubekommen. Das war natürlich der geeignete Augenblick, um einen reichen Schatz nützlicher Eindrücke und Bemerkungen zu sammeln.

Auch über das Thema des Clubs schien sich unter den Teilnehmern ein Konsens herauszubilden. Die Animateure wurden einstimmig als »sympathisch« angesehen, das Animationsprogramm dagegen als ziemlich uninteressant. Die Zimmer seien gut, außer denen, die sich in der Nähe der Lautsprecheranlage befanden, dort sei es zu laut. Und was das Essen anging, das sei nicht besonders, darüber herrschte Einigkeit.

Keine der anwesenden Personen nahm am Stretching, am Aerobic, am Salsa- oder am Spanischkurs für Anfänger teil. Das

Beste sei letztlich doch noch der Strand; vor allem da es dort ruhig sei. »Animationsprogramm und Lautsprecheranlage eher als störend empfunden«, schrieb Jean-Yves in sein Notizbuch.

Die Bungalows fanden allgemein Anklang, vor allem da sie weit von der Diskothek entfernt lagen. »Beim nächsten Mal bestehe ich darauf, einen Bungalow zu bekommen!« sagte ein stämmiger Rentner im besten Mannesalter, der es offensichtlich gewohnt war zu befehlen, in forderndem Ton; in Wirklichkeit war er Weinhändler gewesen und hatte sich auf den Vertrieb von Bordeauxweinen spezialisiert. Die beiden Studenten waren der gleichen Ansicht. »Diskothek überflüssig«, notierte Jean-Yves und dachte trübsinnig an all die Investitionen, die umsonst getätigt worden waren.

Nach der Abzweigung in Cayo Saetia wurde die Straße immer schlechter. Sie war voller Schlaglöcher, die manchmal die halbe Fahrbahn einnahmen. Der Fahrer war gezwungen, ständig im Slalom zu fahren, wir wurden auf unseren Sitzen hin und her geworfen und kräftig durchgerüttelt. Die Leute reagierten mit Ausrufen und Lachen. »Wir haben Glück, sie sind recht umgänglich«, sagte Valérie leise zu mir. »Das ist das Gute bei dem Entdeckungsprogramm, man kann ihnen beschissene Bedingungen vorsetzen, für sie ist das Teil des Abenteuers. Im Grunde haben wir hier etwas falsch gemacht: Für eine solche Fahrt brauchte man eigentlich Fahrzeuge mit Allradantrieb.«

Kurz vor Moa riß der Fahrer das Steuer nach rechts, um einem tiefen Loch auszuweichen. Das Fahrzeug kam ins Rutschen und blieb in einem Wasserloch stecken. Der Fahrer ließ den Motor aufheulen, doch die Räder drehten in dem bräunlichen Schlamm durch, und der Kleinbus rührte sich nicht. Er versuchte es mehrere Male, doch ohne Erfolg. »Na gut«, sagte der Weinhändler und verschränkte die Arme mit fröhlicher Miene, »dann müssen wir wohl aussteigen und schieben.«

Wir verließen den Bus. Vor uns lag eine weite Ebene, die von ungesund wirkendem braunen rissigen Schlamm bedeckt war. Tümpel mit stehendem, fast schwarzem Wasser waren von vertrockneten hohen, weißlichen Gräsern umgeben. Im Hintergrund beherrschte eine riesige Fabrik aus dunklen Backsteinen die Landschaft; ihre beiden Schornsteine spien dichten Rauch aus. Von der Fabrik aus verliefen riesige, halbverrostete Rohre ohne erkennbare Richtung im Zickzack quer durch die Ebene. Am Straßenrand befand sich ein ebenfalls stark rostendes Metallschild, auf dem Che Guevara die Arbeiter zur revolutionären Entwicklung der Produktivkräfte aufrief. In der Luft lag ein abscheulicher, durchdringender Gestank, der aus dem Schlamm und nicht aus den Tümpeln aufzusteigen schien.

Das Schlammloch war nicht allzu tief, der Kleinbus konnte dank unserer vereinten Kräfte weiterfahren. Wir beglückwünschten uns gegenseitig und stiegen wieder ein. Wenig später aßen wir in einem Meeresfrüchterestaurant zu Mittag. Jean-Yves blätterte mit sorgenvoller Miene sein Notizbuch durch; er rührte sein Essen nicht an.

»Für das Programm, das die Entdeckungsfahrten einschließt«, sagte er schließlich nach längerer Überlegung; »dürfte es keine Probleme geben, aber für den reinen Aufenthalt in Club-Hotels weiß ich wirklich nicht, was wir machen sollen.«

Valérie blickte ihn ruhig an, während sie ihren Eiskaffee schlürfte; sie machte den Eindruck, als sei ihr die ganze Sache völlig egal. »Wir können natürlich das ganze Animationsteam vor die Tür setzen«, fuhr er fort, »das würde die Lohnkosten senken.«

»Ja, das wäre nicht verkehrt.«

»Ist das nicht eine etwas zu brutale Maßnahme?« fragte er besorgt.

»Mach dir darüber keine Sorgen. Animateur eines Ferienclubs ist sowieso kein richtiger Job für junge Leute. Davon werden sie nur blöd und faul, außerdem führt das zu nichts. Das einzige, was sie damit anfangen können, ist anschließend Geschäftsführer eines Ferienclubs oder Fernsehmoderator zu werden.«

»Also gut … Ich entlasse die Animateure, um die Lohnkosten zu senken; allerdings werden sie nicht sonderlich gut bezahlt. Es würde mich wundern, daß das ausreicht, um mit den deutschen Clubs konkurrieren zu können. Wie dem auch sei, ich nehme heute abend mal eine simulierte Tabellenkalkulation vor, aber ich bin von der Sache nicht recht überzeugt.«

Sie stimmte gleichgültig zu, als wolle sie damit sagen: »Simuliere soviel du willst, das kann nicht schaden.« Sie verblüffte mich in diesen Tagen richtig, ich fand sie wirklich cool. Wir vögelten sehr oft, und vögeln beruhigt zweifellos: das relativiert so manches. Jean-Yves dagegen schien nur darauf zu warten, sich auf sein Excel-Programm zu stürzen; ich fragte mich sogar, ob er nicht den Fahrer bitten würde, seinen Laptop aus dem Kofferraum zu holen. »Mach dir keine Sorgen, wir finden schon eine Lösung…«, sagte Valérie und klopfte ihm freundschaftlich auf die Schulter. Das schien ihn vorerst zu beruhigen, er setzte sich brav wieder auf seinen Platz im Kleinbus.

Auf dem letzten Abschnitt der Fahrt sprachen die Urlauber vor allem über unser Reiseziel Baracoa; sie schienen schon alles über die Stadt zu wissen. Am 28. Oktober 1492 ging Christoph Kolumbus in der Bucht, deren vollkommene kreisrunde Form ihn sehr beeindruckte, vor Anker. »Einer der schönsten Anblicke, die man sich denken kann«, schrieb er in sein Logbuch. Die Region war damals nur von den Taino-Indianern bewohnt. 1511 gründete Diego Velázquez die Stadt Baracao, die erste spanische Stadt in Amerika. Da sie über vier Jahrhunderte nur mit dem Schiff zu erreichen war, blieb sie vom restlichen Teil der Insel isoliert. Erst der Bau der Straße über den La-Farola-Paß im Jahre 1963 ermöglichte die Verbindung mit Guantanamo auf dem Landweg.

Wir kamen kurz nach drei Uhr an; die Stadt lag an einer Bucht, die tatsächlich fast kreisrund war. Das löste allgemeine Zufriedenheit aus, die sich in Ausrufen der Bewunderung ausdrückte. Letztlich suchen die Anhänger von Entdeckungsreisen vor allem eine *Bestätigung* dessen, was sie in ihren Reiseführern gelesen haben. Kurz gesagt, es war eine ideale Reisegruppe: Die im Guide Michelin mit einem bescheidenen Stern bewertete Stadt Baracoa konnte sie nicht enttäuschen. Das Hotel *El Castillo*, das in einer ehemaligen spanischen Festung untergebracht war, überragte die Stadt. Von oben gesehen wirkte sie überaus schön; aber in Wirklichkeit war sie nicht schöner als die meisten anderen Städte. Mit ihren armseligen schwarzgrauen Sozialwohnungen, die so schmutzig waren, daß sie unbewohnt wirkten, war sie im Grunde sogar ziemlich nichtssagend. Ich beschloß, gemeinsam mit Valérie am Rand des Swimmingpools zu bleiben. Das Hotel verfügte über etwa dreißig Zimmer, alle von Touristen aus Nordeuropa belegt, die mehr oder weniger aus den gleichen Gründen hergekommen zu sein schienen. Als erstes bemerkte ich zwei ziemlich korpulente Engländerinnen um die Vierzig; eine von ihnen trug eine Brille. Sie wurden von zwei Mulatten mit unbekümmerter Miene begleitet, die höchstens fünfundzwanzig waren. Sie wirkten sehr unbefangen, redeten und scherzten mit den beiden Dicken, nahmen sie an die Hand oder legten ihnen den Arm um die Taille. Ich wäre völlig unfähig gewesen, diese Art von Arbeit zu erledigen; ich fragte mich, ob sie irgendwelche Tricks anwandten und woran oder an wen sie dachten, um ihre Erektion zu stimulieren. Irgendwann gingen die beiden Engländerinnen auf ihr Zimmer, während die beiden Typen am Swimmingpool blieben und sich weiter unterhielten; wenn ich mich wirklich für die Menschheit interessierte, hätte ich ein Gespräch mit ihnen beginnen können, um mehr darüber zu erfahren. Aber vielleicht reichte es ja, korrekt zu wichsen, eine Erektion konnte vermutlich auch auf rein mechanischem Weg erreicht werden; in einer Studie über Strichjungen hätte ich sicher Genaueres darüber erfahren können, aber mir stand nur Comtes *Rede über den Geist des Positivismus* zur Verfügung. Während ich in dem Kapitel mit dem Titel »Die soziale, volkstümliche Politik muß vor allem sittlich werden« blätterte, sah ich eine junge Deutsche, die in Begleitung eines großen Schwarzen ihr Zimmer verließ. Sie sah wirklich so aus, wie man sich eine Deutsche vorstellt. Mit langem blonden Haar, blauen Augen, einem schönen, festen Körper und großen Titten. Das ist ein sehr anziehender weiblicher Typus, das Problem dabei ist nur, daß solche Figuren der Zeit nicht standhalten, ab dreißig müssen da gewisse Wartungsarbeiten vorgenommen werden, Liposuktion, Silikoneinlagen usw.; doch zur Zeit war noch alles in bester Ordnung, sie war sogar ausgesprochen aufreizend, ihr Kavalier hatte Glück. Ich fragte mich, ob sie genauso viel bezahlte wie die Engländerinnen, ob es einen Einheitspreis für Männer gab, genau wie für Frauen; auch dazu hätte man eine Untersuchung, eine Umfrage durchführen müssen. Das war zu anstrengend für mich, ich beschloß, mich auf mein Zimmer zurückzuziehen. Ich bestellte mir einen Cocktail, den ich langsam auf dem Balkon schlürfte. Valérie ließ sich bräunen und ging ab und zu ins Wasser; als ich zurück ins Zimmer ging, um mich hinzulegen, sah ich, daß sie mit der Deutschen ins Gespräch gekommen war.

Gegen sechs kam Valérie hoch, um mich zu besuchen; ich war mitten beim Lesen eingeschlafen. Sie zog ihren Badeanzug aus, duschte, schlang sich ein Handtuch um die Hüften und kam zu mir; ihr Haar war noch feucht.

»Du magst es für eine fixe Idee bei mir halten, aber ich habe die Deutsche gefragt, was die Schwarzen den Weißen voraushaben. Auf die Dauer ist es wirklich auffallend: Die weißen Frauen schlafen lieber mit Afrikanern und die weißen Männer lieber mit Asiatinnen. Ich muß herausfinden warum, das ist wichtig in meinen Job.«

»Es gibt auch viele Weiße, die schwarze Frauen sehr schätzen«, bemerkte ich.

»Das findet man nicht so häufig; der Sextourismus ist in Afrika längst nicht so stark verbreitet wie in Asien. Allerdings der Tourismus ganz allgemein auch nicht.«

»Und was hat sie dir darauf geantwortet?«

»Die üblichen Dinge: Die Schwarzen sind lockere Typen, sehr männlich und haben einen ausgeprägten Sinn fürs Feiern; sie verstehen es, sich zu amüsieren, ohne metaphysische Probleme zu wälzen, man hat keine Schwierigkeiten mit ihnen.«

Die Antwort der jungen Deutschen war zwar banal, lieferte aber bereits die Grundthesen einer diesbezüglichen Theorie: Alles in allem waren die Weißen verklemmte Neger, die versuchten, die verlorene sexuelle Unschuld wiederzufinden. Selbstverständlich erklärte das in keiner Weise die rätselhafte Anziehungskraft, die die asiatischen Frauen auszuüben schienen, und auch nicht das sexuelle Ansehen, das die Weißen allen Zeugnissen zufolge in Schwarzafrika genossen. Ich entwickelte daraufhin die Grundlagen einer komplexeren und zweifelhafteren Theorie: Kurz gesagt, die Weißen wollten sich bräunen lassen und Negertänze lernen; die Schwarzen wollten sich die Haut aufhellen und das Haar entkrausen lassen. Die ganze Menschheit strebte instinktiv nach Rassenmischung, nach einer generalisierten Undifferenziertheit; und das gelang ihr in erster Linie über die Sexualität. Der einzige jedoch, der diesen Prozeß konsequent zu Ende geführt hatte, war Michael Jackson: Er war inzwischen weder schwarz noch weiß, weder jung noch alt; in gewisser Weise sogar weder Mann noch Frau. Niemand konnte sich sein Sexualleben wirklich vorstellen; da er die Kategorien der gewöhnlichen Menschheit begriffen hatte, hatte er sich in den Kopf gesetzt, sie zu überschreiten. Daher konnte man ihn für einen Star halten, und sogar für den größten – und in der Tat für den ersten Star der Weltgeschichte. Alle anderen – Rudolph Valentino, Greta Garbo, Marlene Dietrich, Marilyn Monroe, James Dean, Humphrey Bogart – konnte man höchstens als talentierte Künstler betrachten, sie hatten nur die Bedingungen des menschlichen Daseins imitiert und in eine ästhetische Form umgesetzt; Michael Jackson hatte als erster versucht, ein Stück weiterzugehen.

Das war eine reizvolle Theorie, und Valérie hörte mir interessiert zu; ich selbst war jedoch nicht wirklich davon überzeugt. Mußte man daraus schließen, daß der erste *Cyborg*, das erste Wesen, das bereit sein würde, sich Elemente künstlicher Intelligenz außermenschlichen Ursprungs ins Gehirn einpflanzen zu lassen, dadurch zugleich zu einem Star wurde? Vermutlich ja; aber das hatte nicht mehr viel mit dem Thema zu tun. Michael Jackson war zweifellos ein Star, dennoch war er gewiß kein Sexsymbol. Wenn man große Touristenströme anlocken wollte, um kostspielige Investitionen rentabel zu gestalten, mußte man sich primitiveren Anziehungskräften zuwenden.

Kurz darauf kehrten Jean-Yves und die anderen von ihrer Stadtbesichtigung zurück. Das Heimatmuseum war vor allem den Bräuchen der Taino-Indianer gewidmet, den Ureinwohnern dieses Landstrichs. Sie hatten anscheinend ein friedliches Leben als Bauern und Fischer geführt, es hatte kaum Konflikte zwischen benachbarten Stämmen gegeben; die Spanier hatten leichtes Spiel gehabt, diese kampfunerfahrenen Menschen auszurotten. Heute war bis auf ein paar winzige genetische Spuren im Erscheinungsbild mancher Individuen nichts mehr von ihnen übriggeblieben, ihre Kultur vollständig verschwunden, es war, als hätte es sie nie gegeben. Auf manchen Zeichnungen der Geistlichen, die – zumeist vergeblich – versucht hatten, sie für die Botschaft des Evangeliums empfänglich zu machen, sah man sie beim Bestellen der Äcker oder beim Kochen am offenen Feuer; Frauen mit nackten Brüsten stillten Kinder. All das vermittelte zwar nicht unbedingt einen paradiesischen Eindruck, aber zumindest den eines sich *langsam* vollziehenden Geschichtsprozesses; die Ankunft der Spanier beschleunigte merklich die Dinge. Nach den klassischen Konflikten zwischen den Kolonialmächten, die damals den Ton angaben, erlangte Kuba 1898 die Unabhängigkeit, geriet aber sogleich unter amerikanische Herrschaft. Nach einem mehrjährigen Bürgerkrieg gewannen die von Fidel Castro angeführten revolutionären Kräfte Anfang 1959 die Oberhand über die reguläre Armee und zwangen Batista zur Flucht. Angesichts der damaligen Aufteilung der Welt in zwei Blöcke, mußte sich Kuba rasch dem sowjetischen Block annähern und ein Regime marxistischer Prägung einführen. Nach dem Zusammenbruch der Sowjetunion führte der Versorgungsmangel dazu, daß das Regime heute dem Ende entgegensah. Valérie zog einen kurzen, seitlich geschlitzten Rock und ein knappes Oberteil aus schwarzer Spitze an; wir hatten noch Zeit, vor dem Abendessen einen Cocktail zu trinken.

Alle Gäste hatten sich um den Swimmingpool versammelt und betrachteten den Sonnenuntergang über der Bucht. In der Nähe des Ufers lag das verrostete Wrack eines Frachters. Andere kleinere Schiffe lagen auf dem fast regungslosen Wasser; all das rief den Eindruck tiefer Verwahrlosung hervor. Aus den Straßen der tieferliegenden Stadt drang kein Laut herauf; ein paar Straßenlaternen leuchteten zögernd auf. An Jean-Yves' Tisch saßen ein Mann um die Sechzig mit hagerem, verbrauchtem Gesicht und elendem Aussehen und ein anderer, sehr viel jüngerer Mann, der höchstens dreißig war und in dem ich den Geschäftsführer des Hotels wiedererkannte. Ich hatte ihn mehrfach am Nachmittag beobachtet, wie er nervös zwischen den Tischen hin und her ging, von einer Stelle zur anderen lief, um zu überprüfen, ob alle Gäste bedient waren; sein Gesicht schien von ständiger Besorgnis, die sich auf nichts Bestimmtes bezog, zermürbt zu sein. Als er uns ankommen sah, sprang er auf, holte zwei Stühle, winkte einen Kellner herbei und vergewisserte sich, daß dieser unverzüglich kam; dann stürzte er in die Küche. Der alte Mann dagegen warf einen ernüchterten Blick auf den Swimmingpool, auf die Paare, die an den Tischen saßen, und anscheinend auf die Welt ganz allgemein. »Das arme kubanische Volk …«, sagte er nach langem Schweigen. »Die Leute haben nichts mehr zu verkaufen, bis auf ihren Körper.« Jean-Yves erklärte uns, daß er direkt nebenan wohne und der Vater des Hotelmanagers sei. Er hatte vor über vierzig Jahren an der Revolution teilgenommen und zu einem der ersten Bataillone gehört, die sich den aufständischen Truppen Castros angeschlossen hatten. Nach dem Krieg hatte er in der Nickelfabrik in Moa gearbeitet, zunächst als einfacher Arbeiter, dann als Vorarbeiter und schließlich – nachdem er noch die Universität besucht hatte – als Ingenieur. Sein Status als Held der Revolution hatte seinem Sohn erlaubt, einen guten Posten in der Tourismusindustrie zu bekommen.

»Wir sind gescheitert«, sagte er mit dumpfer Stimme, »und wir haben unseren Mißerfolg verdient. Wir hatten hervorragende Männer an unserer Spitze, außergewöhnliche Männer, Idealisten, die das Wohl des Vaterlands über ihr eigenes Interesse stellten. Ich erinnere mich noch an den *comandante* Che Guevara, als er in unserer Stadt die Schokoladenfabrik eingeweiht hat; ich sehe noch sein mutiges, ehrliches Gesicht vor mir. Niemand hat je behaupten können, daß der *comandante* sich bereichert hat, daß er versucht hat, Vergünstigungen für sich oder für seine Familie zu bekommen. Das gleiche gilt für Camilo Cienfuegos und alle unsere Revolutionsführer, selbst für Fidel – Fidel liebt die Macht, das läßt sich nicht leugnen, er will auf alles ein wachsames Auge haben; aber er ist uneigennützig, er hat keine prächtigen Besitztümer und keine Konten in der Schweiz. Also, Che war da, hat die Fabrik eingeweiht und eine Rede gehalten, in der er das kubanische Volk anspornte, nach dem bewaffneten Kampf für die Unabhängigkeit die friedliche Schlacht der Produktion zu gewinnen; das war kurz bevor er in den Kongo ging. Wir hätten diese Schlacht ohne weiteres gewinnen können. Wir leben hier in einer sehr fruchtbaren Region, der Boden ist ergiebig und bekommt genug Wasser, alles wächst hier nach Belieben:

Kaffee, Kakao, Zuckerrohr und exotische Früchte aller Art. Das Nickelerzvorkommen ist fast unerschöpflich. Wir hatten eine hochmoderne Fabrik, die mit Hilfe der Russen erbaut worden ist. Nach sechs Monaten ist die Produktion um die Hälfte zurückgegangen: Alle Arbeiter stahlen Schokolade, in Rohform oder in Tafeln, um sie unter ihren Angehörigen zu verteilen oder sie an Ausländer zu verkaufen. Und im ganzen Land war es in allen Fabriken dasselbe. Wenn die Arbeiter nichts fanden, was sie stehlen konnten, arbeiteten sie schlecht, waren faul, ständig krank und blieben beim geringsten Anlaß zu Hause. Jahrelang habe ich versucht, ihnen gut zuzureden und sie dazu zu bringen, sich im Interesse des Landes mehr Mühe zu geben, doch ich habe nur Enttäuschungen und Mißerfolge damit erlebt.«

Er verstummte; der letzte Schimmer des Tageslichts lag auf dem *Yunque*, einem Berg mit einem seltsam abgeflachten, tafelförmigen Gipfel, der Christoph Kolumbus schon stark beeindruckt hatte. Aus dem Speisesaal drang das klappernde Geräusch von Bestecken herüber. Was konnte die Menschen wirklich dazu bewegen, anstrengende, langweilige Arbeiten zu verrichten? Das schien mir die einzige politische Frage zu sein, die zu stellen sich lohnte. Der Bericht des alten Arbeiters gab eine erschreckende, unwiderrufliche Antwort darauf: Seiner Ansicht nach war es nur das Bedürfnis nach Geld. Der Revolution war es auf jeden Fall ganz offensichtlich nicht gelungen, den *neuen Menschen* zu schaffen, dessen Motivationen uneigennütziger waren. Wie alle Gesellschaften war die kubanische Gesellschaft nur ein umständliches Schwindelunternehmen, das mit dem Ziel aufgebaut worden war, einigen Menschen zu erlauben, der anstrengenden, langweiligen Arbeit zu entgehen. Doch der Schwindel war herausgekommen, niemand fiel mehr darauf herein, niemand war mehr von der Hoffnung erfüllt, eines Tages die Früchte der gemeinsamen Arbeit zu genießen. Das Ergebnis war, daß nichts mehr funktionierte, daß niemand mehr arbeitete oder etwas produzierte und daß die kubanische Gesellschaft unfähig geworden war, das Überleben ihrer Mitglieder zu gewährleisten.

Die anderen Teilnehmer des Ausflugs standen auf, gingen in Richtung Tische. Ich versuchte verzweifelt, ein paar optimistische Worte, irgendeine hoffnungsvolle Botschaft an den alten Mann zu richten; aber ich fand nichts. Wie er verbittert ahnte, würde Kuba bald wieder zu einem kapitalistischen Land werden, und von den revolutionären Hoffnungen, die ihn erfüllt hatten, würde nichts übrig bleiben – außer dem Gefühl des Scheiterns, der Nutzlosigkeit und der Schmach. Sein Beispiel würde weder geachtet noch nachgeahmt werden, auf die kommenden Generationen würde es sogar abstoßend wirken. Sein Kampf und die Arbeit seines ganzen Lebens waren einfach umsonst gewesen.

Während des Essens trank ich ziemlich viel, so daß ich schließlich völlig blau war; Valérie blickte mich ein wenig beunruhigt an. Die Salsa-Tänzerinnen bereiteten sich auf ihre Show vor; sie trugen Faltenröcke und knappe bunte Oberteile. Wir setzten uns auf die Terrasse. Ich wußte in etwa, was ich zu Jean-Yves sagen wollte, doch war es der rechte Augenblick dafür? Ich spürte, daß er ein wenig ratlos, aber entspannt war. Ich bestellte noch einen letzten Cocktail und zündete mir eine Zigarre an, ehe ich mich ihm zuwandte.

»Willst du wirklich ein neues Konzept finden, das dir erlaubt, deine Club-Hotels zu retten?«

»Natürlich, deshalb bin ich ja hier.«

»Biete einen Club an, in dem die Leute vögeln können. Das ist es, was ihnen vor allem fehlt. Wenn sie während des Urlaubs nicht ihr kleines Abenteuer hatten, fahren sie enttäuscht nach Hause. Sie trauen sich nicht, es zuzugeben, vielleicht ist es ihnen selbst nicht einmal klar; aber beim nächsten Mal wechseln sie den Veranstalter.«

»Aber sie können doch vögeln, es wird sogar alles getan, um sie dazu anzuregen, das ist Prinzip der Clubs; warum sie es nicht tun, weiß ich auch nicht.«

Ich fegte den Einwand mit einer Handbewegung vom Tisch. »Das weiß ich natürlich auch nicht, aber das ist nicht das Problem; es hat keinen Sinn, die Ursachen des Phänomens zu suchen, falls dieser Ausdruck überhaupt einen Sinn hat. Irgend etwas muß da doch faul sein, wenn es den Menschen aus den westlichen Ländern nicht mehr gelingt, miteinander zu schlafen. Vielleicht hängt das mit dem Narzißmus zusammen, mit dem Individualismus, mit dem Leistungskult oder was weiß ich. Auf jeden Fall steht fest, daß die Leute ab fünfundzwanzig oder dreißig Schwierigkeiten haben, neue Sexualpartner zu finden; dabei ist das Bedürfnis nach sexuellen Begegnungen immer noch da, das ist ein Bedürfnis, das nur sehr langsam nachläßt. Und so verbringen sie dreißig Jahre ihres Lebens, fast ihr ganzes Erwachsenendasein, in einem Zustand ständigen Mangels.«

Mitten im Alkoholrausch, kurz bevor man völlig abstumpft, erlebt man manchmal Augenblicke großer Hellsichtigkeit. Das Verkümmern der Sexualität in der westlichen Welt war natürlich ein weitverbreitetes soziologisches Phänomen, das man nicht einfach durch den einen oder anderen individuellen psychologischen Faktor erklären konnte; als ich einen Blick auf Jean-Yves warf, wurde mir plötzlich klar, daß er meine These so vollkommen veranschaulichte, daß es schon beinah peinlich war. Er vögelte nicht mehr, hatte keine Zeit mehr, es zu versuchen, aber darüber hinaus hatte er nicht einmal mehr wirklich Lust dazu und, was noch schlimmer war, er spürte, wie sich dieser Vitalitätsverlust in sein Fleisch eingrub und er allmählich den Geruch des Todes zu wittern begann. »Dabei habe ich gehört«, wandte er nach langem Zögern ein, »daß die Swingerclubs einen gewissen Erfolg haben.«

»Nein, die laufen immer schlechter. Es werden viele Lokale eröffnet, aber sie schließen sehr schnell wieder, weil sie nicht genug Kunden haben. Tatsächlich gibt es in Paris nur zwei Clubs, die sich halten, *Chris et Manu* und das 2 + 2, und selbst die sind nur samstags abends voll; für einen Ballungsraum von zehn Millionen Einwohnern ist das wenig, und das ist noch viel weniger als Anfang der neunziger Jahre. Das Konzept des Partnertauschs, auf dem die Swingerclubs beruhen, ist ein sympathisches Konzept, das aber immer mehr aus der Mode kommt, weil die Leute keine Lust mehr haben, etwas mit anderen zu tauschen, egal was es ist, das entspricht nicht mehr der modernen Mentalität. Meiner Ansicht nach hat der Partnertausch heute etwa die gleichen Überlebenschancen wie das Trampen in den siebziger Jahren. Das einzige Gebiet, auf dem sich heute noch etwas tut, ist die SM-Szene ...« In diesem Augenblick warf mir Valérie einen entsetzten Blick zu und versetzte mir sogar einen Tritt gegen das Schienbein. Ich blickte sie überrascht an und brauchte ein paar Sekunden, ehe ich kapierte: Nein, natürlich würde ich nicht über Audrey sprechen; ich gab ihr mit dem Kopf ein kleines beruhigendes Zeichen. Jean-Yves hatte die Unterbrechung nicht bemerkt.

»Also«, fuhr ich fort, »auf der einen Seite hast du mehrere hundert Millionen Menschen in der westlichen Welt, die alles haben, was sie sich nur wünschen, außer daß sie keine sexuelle Befriedigung mehr finden: Sie suchen unablässig, aber sie finden nichts, und sie sind darüber unglücklich bis auf die Knochen. Und auf der anderen Seite gibt es mehrere Milliarden Menschen, die nichts haben, kläglich verhungern, jung sterben, unter ungesunden Bedingungen leben und nichts anderes mehr zu verkaufen haben als ihren Körper und ihre intakte Sexualität. Das ist einfach, wirklich einfach zu begreifen: Das ist die ideale Tauschsituation. Das Geld, das man damit verdienen kann, ist kaum vorstellbar: mehr als mit der Informatik, mehr als mit den Biotechniken, mehr als mit der Medienindustrie; es gibt keinen Wirtschaftsbereich, der sich damit vergleichen läßt.«

Jean-Yves erwiderte nichts; in diesem Augenblick setzte das Orchester ein und spielte das erste Stück. Die Tänzerinnen waren hübsch und lächelten, ihre Faltenröcke wirbelten durch die Luft, so daß ihre gebräunten Schenkel zu sehen waren, sie veranschaulichten vortrefflich meine Worte. Ich dachte erst, er würde nichts sagen, sondern erst einmal den Gedanken in Ruhe verarbeiten. Doch nach fünf Minuten wandte er ein: »Aber dein System läßt sich nicht auf die islamischen Länder anwenden …«

»Das ist doch kein Problem, bei ihnen machst du mit ›Eldorador Entdeckung‹ weiter. Du kannst sogar ein härteres Konzept entwickeln, mit Trecking und ›Zurück zur Natur‹, zur Not sogar so was wie *Survivor*, und das kannst du ja ›Eldorador Abenteuer‹ nennen: Das läßt sich bestimmt in Frankreich und in den angelsächsischen Ländern gut verkaufen. Die sexorientierten Clubs dagegen könnten bei den Kunden aus den Mittelmeerländern und Deutschland gut ankommen.«

Diesmal lächelte er breit. »Du hättest eine Karriere in der Wirtschaft machen sollen«, sagte er halb im Ernst zu mir. »Du hast gute Ideen …«

»Na ja, Ideen …« Mir schwirrte leicht der Kopf, ich konnte die Tänzerinnen nicht einmal mehr auseinanderhalten, leerte meinen Cocktail in einem Zug. »Ich hab vielleicht Ideen, aber ich bin unfähig, mich in eine Gewinn- und Verlustrechnung zu vertiefen oder einen Haushaltsvoranschlag aufzustellen. Na ja, aber Ideen hab ich wohl …«

Ich erinnere mich nicht mehr genau, wie der Abend weitergegangen ist, ich muß wohl eingeschlafen sein. Als ich aufwachte, lag ich im Bett; Valérie lag nackt neben mir und atmete regelmäßig. Ich weckte sie bei dem Versuch, mir ein Päckchen Zigaretten zu angeln.

»Du warst ganz schön besoffen …«

»Ja, aber was ich zu Jean-Yves gesagt habe, war ernst gemeint.«

»Ich glaube, so hat er das auch verstanden …« Sie streichelte mir mit den Fingerspitzen den Bauch. »Außerdem glaube ich, daß du recht hast. Die sexuelle Befreiung in den westlichen Ländern ist wirklich vorbei.«

»Und weißt du auch warum?«

»Nein ...« Sie zögerte, dann fuhr sie fort: »Nein, eigentlich nicht.«

Ich zündete mir eine Zigarette an, lehnte mich auf die Kopfkissen zurück und sagte: »Blas mir einen.« Sie blickte mich überrascht an, legte aber die Hand auf meine Eier und beugte den Kopf hinab. »Das ist es!« rief ich mit triumphierender Miene. Sie hielt inne und blickte mich überrascht an. »Siehst du, ich sage zu dir: ›Blas mir einen‹, und du bläst mir einen, obwohl du eigentlich gar nicht das Verlangen hattest, es zu tun.«

»Nein, ich habe nicht daran gedacht; aber es macht mir Freude.«

»Das ist ja so erstaunlich an dir: Du machst gern anderen eine Freude. Und genau das haben die Menschen in unseren Breiten verlernt, sie können ihren Körper nicht mehr einem anderen Menschen als schönes Geschenk darbieten und ihm ganz einfach Lust verschaffen, ohne etwas dafür zu erwarten. Sie haben den Sinn für das Geben völlig verloren. Sie können sich noch so anstrengen, es gelingt ihnen nicht mehr, Sex als etwas *Natürliches* zu empfinden. Sie schämen sich nicht nur ihres eigenen Körpers, der nicht an den Standard der Pornofilme herankommt, sondern aus den gleichen Gründen fühlen sie sich überhaupt nicht mehr vom Körper des anderen angezogen. Miteinander zu schlafen geht nicht ohne eine gewisse Selbstaufgabe und ohne wenigstens vorübergehend einen Zustand der Abhängigkeit und der Schwäche hinzunehmen. Der Gefühlsüberschwang und die sexuelle Zwangsvorstellung sind gleichen Ursprungs, beide beruhen darauf, daß man sich wenigstens zum Teil selbst vergißt; das ist kein Bereich, in dem wir uns verwirklichen können, ohne uns zu verlieren. Wir sind gefühlskalt und rational geworden, legen höchsten Wert auf unsere individuelle Existenz und unsere Anrechte; wir möchten vor allem Entfremdung und Abhängigkeit vermeiden; außerdem sind wir von Gesundheit und Hygiene besessen. Das sind nicht gerade

Idealbedingungen für das Liebesspiel. In der Situation, in der wir uns befinden, ist die Professionalisierung der Sexualität in den westlichen Ländern unvermeidbar geworden. Natürlich gibt es auch noch die SM-Praktiken. Das ist eine Welt, die nur über den Verstand läuft, mit genauen Regeln und zuvor erfolgter Zustimmung. Die Masochisten interessieren sich nur für ihre eigenen Empfindungen, sie versuchen zu sehen, wie weit sie den Schmerz vorantreiben können, ähnlich wie Extrem-Sportler. Mit den Sadisten ist die Sache anders, sie gehen in jedem Fall so weit wie möglich, sie haben den Wunsch zu zerstören: Wenn sie verstümmeln oder töten könnten, würden sie es tun.«

»Ich möchte nicht einmal mehr daran zurückdenken«, sagte sie erschauernd, »das widert mich wirklich an.«

»Weil du sexuell geblieben bist, animalisch. Du bist im Grunde normal, du hast mit den anderen Frauen der westlichen Länder wenig gemein. Die nach festen Regeln ablaufenden sadomasochistischen Praktiken können nur kultivierte Verstandesmenschen interessieren, auf die Sex keine Anziehung mehr ausübt. Für die anderen gibt es nur noch eine Lösung: Pornoprodukte und Prostituierte. Und wenn sie richtigen Sex haben wollen, die Länder der Dritten Welt.«

»Na gut ...« Sie lächelte. »Kann ich dir jetzt trotzdem weiter einen blasen?«

Ich lehnte mich auf die Kopfkissen zurück und ließ sie gewähren. Mir war in diesem Augenblick undeutlich bewußt, daß ich mit meiner Idee etwas ganz Neues hervorbrachte: Ich war mir sicher, daß ich vom wirtschaftlichen Standpunkt her recht hatte, ich schätzte die potentielle Kundschaft auf mindestens 80 % der westlichen Erwachsenen. Aber ich wußte, daß es den Leuten seltsamerweise manchmal schwerfällt, einfache Ideen zu akzeptieren.

10

Wir frühstückten neben dem Swimmingpool auf der Terrasse. Als ich gerade meinen Kaffee austrank, sah ich, wie Jean-Yves in Begleitung eines Mädchens, in dem ich eine der Tänzerinnen des Vorabends wiedererkannte, aus seinem Zimmer kam. Es war eine große junge Schwarze mit langen, schlanken Beinen, die bestimmt noch nicht über zwanzig war. Er wirkte einen Augenblick verlegen, dann kam er mit einem leichten Lächeln an unseren Tisch und stellte uns Angelina vor.

»Ich habe über deine Idee nachgedacht«, sagte er ohne Umschweife. »Das einzige, was mir dabei ein bißchen Angst macht, ist die Reaktion der Feministinnen.«

»Es werden auch Frauen unter den Gästen sein«, entgegnete Valérie.

»Glaubst du?«

»Ja, ich bin mir sogar sicher ...«, sagte sie ein wenig bitter. »Schau dich doch nur mal um.«

Er warf einen Blick auf die Tische am Swimmingpool: Dort saßen allerdings zahlreiche alleinreisende Frauen in Begleitung von Kubanern; fast genauso viele wie alleinreisende Männer in der entsprechenden Situation. Er stellte Angelina eine Frage auf spanisch und übersetzte uns die Antwort:

»Sie ist seit drei Jahren *jinetera* und hat vor allem italienische und spanische Kunden. Sie meint, das liege daran, daß sie schwarz ist: Die Deutschen und die Angelsachsen begnügen sich mit einem Mädchen des Latina-Typs, für die ist das schon exotisch genug. Sie hat viele Freunde, die *jineteros* sind: Sie haben vor allem englische und amerikanische Kundinnen, aber auch ein paar deutsche.«

Er trank einen Schluck Kaffee und überlegte eine Weile:

»Und wie sollen wir die Clubs nennen? Es muß etwas sein, das irgendwie suggestiv wirkt, etwas ganz anderes als ›Eldorador Abenteuer‹, aber es darf auch nicht zu eindeutig sein.«

»Ich hatte an ›Eldorador Aphrodite‹ gedacht«, sagte Valérie.

»›Aphrodite‹ ...«. Er wiederholte das Wort nachdenklich. »Das ist nicht schlecht; das ist nicht so vulgär wie ›Venus‹. Erotisch, kultiviert und ein bißchen exotisch: Ja, das gefällt mir.«

Eine Stunde später fuhren wir nach Guardalavaca zurück. Ein paar Meter vor dem Kleinbus verabschiedete sich Jean-Yves von der *jinetera*; er wirkte ein wenig traurig. Als er in das Fahrzeug stieg, bemerkte ich, wie das Studentenpaar ihm feindselige Blicke zuwarf; dem Weinhändler dagegen schien das völlig egal zu sein.

Die Zeit danach war ziemlich trübselig. Natürlich gab es die Karaoke-Abende und man konnte tauchen oder bogenschießen; erst ermüden die Muskeln, dann lockern sie sich, man schläft schnell ein. Ich erinnere mich überhaupt nicht mehr an die letzten Tage des Aufenthalts und auch nicht mehr richtig an den letzten Ausflug, bis auf die Tatsache, daß die Languste zäh wie Gummi und der Friedhof enttäuschend war. Dabei befand sich dort das Grab von José Martí, dem Vater der Nation, dem Dichter, Politiker, Polemiker und Denker. Ein Basrelief stellte ihn mit seinem Schnurrbart dar. Sein mit Blumen bedeckter Sarg ruhte auf dem Boden einer runden Grabstätte, in deren Wände seine bekanntesten Gedanken – über die nationale Unabhängigkeit, den Widerstand gegenüber der Tyrannei, das Gerechtigkeitsgefühl – eingraviert waren. Dennoch hatte man nicht den Eindruck, daß sein Geist an diesem Ort weilte; der arme Mann schien ganz einfach tot zu sein. Das soll jedoch nicht heißen, er sei ein unsympathischer Toter; man hatte eher Lust, ihn kennenzulernen, auch wenn man seinem etwas engstirnigen humanistischen Ernst mit etwas Ironie begegnen mochte. Aber es schien nicht möglich zu sein, er schien tatsächlich ganz und gar der Vergangenheit anzugehören. Würde er sich erneut erheben können, um das Vaterland wachzurütteln und es zu neuen Fortschritten des menschlichen Geistes mitzureißen? Kaum vorstellbar. Kurz gesagt, die Sache war kläglich gescheitert, wie alle nicht kirchlichen Friedhöfe war auch dieser mißlungen. Es war wirklich ärgerlich, daß die Katholiken es als einzige geschafft hatten, ein gut funktionierendes Begräbnisritual auf die Beine zu stellen! Auch wenn der Trick, den sie benutzten, um den Tod als etwas Herrliches, Ergreifendes erscheinen zu lassen, darin bestand, ihn schlicht und einfach zu negieren. Wenn das nicht ein Argument ist! Aber hier hätte man in Ermangelung des wiederauferstandenen Christus Nymphen und Hirtenmädchen gebraucht, mit anderen Worten: ein bißchen Sex. So wie der arme José Martí hier untergebracht war, konnte man ihn sich nicht beim Schäkern auf den Wiesen im Jenseits vorstellen; er vermittelte eher den Eindruck, unter der Asche ewiger Langeweile begraben zu sein.

Am Tag nach unserer Rückkehr trafen wir uns in Jean-Yves' Büro wieder. Wir hatten im Flugzeug wenig geschlafen; von diesem Tag in dem riesigen, leeren Gebäude ist mir die fröhliche, sehr seltsam wirkende Atmosphäre einer Märchenwelt in Erinnerung geblieben. In der Woche arbeiteten hier dreitausend Menschen, aber an diesem Samstag waren wir nur zu dritt, mit Ausnahme der Wachmannschaft. Ganz in der Nähe, auf dem Vorplatz des Einkaufszentrums von Évry, bekämpften sich zwei rivalisierende Jugendbanden mit Teppichmessern, Baseballschlägern und Schwefelsäureflaschen; abends zählte man sieben Tote, darunter zwei Passanten und einen Bereitschaftspolizisten. Das Ereignis sollte ausführlich im Radio und im Fernsehen kommentiert werden; aber wir wußten noch nichts davon. Wir bereiteten in einem etwas irrealen Zustand der Erregung eine programmatische Plattform für die Aufteilung der Welt vor. Die Vorschläge, die ich machte, würden vielleicht die Investition von mehreren Millionen Franc oder die Einstellung von Hunderten von Menschen zur Folge haben; für mich war das neu und ziemlich schwindelerregend. Ich phantasierte den ganzen Nachmittag ein wenig, aber Jean-Yves hörte mir aufmerksam zu. Er war überzeugt, wie er Valérie später anvertraute, daß ich ein paar zündende Ideen haben könne, wenn man mir nur volle Freiheit ließ. Kurz gesagt, ich steuerte eine kreative Note bei, und er fällte die endgültige Entscheidung; so sah er die Sache.

Das Problem der arabischen Länder war im Nu geregelt. Angesichts ihrer unsinnigen Religion schien jede Aktivität sexueller Art ausgeschlossen. Die Touristen, die sich für diese Länder entschieden, mußten sich also mit den zweifelhaften Freuden der Abenteuerreisen begnügen. Jean-Yves war sowieso entschlossen, Agadir, Monastir und Djerba abzugeben, da sie zu hohe Verluste machten. Blieben noch zwei Reiseziele, die sich durchaus in die Rubrik »Abenteuer« einreihen ließen. Die Urlauber in Marrakesch würden ein bißchen auf Kamelen reiten. Und die Gäste in Sharm el Sheikh konnten die Goldfische beobachten oder Ausflüge in die Wüste Sinai unternehmen; zum flammenden Busch, wo Moses »ausgerastet ist«, wie ein Ägypter so schön sagte, den ich drei Jahre zuvor bei einer Fahrt auf einer Feluke im Tal der Könige kennengelernt hatte. »Sicher«, hatte er emphatisch ausgerufen, »dort findet man eine eindrucksvolle Anhäufung von Steinen ... Aber wie kann man daraus nur auf die Existenz eines *einzigen Gottes* schließen! ...« Dieser kluge und oft witzige Mann schien eine gewisse Zuneigung zu mir gefaßt zu haben, vermutlich weil ich der einzige Franzose in der Gruppe war und er aus dunklen kulturellen oder gefühlsmäßigen Gründen eine alte Leidenschaft, die inzwischen allerdings einen eher theoretischen Charakter angenommen hatte, für Frankreich hegte. Dadurch, daß er das Wort an mich richtete, hatte er buchstäblich meine Ferien gerettet. Er war um die Fünfzig, stets tadellos gekleidet, hatte eine sehr dunkle Gesichtsfarbe und trug einen kleinen Schnurrbart. Er hatte Biochemie studiert und war direkt nach seiner Ausbildung nach England ausgewandert, wo er auf dem Sektor der Gentechnik eine glänzende Karriere gemacht hatte. Er war zu Besuch in seinem Heimatland, für das er, wie er behauptete, immer noch eine ungebrochene Zuneigung hegte, für den Islam dagegen hatte er nur harsche Worte übrig. Vor allem wollte er mich davon überzeugen, daß die Ägypter keine Araber sind. »Wenn ich daran denke, was dieses Land alles erfunden hat ...« rief er und zeigte mit weit ausholender Geste auf das Niltal. »Die Architektur, die Astronomie, die Mathematik, die Landwirtschaft, die Medizin ...« Er übertrieb etwas, aber er war eben ein Orientale und wollte mich rasch überzeugen. »Und seit dem Aufkommen des Islam nichts mehr: Das absolute geistige Nichts, die totale Leere. Wir sind zu einem Land von verlausten Bettlern geworden. Bettler voller Läuse, das sind wir inzwischen. Lumpenpack, Lumpenpack! ...« Er verscheuchte mit einer wütenden Geste ein paar Kinder, die uns um Münzen anbettelten. »Sie dürfen nie vergessen, *cher monsieur* (er sprach fließend fünf Fremdsprachen: Französisch, Deutsch, Englisch, Spanisch und Russisch), daß der Islam mitten in der Wüste entstanden ist, inmitten von Skorpionen, Kamelen und allen möglichen wilden Tieren. Wissen Sie, wie ich die Muslime nenne? Die elenden Kerle aus der Sahara. Das ist der einzige Name, den sie verdienen. Glauben Sie, der Islam hätte in solch einer herrlichen Landschaft entstehen können?« Er zeigte wieder mit echter Gemütsbewegung auf das Niltal. »Nein, *monsieur*. Der Islam konnte nur im Stumpfsinn einer Wüste entstehen, inmitten dreckiger Beduinen, die nichts anderes zu tun hatten – entschuldigen Sie den Ausdruck –, als ihre Kamele zu ficken. Je mehr sich eine Religion dem Monotheismus nähert – denken Sie daran, *cher monsieur* –, um so *unmenschlicher* und grausamer ist sie; und der Islam ist im Vergleich zu allen anderen

Konfessionen die Religion, die den Menschen den radikalsten Monotheismus aufzwingt. Seit es den Islam gibt, zeichnet er sich durch eine ununterbrochene Folge von Kriegen, Invasionen und Blutbädern aus; solange er existiert, wird nie Eintracht auf der Welt herrschen. Und genausowenig können Klugheit und Talent auf islamischem Boden den ihnen gebührenden Platz finden; wenn es arabische Mathematiker, Dichter und Gelehrte gegeben hat, dann nur deshalb, weil sie vom Glauben abgefallen waren. Bei der Lektüre des Korans wird man zwangsläufig von der bedauerlichen Tautologie überrascht, die das Werk charakterisiert: ›Es gibt keinen anderen Gott außer Gott allein‹ usw. Damit, das müssen Sie zugeben, kommt man nicht weit. Der Übergang zum Monotheismus ist absolut kein Abstraktionsversuch, wie manchmal behauptet wird, sondern nur ein Abgleiten in die Verdummung. Sie werden bemerkt haben, daß sich eine solch subtile Religion wie der Katholizismus, den ich achte und der genau weiß, was der menschlichen Natur angemessen ist, sehr bald vom Monotheismus entfernt hat, den ihm die ursprüngliche Doktrin auferlegen wollte. Durch das Dogma der Dreieinigkeit, den Marien- und den Heiligenkult, die Anerkennung der höllischen Mächte und die bewundernswerte Erfindung der Engel hat er nach und nach einen authentischen Polytheismus wiederaufgebaut; nur aufgrund dieser Voraussetzung hat er die Erde mit zahllosen künstlerischen Glanzleistungen überhäufen können. Ein einziger Gott! Was für ein Unsinn! Was für ein unmenschlicher, mörderischer Unsinn! … Ein Gott aus Stein, *cher monsieur*, ein blutrünstiger, eifersüchtiger Gott, der nie die Grenzen der Wüste Sinai hätte überschreiten dürfen. Wieviel tiefsinniger, menschlicher und weiser nur unsere ägyptische Religion war, wenn man mal darüber nachdenkt … Und unsere Frauen! Wie schön unsere Frauen waren! Erinnern Sie sich nur an Cleopatra, die den großen Cäsar in ihren Bann zog. Sehen Sie sich nur an, was heute davon übriggeblieben ist …« Er zeigte auf gut Glück auf zwei verschleierte Frauen, die sich mühsam unter der Last von Warenballen dahinschleppten. »Fettsäcke. Unförmige Fettsäcke, die sich unter zerlumpten Tüchern verstecken. Sobald sie verheiratet sind, denken sie nur noch ans Essen. Sie fressen und fressen und fressen! ...« Sein Gesicht blähte sich mit ausdrucksvoller Mimik im Stil von Louis de Funès auf. »Nein, glauben Sie mir, *cher monsieur*, die Wüste bringt nur Geisteskranke und Idioten hervor. Können Sie mir Leute aus Ihrer edlen westlichen Kultur nennen, die ich übrigens bewundere und achte, die die Wüste angezogen hat? Nur Päderasten, Abenteurer und zwielichtige Gestalten. Wie dieser lächerliche Hauptmann Lawrence, ein dekadenter Homosexueller und pathetischer Angeber. Und wie Ihr niederträchtiger Henry de Monfreid, ein skrupelloser Schwarzhändler, der bereit war, sich auf alle schmutzigen Geschäfte einzulassen. Nichts Großes oder Edles, nichts Hochherziges oder Gesundes; nichts, das die Menschheit hätte weiterbringen oder sie über sich selbst hätte hinauswachsen lassen können.«

»Gut, also Abenteuer für Ägypten ...«, sagte Jean-Yves nüchtern. Er entschuldigte sich, daß er meinen Bericht unterbrach, aber wir mußten uns noch über Kenia unterhalten. Ein schwieriger Fall. »Ich wäre dafür, Kenia in die Kategorie ›Abenteuer‹ aufzunehmen«, schlug er vor, nachdem er seine Unterlagen zu Rate gezogen hatte.

»Das ist schade ...«, seufzte Valérie, »die Frauen in Kenia sind nicht schlecht.«

»Woher weißt du denn das?«

»Ich meine, nicht nur in Kenia, überhaupt in Afrika.«

»Ja, aber Frauen gibt es überall. In Kenia gibt es immerhin Nashörner, Zebras, Gnus, Elefanten und Büffel. Ich schlage vor, wir sehen Senegal und die Elfenbeinküste für die ›Aphrodite-Clubs‹ vor und lassen Kenia unter ›Abenteuer‹ laufen. Außerdem ist das eine ehemalige englische Kolonie, das ist schlecht für das erotische Image; für Abenteuer geht das eher.«

»Die Frauen von der Elfenbeinküste riechen gut …«, bemerkte ich verträumt.

»Was willst du damit sagen?«

»Sie riechen nach Sex.«

»Ja …« Er kaute mechanisch auf seinem Filzstift. »Das könnte man für einen Werbespot benutzen. ›Elfenbeinküste, Küste der Wohlgerüche‹ oder so was in der Art. Mit einem schweißüberströmten, etwas zerzausten Mädchen in einem Wickeltuch. Das muß ich mir notieren.«

»›Und nackte Sklaven, von Wohlgerüchen durchtränkt …‹, Baudelaire, die Rechte sind frei.«

»Das geht nicht durch.«

»Ist mir klar.«

Die anderen afrikanischen Länder bereiteten weniger Schwierigkeiten. »Mit den Afrikanern«, bemerkte Jean-Yves, »gibt es übrigens nie Schwierigkeiten. Sie vögeln sogar umsonst, sogar die Dicken. Man muß nur Kondome in den Clubs zur Verfügung stellen, das ist alles; in dieser Hinsicht sind sie manchmal etwas eigensinnig.« Er schrieb FÜR KONDOME SORGEN in sein Notizbuch und unterstrich es zweimal.

Mit Teneriffa waren wir noch schneller fertig. Die Insel erzielte mittelmäßige Ergebnisse, aber sie hatte Jean-Yves zufolge für den angelsächsischen Markt eine strategische Bedeutung. Eine annehmbare Abenteuerrundreise mit einer Besteigung des Pico de Teyde und einem Ausflug mit dem Gleitboot nach Lanzarote ließ sich leicht veranstalten. Die Infrastruktur des Hotelwesens war durchaus korrekt und verläßlich.

Wir kamen auf die beiden Clubs zu sprechen, die die Highlights der Hotelkette ausmachen sollten: Boca Chica auf Santo Domingo und Guardalavaca auf Kuba. »Wir sollten *king-size* Betten vorsehen«, schlug Valérie vor. »Einverstanden«, erwiderte Jean-Yves sofort. »Einen eigenen Whirlpool in den Suiten«, schlug ich vor. »Nein«, entschied er. »Wir bleiben in der mittleren Kategorie.« Alles verband sich ganz natürlich miteinander, ohne daß wir zögerten oder zweifelten; man mußte nur dafür sorgen, daß die Geschäftsführer der Ferienclubs die Preise für die einheimische Prostitution vereinheitlichten.

Wir legten eine kurze Pause ein, um zu Mittag zu essen. Zur gleichen Zeit schlugen zwei Jugendliche aus der Cité des Courtilières einer Frau in den Sechzigern mit einem Baseballschläger den Schädel ein. Als Vorspeise nahm ich Makrelen in Weißweinsoße.

»Habt ihr irgendwas in Thailand vorgesehen?« fragte ich.

»Ja, in Krabi lassen wir gerade ein Hotel bauen. Das ist das Reiseziel, das seit kurzem in Mode ist, nach Phuket. Wir könnten ohne Schwierigkeiten die Bauarbeiten beschleunigen, damit es zum 1. Januar fertig ist; es wäre gut, mit einer etwas anspruchsvollen Einweihung zu starten.«

Wir verbrachten den Nachmittag damit, die verschiedenen Neuerungen der Aphrodite Clubs zu entwickeln. Der wesentliche Punkt bestand selbstverständlich darin, den einheimischen Prostituierten und Strichjungen den Zugang zu den Clubs zu ermöglichen. Es kam natürlich nicht in Frage, Kinderclubs oder so etwas einzurichten; das Beste war wohl, keine Kinder unter sechzehn aufzunehmen. Valérie machte den genialen Vorschlag, als Grundtarif in den Katalogen den Preis für Einzelzimmer anzugeben und eine Ermäßigung von 10 % für die Zimmer zu gewähren, die von Paaren bewohnt wurden; also kurz gesagt, die übliche Präsentation umzukehren. Ich glaube, ich habe den Vorschlag gemacht, eine *gay-friendly*-Politik zu propagieren und das Gerücht zu verbreiten, daß etwa 20 % der Gäste in den Clubs Homosexuelle seien: Diese Information genügte im allgemeinen, um sie anzulocken; und eine *Sex*-Atmosphäre entstehen zu lassen, davon verstanden sie was. Länger beschäftigte uns die Frage, welchen Slogan wir der Werbekampagne zugrunde legen sollten. Jean-Yves hatte eine einfache, wirksame Formel gefunden: »Ferien – um sich mal richtig auszutoben«; aber ich habe schließlich die Stimmenmehrheit mit folgendem Spruch erzielt: »Eldorador Aphrodite: weil wir das Recht haben, uns zu vergnügen«. »Seit dem Eingreifen der NATO im Kosovo ist der Begriff ›Recht‹ wieder aufgewertet worden«, erklärte Jean-Yves in etwas zweideutigem Ton; aber in Wirklichkeit meinte er es ernst, denn er hatte in *Stratégies* einen Artikel darüber gelesen. »Alle Werbekampagnen der letzten Zeit, die auf dem Thema des Rechts oder des Anspruchs basieren, sind erfolgreich gewesen: das Recht auf Innovation, das Recht auf Qualität ... Das Recht auf Vergnügen«, sagte er zum Abschluß traurig, »ist ein neues Thema.« Wir wurden allmählich etwas müde, er setzte uns vor dem 2 + 2 ab, ehe er heimfuhr. Es war Samstagabend, das Lokal war ziemlich voll. Wir lernten ein sympathisches schwarzes Paar kennen: Sie war Krankenschwester und er Jazzmusiker, Schlagzeuger – er hatte ziemlichen Erfolg, machte regelmäßig Plattenaufnahmen. Man mußte allerdings dazusagen, daß er sehr viel an seiner Technik feilte, im Grunde unablässig. »Von nichts kommt nichts ...«, sagte ich ziemlich blöd, aber seltsamerweise stimmte er mir zu, ich hatte, ohne es zu wollen, eine tiefsinnige Wahrheit zur Sprache gebracht. »Das Geheimnis bei der Sache«, sagte er überzeugt zu mir, »liegt darin, daß es kein Geheimnis gibt.« Wir hatten unsere Gläser ausgetrunken, gingen auf die Hinterzimmer zu. Er schlug Valérie eine doppelte Penetration vor. Sie war einverstanden, vorausgesetzt, daß ich sie von hinten nahm – man mußte mit der Sodomie bei ihr sehr vorsichtig sein, und ich kannte sie besser. Jérôme nickte und legte sich aufs Bett. Nicole wichste ihn, damit seine Erektion nicht nachließ, dann streifte sie ein Kondom über sein Glied. Ich raffte Valéries Rock bis zur Taille; sie trug nichts darunter. Sie rammte sich mit einem Schlag Jérômes Schwanz in die Möse, dann legte sie sich auf ihn. Ich schob ihre Pobacken auseinander, befeuchtete sie leicht, dann fickte ich sie mit vorsichtigen Stößen in den Arsch. Als meine Eichel völlig in sie eingedrungen war, spürte ich, wie sich ihre rektalen Muskeln spannten. Mein Schwanz wurde mit einem Schlag steinhart, ich atmete tief; fast wäre ich gekommen. Nach ein paar Sekunden schob ich ihn tiefer hinein. Als ich halb in ihr war, bewegte sie sich auf und ab, rieb ihr Schambein an Jérômes Unterleib. Ich brauchte nichts mehr zu tun; sie stieß ein langes, melodiöses Stöhnen aus, ihr Arsch öffnete sich, ich schob meinen Schwanz bis zum Schaft in sie, es war, als glitte ich auf einer schiefen Ebene hinab, sie kam erstaunlich schnell. Dann blieb sie, keuchend und beglückt, unbeweglich liegen. Es war nicht unbedingt intensiver gewesen, erklärte sie mir später; aber wenn alles gut lief, gab es einen Moment, in dem die beiden Empfindungen miteinander verschmolzen und zu etwas sehr Sanftem, Unwiderstehlichem wurden, wie eine allgemeine Wärme.

Nicole hatte uns die ganze Zeit angesehen und dabei onaniert, sie war inzwischen sehr erregt und nahm sofort Valéries Platz ein. Mir blieb gerade noch Zeit, das Kondom zu wechseln. »Bei mir kannst du ruhig voll Stoff geben«, sagte sie mir ins Ohr, »ich mag es, wenn man mich kräftig in den Arsch fickt.« Das tat ich dann auch und schloß dabei die Augen, um eine übermäßige Erregung zu vermeiden und mich auf die reine Empfindung zu konzentrieren. Die Sache lief wie von selbst, ich war über meine eigene Widerstandskraft angenehm überrascht. Auch sie kam sehr schnell mit lauten heiseren Schreien.

Anschließend knieten sich Nicole und Valérie hin, um uns einen zu blasen, während wir miteinander plauderten. Jérôme ging noch auf Tournee, wie er mir erklärte, aber inzwischen tat er das nicht mehr so gern. Je älter er wurde, desto stärker wurde sein Bedürfnis, zu Hause zu bleiben, sich um seine Familie zu kümmern – sie hatten zwei Kinder – und allein sein Schlagzeugspiel zu perfektionieren. Er erzählte mir dann von neuen Rhythmusexperimenten, vom 4/3- und 7/9-Takt, ehrlich gesagt begriff ich nicht viel davon. Mitten in einem Satz stieß er plötzlich einen überraschten Schrei aus, seine Augen verdrehten sich; er kam mit einem Schlag, ejakulierte in Valéries Mund. »Oh, sie hat mich reingelegt …«, sagte er halb lachend, »sie hat mich ganz schön reingelegt.« Auch ich spürte, daß ich nicht mehr lange durchhalten konnte: Nicole hatte eine sehr eigentümliche Zunge, sie war breit, weich und geschmeidig; sie leckte langsam, die Lust nahm fast unmerklich, aber unwiderstehlich zu. Ich bedeutete Valérie durch ein Zeichen, näherzukommen, und erklärte Nicole, was ich wollte: Sie sollte nur meine Eichel zwischen den Lippen halten und die Zunge drauflegen, ohne sich zu rühren, während Valérie mich wichsen und mir die Eier ablecken würde. Sie nickte, schloß die Augen und wartete darauf, daß ich abspritzte. Valérie begann sogleich, ihre Finger waren gewandt und flink, sie schien wieder ganz in Form zu sein. Ich breitete die Arme und Beine aus, so weit ich konnte, und schloß die Augen. Das Lustgefühl nahm ruckweise und ziemlich blitzartig zu und explodierte, kurz bevor ich in Nicoles Mund kam. Ich war einen Augenblick lang wie gelähmt, hinter den geschlossenen Lidern blitzten leuchtende Punkte auf, und ich stellte ein wenig später fest, daß ich am Rand der Ohnmacht gewesen war. Ich öffnete mit Mühe die Augen. Nicole hielt immer noch meine Schwanzspitze im Mund. Valérie hatte mir den Arm um den Hals gelegt, sie blickte mich mit einem rätselhaften, gerührten Ausdruck an; sie sagte mir, ich hätte sehr laut geschrien.

Wenig später begleiteten sie uns nach Hause. Im Auto überkam Nicole eine neue Welle der Erregung. Sie holte ihre Brüste aus dem Korsett, zog ihren Rock hoch, ließ sich auf die Rückbank sinken und legte den Kopf auf meine Schenkel. Ich wichste sie bedächtig, mit sicherer Hand; ich hatte ihre Reaktionen gut unter Kontrolle, spürte, wie ihre Spalte feucht und ihre Brustwarzen steif wurden. Der Geruch ihrer Möse erfüllte den Wagen. Jérôme fuhr vorsichtig, hielt an jeder roten Ampel; hinter den Scheiben erkannte ich die Lichter der Place de la Concorde, den Obelisken, dann den Pont Alexandre III, den Invalidendom.

Ich fühlte mich gut, heiter und gelassen, aber noch ein wenig unternehmungslustig. Sie kam etwa auf der Höhe der Place d'Italie. Wir trennten uns, nachdem wir unsere Telephonnummern ausgetauscht hatten.

Jean-Yves dagegen überkam eine leichte Welle der Traurigkeit, nachdem wir uns getrennt hatten; er hielt auf der Avenue de la République. Die Aufregung des Tages hatte sich gelegt; er wußte, daß Audrey nicht zu Hause war, aber eigentlich war er eher froh darüber. Er würde sie am folgenden Morgen kurz sehen, ehe sie zum Skaten aus dem Haus ging; seit der Rückkehr aus den Ferien schliefen sie in getrennten Betten.

Warum sollte er nach Hause gehen? Er lehnte sich auf seinem Sitz zurück, überlegte, ob er einen Radiosender suchen sollte, ließ es dann jedoch sein. Gruppen von Jungen und Mädchen liefen die Straße entlang; sie schienen ihren Spaß zu haben, auf jeden Fall stießen sie laute Schreie aus. Manche hatten Bierdosen in der Hand. Er hätte aussteigen, sich zu ihnen gesellen und vielleicht eine Schlägerei auslösen können; er hätte alles mögliche tun können. Schließlich ging er aber doch nach Hause. Er liebte seine Tochter irgendwie, zumindest nahm er das an; er empfand für sie irgend etwas Organisches und potentiell mit Blut Vermischtes, was der Definition des Begriffs entsprach. Für seinen Sohn empfand er nichts, was dem ähnelte. Vielleicht war er ja auch gar nicht dessen Vater; er hatte Audrey auf einer etwas wackligen Basis geheiratet. Für sie empfand er jedenfalls nur noch Verachtung und Ekel; viel zu viel Ekel, er wäre ihr lieber mit Gleichgültigkeit begegnet. Vielleicht war es das, worauf er wartete, um sich von ihr scheiden zu lassen, diese Gleichgültigkeit ihr gegenüber. Zur Zeit hatte er noch zu sehr den Eindruck, daß sie dafür *bezahlen* müsse. Dabei werde wohl eher ich bezahlen, sagte er sich plötzlich verbittert. Sie würde die Kinder behalten können und er ziemlich hohe Unterhaltkosten zahlen müssen. Es sei denn, er versuchte die Kinder zu bekommen, für sie zu kämpfen. Aber nein, sagte er sich schließlich, das lohnt sich nicht. Schade nur um Angélique. Allein würde er besser zurechtkommen, dann konnte er versuchen, *ein neues Leben zu beginnen*, was soviel hieß wie eine andere Tussi zu finden. Mit zwei Kindern am Hals würde sie es nicht so leicht haben, die alte Giftziege. Er tröstete sich mit dem Gedanken, daß er es beim nächsten Mal kaum schlimmer treffen könne und daß sie letztlich bei der Scheidung den Kürzeren ziehen würde. Sie war längst nicht mehr so hübsch wie damals, als er sie kennengelernt hatte; sie sah zwar immer noch recht gut aus und kleidete sich sehr modisch, aber da er ihren Körper kannte, wußte er, daß es mit ihr schon bergab ging. Ihre Karriere als Anwältin war im übrigen längst nicht so glänzend, wie sie es im Gespräch darstellte; und wenn sie für die Kinder sorgen mußte, dürfte sich das, wie er vermutete, nicht gerade vorteilhaft auf ihren Beruf auswirken. Die Leute haben an ihren Sprößlingen schwer zu tragen, sie sind für sie eine schwere Last, die sie in ihrer Bewegungsfreiheit einschränkt – und in den meisten Fällen tatsächlich schließlich ins Grab bringt. Er würde seine Rache bekommen, wenn auch erst später, in fortgeschrittenem Alter; zu einem Zeitpunkt, dachte er, in dem es ihm völlig gleichgültig geworden war. Er parkte auf einem Seitenstreifen der inzwischen menschenleeren Avenue und versuchte noch einige Minuten lang, sich in Gleichmut zu üben.

Kaum hatte er die Wohnungstür geöffnet, überfielen ihn wieder mit einem Schlag die Sorgen. Johanna, die die Kinder hüten sollte, lag auf dem Sofa hingelümmelt und sah sich MTV an. Er haßte dieses schlaffe Mädchen, das auf absurde Weise *groovy* war; jedesmal, wenn er sie sah, hatte er Lust, sie so lange zu ohrfeigen, bis sich der schmollende, überhebliche Ausdruck auf ihrem beknackten Gesicht änderte. Sie war die Tochter einer von Audreys Freundinnen.

»Alles in Ordnung?« schrie er. Sie nickte lässig. »Kannst du den Ton etwas leiser stellen?« Sie suchte mit den Augen nach der

Fernbedienung. Gereizt schaltete er den Fernseher ab; sie warf ihm einen gekränkten Blick zu.

»Hat mit den Kindern alles geklappt?« Er schrie immer noch, obwohl kein Geräusch mehr in der Wohnung zu hören war.

»Ja, ich glaube, sie schlafen.« Ein wenig erschrocken krümmte sie sich leicht zusammen.

Er ging in den ersten Stock, öffnete die Tür zum Zimmer seines Sohnes. Nicolas warf ihm einen kühlen Blick zu, dann vertiefte er sich wieder in seine Partie *Tomb Raider*. Angélique dagegen schlief fest. Einigermaßen beruhigt ging er wieder nach unten.

»Hast du sie gebadet?«

»Ja, nein, hab ich vergessen.«

Er ging in die Küche, goß sich ein Glas Wasser ein. Seine Hände zitterten. Auf der Anrichte sah er einen Hammer liegen. Johanna verdiente eigentlich noch mehr als Ohrfeigen; es wäre gut, ihr den Schädel mit dem Hammer einzuschlagen. Einen Augenblick spielte er mit dem Gedanken; alle möglichen Dinge schossen ihm in wirrer Folge durch den Kopf. Erschreckt stellte er im Flur fest, daß er den Hammer in der Hand hielt. Er legte ihn auf einen kleinen Tisch und suchte in seiner Brieftasche nach Geld, um es dem Babysitter für das Taxi zu geben. Das Mädchen nahm es entgegen und bedankte sich mit einem Brummen. Er schlug die Tür mit brutaler Gewalt hinter ihr zu, der Knall hallte durch die ganze Wohnung. Irgend etwas in seinem Leben war wirklich aus dem Gleis geraten. Der Getränkeschrank im Wohnzimmer war leer; Audrey war nicht einmal mehr imstande, sich darum zu kümmern. Wenn er an sie dachte, überlief ihn ein Schauer des Hasses von erstaunlicher Stärke. In der Küche fand er eine angebrochene Flasche Rum; das mußte reichen. Er ging ins Schlafzimmer und wählte nacheinander die Telefonnummern der drei jungen Frauen, auf die er im Internet gestoßen war, doch jedesmal meldete sich nur der Anrufbeantworter. Sie waren vermutlich ausgegangen, vögelten auf eigene Rechnung. Sie waren wirklich sexy, sympathisch und easy; aber sie kosteten ihn immerhin zweitausend Franc den Abend, auf die Dauer war das demütigend. Wie hatte er es nur soweit kommen lassen können? Er hätte öfter ausgehen, Freundschaften schließen und sich nicht nur seiner Arbeit widmen sollen. Ihm fielen die Aphrodite Clubs ein, zum ersten Mal wurde ihm bewußt, daß es möglicherweise nicht so einfach sein würde, dieses Konzept bei der Geschäftsleitung durchzusetzen. In Frankreich war der Sextourismus im Augenblick eher verpönt. Er könnte Leguen natürlich eine entschärfte Fassung des Projekts vorlegen; aber Espitalier würde sich davon nicht täuschen lassen, der Mann hatte ein gefährlich feines Gespür, das wußte er. Aber hatten sie denn die Wahl? Ihre Positionierung im mittleren Preissegment war im Hinblick auf den Club Méditerranée völlig absurd, das würde er ihnen ohne Schwierigkeiten nachweisen können. Als er in den Schubladen seines Schreibtischs wühlte, fand er die Charta von Aurore wieder, die zehn Jahre zuvor von den Gründern entworfen worden war und die in allen Hotels der Gruppe aushing. »*Das Credo von Aurore: die Kunst, Talent und Können zu paaren, auf gewissenhafte Weise Tradition und Innovation, Phantasie und Menschlichkeit zu verbinden, um ein Höchstmaß an Qualität zu erreichen. Die Männer und Frauen im Dienst von Aurore sind im Besitz eines einzigartigen kulturellen Erbes, das sich durch den Sinn für Gastfreundschaft auszeichnet. Sie kennen die Riten und Bräuche, die das Leben in eine Lebenskunst und den einfachsten Service in einen privilegierten Augenblick verwandeln. Das ist mehr als ein Beruf – das ist eine Berufung, eine Kunst. Der Anspruch, das Beste zu schaffen, um es mit Ihnen zu teilen, neue Bereiche der Geselligkeit zu finden, um wieder mit dem Wesentlichen anzuknüpfen, das ist Aurore: Ein Hauch von Frankreich, wo immer Sie sich auf der Welt befinden.*« Plötzlich wurde ihm klar, daß dieses widerliche Gefasel sich ebensogut auf eine perfekt organisierte Bordellkette beziehen könnte; vielleicht ließ sich mit den deutschen Reiseveranstaltern etwas machen. Aller Vernunft zum Trotz hielten manche Deutsche an dem Glauben fest, Frankreich sei nach wie vor das Land der *Galanterie* und der *Liebeskunst*. Wenn ein großer deutscher Touristik-Konzern bereit war, die Aphrodite Clubs in seinen Katalog aufzunehmen, wären sie einen entscheidenden Schritt weiter; niemand in der Branche hatte das bisher geschafft. Er stand im Kontakt mit Neckermann für die Übernahme der Clubs im Maghreb; aber er konnte es auch mit der TUI versuchen, die seine ersten Angebote abgelehnt hatte, weil sie selbst bereits im Niedrigpreissegment gut vertreten war. Vielleicht waren sie ja an einem Projekt interessiert, das auf eine schärfer eingegrenzte Zielgruppe abgestimmt war.

11

Gleich am Montagmorgen versuchte er die ersten Kontakte aufzunehmen. Er hatte Glück: Gottfried Rembke, der Vorstandsvorsitzende der TUI, hatte vor, Anfang des kommenden Monats ein paar Tage in Frankreich zu verbringen; er war bereit, mit ihnen zu Mittag zu essen. Und wenn sie unterdessen ihr Projekt zu Papier brächten, würde er es mit Vergnügen prüfen. Jean-Yves ging in Valéries Büro, um ihr die Nachricht mitzuteilen; sie war starr vor Staunen. Die TUI hatte einen Jahresumsatz von fünfundzwanzig Milliarden Franc, dreimal so viel wie Neckermann, sechsmal so viel wie Nouvelles Frontières; die TUI war weltweit der größte Touristik-Konzern.

Er verbrachte den Rest der Woche damit, ein möglichst vollständiges Exposé zusammenzustellen. Finanziell gesehen erforderte das Vorhaben keine großen Investitionen: Ein paar Veränderungen der Einrichtung, ganz gewiß eine Umgestaltung der Dekoration, um ihr eine *erotischere* Note zu verleihen – sie hatten sich ziemlich schnell auf den Begriff »Tourismus mit Charme« geeinigt, der in allen Unternehmensunterlagen Verwendung finden sollte. Wichtig war vor allem, daß man mit einer deutlichen Senkung der Festkosten rechnen durfte: keine sportliche Betreuung, keine Kinderclubs mehr. Es entfielen die Gehälter für diplomierte Kindergärtnerinnen, die Trainer für Windsurfen, Bogenschießen, Aerobic, Tauchen; die Spezialisten für Ikebana, Töpferarbeiten oder Seidenmalerei. Nach einer ersten Simulation stellte Jean-Yves ungläubig fest, daß die jährlichen Gestehungskosten der Clubs einschließlich der Tilgung um 25% sinken würden. Dreimal führte er die Berechnung durch, und jedesmal kam er zu dem gleichen Ergebnis. Das war um so erstaunlicher, als er eingeplant hatte, den Preis für den Clubaufenthalt um 25 % im Vergleich zum bisherigen Tarif der entsprechenden Kategorie zu erhöhen – das heißt, er wollte sich in etwa dem mittleren Tarif der Feriendörfer des Club Méditerranée anpassen. Der Gewinn stieg mit einem Schlag um 50 % an. »Dein Freund ist wirklich ein Genie ...«, sagte er zu Valérie, die gerade in sein Büro trat.

Die Atmosphäre im Unternehmen war in diesen Tagen ein wenig merkwürdig. Die blutigen Auseinandersetzungen des letzten Wochenendes vor dem Einkaufszentrum in Évry waren an sich nichts Ungewöhnliches; aber sieben Tote war eine ausgesprochen schwere Bilanz. Viele von den Angestellten, vor allem von denen, die schon lange dort arbeiteten, wohnten in unmittelbarer Umgebung des Unternehmens. Sie hatten zunächst in den Hochhäusern gewohnt, die etwa zur gleichen Zeit gebaut worden waren wie der Firmensitz; anschließend hatten viele von ihnen einen Kredit aufgenommen, um sich ein Haus zu bauen. »Sie tun mir leid«, sagte Valérie, »sie tun mir aufrichtig leid. Sie träumen alle davon, sich irgendwo in der Provinz in einer ruhigen Gegend niederzulassen; aber sie können noch nicht gleich aufhören, sonst wird ihnen zuviel von der Rente abgezogen. Ich habe mit der Frau aus der Telefonzentrale gesprochen: Sie kann in drei Jahren in Rente gehen. Ihr Traum wäre es, ein Haus in der Dordogne zu kaufen; sie stammt aus dieser Gegend. Aber dort haben sich inzwischen viele Engländer niedergelassen, und die Preise sind wie verrückt in die Höhe geschossen, selbst für bescheidene Ansprüche. Und zugleich ist der Wert ihres Hauses hier drastisch gefallen, weil jetzt jeder weiß, daß es ein gefährlicher Vorort ist, sie kann es nur zum Drittel seines Werts verkaufen.

Überrascht haben mich auch die Sekretärinnen aus der Schreibzentrale im zweiten Stock. Ich bin um halb sechs in ihr

Büro gegangen, um ein Schreiben tippen zu lassen; sie waren alle über das Internet miteinander verbunden. Sie haben mir erklärt, daß sie ihre Einkäufe jetzt nur noch auf diese Weise tätigten, das sei sicherer: Wenn sie von der Arbeit nach Hause kommen, verbarrikadieren sie sich in ihrer Wohnung, während sie auf den Lieferanten warten.«

Im Laufe der folgenden Wochen ließ die Psychose nicht nach, im Gegenteil. Die Zeitungen waren jetzt voller Artikel über Lehrer, die erstochen, Grundschullehrerinnen, die vergewaltigt, Feuerwehrfahrzeuge, die mit Molotowcocktails angegriffen, oder Körperbehinderte, die aus dem Zugfenster geworfen worden waren, weil sie den Bandenchef »schräg angesehen« hatten. Vor allem *Le Figaro* ließ sich nach Herzenslust darüber aus; wenn man das Blatt täglich las, bekam man den Eindruck, als gingen wir unweigerlich auf einen Bürgerkrieg zu. Dazu muß man allerdings sagen, daß die Präsidentschaftswahlen bereits ihre Schatten vorauswarfen und daß das Thema der inneren Sicherheit das einzige zu sein schien, das Lionel Jospin bedrohlich werden konnte. Aber es war sowieso ziemlich unwahrscheinlich, daß die Franzosen Jacques Chirac wiederwählen würden: Er machte wirklich einen zu blöden Eindruck, das grenzte an Schädigung des Landesimage. Wenn man diesen großen Einfaltspinsel sah, wie er mit auf dem Rücken verschränkten Händen eine Landwirtschaftsausstellung besuchte oder an einem Treffen von Staatschefs teilnahm, war man geradezu peinlich berührt und empfand Mitleid mit ihm. Die Linke, die tatsächlich unfähig war, der Zunahme der Gewalt Einhalt zu gebieten, handelte eher klug: Sie hielt sich zurück, gab zu, daß die Zahlen schlecht oder sogar sehr schlecht waren, rief dazu auf, diese Tatsache nicht aus wahltaktischen Zwecken auszunutzen, und erinnerte daran, daß die Rechte es seinerzeit auch nicht besser gemacht hatte. Es gab nur eine kleine Entgleisung in einem lächerlichen Leitartikel eines gewissen Jacques

Attali. Ihm zufolge war die Gewalt der Jugendlichen aus den Siedlungen der Vorstädte ein »Hilferuf«. Die Schaufenster der Luxusgeschäfte in Les Halles oder auf den Champs-Élysées waren, wie er schrieb, »angesichts des Elends, in dem sie lebten, eine obszöne Zurschaustellung«. Aber man dürfe nicht vergessen, daß die Vororte auch »ein Mosaik von Völkern und Rassen sind, die mit ihren Traditionen und ihren religiösen Überzeugungen gekommen sind, um neue Kulturformen zu entwickeln und die Kunst des Zusammenlebens noch einmal zu erfinden«. Valérie warf mir einen überraschten Blick zu: Es war bestimmt das erste Mal, daß ich beim Lesen des *L'Express* in Lachen ausbrach.

»Wenn Jospin die Wahl gewinnen will«, sagte ich zu ihr und hielt ihr den Artikel hin, »dann sollte er dafür sorgen, daß Attali bis zum zweiten Wahldurchgang den Mund hält.«

»Aha, du findest offensichtlich immer mehr Geschmack an strategischen Überlegungen ...«

Trotz allem ließ auch ich mich von der Besorgnis anstecken. Valérie arbeitete wieder länger, sie kam selten vor neun Uhr nach Hause; vielleicht wäre es ratsamer gewesen, eine Waffe zu kaufen. Ich hatte einen Kontaktmann, den Bruder eines Künstlers, für den ich zwei Jahre zuvor eine Ausstellung organisiert hatte. Er gehörte nicht wirklich der Unterwelt an, war aber in ein paar Betrügereien verwickelt. Er war eher ein Erfinder, jemand, der sich in allem versuchte. Kürzlich hatte er seinem Bruder gegenüber behauptet, er habe einen Trick herausgefunden, wie man die neuen Personalausweise, die angeblich fälschungssicher sind, nachmachen könne.

»Das kommt nicht in Frage«, erwiderte Valérie sofort. »Ich bin keiner Gefahr ausgesetzt: Tagsüber verlasse ich das Firmengebäude nie, und abends fahre ich immer mit dem Wagen nach Hause, egal um welche Zeit.«

»Aber es gibt noch die Ampeln.«

»Zwischen dem Firmensitz von Aurore und der Autobahnauffahrt ist eine einzige Ampel. Anschließend fahre ich an der Porte d'Italie ab und bin gleich darauf zu Hause. Unser Viertel ist ja nicht gefährlich.«

Das stimmte: Im eigentlichen Bezirk von Chinatown gab es nur sehr wenige Überfälle und Diebstähle. Mir war schleierhaft, wie sie das anstellten: Verfügten sie vielleicht über ein eigenes Netz von Aufpassern? Auf jeden Fall hatten sie uns gleich nach unserem Einzug ausgemacht; mindestens zwanzig Personen grüßten uns regelmäßig. Es kam selten vor, daß Europäer hier einzogen, wir waren in dem Hochhaus eine verschwindend kleine Minderheit. Manchmal schienen handgeschriebene Aushänge in chinesischen Schriftzeichen Versammlungen oder Feste anzukündigen; aber was für Versammlungen, was für Feste? Man kann jahrelang unter Chinesen leben, ohne je etwas von ihrer Lebensweise zu begreifen.

Ich rief trotzdem meinen Kontaktmann an, der mir versprach, sich zu erkundigen; zwei Tage später hatte ich ihn wieder am Apparat. Ich könne eine brauchbare Knarre in sehr gutem Zustand für zehntausend Franc bekommen – ein ausreichender Vorrat an Munition sei im Preis mit einbegriffen. Ich müsse die Waffe nur regelmäßig reinigen, damit sie nicht in dem Augenblick, in dem man sie benutzen wollte, eine Ladehemmung hatte. Ich sprach noch einmal mit Valérie darüber, doch sie weigerte sich erneut. »Das würde ich nie fertigbringen«, sagte sie, »ich hätte nicht mal genug Kraft, um abzudrücken.« »Selbst wenn du dich in Lebensgefahr befindest?« Sie schüttelte den Kopf. »Nein«, sagte sie noch einmal, »das ist unmöglich.« Ich beharrte nicht weiter darauf. »Als ich klein war«, sagte sie ein wenig später zu mir, »war ich nicht einmal fähig, ein Hühnchen zu töten.« Ich ehrlich gesagt auch nicht; aber einen Menschen, das schien mir weitaus einfacher zu sein.

Um mich selbst hatte ich seltsamerweise keine Angst. Natürlich kam ich auch wenig in Kontakt mit den *Barbarenhorden*, außer wenn ich gelegentlich in der Mittagspause durch das Forum des Halles schlenderte, wo das subtile Ineinandergreifen der Sicherheitskräfte (Bereitschaftspolizei, Polizisten in Uniform, Wachmänner, die von einer Vereinigung der Geschäftsleute bezahlt wurden) theoretisch jede Gefahr bannte. Ich bewegte mich also innerhalb der beruhigenden Topographie von Uniformen; ich fühlte mich ein bißchen wie im Zoo von Thoiry. In Abwesenheit der Ordnungshüter, das wußte ich, hätte ich eine leichte, wenn auch ziemlich uninteressante Beute abgegeben; meine ziemlich konventionelle Angestelltenkleidung war nicht gerade dazu angetan, sie anzulocken. Ich fühlte mich meinerseits in keiner Weise von diesen Jugendlichen, die den *gefährlichen Klassen* entstammten, angezogen; ich verstand sie nicht und versuchte auch nicht, sie zu verstehen. Ich hatte weder für ihre Neigungen noch für ihre Wertvorstellungen etwas übrig. Ich hätte nicht den kleinen Finger gerührt, um eine Rolex, ein Paar Nikes oder einen BMW Z3 zu besitzen; ich hatte es noch nie geschafft, den geringsten Unterschied zwischen einem Markenartikel und einem Artikel ohne Markenzeichen festzustellen. In den Augen der Welt hatte ich natürlich unrecht. Das war mir bewußt: Ich befand mich mit meiner Haltung in der Minderheit, folglich war sie falsch. Es *mußte* doch einen Unterschied zwischen den Hemden von Yves Saint Laurent und den anderen Hemden geben, zwischen den Mokassins von Gucci und den Mokassins von André. Ich war der einzige, der diesen Unterschied nicht wahrnahm; es war eine Schwäche, auf die ich mich nicht berufen konnte, um die Welt zu verdammen. Wendet man sich etwa an einen Blinden, wenn man einen Sachverständigen für die nachimpressionistische Malerei sucht? Durch meine Verblendung stellte ich mich, wenn auch ungewollt, außerhalb der lebendigen menschlichen Wirklichkeit, die immerhin stark genug war, um Opferbereitschaft und Verbrechen hervorzurufen. Diese Jugendlichen spürten mit ihrem Instinkt von Halbwilden bestimmt die Gegenwart des Schönen, ihr Begehren war lobenswert und entsprach vollkommen den sozialen Normen; eigentlich mußte nur dessen unangemessene Äußerungsform korrigiert werden.

Nach reiflicher Überlegung mußte ich jedoch auch zugeben, daß Valérie und Marie-Jeanne, die beiden einzigen weiblichen Wesen, die in meinem Leben eine gewisse dauerhafte Rolle spielten, den Blusen von Kenzo und den Taschen von Prada völlig gleichgültig gegenüberstanden; soweit ich es beurteilen konnte, kauften sie tatsächlich mehr oder weniger beliebige Marken. Jean-Yves, der von allen meinen Bekannten das höchste Gehalt bezog, wählte am liebsten Polohemden von Lacoste; aber das tat er eigentlich eher automatisch, aus alter Gewohnheit, ohne zu überprüfen, ob seine Lieblingsmarke inzwischen nicht von einem Konkurrenten an Bekanntheitsgrad übertroffen worden war. Manche Mitarbeiterinnen des Kulturministeriums, die ich vom Sehen kannte (wenn ich das mal so nennen darf, denn ich vergaß regelmäßig von einem Mal aufs andere ihre Namen, ihre Stellung und sogar ihre Gesichter), kauften *Modellkleider von Couturiers*; aber es handelte sich dabei immer um junge, völlig unbekannte Couturiers, deren Kreationen in einer einzigen Boutique in Paris verkauft wurden, und ich wußte, daß meine Kolleginnen nicht zögern würden, auf diese Kleider zu verzichten, falls sie unerwartet größeren Erfolg haben sollten.

Die Vormachtstellung von Nike, Adidas, Armani, Vuitton war jedoch unbestreitbar; zum Beleg dafür brauchte ich nur, wann immer ich wollte, den Wirtschaftsteil in der lachsfarbenen Beilage im *Figaro* durchzublättern. Aber wer sorgte, abgesehen von den Jugendlichen aus den Vororten, für den Erfolg dieser Marken? Es mußte ganze Bereiche der Gesellschaft geben, die mir fremd geblieben waren; es sei denn, es handelte sich ganz einfach um die reich gewordenen Schichten der Dritten Welt. Ich war nicht viel gereist, hatte nicht viel erlebt, und es wurde immer deutlicher, daß ich kaum etwas von der modernen Welt begriff.

Am 27. September fand eine Versammlung mit den elf Geschäftsführern der Eldorador Clubs statt, die aus diesem Anlaß nach Évry gekommen waren. Es war eine der üblichen Versammlungen, die jedes Jahr zur gleichen Zeit stattfanden, um die Ergebnisse des Sommers zu bilanzieren und über mögliche Verbesserungen zu diskutieren. Doch diesmal hatte sie eine besondere Bedeutung. Zunächst weil drei Clubs in andere Hände übergingen – der Vertrag mit Neckermann war gerade abgeschlossen worden. Außerdem mußten sich die Leiter von vier der verbleibenden Clubs – und zwar jenen, die in Zukunft unter der Bezeichnung »Aphrodite« liefen – darauf einstellen, die Hälfte ihrer Mitarbeiter zu entlassen.

Valérie nahm an der Versammlung nicht teil, sie war mit einem Vertreter von Italtrav verabredet, um ihm das Projekt vorzustellen. Der italienische Markt war viel stärker zersplittert als der nordeuropäische: Obwohl Italtrav der größte italienische Reiseveranstalter war, stellte seine Finanzkraft nicht einmal ein Zehntel der Kapazität von TUI dar; ein Abkommen mit ihnen könnte dennoch eine nützliche zusätzliche Kundschaft bedeuten.

Sie kam gegen neunzehn Uhr von ihrer Verabredung zurück. Jean-Yves saß allein in seinem Büro; die Versammlung war gerade zu Ende gegangen.

»Na, wie haben sie reagiert?«

»Schlecht. Aber das kann ich verstehen; sie spüren vermutlich, daß ihr eigener Job bedroht ist.«

»Hast du vor, die Geschäftsführer der Clubs zu ersetzen?«

»Es handelt sich um ein neues Projekt; daher ist es wohl besser, mit neuen Teams anzufangen.«

Seine Stimme war sehr ruhig. Valérie warf ihm einen überraschten Blick zu: In der letzten Zeit zeigte er eine ungewohnte Selbstsicherheit – und Härte.

»Ich bin mir jetzt sicher, daß die Sache ein Erfolg wird. In der Mittagspause habe ich den Leiter des Boca Chica Clubs auf Santo Domingo beiseite genommen. Ich wollte mir Gewißheit verschaffen, wollte wissen, wie er es fertigbringt, daß sein Club immer zu 90 % ausgebucht ist, egal zu welcher Jahreszeit. Er hat zunächst Ausflüchte gemacht, war ziemlich verlegen und hat mir von ihrer Teamarbeit erzählt. Schließlich habe ich ihn direkt gefragt, ob er den Mädchen Zugang zu den Gästezimmern gewährt. Es hat mich ziemliche Anstrengung gekostet, ihn dazu zu bringen, die Sache zuzugeben, er hatte Angst, dafür bestraft zu werden. Ich war gezwungen, ihm zu sagen, daß mich das überhaupt nicht störe, im Gegenteil, daß ich seine Initiative interessant fände. Da hat er schließlich ausgepackt. Er fand es blöd, daß die Gäste in zwei Kilometer Entfernung ein Zimmer mieteten, häufig ohne fließend Wasser und noch dazu auf die Gefahr hin, übers Ohr gehauen zu werden, obwohl sie an Ort und Stelle allen Komfort haben. Ich habe ihn beglückwünscht und ihm versprochen, daß er seinen Posten als Geschäftsführer des Clubs behalten werde, auch wenn er der einzige sein sollte, der bleiben darf.«

Draußen wurde es dunkel; Jean-Yves knipste die Lampe auf seinem Schreibtisch an und schwieg eine Weile.

»Was die anderen angeht«, fuhr er fort, »habe ich keinerlei Gewissensbisse. Sie haben alle etwa das gleiche Profil. Es sind ehemalige Animateure des Club Méditerranée, sie haben zur richtigen Zeit angefangen, haben sämtliche Frauen vernascht, die sie nur haben wollten, ohne je den Finger zu rühren, und haben sich eingebildet, daß sie mit einem Job als Geschäftsführer eines Clubs bis zu ihrem Ruhestand weiter in der Sonne faulenzen könnten. Aber diese Zeit ist vorbei, da haben sie eben Pech gehabt. Was ich jetzt brauche, sind echte Profis.«

Valérie schlug die Beine übereinander, sah ihn wortlos an.

»Und wie war dein Gespräch mit Italtrav?«

»Oh, gut. Ohne Probleme. Der Typ hat gleich begriffen, was ich unter ›Tourismus mit Charme‹ verstehe, er hat sogar versucht, mich anzumachen ... Das ist das Gute bei den Italienern, sie sind wenigstens einschätzbar ... Na ja, er hat mir auf jeden Fall versprochen, die Clubs in seinen Katalog aufzunehmen, aber er hat mir auch gesagt, ich sollte mir keine allzu großen Illusionen machen: Italtrav ist vor allem deswegen ein großes Unternehmen, weil es ein Zusammenschluß zahlreicher spezialisierter Reiseveranstalter ist, als solches hat der Markenname keine sonderlich starke Identität. Es handelt sich dabei eher um eine Art Vertrieb: Wir können uns auf die Liste setzen lassen, aber wir müssen uns selbst einen Namen auf dem Markt machen.«

»Und wie sieht es mit Spanien aus?«

»Wir haben guten Kontakt zu Marsans. Die Situation ist ähnlich, außer daß sie größeren Ehrgeiz entwickeln; seit einiger Zeit versuchen sie in Frankreich Fuß zu fassen. Ich hatte erst befürchtet, daß wir ihrem Angebot Konkurrenz machen könnten, aber so ist es wohl doch nicht, sie sind der Ansicht, daß wir uns gegenseitig ergänzen.«

Sie dachte eine Weile nach, ehe sie fortfuhr: »Und was machen wir mit Frankreich?«

»Das weiß ich immer noch nicht … Es ist vielleicht ein bißchen blöd von mir, aber ich habe wirklich Angst vor einer Pressekampagne, die uns mit einer Moralpredigt kommt. Wir könnten natürlich eine Marktstudie in Auftrag geben und das Konzept testen lassen …«

»Du hast doch noch nie an diese Methoden geglaubt.«

»Nein, da hast du recht …« Er zögerte eine Weile. »Ich möchte die Sache in Frankreich am liebsten sehr begrenzt lancieren, nur durch das Netz von Auroretour. Mit Anzeigen in Zeitschriften wie *FHM* oder *L'Écho des Savanes*, die eine bestimmte Zielgruppe ansprechen. Ansonsten möchte ich tatsächlich in der ersten Zeit vor allem auf Nordeuropa setzen.«

Das Treffen mit Gottfried Rembke fand am folgenden Freitag statt. Am Abend zuvor trug Valérie eine entspannende Gesichtsmaske auf und ging anschließend sehr früh zu Bett. Als ich um acht Uhr aufwachte, war sie schon fertig. Das Ergebnis war beeindruckend. Sie trug ein schwarzes Kostüm mit einem sehr kurzen engen Rock, der ihren Hintern schön zur Geltung brachte, und unter der Jacke eine stellenweise durchsichtige, enganliegende lila Spitzenbluse und einen leuchtendroten Push-up-BH, der ihre Brüste weitgehend entblößte. Als sie sich dem Bett gegenüber hinsetzte, sah ich ihre schwarzen, nach oben hin abschattierten Seidenstrümpfe, die an einem Strapshalter befestigt waren. Ihre Lippen waren dunkelrot, fast purpurviolett nachgezogen, und sie hatte ihr Haar zu einem Knoten hochgesteckt.

»Na, *törnt dich das an*?« fragte sie spöttisch.

»*Super*«, seufzte ich. »Die Weiber haben wirklich was drauf...«

»Das ist meine Kleidung als institutionelle Verführerin. Ich habe sie aber auch für dich angezogen; ich wußte, daß ich dir so gefallen werde.«

»Die Re-Erotisierung der Unternehmenswelt ...«, brummte ich. Sie reichte mir eine Tasse Kaffee.

Bis sie das Haus verließ, tat ich nichts anderes, als zuzusehen, wie sie hin und her ging, sich setzte und wieder aufstand. Das war keine große Sache, wenn man so will, also das war ganz einfach, aber *das törnte wirklich an*, daran gab es keinen Zweifel. Sie schlug die Beine übereinander: Ein dunkler Streifen tauchte oben auf den Schenkeln auf und hob durch den Kontrast das äußerst feine Nylongewebe hervor. Sie kreuzte die Beine etwas höher: Ein Streifen aus schwarzer Spitze wurde sichtbar, dann die Befestigung der Strapse und das nackte weiße Fleisch, der Ansatz der Pobacken. Sie stellte die Beine nebeneinander: Alles verschwand wieder. Sie beugte sich über den Tisch: Ich spürte, wie ihr Busen unter dem Stoff wogte. Ich hätte Stunden damit verbringen können, ihr zuzuschauen. Es war eine einfache, unschuldige, unendliche schöne Freude; ein reines Glücksversprechen.

Sie waren um dreizehn Uhr im Restaurant *Le Divellec* in der Rue de l'Université verabredet; Jean-Yves und Valérie waren fünf Minuten vorher da.

»Wie sollen wir das Gespräch beginnen?« fragte Valérie beunruhigt, als sie aus dem Taxi stiegen.

»Och, du kannst ihm ja sagen, wir wollten ein paar Puffs für Deutsche aufmachen ...«, sagte Jean-Yves und verzog dabei müde das Gesicht. »Komm, mach dir keine Sorgen, er wird schon selbst die Fragen stellen, die ihn interessieren.«

Gottfried Rembke traf pünktlich um dreizehn Uhr ein. Sobald er das Restaurant betrat und seinen Mantel dem Kellner reichte, wußten sie, daß er es war. Er war untersetzt, kräftig, hatte eine Schädelglatze, einen offenen Blick und einen energischen Händedruck: Er war der Inbegriff eines gewandten, dynamischen Mannes und entsprach völlig dem Bild, das man sich von einem großen Unternehmer, genauer gesagt, von einem großen deutschen Unternehmer macht. Man konnte sich gut vorstellen, wie er schwungvoll den Tag begann, mit einem Satz aus dem Bett sprang und eine halbe Stunde auf dem Trimmrad verbrachte, ehe er in seinem nagelneuen Mercedes ins Büro fuhr und dabei die Wirtschaftsnachrichten hörte. »Der ist perfekt, der Typ ...«, brummte Jean-Yves, während er mit einem breiten Lächeln aufstand, um ihn zu begrüßen.

In den ersten zehn Minuten sprach Herr Rembke übrigens nur über die französische Küche. Es stellte sich heraus, daß er ein guter Kenner des Landes, der französischen Kultur und der Feinschmeckerrestaurants war; er besaß sogar ein Haus in der Provence. »Der ist echt scharf, der Typ ...«, dachte Jean-Yves, während er sein Langusten-Consommé mit Curaçao betrachtete. »*Oh my god!*«, fügte er innerlich hinzu und tauchte seinen Löffel in die Brühe. Valérie machte ihre Sache sehr gut: Sie hörte aufmerksam und mit glänzenden Augen zu, als sei sie von ihm gebannt. Sie wollte wissen, wo genau in der Provence, ob er oft genug die Zeit fände zu kommen usw. Sie hatte ein Salmi aus Samtkrabben mit Preiselbeeren bestellt.

»Also«, fuhr sie fort, ohne den Ton zu wechseln, »Sie wären möglicherweise an dem Projekt interessiert.«

»Sehen Sie«, erwiderte er in besonnenem Ton, »wir wissen genau, daß der ›Tourismus mit Charme‹« – er war über den Ausdruck leicht gestolpert – »eine der wesentlichen Motivationen unserer Landsleute beim Auslandsurlaub ist *– und das kann man im Grunde nur zu gut verstehen, denn gibt es eine angenehmere Art zu reisen?* Trotzdem, und das ist recht seltsam, hat sich bis heute kein großes Unternehmen ernsthaft mit der Frage beschäftigt – abgesehen von ein paar, im übrigen völlig unzureichenden Versuchen in Richtung der homosexuellen Kundschaft. So erstaunlich das auch erscheinen mag, haben wir es mit einem ganz neuen Markt zu tun.«

»Das ist ein ziemlich umstrittenes Thema, ich finde, daß die Mentalität der Leute da noch Fortschritte machen muß ...«, warf Jean-Yves ein, wobei ihm sogleich klar wurde, daß er großen Blödsinn von sich gab, »und zwar auf beiden Seiten des Rheins ...«, beendete er den Satz kläglich. Rembke warf ihm einen kühlen Blick zu, ganz so, als verdächtige er ihn, sich über ihn lustig zu machen; Jean-Yves beugte sich schnell wieder über seinen Teller und schwor sich, bis zum Ende des Essens keinen Ton mehr zu sagen. Valérie war sowieso perfekt in ihrer Rolle. »Wir sollten französische Probleme nicht auf Deutschland übertragen«, sagte sie und schlug die Beine mit einer unbefangenen Bewegung übereinander. Rembke richtete seine Aufmerksamkeit wieder auf sie.

»Unsere Landsleute«, fuhr er fort, »sind gezwungen, die Sache selbst in die Hand zu nehmen, und geraten daher oft an Vermittler von zweifelhaftem Charakter. Ganz allgemein gesehen, ist der Sektor von ausgesprochenem Dilettantismus geprägt – was eine gewaltige Gewinneinbuße für die gesamte Branche darstellt.« Valérie stimmte unverzüglich zu. Der Kellner brachte einen gebratenen Petersfisch mit frischen Feigen.

»Ihr Projekt«, sagte er dann, nachdem er einen Blick auf seinen Teller geworfen hatte, »interessiert uns auch deswegen, weil es eine regelrechte Umwälzung im Hinblick auf die herkömmliche Auffassung des Clubaufenthalts darstellt. Dieses Konzept, das Anfang der siebziger Jahre durchaus angemessen war, entspricht heute nicht mehr den Anforderungen des modernen Verbrauchers. Die zwischenmenschlichen Beziehungen in den westlichen Ländern sind schwieriger geworden – etwas, was wir selbstverständlich alle bedauern …«, fuhr er fort und warf dabei erneut einen Blick auf Valérie, die mit einem Lächeln die Beine wieder nebeneinanderstellte.

Als ich um Viertel nach sechs aus dem Büro zurückkam, war sie schon zu Hause. Ich war äußerst überrascht: Es war, glaube ich, das erste Mal, seit wir zusammenlebten, daß das vorkam. Sie trug immer noch ihr Kostüm und saß mit leicht gespreizten Beinen auf dem Sofa. Mit ins Leere gerichtetem Blick schien sie von schönen, glücklichen Dingen zu träumen. Ich wußte es zu diesem Zeitpunkt noch nicht, aber ich erlebte in gewisser Weise etwas mit, das auf beruflicher Ebene einem Orgasmus entsprach.

»Hat die Sache geklappt?« fragte ich.

»Noch mehr als das. Ich bin direkt nach dem Mittagessen nach Hause gefahren, ohne im Büro vorbeizuschauen; ich wüßte nicht, was wir in dieser Woche noch mehr tun könnten. Er ist nicht nur an dem Projekt interessiert, sondern hat die Absicht, es bereits ab dieser Wintersaison zu einem ihrer Spitzenprodukte zu machen. Er ist bereit, die Herstellung eines Katalogs und eine Werbeaktion zu finanzieren, die speziell auf das deutsche Publikum zugeschnitten ist. Er ist der Ansicht, daß er ganz allein die Belegung der bestehenden Clubs gewährleisten kann; er hat uns sogar gefragt, ob wir noch weitere Clubs besäßen, die im Bau sind. Das einzige, was er als Gegenleistung dafür verlangt, ist die Alleinvertretung auf dem Markt in Deutschland, Österreich, in der Schweiz und in den Beneluxländern; im übrigen weiß er, daß wir mit Neckermann in Kontakt stehen.

Ich habe uns fürs Wochenende im Thalasso-Zentrum in Dinard angemeldet«, fügte sie hinzu. »Ich glaube, ich habe das wirklich nötig. Wir könnten auch kurz bei meinen Eltern vorbeischauen.«

Der Zug fuhr eine Stunde später vom Bahnhof Montparnasse ab. Sobald wir Paris den Rücken gekehrt hatten, ließ die angestaute Anspannung allmählich nach, und Valérie wurde wieder normal, das heißt eher sexuell erregt und spielerisch. Die letzten Hochhäuser aus dem Pariser Großraum verschwanden in der Ferne; kurz vor der Ebene von Hurepoix beschleunigte der TGV und erreichte bald darauf seine Höchstgeschwindigkeit. Im Westen schwebte über der dunklen Masse von Getreidesilos noch ein kaum wahrnehmbarer roter Streifen, der letzte Schimmer des Tageslichts. Wir waren in einem Wagen der ersten Klasse, der in halboffene Abteile unterteilt war; auf den Tischen, die unsere Sitze trennten, brannten schon die kleinen gelben Lampen. Auf der anderen Seite des Gangs saß eine schicke, sogar ziemlich aparte Blonde um die Vierzig mit zum Knoten hochgestecktem Haar und blätterte in *Madame Figaro*. Ich hatte mir die gleiche Zeitung gekauft und versuchte ohne großen Erfolg, mich für den Wirtschaftsteil auf den lachsfarbenen Seiten zu interessieren. Seit einigen Jahren spielte ich mit dem Gedanken, daß es theoretisch möglich sein müsse, die Welt zu entziffern und ihre Entwicklungen zu begreifen, indem man all das in den Zeitungen beiseite ließ, was sich auf Tagespolitik, Gesellschaft und Kultur bezog; daß es möglich sein müsse, sich ein zutreffendes Bild der geschichtlichen Bewegung zu verschaffen, indem man nur den Wirtschaftsteil und den Börsenbericht las. Ich zwang mich also dazu, täglich die lachsfarbene Beilage des *Figaro* zu lesen und zusätzlich manchmal noch abstoßendere Blätter wie *Les Échos* oder *La Tribune Desfossés*. Bisher hatte sich meine These noch nicht wirklich bestätigt. Es war durchaus möglich, daß sich geschichtlich relevante Informationen hinter diesen Leitartikeln in gemäßigtem Ton oder diesen Zahlenreihen verbargen; aber das Gegenteil konnte genausogut zutreffen. Die einzige sichere

Schlußfolgerung, zu der ich gekommen war, lautete: Die Wirtschaft war wirklich entsetzlich langweilig. Als ich von einem kurzen Artikel aufblickte, der den Sturz des Nikkei zu analysieren versuchte, bemerkte ich, daß Valérie schon wieder mit dem Spielchen begonnen hatte, in kurzen Abständen die Beine übereinanderzuschlagen und wieder nebeneinanderzustellen; ihr Mund war halb zu einem Lächeln verzogen. »Höllenfahrt für die Mailänder Börse«, las ich noch, ehe ich die Zeitung weglegte. Als ich entdeckte, daß sie es fertiggebracht hatte, ihr Höschen auszuziehen, bekam ich plötzlich eine Erektion. Sie setzte sich neben mich und schmiegte sich an mich. Dann zog sie ihre Kostümjacke aus und legte sie auf meinen Schoß. Ich warf einen schnellen Blick nach rechts: Unsere Nachbarin schien immer noch in ihre Zeitung vertieft zu sein, und zwar genauer gesagt in einen Artikel über Wintergärten. Sie selbst trug ein Kostüm mit einem engen Rock und schwarze Seidenstrümpfe; sie wirkte wie eine *geile Wohlstandstusse*, wie es so schön heißt. Valérie schob den Arm unter das ausgebreitete Kleidungsstück und legte die Hand auf mein Glied; ich trug nur eine dünne Baumwollhose, die Wirkung war durchschlagend. Inzwischen war es draußen völlig dunkel geworden. Ich lehnte mich auf meinem Sitz zurück und ließ meine Hand unter ihre Bluse gleiten. Ich schob den Büstenhalter zur Seite, legte meine Hand auf ihre rechte Brust und begann ihre Brustwarze zwischen Daumen und Zeigefinger zu reizen. Etwa auf der Höhe von Le Mans öffnete sie meinen Hosenschlitz. Ihre Bewegungen waren jetzt unzweideutig, ich war überzeugt, daß unserer Nachbarin nichts von diesem Zirkus entging. Ich bin überzeugt, daß es unmöglich ist, einer von geübter Hand durchgeführten Masturbation lange zu widerstehen. Kurz vor Rennes ejakulierte ich, ohne daß es mir gelang, ein leises Stöhnen zu unterdrücken. »Ich muß mein Kostüm wohl in die Reinigung geben …«, sagte Valérie ruhig. Die Nachbarin warf einen Blick in unsere Richtung, ohne ihre Belustigung zu verbergen.

Ein wenig verlegen wurde ich dann doch, als ich am Bahnhof von Saint-Malo feststellte, daß sie in denselben Bus einstieg wie wir, der uns zum Thalasso-Zentrum brachte; Valérie dagegen überhaupt nicht, sie begann sogar ein Gespräch mit ihr über die verschiedenen Wellnessangebote. Ich habe nie recht die jeweiligen Vorzüge der Meeresschlammpackungen, der Berieselungsdusche und der Algenwickel auseinanderhalten können und begnügte mich am nächsten Tag mehr oder weniger damit, im Schwimmbad zu planschen. Ich machte gerade den toten Mann und dachte dabei vage an die Strömungen, die angeblich meinen Rücken unter Wasser massierten, als Valérie zu mir kam. »Unsere Zugnachbarin hat mit mir im Whirlpool angebändelt«, sagte sie ganz erregt. Ich registrierte die Information, ohne zu reagieren. »Im Augenblick ist sie allein im Dampfbad«, fügte sie hinzu. Ich schlüpfte in einen Bademantel und folgte ihr auf der Stelle. Kurz vor dem Eingang zog ich meine Badehose aus; meine Erektion war durch den Frotteestoff gut zu erkennen. Ich betrat den Raum mit Valérie, ließ sie vorgehen – der Dampf war so dicht, daß man keine zwei Meter weit sehen konnte. Die Luft war von einem äußerst starken, beinah berauschenden Eukalyptusduft erfüllt. Ich blieb in dem weißlichen, heißen Nichts stehen, bis ich ein Stöhnen aus dem hinteren Teil des Raumes hörte. Ich löste den Knoten meines Bademantels und ging auf das Geräusch zu; kleine Schweißtropfen bildeten sich auf der Oberfläche meiner Haut. Valérie kniete vor der Frau, hatte die Hände auf ihrem Arsch liegen und leckte ihre Möse. Es war tatsächlich eine sehr schöne Frau mit wunderschön runden Brüsten mit Silikoneinlagen, einem harmonischen Gesicht und einem breiten, sinnlichen Mund. Ohne Überraschung zu zeigen, wandte sie mir den Blick zu und legte ihre Hand auf mein Glied. Ich kam noch näher, glitt hinter sie, streichelte ihre Brüste und rieb dabei meinen Pimmel an ihrem Hintern. Sie spreizte die Schenkel, beugte sich nach vorn und stützte sich dabei gegen die Wand. Valérie wühlte in der Tasche ihres Bademantels und hielt mir dann ein Kondom hin; mit der anderen Hand streichelte sie weiter die Klitoris der Frau. Ich drang mit einem Schlag in sie, sie war schon ganz geöffnet; sie beugte sich noch ein wenig weiter vor. Ich bewegte mich in ihr hin und her und spürte plötzlich Valéries Hand, die zwischen meine Schenkel glitt und meine Eier umschloß. Valérie beugte sich wieder hinab, um die Möse der Frau zu lecken; bei jedem Stoß spürte ich, wie mein Pimmel an ihrer Zunge entlangglitt. In dem Augenblick, da die Frau mit langem glücklichen Stöhnen kam, spannte ich verzweifelt die Beckenmuskeln an und zog mich dann ganz langsam zurück. Ich schwitzte am ganzen Körper, keuchte unwillkürlich, spürte, wie ich taumelte, und mußte mich auf eine Bank setzen. Die Dampfmassen wogten weiter in der Luft. Ich hörte das Geräusch eines Kusses und hob den Kopf: Die beiden waren eng umschlungen, Brust an Brust.

Etwas später, am Spätnachmittag, schliefen wir miteinander, dann noch einmal am Abend und erneut am nächsten Morgen. Dieser Eifer war ein wenig ungewöhnlich; uns beiden war klar, daß eine schwere Zeit bevorstand, in der Valérie mit viel Arbeit, großen Schwierigkeiten und endlosen Kalkulationen zu kämpfen hatte. Der Himmel war strahlendblau, draußen war es fast warm; es war zweifellos eines der letzten schönen Wochenenden vor dem Herbst. Nachdem wir uns am Sonntagmorgen geliebt hatten, machten wir einen langen Spaziergang am Strand. Ich betrachtete überrascht die etwas kitschigen, neoklassizistischen Hotelgebäude. Als wir das Ende des Strands erreichten, setzten wir uns auf die Felsen.

»Ich nehme an, die Verabredung mit dem deutschen Unternehmer war wichtig für euch«, sagte ich. »Das ist doch sicher der Beginn einer neuen Herausforderung.«

»Das ist das letzte Mal, Michel. Wenn diese Sache klappt, dann haben wir für lange Zeit Ruhe.«

Ich warf ihr einen ungläubigen, ein wenig traurigen Blick zu. Ich glaubte nicht recht an solche Argumente, das erinnerte mich etwas an manche Geschichtsbücher mit Erklärungen von Politikern über das *allerletzte Mal*, den allerletzten Krieg, der zu einem dauerhaften Frieden führen soll.

»Dabei hast du mir doch erklärt«, sagte ich sanft, »daß der Kapitalismus vom Prinzip her ein ständiger Kriegszustand ist, ein ewiger Kampf, der nie zu Ende gehen kann.«

»Das stimmt«, sagte sie ohne zu zögern, »aber es müssen ja nicht unbedingt immer dieselben sein, die kämpfen.«

Eine Möwe flog auf, gewann an Höhe, segelte dem Ozean entgegen. Wir waren fast allein hier am Ende des Strands. Dinard war wirklich ein ruhiger Badeort, zumindest um diese Jahreszeit. Ein Labrador kam auf uns zu, beschnupperte uns und machte wieder kehrt; sein Besitzer war weit und breit nicht zu sehen.

»Das garantiere ich dir«, sagte sie nachdrücklich. »Wenn es so gut klappt, wie wir hoffen, können wir das Konzept auf viele Länder ausweiten. Allein in Lateinamerika läßt es sich in Brasilien, Venezuela und Costa Rica umsetzen. Ansonsten kann man ohne Schwierigkeiten Clubs in Kamerun, Mosambik, Madagaskar und auf den Seychellen eröffnen. Auch in Asien gibt es unmittelbare Möglichkeiten: in China, Vietnam, Kambodscha. Innerhalb von zwei oder drei Jahren können wir die führende Position einnehmen, so daß niemand es mehr wagt, in diesen Markt zu investieren: Dann haben wir unseren Wettbewerbsvorteil gegenüber der Konkurrenz.«

Ich erwiderte nichts, ich wußte nicht, was ich ihr darauf hätte erwidern können, schließlich stammte die Idee ja von mir. Die Flut kam; kleine Rinnen gruben sich in den Sand, endeten vor unseren Füßen.

»Außerdem«, fuhr sie fort, »werden wir diesmal wirklich ein großes Aktienpaket fordern. Wenn der Erfolg da ist, können sie uns das nicht abschlagen. Und wenn man Aktionär ist, braucht man nicht mehr zu kämpfen: Dann kämpfen die anderen an unserer Stelle.«

Sie hielt inne, blickte mich zögernd an. Was sie da sagte, hatte Hand und Fuß, darin steckte eine gewisse Logik. Es erhob sich ein leichter Wind; ich bekam allmählich Hunger. Das Restaurant in dem Hotel war ausgezeichnet: Sie hatten herrlich frische Meeresfrüchte und köstlich zubereitete Fischgerichte. Wir gingen über den feuchten Sand zurück.

»Ich habe Geld ...«, sagte ich plötzlich, »du darfst nicht vergessen, daß ich Geld habe.« Sie blieb stehen und sah mich überrascht an; selbst ich hatte nicht damit gerechnet, diese Worte auszusprechen.

»Ich weiß, daß Frauen es heutzutage nicht mehr mögen, ausgehalten zu werden«, fuhr ich ein wenig verlegen fort, »aber es zwingt uns schließlich niemand, so zu handeln wie alle anderen.«

Sie blickte mir ruhig in die Augen. »Wenn du das Geld für das Haus bekommst, hast du alles in allem maximal drei Millionen Franc ...«, sagte sie.

»Ja, ein bißchen weniger.«

»Das reicht nicht; nicht ganz. Wir brauchen noch etwas mehr.« Sie ging weiter, schwieg eine ganze Weile. »Verlaß dich auf mich ...«, sagte sie in dem Augenblick, da wir den verglasten Anbau des Restaurants betraten.

Nach dem Essen, kurz bevor wir zum Bahnhof fuhren, statteten wir Valéries Eltern noch einen Besuch ab. Sie würde wieder furchtbar viel Arbeit haben, erklärte sie ihnen; sie könne wahrscheinlich vor Weihnachten nicht wiederkommen. Ihr Vater blickte sie mit einem resignierten Lächeln an. Sie war eine gute Tochter, sagte ich mir, eine liebevolle, aufmerksame Tochter; sie war auch eine sinnliche, zärtliche Liebhaberin voller Erfindungsgeist; und sie würde gegebenenfalls bestimmt eine liebevolle, vernünftige Mutter sein. »*Ihre Füße sind aus feinem*

Gold, ihre Beine wie die Säulen des Tempels in Jerusalem.« Ich fragte mich wieder, was ich eigentlich getan hatte, um eine Frau wie Valérie zu verdienen. Vermutlich nichts. Ich kann die Entwicklung der Welt nur feststellen, sagte ich mir; ich gehe empirisch und gutwillig vor und stelle sie fest; mir bleibt nichts anderes, als sie festzustellen.

12

Ende Oktober starb Jean-Yves' Vater. Audrey weigerte sich, Jean-Yves zur Beerdingung zu begleiten; damit hatte er im übrigen gerechnet, er hatte sie nur aus Prinzip gefragt. Es würde eine kleine Beerdigung werden: Er hatte keine Geschwister, ein paar Angehörige würden kommen, kaum Freunde. Im Rundbrief der ehemaligen Studenten der ESAT würde eine kleine Todesanzeige erscheinen; das war auch schon alles. Die Spur würde sich verlieren, in der letzten Zeit hatte er zu niemandem mehr Kontakt gehabt. Jean-Yves hatte nie recht begriffen, was ihn veranlaßt hatte, seinen Ruhestand in dieser uninteressanten, im schlechtesten Sinne des Wortes bäuerlichen Gegend zu verbringen, in der er niemanden kannte. Vermutlich eine letzte Spur des Masochismus, der ihn mehr oder weniger sein ganzes Leben lang begleitet hatte. Nach einem glänzenden Hochschulabschluß hatte er darauf verzichtet, Karriere zu machen, und sich mit dem monotonen Leben eines Ingenieurs in der Herstellung begnügt. Auch wenn er immer davon geträumt hatte, eine Tochter zu haben, hatte er sich absichtlich auf ein einziges Kind beschränkt – mit dem Ziel, ihm, wie er behauptete, eine bessere Ausbildung zu ermöglichen; das Argument stach nicht wirklich, denn er bezog ein recht gutes Gehalt. Er machte den Eindruck, als verbinde ihn eher die Gewohnheit als die Liebe mit seiner Frau; er war möglicherweise stolz auf den beruflichen Erfolg seines Sohnes – andererseits sprach er jedoch nie darüber. Er hatte kein Hobby und kein Interesse an irgendwelchen Vergnügen, abgesehen von der Kaninchenzucht und den Kreuzworträtseln in der *République du Centre-Ouest*. Man vermutet wohl zu Unrecht bei allen Menschen eine geheime Leidenschaft, eine verborgene Seite, eine Spaltung; wenn Jean-Yves' Vater seine ganz persönliche Überzeugung, den tieferen Sinn, den er im Leben sah, hätte darlegen sollen, hätte er vermutlich nur eine leichte Enttäuschung geäußert. Tatsächlich beschränkte sich sein Lieblingssatz, der Satz, den er, soweit Jean-Yves sich erinnern konnte, am häufigsten ausgesprochen hatte und der am besten seine Erfahrung des menschlichen Lebens zusammenfaßte, auf die Worte: »Man wird älter.«

Der Mutter ging sein Tod in geziemender Weise zu Herzen – immerhin verband sie ein langes, gemeinsames Leben –, ohne daß sie wirkliche Erschütterung zeigte. »In der letzten Zeit haben seine Kräfte immer mehr nachgelassen ...«, sagte sie. Die Todesursache war so ungewiß, daß man ebensogut von allgemeiner Erschöpfung oder gar Entmutigung hätte sprechen können. »Er hatte zu nichts mehr Lust ...«, sagte Jean-Yves' Mutter auch noch. Das war in etwa ihre Leichenrede.

Audreys Abwesenheit fiel natürlich auf, aber seine Mutter unterließ es, während der Trauerfeier darauf anzuspielen. Das Abendessen war einfach – aber sie war sowieso nie eine gute Köchin gewesen. Er wußte genau, daß sie das Thema irgendwann ansprechen würde. Angesichts der Umstände war es ziemlich schwierig, der Sache auszuweichen, indem er zum Beispiel den Fernseher anstellte, wie er es häufig getan hatte. Seine Mutter räumte den Rest des Geschirrs weg, dann setzte sie sich ihm gegenüber und stützte die Ellbogen auf den Tisch.

»Wie läuft es mit deiner Frau?«

»Nicht besonders ...« Er berichtete ein paar Minuten lang, verlor sich nach und nach in seinen eigenen Schwierigkeiten; zum Schluß teilte er seine Absicht mit, sich scheiden zu lassen. Er wußte, daß seine Mutter Audrey haßte, daß sie ihr vorwarf, ihr die Enkelkinder vorzuenthalten; das war zwar nicht falsch, aber andererseits hatten ihre Enkelkinder auch keine große Lust, sie zu besuchen. Unter anderen Umständen hätten sie sich allerdings an sie gewöhnen können; zumindest Angélique, für sie war es noch nicht zu spät. Aber das hätte andere Bedingungen erfordert, ein anderes Leben, Dinge, die sich nur schwer in Erwägung ziehen ließen. Jean-Yves musterte das Gesicht seiner Mutter, ihren grauen Knoten, ihre strengen Züge: Es war schwierig, eine Aufwallung von Zärtlichkeit oder Zuneigung für diese Frau zu empfinden. Solange er sich erinnern konnte, hatte sie nie etwas für *Schmusen* übrig gehabt, es war ebenso schwierig, sie sich in der Rolle einer sinnlichen Liebhaberin oder eines *geilen Luders* vorzustellen. Ihm wurde plötzlich klar, daß sich sein Vater vermutlich sein ganzes Leben lang tödlich gelangweilt hatte. Das war ein richtiger Schock für ihn, seine Hände klammerten sich an den Tischrand: Das war nun aber wirklich zu hoffnungslos, zu endgültig. Verzweifelt versuchte er sich an einen Moment zu erinnern, in dem er seinen Vater fröhlich, zufrieden und voller Lebenslust erlebt hatte. Vielleicht hatte es einen gegeben, als er fünf Jahre alt gewesen war und sein Vater versucht hatte, ihm zu zeigen, wie man mit einem Stabilbaukasten umgeht. O ja, sein Vater hatte die Mechanik geliebt, ernsthaft geliebt – er erinnerte sich noch an die Enttäuschung seines Vaters, als er ihm angekündigt hatte, daß er Betriebswirtschaft studieren wolle; vielleicht reichte das ja doch, um ein Leben auszufüllen.

Am folgenden Tag machte er einen kurzen Gang durch den Garten, der ihm ehrlich gesagt ziemlich fremd vorkam und keinerlei Kindheitserinnerungen in ihm wachrief. Die Kaninchen hopsten nervös in ihren Ställen herum, sie hatten noch nichts zu fressen bekommen: Seine Mutter würde sie sofort verkaufen, sie wollte sich nicht um sie kümmern. Im Grunde waren sie die wahren Verlierer dieser Angelegenheit, die einzigen wirklichen Opfer dieses Todesfalles. Jean-Yves nahm einen Sack mit Granulat und schüttete eine Handvoll in jede Krippe; zum Gedenken an seinen Vater konnte er diese Geste vollziehen.

Er fuhr früh zurück, kurz vor der Sendung mit Michel Drukker, aber dennoch geriet er ab Fontainebleau in endlose Staus. Er versuchte verschiedene Radiosender, stellte aber schließlich das Radio ab. Hin und wieder bewegte sich der Strom von Autos ein paar Meter vorwärts; er hörte nur das Summen der Motoren und das Auftreffen einzelner Regentropfen auf die Windschutzscheibe. Seine Stimmung ließ sich auf diese melancholische Leere ein. Das einzige Positive an diesem Wochenende war, daß er Johanna nicht wiederzusehen brauchte, dachte er; er hatte sich endlich entschlossen, einen anderen Babysitter zu suchen. Die neue, Eucharistie, war ihm von einer Nachbarin empfohlen worden: Sie stammte aus Dahomey, war ein seriöses Mädchen und kam gut in der Schule zurecht, mit fünfzehn ging sie bereits in die zwölfte Klasse. Sie wollte später Ärztin, vielleicht Kinderärztin werden; auf jeden Fall kam sie sehr gut mit den Kindern zurecht. Es gelang ihr, Nicolas seinen Videospielen zu entreißen und ihn vor zehn Uhr ins Bett zu bringen – was noch keiner zuvor geschafft hatte. Sie war nett zu Angélique, sorgte dafür, daß sie nachmittags einen Imbiß bekam, badete sie und spielte mit ihr; die Kleine mochte sie offensichtlich wahnsinnig gern.

Erschöpft von der Fahrt traf er gegen halb elf zu Hause ein; Audrey war, wie er sich zu erinnern glaubte, übers Wochenende nach Mailand gefahren, sie würde am nächsten Morgen mit dem Flugzeug zurückkommen und gleich vom Flughafen zur Arbeit fahren. Nach der Scheidung würde sie wohl nicht mehr auf so großem Fuß leben können, dachte er mit boshafter Zufriedenheit; daher war es verständlich, daß sie dieses Thema möglichst lange hinausschob. Aber jedenfalls heuchelte sie ihm keine plötzlichen Anwandlungen von Zärtlichkeit und Zuneigung vor, das war etwas, was man ihr zugute halten mußte.

Eucharistie saß auf dem Sofa und las *Das Leben. Gebrauchsanweisung* von Georges Perec in einer Taschenbuchausgabe; alles hatte gut geklappt. Sie willigte ein, ein Glas Orangensaft zu trinken; er selbst schenkte sich einen Cognac ein. Wenn er heimkam, erzählte sie ihm im allgemeinen, wie der Tag verlaufen war und was sie mit den Kindern angefangen hatte; das dauerte ein paar Minuten, anschließend ging sie. Auch diesmal war es so; aber als er sich einen weiteren Cognac einschenkte, stellte er fest, daß er nicht zugehört hatte. »Mein Vater ist gestorben …«, sagte er und wurde sich auf einmal wieder dessen bewußt. Eucharistie hielt schlagartig inne, blickte ihn zögernd an; sie wußte nicht recht, wie sie darauf reagieren sollte, aber ganz offensichtlich war es ihm gelungen, ihre Aufmerksamkeit auf sich zu ziehen. »Meine Eltern haben keine sehr glückliche Ehe geführt …«, fuhr er fort, und diese Feststellung machte das Ganze noch schlimmer: Sie schien sein Dasein in Frage zu stellen, ihm in gewisser Weise das Recht zu leben abzusprechen. Er war die Frucht einer unglücklichen, verpfuschten Ehe, das Resultat von etwas, was es besser nicht gegeben hätte. Er blickte sich besorgt um: Spätestens in ein paar Monaten würde er aus dieser Wohnung ausziehen, würde er diese Vorhänge und diese Möbel nicht mehr sehen, alles schien sich schon aufzulösen, seine Festigkeit zu verlieren. Er hätte im Ausstellungsraum eines Warenhauses nach Geschäftsschluß sein können; oder im Foto eines Katalogs, also in irgend etwas, das sowieso keine richtige Existenz besaß. Er stand taumelnd auf, ging auf Eucharistie zu und drückte den Körper des Mädchens mit Gewalt an sich. Er schob die Hand unter ihren Pullover: Ihr Fleisch war lebendig, real. Plötzlich wurde er sich der Situation wieder bewußt und hielt verlegen inne. Da wehrte sie sich auch nicht mehr. Er blickte ihr fest in die Augen, küßte sie dann auf den Mund. Sie erwiderte seinen Kuß, drückte ihre Zunge gegen seine. Er schob die Hand höher unter ihren Pullover, bis zu ihren Brüsten.

Sie schliefen wortlos miteinander; sie hatte sich schnell ausgezogen und sich dann im Schlafzimmer aufs Bett gehockt, damit er sie nehmen konnte. Auch nach dem Orgasmus verharrten sie noch ein paar Minuten schweigend und vermieden es anschließend, auf das Thema zurückzukommen. Sie erzählte ihm noch einmal, wie der Tag verlaufen war und was sie mit den Kindern unternommen hatte; dann sagte sie ihm, daß sie nicht dort schlafen könne.

In den folgenden Wochen taten sie es noch mehrmals, in Wirklichkeit jedesmal, wenn sie da war. Er rechnete mehr oder weniger damit, daß sie das Problem der *Legitimität* ihrer Beziehung ansprechen würde: Schließlich war sie erst fünfzehn und er fünfunddreißig; er hätte zur Not ihr Vater sein können. Aber sie schien überhaupt nicht vorzuhaben, die Dinge unter diesem Blickwinkel zu betrachten: unter welchem Blickwinkel dann? Es wurde ihm schließlich in einer Aufwallung von Rührung und Dankbarkeit klar: entscheidend für sie war ganz einfach die *Lust*. Durch seine Ehe war er offensichtlich etwas weltfremd geworden, hatte den Kontakt verloren. Er hatte ganz einfach vergessen, daß manche Frauen in manchen Situationen *aus reiner Lust* mit einem Mann schlafen. Er war nicht der erste, mit dem Eucharistie ins Bett gegangen war, sie hatte schon im letzten Jahr mit einem Jungen geschlafen, einem Typen aus der dreizehnten Klasse, den sie anschließend aus den Augen verloren hatte; aber es gab Dinge, die sie nicht kannte, zum Beispiel oralen Sex. Beim ersten Mal hielt er sich zurück, zögerte, in ihrem Mund zu ejakulieren; aber sehr bald stellte er fest, daß sie das gern mochte oder eher, daß es ihr Spaß machte, zu spüren, wie sein Samen hervorspritzte. Er hatte im allgemeinen keinerlei Schwierigkeiten, sie zum Orgasmus zu bringen; er empfand seinerseits eine große Sinnenfreude, diesen festen, geschmeidigen Körper in den Armen zu halten. Sie war intelligent und neugierig, sie interessierte sich für seine Arbeit und stellte ihm viele Fragen: Sie besaß in etwa all das, was Audrey fehlte. Die Unternehmenswelt war für sie ein unbekanntes, exotisches Universum, dessen Bräuche sie kennenlernen wollte; all diese Fragen hätte sie nicht an ihren Vater gerichtet – der ihr darauf sowieso nicht hätte antworten können, er arbeitete in einem staatlichen Krankenhaus. Im ganzen genommen war ihre Beziehung, wie er sich mit dem seltsamen

Eindruck der Relativität aller Dinge sagte, ziemlich *ausgeglichen*. Immerhin hatte er Glück gehabt, daß sein erstes Kind kein Mädchen gewesen war; er konnte sich nur schwer vorstellen, wie – und vor allem *warum* – man unter manchen Umständen den Inzest vermeiden sollte.

Drei Wochen nachdem sie zum erstenmal miteinander geschlafen hatten, kündigte Eucharistie ihm an, daß sie wieder einen Jungen kennengelernt hatte; unter diesen Umständen sei es besser, wenn sie aufhörten, zumindest mache das die Sache schwieriger. Er schien so betrübt darüber zu sein, daß sie ihm vorschlug, ihm in Zukunft wenigstens noch einen zu blasen. Er begriff ehrlich gesagt nicht recht, was daran *weniger schlimm* sein sollte, aber er hatte die Gefühle, die er mit fünfzehn empfunden hatte, sowieso fast vergessen. Beim nächsten Mal unterhielten sie sich erst lange über alles mögliche; sie bestimmte den Augenblick. Sie zog sich bis zur Taille aus, ließ sich die Brüste streicheln; dann lehnte er sich an die Wand, und sie kniete sich vor ihm hin. Sie erriet ganz genau an seinem Stöhnen, wann er kommen würde. Dann zog sie den Kopf zurück und richtete mit präzisen Bewegungen seinen Samenstrahl auf ihre Brüste oder manchmal auch auf ihren Mund. In diesen Augenblicken hatte sie einen fröhlichen, fast kindlichen Ausdruck. Wenn er daran zurückdachte, sagte er sich wehmütig, daß sie erst am Anfang ihres Liebeslebens stand und bestimmt zahlreiche Liebhaber glücklich machen würde. Ihre Wege hatten sich nur flüchtig gekreuzt, mehr nicht, aber das war schon ein Glücksfall.

Am zweiten Samstag, als Eucharistie gerade mit halbgeschlossenen Augen und weit geöffnetem Mund wieder anfing, ihn mit großer Hingabe zu wichsen, sah er plötzlich seinen Sohn, der den Kopf durch die Wohnzimmertür steckte. Er zuckte zusammen und wandte die Augen ab; als er den Blick wieder hob, war das Kind verschwunden. Eucharistie hatte nichts gemerkt, sie schob die Hand zwischen seine Schenkel, übte einen leichten Druck auf seine Eier aus. Da hatte er den seltsamen Eindruck, als sei ringsumher alles erstarrt. Und plötzlich hatte er eine Art von Erleuchtung, sah deutlich die Sackgasse, auf die wir zusteuerten. Das Durcheinander der Generationen war groß, und die Geschlechterfolge hatte keinen Sinn mehr. Er zog Eucharisties Gesicht seinem Glied entgegen; ohne es sich wirklich klarzumachen, spürte er, daß es das letzte Mal war und er ihren Mund brauchte. Sobald sie die Lippen wieder geschlossen hatte, hatte er einen langen, mehrfachen Orgasmus und schob ihr seinen Pimmel tief in die Kehle, wobei er am ganzen Körper erschauerte. Dann blickte sie zu ihm auf; er ließ die Hände auf dem Kopf des Mädchens liegen. Sie behielt sein Glied noch zwei oder drei Minuten im Mund und ließ mit geschlossenen Augen die Zunge über seine Eichel gleiten. Kurz bevor sie wieder wegging, sagte er ihr, daß sie nicht wieder damit anfangen würden. Er wußte nicht recht warum; wenn sein Sohn darüber sprechen sollte, würde ihm das sicher bei der Scheidung schaden. Aber da war noch etwas anderes, hinter das er nicht stieg. Er erzählte mir das alles eine Woche später in einem ziemlich unerquicklichen Ton der Selbstanklage und bat mich, Valérie nichts davon zu sagen. Ehrlich gesagt langweilte er mich ein bißchen, ich begriff wirklich nicht, was daran so problematisch war; doch aus reiner Liebenswürdigkeit tat ich so, als würde ich mich dafür interessieren und das Für und Wider abwägen, aber ich glaubte überhaupt nicht an diese Geschichte und hatte fast das Gefühl, als säße ich in einer Talkshow mit Mireille Dumas.

Auf beruflicher Ebene lief jedoch alles sehr gut, wie er mir zufrieden berichtete. Ein paar Wochen zuvor hätte es beinah ein Problem mit dem Club in Thailand gegeben: Um den Erwartungen der Verbraucher an diesem Reiseziel gerecht zu werden, mußte unbedingt ein Animierlokal und ein Massagesalon vorgesehen werden; das ließ sich jedoch im Rahmen des Kostenvoranschlags für das Hotel nicht so leicht rechtfertigen. Er rief Gottfried Rembke an. Der Chef der TUI fand schnell eine

Lösung: Er hatte vor Ort einen Geschäftspartner, einen chinesischen Bauunternehmer, der seine Niederlassung in Phuket hatte und der dafür sorgen konnte, daß direkt neben dem Hotel ein Freizeitkomplex errichtet wurde. Der deutsche Reiseveranstalter schien vorzüglicher Laune zu sein, anscheinend ließen sich die Dinge gut an. Anfang November erhielt Jean-Yves ein Exemplar des Katalogs, der für die deutsche Kundschaft bestimmt war; sie hatten keine halben Sachen gemacht, wie Jean-Yves sogleich bemerkte. Auf allen Fotos waren einheimische Mädchen mit nacktem Busen zu sehen, die einen String oder einen durchsichtigen Rock trugen; sie waren am Strand oder direkt in den Zimmern fotografiert worden und lächelten aufreizend oder ließen die Zunge über die Lippen gleiten: Die Sache war kaum mißzuverstehen. So etwas, meinte er zu Valérie, wäre in Frankreich niemals durchgegangen. Es ist seltsam festzustellen, sagte er wie im Selbstgespräch, daß bei der Durchsetzung des europäischen Gedankens der Ruf nach einem Staatenbund immer lauter wird, im Bereich der Sittengesetzgebung jedoch keinerlei Vereinheitlichung zu bemerken ist. Während in Holland und Deutschland die Prostitution anerkannt und rechtlich eindeutig geregelt ist, gibt es in Frankreich eine Menge Leute, die für deren Abschaffung oder sogar für die Bestrafung der Kunden eintreten, wie es in Schweden üblich ist. Valérie blickte ihn überrascht an: Er war im Augenblick etwas seltsam, versank immer öfter in unergiebige, gegenstandslose Grübeleien. Sie dagegen arbeitete pausenlos, ging methodisch und mit kühler Zielstrebigkeit vor, traf häufig sogar Entscheidungen, ohne ihn zu Rate zu ziehen. Sie war das eigentlich nicht gewohnt, und manchmal spürte ich, daß sie etwas hilflos zögerte; die Unternehmensleitung mischte sich nicht ein, ließ ihnen völlig freie Hand. »Sie warten ab, das ist alles, sie wollen sehen, ob wir damit Erfolg haben oder auf die Schnauze fallen«, vertraute sie mir eines Tages mit verhaltener Wut an. Sie hatte recht, das war eindeutig, ich konnte ihr nicht widersprechen. Das waren nun mal die Spielregeln.

Ich selbst hatte nichts dagegen einzuwenden, daß die Sexualität Einzug in den Bereich der Marktwirtschaft hielt. Es gab viele Wege, um zu Geld zu kommen, ehrliche und unehrliche, geistige oder im Gegenteil brutale, körperliche Methoden. Man konnte aufgrund von Intelligenz, von Talent, von Kraft oder von Mut und sogar von Schönheit zu Geld kommen; man konnte auch durch einen banalen Glücksfall dazu kommen. Meistens kam man wie in meinem Fall durch eine Erbschaft zu Geld; dann wurde das Problem auf die vorherige Generation verschoben. Ganz unterschiedliche Leute waren auf dieser Erde zu Geld gekommen: ehemalige Hochleistungssportler, Gangster, Künstler, Mannequins, Schauspieler; eine große Anzahl von Unternehmern und gewieften Finanzleuten; auch ein paar Techniker und seltener ein paar Erfinder. Manchmal kam man auch durch rein mechanische Anhäufung zu Geld; oder im Gegenteil durch einen von Erfolg gekrönten mutigen Coup. All das ergab kaum Sinn, spiegelte aber eine große Vielseitigkeit wider. Im Gegensatz dazu waren die Kriterien der sexuellen Wahl übertrieben einfach: Sie beschränkten sich auf Jugend und körperliche Schönheit. Diese Eigenschaften hatten gewiß einen Preis, aber keinen *unendlichen* Preis. Die Situation war natürlich in den vorangegangenen Jahrhunderten, zu Zeiten, als die Sexualität im wesentlichen noch mit der Fortpflanzung verbunden war, anders gewesen. Um den genetischen Wert der Gattung zu erhalten, mußte die Menschheit damals unbedingt Kriterien wie Gesundheit, Stärke, Jugend und Körperkraft berücksichtigen – wovon die Schönheit nur eine praktische Synthese war. Heute ist die Lage anders: Die Schönheit behielt ihren ganzen Wert, aber es handelte sich um einen narzißtischen Wert, aus dem man Kapital schlagen konnte. Wenn die Sexualität also tatsächlich Eingang in den Sektor der Tauschwaren finden sollte, bestand die beste Lösung vermutlich darin, aufs Geld zurückzugreifen, das universale Tauschmittel, das es bereits erlaubte, ein genaues Äquivalent für die Intelligenz, das Talent und die technische Kompetenz zu gewährleisten, und das es bereits erlaubt hatte, die Meinungen, den Geschmack und die Lebensweise zu normieren. Im Gegensatz zu den Aristokraten erhoben die Reichen nicht den Anspruch, sich von der übrigen Bevölkerung durch ihre Natur zu unterscheiden; sie erhoben nur den Anspruch, reicher zu sein. Der seinem Wesen nach abstrakte Begriff des Geldes ist unabhängig von Rasse, Aussehen, Alter, Intelligenz oder Würde, ja unabhängig von überhaupt allen Dingen außer vom Geld. Meine europäischen Vorfahren hatten mehrere Jahrhunderte lang schwer gearbeitet; sie hatten es sich zur Aufgabe gemacht, die Welt zu beherrschen und sie dann umzugestalten, und in gewisser Weise ist es ihnen gelungen. Sie machten es aus wirtschaftlichem Interesse und Freude an der Arbeit, aber auch weil sie an die Überlegenheit ihrer Zivilisation glaubten: Sie erfanden den Traum, den Fortschritt, die Utopie und die Zukunft. Dieses Bewußtsein einer zivilisatorischen Mission verlor sich jedoch im Laufe des 20. Jahrhunderts allmählich. Die Europäer, zumindest einige unter ihnen, arbeiteten weiterhin, manchmal sogar sehr hart, aber sie taten es aus Interesse oder aus neurotischer Liebe zu ihrer Aufgabe; das unschuldige Bewußtsein ihres natürlichen Rechts, die Welt zu beherrschen und deren Geschicke zu lenken, war verschwunden. Infolge der angehäuften Anstrengungen blieb Europa ein reicher Kontinent; doch ich hatte die Intelligenz und die Hartnäckigkeit, die meine Vorfahren besaßen, ganz offensichtlich verloren. Als wohlhabender Europäer konnte ich in anderen Ländern für einen geringeren Preis Nahrung, Dienstleistungen und Frauen kaufen; als dekadenter Europäer sah ich, da ich mir meines bevorstehenden Todes bewußt und völlig egoistisch eingestellt war, keinen Grund, darauf zu verzichten. Ich war mir aber auch bewußt, daß diese Situation auf Dauer nicht haltbar war, daß Menschen wie ich unfähig waren, das Überleben einer Gesellschaft zu gewährleisten, und im Grunde sogar des Lebens nicht würdig waren. Mutationen würden stattfinden, fanden bereits statt, aber ich fühlte mich nicht wirklich davon betroffen. Meine einzige richtige Motivation bestand darin, so schnell wie möglich diesem Saustall den Rücken zu kehren. Der November war kalt und unfreundlich, ich las in der letzten Zeit nicht mehr so oft Auguste Comte. Wenn Valérie nicht da war, bestand meine einzige Ablenkung darin, durch die große Fensterwand die vorüberziehenden Wolken zu betrachten. Große Schwärme von Staren bildeten sich am Spätnachmittag über Gentilly und beschrieben schräge Ebenen und Spiralen am Himmel. Ich war geneigt, einen Sinn darin zu sehen, sie als Vorboten einer Apokalypse zu deuten.

13

Eines Abends, auf dem Nachhauseweg von der Arbeit, traf ich Lionel; ich hatte ihn seit der *Tropic Thai*-Reise nicht wiedergesehen, die auch schon fast ein Jahr zurücklag. Seltsamerweise erkannte ich ihn dennoch sofort. Ich war etwas überrascht, daß er einen so starken Eindruck hinterlassen hatte; ich konnte mich nicht einmal erinnern, damals mit ihm gesprochen zu haben.

Es gehe ihm gut, erklärte er mir. Sein rechtes Auge war mit einem runden Wattepflaster bedeckt. Er habe einen Betriebsunfall erlitten, irgend etwas sei explodiert; aber es gehe schon wieder, man habe ihn rechtzeitig behandelt, er würde 50 % seiner Sehkraft auf diesem Auge zurückgewinnen. Ich lud ihn ein, in einem Café in der Nähe des Palais Royal ein Glas mit mir zu trinken. Ich fragte mich, ob ich gegebenenfalls auch Robert, Josiane und die anderen Teilnehmer wiedererkennen würde; vermutlich ja. Das war ein ziemlich betrüblicher Gedanke; mein Gedächtnis füllte sich ständig mit völlig nutzlosen Informationen an. Als menschliches Wesen besaß ich eine besonders gut ausgebildete Fähigkeit im Wiedererkennen und Speichern von Bildern anderer menschlicher Wesen. *Nichts* ist dem Menschen nützlicher als der Mensch selbst. Der Grund, warum ich Lionel eingeladen hatte, war mir nicht recht klar, das Gespräch würde vermutlich sehr bald ins Stocken geraten. Um es zu verhindern, fragte ich ihn, ob er Gelegenheit gehabt habe, nach Thailand zurückzukehren. Nein, er hätte es zwar gern getan, aber die Reise sei leider ziemlich teuer. Ob er andere Teilnehmer wiedergesehen habe? Nein, keinen. Da erzählte ich ihm, daß ich Valérie wiedergetroffen hatte, an die er sich vielleicht noch erinnere, und daß wir inzwischen sogar zusammenlebten. Er schien sich über diese Nachricht zu freuen, wir hatten offensichtlich einen guten Eindruck bei ihm hinterlassen. Er habe nicht oft die Gelegenheit zu reisen, sagte er zu mir; und dieser Urlaub in Thailand sei eine seiner schönsten Erinnerungen überhaupt. Ich war leicht gerührt über seine einfache Art, sein naives Glücksstreben. Und da hatte ich eine Regung, die ich auch heute noch, wenn ich daran zurückdenke, als *gut* bezeichnen könnte. Ich bin im großen und ganzen kein guter Mensch, Güte ist kein Charakterzug, der mich auszeichnet. Der humanitäre Gedanke widert mich an, das Schicksal der anderen ist mir im allgemeinen gleichgültig, ich kann mich nicht daran erinnern, jemals das geringste Gefühl von *Solidarität* empfunden zu haben. Trotzdem erklärte ich Lionel an jenem Abend, daß Valérie in der Tourismusbranche arbeite, daß ihre Firma in Kürze einen neuen Club in Krabi eröffnen werde und daß ich ihm ohne Schwierigkeiten einen einwöchigen Aufenthalt zum halben Preis vermitteln könne. Das war natürlich völlig aus der Luft gegriffen, aber ich hatte schon beschlossen, den fehlenden Betrag selbst beizusteuern. Vielleicht wollte ich nur irgendwie *angeben*; aber ich meine, ich hätte auch den aufrichtigen Wunsch gehabt, daß er noch einmal im Leben, und sei es nur für eine Woche, in den fachkundigen Händen junger Thai-Prostituierter Lust empfand.

Als ich Valérie von der Begegnung erzählte, blickte sie mich ziemlich überrascht an, sie erinnerte sich überhaupt nicht mehr an Lionel. Genau das war sein Problem, er war an sich kein verkehrter Typ, aber ihm fehlte jede Originalität: Er war zu zurückhaltend, zu bescheiden, es war schwer, sich in irgendeiner Weise an ihn zu erinnern. »Na gut …«, sagte sie, »wenn dir das Freude macht; er braucht übrigens nicht mal den halben Preis zu bezahlen, ich wollte dir schon davon erzählen, ich bekomme demnächst ein paar Einladungen für die Einweihungswoche. Die Sache findet am 1. Januar statt.« Ich rief Lionel am nächsten Tag an, um ihm anzukündigen, daß die Reise kostenlos sei; das war zuviel, das konnte er nicht glauben, ich hatte sogar Mühe, ihn zu überreden, den Vorschlag anzunehmen.

Am selben Tag erhielt ich den Besuch einer jungen Künstlerin, die mir ihre Arbeit vorstellen wollte. Sie hieß Sandra Heksjtovoian oder irgend so was, ein Name, den ich mir sowieso nicht merken konnte; wenn ich ihr Agent gewesen wäre, hätte ich ihr geraten, sich Sandra Hallyday zu nennen. Sie war noch sehr jung, sah ziemlich banal aus, hatte ein rundliches Gesicht, kurzes lockiges Haar, trug Hose und T-Shirt; sie hatte die École des Beaux-Arts in Caen besucht. Der Gegenstand ihrer Arbeit sei ausschließlich ihr eigener Körper, erklärte sie mir. Ich blickte sie besorgt an, während sie ihre Aktentasche öffnete. Ich hoffte, daß sie mir keine Fotos ihrer mit Hilfe der Schönheitschirurgie begradigten Zehen oder so etwas Ähnliches zeigte, ich hatte von diesen Geschichten die Nase voll. Aber nein, sie zeigte mir nur Ansichtskarten mit dem Abdruck ihrer Möse, die sie in unterschiedliche Farben getaucht hatte. Ich wählte eine türkis- und eine malvenfarbene aus und bedauerte es ein wenig, daß ich ihr nicht im Tausch dafür Fotos von meinem Pimmel geben konnte. All das war ja sehr nett, aber wenn ich mich recht erinnerte, hatte Yves Klein vor über fünfzig Jahren schon ähnliche Dinge gemacht; ich würde Mühe haben, ihr Projekt durchzuboxen. Sicher, sicher, gab sie zu, man müsse das als eine *Stilübung* betrachten. Da holte sie aus einem Pappkarton ein komplexeres Gebilde hervor, das aus zwei Rädern von unterschiedlicher Größe bestand, die durch ein schmales Gummiband miteinander verbunden waren; mit Hilfe einer Kurbel ließ sich die Vorrichtung in Gang setzen. Das Gummiband war mit kleinen Plastikhöckern bedeckt, die mehr oder weniger pyramidenförmig waren. Ich drehte an der Kurbel und strich mit einem Finger über das sich bewegende Gummiband; das brachte eine Art Reibung hervor, die nicht unangenehm war. »Das sind Abdrücke meiner Klitoris«, erläuterte das Mädchen. Ich zog sogleich meinen Finger zurück. »Ich habe während der Erektion mit einem Endoskop Fotos gemacht und dann habe ich das Ganze in den Computer eingegeben. Mit einem 3D-Programm habe ich das Volumen wiederhergestellt, mit *Raytracing* modelliert und dann habe ich die Daten an eine Fabrik weitergegeben.« Ich hatte den Eindruck, daß sie sich ein bißchen zu sehr von technischen Erwägungen leiten ließ. Ich drehte noch einmal an der Kurbel, allerdings eher unwillkürlich. »Das reizt einen zum Anfassen, nicht?« fuhr sie befriedigt fort. »Ich habe mir überlegt, ob ich es nicht an einen Widerstand anschließe, um damit eine Birne aufleuchten zu lassen. Was halten Sie davon?« Ich war dagegen, das schien mir der Einfachheit des Konzepts zu schaden. Für eine Vertreterin der modernen Kunst war sie eher sympathisch; ich hatte Lust, sie zu einer Sexparty einzuladen, ich war mir sicher, daß sie sich mit Valérie gut verstehen würde. Mir wurde gerade noch rechtzeitig klar, daß das in meiner Stellung als *sexuelle Nötigung* ausgelegt werden konnte; ich betrachtete die Vorrichtung enttäuscht. »Wissen Sie«, sagte ich, »ich kümmere mich vor allem um die finanzielle Seite der Projekte. Für die ästhetische Seite sollten Sie besser mit Mademoiselle Durry Kontakt aufnehmen.« Ich schrieb ihr Marie-Jeannes Namen und ihre Durchwahl auf eine Visitenkarte; in so einer Klitorisangelegenheit dürfte sie schließlich kompetent sein. Das Mädchen schien ein wenig überrascht darüber zu sein, reichte mir aber dennoch eine kleine Tüte mit Plastikpyramiden. »Ich lasse Ihnen ein paar Abdrücke da«, sagte sie, »die Fabrik hat sehr viele hergestellt.« Ich bedankte mich und begleitete sie bis zum Eingang unserer Abteilung. Ehe wir uns trennten, fragte ich sie, ob die Abdrücke in Originalgröße angefertigt seien. Natürlich, erklärte sie mir, das sei ein wesentlicher Teil ihres Ansatzes.

Noch am selben Abend untersuchte ich aufmerksam Valéries Klitoris. Ich hatte ihr im Grunde noch nie eine besondere Aufmerksamkeit gewidmet; wenn ich sie streichelte oder leckte, tat ich das im Rahmen eines allgemeinen Schemas, ich hatte mir die Stellung, die Winkel und den Rhythmus der Bewegungen gemerkt, die ich durchzuführen gedachte; aber diesmal untersuchte ich lange dieses kleine Organ, das unter meinen Augen pochte. »Was machst du da?« fragte Valérie überrascht, nachdem sie fünf Minuten lang die Beine gespreizt hatte. »Ein künstlerisches Experiment …«, sagte ich und beschwichtigte mit einem leichten Zungenschlag ihre Ungeduld. Im Abdruck des Mädchens fehlten natürlich der Geschmack und der Geruch; aber sonst bestand durchaus Ähnlichkeit, das ließ sich nicht leugnen. Nachdem ich meine Untersuchung beendet hatte, schob ich mit beiden Händen Valéries Möse auseinander und leckte ihre Klitoris mit präzisen Zungenschlägen. Hatte das Warten ihre Lust so gesteigert oder waren es meine genaueren, aufmerksameren Bewegungen? Auf jeden Fall kam sie fast augenblicklich. Im Grunde, sagte ich mir, ist diese Sandra eher eine gute Künstlerin. Ihre Arbeit regte einen dazu an, *die Welt mit neuen Augen zu betrachten.*

14

Schon Anfang Dezember stellte sich heraus, daß die Aphrodite Clubs ein voller Erfolg sein würden, vermutlich sogar ein *historischer* Erfolg. Der November ist üblicherweise der schwierigste Monat für die Tourismusindustrie. Im Oktober kann noch die verlängerte Nachsaison ausgenutzt werden; im Dezember bieten die Festtage Anlaß für ein paar Urlaubstage. Aber bis auf ein paar gut informierte, hartgesottene Senioren denken nur ganz wenige Leute daran, im November zu verreisen. Und doch waren die ersten Rückmeldungen, die aus den Clubs eintrafen, ausgezeichnet: Das Konzept war ein unmittelbarer Erfolg, man konnte sogar von einem Ansturm sprechen. An dem Tag, an dem die ersten Zahlen eintrafen, aß ich mit Valérie und Jean-Yves zu Abend; er blickte mich ein bißchen seltsam an, so sehr übertrafen die Zahlen seine Erwartung: Die Auslastung der Clubs für den gesamten Monat lag über 95 %, ganz gleich in welchem Land. »Ja, ja, der Sex ...«, sagte ich verlegen. »Die Leute brauchen Sex, das ist alles, sie trauen sich nur nicht, es einzugestehen.« All das ließ uns nachdenklich, fast schweigsam werden; der Kellner brachte die *antipasti*. »Die Einweihung von Krabi dürfte eine irre Sache werden ...«, fuhr Jean-Yves fort. »Rembke hat mich angerufen, alles ist seit drei Wochen ausgebucht. Und vor allem ist in den Medien nichts darüber geschrieben worden, nicht eine Zeile. Ein direkter, massiver Erfolg, der keine hohen Wellen schlägt; genau das, was wir uns vorgestellt hatten.«

Er hatte sich endlich entschlossen, ein Appartement zu mieten und seine Frau zu verlassen; er würde die Schlüssel erst am 1. Januar bekommen, aber es ging ihm schon besser, ich spürte, daß er schon entspannter war. Er war relativ jung, sah gut aus und war ausgesprochen reich: All das macht das Leben zwar nicht unbedingt leichter, wie ich erschrocken feststellte, aber das hilft, um bei den anderen ein Begehren zu wecken. Ich begriff immer noch nicht seinen Ehrgeiz, sein verbissenes Bemühen, Erfolg im Beruf zu haben. Er tat es nicht wegen des Geldes, das glaube ich nicht: Er zahlte hohe Steuern und hatte für Luxus nichts übrig. Auch nicht aus Hingabe für die Firma oder ganz allgemein aus Uneigennützigkeit: Man konnte in der Entwicklung des weltweiten Tourismus schlecht so etwas wie eine edle Sache sehen. Sein Ehrgeiz bestand unabhängig davon, konnte nicht auf eine andere Sache zurückgeführt werden. Vermutlich hing er mit dem Wunsch zusammen, etwas aufzubauen, und nicht mit Machthunger oder Konkurrenzverhalten – ich hatte ihn nie über die Karriere seiner ehemaligen Studienkollegen der HEC reden hören, und ich glaube nicht, daß er sich in irgendeiner Weise darum scherte. Es handelte sich also um eine achtenswerte Motivation, um die gleiche, die die allgemeine Entwicklung der menschlichen Zivilisation erklärte. Die gesellschaftliche Entschädigung, die ihm dafür gewährt wurde, bestand in einem hohen Gehalt. In einem anderen System hätte sich das in einem Adelstitel oder in Privilegien ausdrücken können, wie jene, die Mitgliedern der *nomenklatura* gewährt wurden; ich hatte nicht den Eindruck, daß das irgend etwas geändert hätte. In Wirklichkeit arbeitete Jean-Yves, weil er Freude an der Arbeit hatte; das war rätselhaft und zugleich völlig klar.

Am 15. Dezember, zwei Wochen vor der Einweihung, erhielt er einen besorgten Anruf von der TUI. Ein deutscher Tourist war zusammen mit einer jungen Thai, seiner Begleiterin, entführt worden; das war in Hat Yai vorgefallen, im äußersten Süden des Landes. Die einheimische Polizei hatte eine wirre Botschaft erhalten, die in ziemlich gebrochenem Englisch verfaßt war und keinerlei Forderungen enthielt – aber andeutete, daß die beiden jungen Leute hingerichtet werden würden, weil ihr Verhalten gegen das islamische Gesetz verstoße. Seit einigen Monaten hatte man tatsächlich das Auftreten islamistischer Bewegungen, die von Libyen unterstützt wurden, in der Grenzregion zu Malaysia beobachtet; aber es war das erste Mal, daß sie Menschen angriffen.

Am 18. Dezember wurden die nackten, verstümmelten Leichen der beiden jungen Leute aus einem Lieferwagen mitten auf den größten Platz der Stadt geworfen. Das Mädchen war gesteinigt worden, man hatte ihr mit brutaler Gewalt zugesetzt; die Haut war überall geplatzt, ihr Körper eine einzige kaum noch wiederzuerkennende Schwellung. Der Deutsche hatte eine durchgeschnittene Kehle und war kastriert worden, sein Glied und seine Hoden hatte man ihm in den Mund gestopft. Diesmal ging die Meldung durch die gesamte deutsche Presse, selbst in Frankreich wurde hier und dort kurz darüber berichtet. Die Zeitungen hatten beschlossen, die Fotos der Opfer nicht zu veröffentlichen, aber sie waren bald auf den üblichen Websites im Internet verfügbar. Jean-Yves telefonierte jeden Tag mit der TUI: Bisher war die Lage noch nicht bedrohlich, es hatte nur ganz wenige Absagen gegeben, die Leute hielten an ihren Urlaubsplänen fest. Der thailändische Premierminister hatte zahlreiche beruhigende Erklärungen abgegeben: Es handele sich ganz gewiß um eine vereinzelte Aktion, alle bekannten terroristischen Bewegungen hatten die Entführung und die Ermordung verurteilt.

Sobald wir in Bangkok ankamen, spürte ich jedoch eine gewisse Spannung, vor allem im Sukhumvit-Viertel, wo die meisten Touristen aus dem mittleren Osten untergebracht waren. Sie kamen vor allem aus der Türkei oder aus Ägypten, aber manchmal auch aus viel strengeren islamischen Ländern wie Saudi-Arabien oder Pakistan. Wenn sie durch die Stadt gingen, spürte ich, wie sich feindselige Blicke auf sie richteten. Am Eingang von mehreren Animierlokalen sah ich Schilder mit der

Aufschrift: »NO MUSLIMS HERE«; der Inhaber einer Bar in Patpong hatte sogar eine ausführlichere Botschaft in Schönschrift aufgemalt: »*We respect your Muslim faith: we don't want you to drink whisky and enjoy Thai girls.*« Dabei konnten die Armen nichts dafür, es war sogar klar, daß sie im Fall eines Attentats als erste aufs Korn genommen würden. Bei meinem ersten Besuch in Thailand hatte ich mich darüber gewundert, so viele Touristen aus den arabischen Ländern dort anzutreffen; sie kamen im übrigen genau aus den gleichen Gründen wie die westlichen Touristen, nur mit dem Unterschied, daß sie sich mit noch größerer Begeisterung ins Laster zu stürzen schienen. Häufig traf man sie schon morgens um zehn in der Hotelbar mit einem Glas Whisky an; und sie waren die ersten, die abends die Massagesalons besuchten. Sie fühlten sich vermutlich schuldig, weil sie mit dem islamischen Gesetz gebrochen hatten, und waren im allgemeinen höflich und nett.

Der Lärm in Bangkok war unvermindert, und die Luftverschmutzung so stark, daß man Mühe hatte zu atmen; dennoch war mein Vergnügen, diese Stadt wiederzusehen, ungeschmälert. Jean-Yves hatte zwei, drei Verabredungen mit Bankdirektoren oder in einem Ministerium, ich verfolgte das nur aus der Ferne. Nach zwei Tagen teilte er uns mit, daß die Gespräche sehr erfolgreich verlaufen waren: Die einheimischen Behörden waren äußerst entgegenkommend und zu allem bereit, um die geringste westliche Kapitalanlage zu ermöglichen. Seit einigen Jahren steckte Thailand in einer tiefen Krise, die Börse und die Landeswährung waren auf dem Tiefstpunkt, die staatliche Verschuldung betrug 70 % des Bruttosozialprodukts. »Sie stecken so tief in der Scheiße, daß man nicht mal mehr von Korruption sprechen kann ...«, sagte Jean-Yves zu uns. »Ich habe ein paar Bestechungsgelder zahlen müssen, aber nur sehr wenig; nicht zu vergleichen mit dem, was vor fünf Jahren üblich war.«

Am Vormittag des 31. Dezember flogen wir nach Krabi. Als ich aus dem Kleinbus stieg, lief ich Lionel in die Arme, der am

Abend zuvor angekommen war. Er sei begeistert, sagte er zu mir, völlig begeistert; ich hatte Mühe, den Schwall seiner Dankesworte einzudämmen. Aber als ich vor meinem Bungalow stand, war auch ich von der Schönheit der Landschaft überwältigt. Der Strand war endlos, makellos, und der Sand so fein wie Pulver. Die Farbe des Ozeans ging nach wenigen Dutzend Metern von Azurblau in Türkis und von Türkis in Smaragdgrün über. Riesige, von dunkelgrünen Wäldern bewachsene Felseninseln erhoben sich bis zum Horizont aus dem Wasser, verloren sich im Licht und in der Entfernung und verliehen der Bucht eine unwirkliche, kosmische Weite.

»Ist hier nicht *Der Strand* gedreht worden?« fragte mich Valérie.

»Nein, ich glaube, das war in Koh Phi Phi, aber ich habe den Film nicht gesehen.«

Valérie zufolge hatte ich nicht viel verpaßt, abgesehen von der Landschaft sei der Film völlig uninteressant. Ich erinnerte mich undeutlich an das Buch, das ein paar *backpackers* auf der Suche nach einer unbewohnten Insel zeigte; der einzige Hinweis, den sie besaßen, war eine Karte, die ein alter Weltenbummler für sie gezeichnet hatte, ehe er in einer elenden Absteige an der Khao Sen Road Selbstmord beging. Sie fuhren zunächst nach Koh Samui, was viel zu touristisch war; von dort aus fuhren sie auf eine Nachbarinsel, aber auch dort waren für ihren Geschmack noch zu viele Menschen. Schließlich bestachen sie einen Seemann, und so gelang es ihnen, auf ihrer Insel zu landen – die zu einem Naturschutzgebiet gehörte und daher eigentlich nicht betreten werden durfte. Und da begannen die Probleme. Die ersten Kapitel des Buches veranschaulichen wunderbar den Fluch des Touristen, der sich verzweifelt auf die Suche nach »nicht-touristischen« Orten begibt. Durch seine bloße Anwesenheit trägt er jedoch dazu bei, sie in Mißkredit zu bringen, und ist so gezwungen, immer fernere Ziele anzusteuern, wobei das Vorhaben im Zuge seiner Verwirklichung nach und nach zerstört wird. Diese hoffnungslose Situation, die dem des Mannes gleicht, der seinem Schatten zu entfliehen sucht, war in der Tourismusbranche gut bekannt, wie mir Valérie erläuterte: In der Terminologie der Kommunikationstheorie nannte man dieses Phänomen das Paradox des *double bind.*

Die Urlauber, die den Eldorador Aphrodite Club in Krabi gewählt hatten, wirkten jedoch nicht so, als würden sie so schnell dem Paradox des *double bind* zum Opfer fallen; auch wenn der Strand sehr lang war, ließen sie sich alle etwa an der gleichen Stelle nieder. Soweit ich erkennen konnte, schienen sie mir alle der Kundschaft zu entsprechen, die wir erwartet hatten: viele Deutsche, und zwar eher leitende Angestellte oder freiberuflich Tätige. Valérie hatte die genauen Zahlen: 80 % Deutsche, 10 % Italiener, 5 % Spanier und 5 % Franzosen. Überraschend war nur, wie viele Paare darunter waren. Sie wirkten wie *libertäre Paare*, man hätte sie durchaus am Cap d'Agde antreffen können. Die meisten Frauen hatten Brüste mit Silikoneinlagen, viele trugen ein goldenes Kettchen um die Hüfte oder um den Knöchel. Ich bemerkte auch, daß fast alle nackt badeten. All das flößte mir eher Vertrauen ein; mit solchen Leuten hat man keine Probleme. Im Gegensatz zu einem Urlaubsziel, das im Ruf steht, Globetrotter anzuziehen, wird ein Ort, der für Partnertausch-Urlauber bestimmt ist, erst dann wirklich interessant, wenn die Besucherzahlen zunehmen, somit ist er seinem Wesen nach ein nicht-paradoxer Ort. In einer Welt, in der der größte Luxus darin besteht, die Möglichkeit zu haben, anderen Menschen aus dem Weg zu gehen, stellte die »Geselligkeit« der wohlhabenden deutschen Partnertausch-Touristen eine besonders subtile Form der Subversion dar, sagte ich zu Valérie, während sie ihren Büstenhalter und ihr Höschen auszog. Als auch ich mich entkleidete, stellte ich verlegen fest, daß ich einen Steifen hatte, und legte mich neben sie auf den Bauch. Sie spreizte die Beine und ließ ihre Scham von der Sonne bescheinen. Ein paar Meter zu unserer Rechten war eine Gruppe deutscher Frauen, die anscheinend über einen *Spiegel*-Artikel diskutierten. Eine von ihnen hatte eine enthaarte Scham, man konnte ihre feine, geradlinige Spalte gut erkennen. »Solche Mösen mag ich «, sagte Valérie leise zu mir, »da hat man Lust, mit dem Finger drüberzustreichen.« Auch ich mochte sie gern; links von uns war ein spanisches Paar, die Frau hatte im Gegensatz zu der Deutschen sehr dichtes lockiges schwarzes Schamhaar; auch das mochte ich gern. Als sie sich hinlegte, warf ich einen Blick auf ihre dicken, fleischigen Schamlippen. Sie war noch jung, bestimmt nicht über fünfundzwanzig, aber sie hatte schwere Brüste mit einem großen, ausgeprägten Warzenhof. »Komm, leg dich auf den Rücken«, flüsterte Valérie mir ins Ohr. Ich gehorchte und schloß dabei die Augen, als könne der Umstand, daß ich nichts sah, meinem Tun die Bedeutung entziehen. Ich spürte, wie sich mein Pimmel aufrichtete und die Eichel aus ihrer schützenden Hauthülle hervorkam. Nach einer Minute hörte ich auf zu denken und konzentrierte mich nur noch auf die Empfindung; die Wärme der Sonne auf den Schleimhäuten war äußerst angenehm. Ich öffnete immer noch nicht die Augen, selbst als ich spürte, wie ein dünner Strahl Sonnenöl auf meinen Oberkörper und dann auf meinen Bauch rann. Valéries Finger glitten leicht und flink über meine Haut. Der Duft nach Kokosnuß erfüllte die Luft. Als sie begann, mein Glied mit Sonnenöl einzureiben, öffnete ich kurz die Augen: Valérie kniete neben mir, der Spanierin gegenüber, die sich auf die Ellbogen gestützt hatte, um zuzusehen. Ich warf den Kopf nach hinten und starrte den blauen Himmel an. Valérie legte mir die flache Hand auf die Eier und schob mir den Mittelfinger in den Arsch, mit der anderen Hand wichste sie mich mit regelmäßigen Bewegungen weiter. Als ich den Kopf nach links drehte, sah ich, daß sich die Spanierin ihrerseits am Pimmel ihres Typen zu schaffen machte. Ich wandte meinen Blick wieder der azurblauen Weite zu. Als ich hörte, daß sich Schritte im Sand näherten, schloß ich wieder die Augen. Zunächst vernahm ich das Geräusch eines Kusses, dann hörte ich sie flüstern. Ich wußte nicht mehr, wie viele Hände oder Finger mein Glied umfingen und streichelten; die Brandung erzeugte ein sanftes Rauschen.

Nachdem wir vom Strand zurück waren, machten wir einen Gang durch das Freizeitzentrum; die Dunkelheit brach allmählich an, die farbigen Neonreklamen der *go go bars* leuchteten eine nach der anderen auf. An einem runden Platz befand sich ein knappes Dutzend Bars, die einen riesigen Massagesalon umgaben. Vor dem Eingang trafen wir Jean-Yves, der von einer hellhäutigen, vollbusigen jungen Frau, die ein langes Kleid trug und eher einer Chinesin glich, zur Tür gebracht wurde.

»Wie ist es da drinnen?« fragte Valérie ihn.

»Erstaunlich: ein bißchen kitschig, aber reinster Luxus. Mit Springbrunnen, tropischen Pflanzen und Wasserfällen; sie haben sogar Standbilder von griechischen Göttinnen aufgestellt.«

Wir ließen uns auf einem tiefen, mit Goldfäden durchwirkten Sofa nieder, ehe wir uns zwei Mädchen aussuchten. Die Massage war sehr angenehm, das Wasser warm und die Flüssigseife löste die Spuren des Sonnenöls auf unserer Haut auf. Die Mädchen bewegten sich sehr geschickt, seiften uns mit ihren Brüsten, ihrem Hintern und der Innenseite ihrer Schenkel ein: Valérie begann sogleich zu stöhnen. Ich war wieder einmal vom Reichtum der erogenen Zonen der Frauen hingerissen.

Nachdem wir uns abgetrocknet hatten, legten wir uns auf ein großes rundes Bett, das zu zwei Dritteln von Spiegeln umgeben war. Eines der Mädchen leckte Valérie und brachte sie schnell zum Orgasmus; ich kniete über ihrem Gesicht, das andere Mädchen streichelte mir die Eier und wichste mich mit dem Mund. Als Valérie merkte, daß ich kurz vor dem Orgasmus war, forderte sie die Mädchen mit einem Wink auf, noch näherzukommen: Während die erste mir die Eier ableckte, küßte die andere Valerie auf den Mund; ich ejakulierte auf ihre halbgeschlossenen Lippen.

Die Gäste der Sylvesterfeier waren vor allem Thais, die mehr oder weniger mit der einheimischen Tourismusindustrie zu tun hatten. Niemand aus dem Vorstand von Aurore war da. Der Chef der TUI hatte auch nicht kommen können, aber er hatte einen Untergebenen hergeschickt, der offensichtlich keinerlei Macht besaß, sich aber über das unverhoffte Glück sehr zu freuen schien. Das Buffet war köstlich, eine Mischung aus thailändischer und chinesischer Küche. Es gab kleine knusprige, mit Basilikum und Zitronengras gewürzte Frühlingsrollen, Krapfen aus Brunnenkresse, Garnelencurry mit Kokosmilch, gebratenen Reis mit Cachounüssen und Mandeln, eine unglaublich zarte und schmackhafte Pekingente. Für diesen Anlaß waren sogar französische Weine importiert worden. Ich plauderte ein paar Minuten mit Lionel, der sein Glück kaum fassen konnte. Er wurde von einem reizenden Mädchen namens Kim begleitet, das aus Chiang Mai stammte. Er hatte sie am ersten Abend in einer *topless*-Bar kennengelernt, und seitdem waren sie zusammen; er sah sie mit zärtlichen, bewundernden Blicken an. Ich konnte gut verstehen, was diesen großen, etwas plumpen Kerl an diesem zarten Wesen von fast unwirklicher Feinheit faszinierte. Ich weiß nicht, wie er in Frankreich so ein Mädchen hätte finden sollen. Diese kleinen Thai-Nutten sind ein wahrer Segen, sagte ich mir; wirklich ein Geschenk des Himmels. Kim sprach etwas französisch. Sie sei schon einmal in Paris gewesen, sagte Lionel verzückt, ihre Schwester habe einen Franzosen geheiratet.

»So?« sagte ich. »Und was macht er?«

»Er ist Arzt ...« Sein Gesicht verfinsterte sich etwas. »Mit mir würde sie natürlich nicht den gleichen Lebensstandard haben.«

»Dafür hast du die Sicherheit des Arbeitsplatzes«, sagte ich optimistisch. »Alle Thais träumen davon, Beamte zu werden.«

Er blickte mich ein wenig zweifelnd an. Dabei traf das durchaus zu, die Thais waren erstaunlicherweise vom Staatsdienst regelrecht fasziniert. Man muß allerdings dazu sagen, daß die Beamten in Thailand korrupt sind; sie haben nicht nur die Sicherheit des Arbeitsplatzes, sondern sind außerdem noch reich. Man kann eben alles haben. »Na dann gute Nacht«, sagte ich und ging auf die Bar zu. »Danke ...«, erwiderte er errötend. Ich weiß auch nicht, was in mich gefahren war, warum ich den *lebenserfahrenen Mann* spielte; ich wurde wohl tatsächlich alt. Aber ich hatte trotzdem Zweifel, was dieses Mädchen anging: Die Thailänderinnen aus dem Norden sind im allgemeinen sehr hübsch, aber es kommt vor, daß sie das zu genau wissen. Sie verbringen ihre Zeit damit, sich im Spiegel anzusehen, und sind sich völlig darüber im klaren, daß allein ihre Schönheit ein entscheidender wirtschaftlicher Vorteil ist, und daher werden sie zu launischen, unnützen Wesen. Andererseits konnte Kim im Unterschied zu einer westlichen Mieze nicht erkennen, daß Lionel ein *Prolet* war. Die wesentlichen Kriterien für körperliche Schönheit sind die Jugend, das Fehlen einer Behinderung und die allgemeine Übereinstimmung mit den Normen der Gattung; sie sind ganz offensichtlich universell. Die weiteren, eher ungenauen und relativen Kriterien sind für ein Mädchen, das aus einer anderen Kultur stammt, viel schwieriger einzuschätzen. Für Lionel war der Exotismus eine gute Wahl, vermutlich sogar die einzig mögliche. Na ja, sagte ich mir, jedenfalls habe ich getan, was ich konnte, um ihm zu helfen.

Mit einem Glas Saint-Estèphe in der Hand setzte ich mich auf eine Bank, um die Sterne zu betrachten. Das Jahr 2002 würde unter anderem den Eintritt Frankreichs in das Euro-Währungsgebiet bedeuten: Außerdem würde es die Fußballweltmeisterschaft, die Präsidentschaftswahlen und verschiedene Ereignisse mit großer Medienwirkung bringen. Die hochaufragenden Felsen in der Bucht wurden vom Mond beschienen, ich wußte, daß es um Mitternacht ein Feuerwerk geben würde. Ein paar Minuten später kam Valérie und setzte sich neben mich. Ich schlang den Arm um sie und legte den Kopf auf ihre Schulter; ich konnte ihre Gesichtszüge kaum erkennen, aber ich erkannte ihren Geruch und die Struktur ihrer Haut wieder. Als die erste Rakete explodierte, merkte ich, daß sie dasselbe grüne, leicht durchsichtige Kleid trug wie ein Jahr zuvor am Sylvesterabend in Koh Phi Phi. Ein seltsames Gefühl der Rührung überkam mich in dem Augenblick, als sie ihre Lippen auf meinen Mund drückte, so etwas wie ein Umsturz der etablierten Weltordnung. Seltsamerweise war mir eine zweite Chance geboten worden, ohne daß ich es im geringsten verdient hatte. Es kommt nur sehr selten im Leben vor, daß man eine zweite Chance geboten bekommt, das verstößt gegen alle Gesetze. Ich drückte Valérie heftig an mich, hatte plötzlich Lust zu weinen.

15

Wenn sich schon die Liebe nicht durchsetzen kann, wie sollte dann der Geist die Herrschaft führen? Jede praktische Vormachtstellung kommt der Tätigkeit zu.

Auguste Comte

Das Boot fuhr über die türkisfarbene Weite, und ich brauchte mir über meine Bewegungsabläufe keine Sorgen zu machen. Wir waren früh morgens in Richtung Koh Maya abgefahren und kamen an Korallenbänken vorbei, die fast die Wasseroberfläche berührten, und immer wieder an riesigen Kalkfelsen. Manche von ihnen waren ringförmig, besaßen in der Mitte eine Lagune, die man durch eine schmale, aus den Felsen ausgespülte Rinne erreichen konnte. Im Inneren dieser kleinen Inseln war das Wasser smaragdgrün und unbewegt. Der Bootsführer stellte den Motor ab. Valérie blickte mich an, wir verharrten eine ganze Weile schweigend, ohne uns zu rühren; es herrschte absolute Stille.

Der Bootsführer setzte uns auf der Insel Koh Maya ab, in einer Bucht, die durch hohe Steinwände geschützt war. Der schmale, bogenförmige Strand erstreckte sich am Fuß der Felsen über gut hundert Meter. Die Sonne stand hoch am Himmel, es war schon elf Uhr. Der Bootsführer warf den Motor wieder an und fuhr in Richtung Krabi zurück; er sollte uns am Spätnachmittag wieder abholen. Sobald er die Einfahrt der Bucht hinter sich gelassen hatte, erstarb das Dröhnen.

Außer beim Geschlechtsakt gibt es nur wenige Augenblicke im Leben, in denen der Körper vor lauter Seligkeit überschäumt und die bloße Existenz ihm helle Freude bereitet; der 1. Januar war für mich ein Tag, der ganz von diesen Momenten erfüllt war. Ich erinnere nichts anderes als diese Vollkommenheit. Wir haben vermutlich gebadet, dürften uns in der Sonne aufgewärmt und miteinander geschlafen haben. Ich glaube nicht, daß wir uns unterhalten oder die Insel erforscht haben. Ich erinnere mich an Valéries Geruch, an den Geschmack des Salzes, das auf ihrer Scheide trocknete. Ich erinnere mich daran, daß ich in ihr eingeschlafen und von ihren Kontraktionen aufgewacht bin.

Um fünf Uhr kam das Boot zurück, um uns abzuholen. Wir setzten uns auf die Hotelterrasse, von der man einen schönen Blick auf die Bucht hat; ich trank einen Campari und Valérie einen Mai Thai. Die hohen Kalkfelsen wirkten in dem orangefarbenen Licht fast schwarz. Die letzten Badelustigen kamen mit einem Handtuch in der Hand zurück. Ein paar Meter vom Ufer entfernt lag ein Paar eng umschlungen beim Liebesspiel im warmen Wasser. Die Strahlen der untergehenden Sonne trafen in halber Höhe auf das vergoldete Dach einer Pagode. In der friedlichen Atmosphäre ertönte ab und zu das Läuten einer Glocke. Das ist ein buddhistischer Brauch: Wenn jemand eine gute Tat oder ein verdienstvolles Werk vollbracht hat, läßt man zum Gedenken an dieses Ereignis die Glocke eines Tempels läuten; wirklich eine lebensfrohe Religion, die zum Zeugnis menschlicher Wohltaten die Luft mit Glockenklängen erfüllt.

»Michel …«, sagte Valérie nach langem Schweigen und blickte mir dabei direkt in die Augen. »Ich habe Lust hierzubleiben.«

»Was meinst du damit?«

»Endgültig hierzubleiben. Ich habe heute nachmittag auf der Rückfahrt darüber nachgedacht: das ist möglich. Ich brauche mich dafür nur um den Posten als Geschäftsführer des Clubs zu bemühen. Ich habe das entsprechende Diplom und die erforderlichen Fachkenntnisse.«

Ich blickte sie wortlos an; sie legte ihre Hand auf die meine.

»Das würde allerdings bedeuten, daß du deine Stelle aufgibst. Wärst du dazu bereit?«

»Ja.« Ich hatte keine Sekunde mit meiner Antwort gezögert; noch nie war mir eine Entscheidung so leicht gefallen.

Wir sahen Jean-Yves, der gerade den Massagesalon verließ. Valérie winkte ihm zu, er kam an unseren Tisch und setzte sich zu uns; sie berichtete ihm gleich von ihrem Plan. »Nun ...«, sagte er zögernd, »ich nehme an, das läßt sich machen. Aurore wird natürlich etwas überrascht sein, weil das eine Rückstufung ist, die du da verlangst. Dein Gehalt wird mindestens um die Hälfte gekürzt; im Hinblick auf die anderen geht das nicht anders.«

»Das weiß ich«, sagte sie, »aber das ist mir egal.«

Er blickte sie wieder an und schüttelte überrascht den Kopf. »Wenn du dich dafür entschieden hast ...«, sagte er, »wenn du das gern möchtest ... Schließlich unterstehen die Eldorador Clubs ja mir«, sagte er, als würde ihm das jetzt erst richtig klar, »ich habe völlig freie Hand, wen ich zum Geschäftsführer eines Clubs ernenne.«

»Du wärst also einverstanden?«

»Ja ... Ich kann dich ja nicht daran hindern.«

Es ist ein seltsames Gefühl, wenn man plötzlich spürt, daß das Leben eine völlig andere Wendung nimmt; man braucht nur dazubleiben, ohne etwas zu tun, und sich nur auf dieses neue Gefühl einzulassen. Während des ganzen Essens blieb ich stumm und nachdenklich, so daß Valérie schließlich beunruhigt fragte: »Bist du sicher, daß dir das recht ist? Bist du sicher, daß du Frankreich nicht vermissen wirst?«

»Ich vermisse bestimmt nichts.«

»Hier gibt es keinerlei Ablenkungen, kein kulturelles Leben.«

Das war mir klar; die Kultur schien mir, soweit ich überhaupt Gelegenheit gehabt hatte, darüber nachzudenken, eine notwendige Kompensation zu sein, die an das Unglück unseres

Lebens gebunden war. Man hätte sich vielleicht eine völlig andere Kultur vorstellen können, die mit Festlichkeiten und lyrischen Ereignissen verknüpft war und die sich inmitten eines Glückszustands entwickelt hätte. Ich war mir dessen nicht sicher, das schien mir eine ziemlich theoretische Überlegung zu sein, die für mich nicht mehr von Bedeutung sein konnte.

»Es gibt ja noch TV5 ...«, sagte ich gleichgültig. Sie lächelte; TV5 war schließlich einer der miserabelsten Fernsehkanäle der Welt, das wußte jeder. »Bist du sicher, daß du dich nicht langweilen wirst?« fragte sie mit Nachdruck.

Ich hatte in meinem Leben Leid, Beklemmung und Angst erlebt, nur Langeweile, die kannte ich nicht. Ich hatte nichts gegen die stumpfsinnige Wiederholung des ewig Gleichen einzuwenden. Selbstverständlich machte ich mir nicht die Illusion, daß es soweit kommen konnte. Ich wußte, daß das Unglück zäh, erfinderisch und hartnäckig ist; auf jeden Fall war das eine Aussicht, die mir nicht die geringste Sorge einflößte. Als Kind konnte ich Stunden damit verbringen, den Klee auf einer Wiese zu zählen: In mehrjähriger Suche habe ich nie ein vierblättriges Kleeblatt gefunden, und dennoch war ich darüber weder enttäuscht noch verbittert; ehrlich gesagt, hätte ich genausogut Grashalme zählen können, denn all dieser dreiblättrige Klee kam mir wahnsinnig identisch, wahnsinnig schön vor. Mit zwölf war ich eines Tages auf die Spitze eines Hochspannungsmasts im Hochgebirge geklettert. Während ich hochkletterte, hatte ich kein einziges Mal nach unten geblickt. Als ich schließlich oben auf der Plattform stand, schien es mir kompliziert und gefährlich, wieder hinabzusteigen. Die von ewigem Schnee bedeckten Gebirgsketten zogen sich bis ins Unendliche hin. Es wäre viel leichter gewesen, dort oben zu bleiben oder hinabzuspringen. Im letzten Augenblick hatte mich jedoch die Vorstellung, auf der Erde zu zerschmettern, davon abgehalten. Andernfalls hätte ich bestimmt einen endlosen Orgasmus bei diesem Flug gehabt.

Am folgenden Tag lernte ich Andreas kennen, einen Deutschen, der seit etwa zehn Jahren in dieser Region wohnte. Er war Übersetzer, wie er mir erklärte, was ihm erlaubte, allein zu arbeiten; er kehrte einmal im Jahr anläßlich der Frankfurter Buchmesse nach Deutschland zurück. Wenn er auf Übersetzungsprobleme stieß, löste er sie mit Hilfe des Internet. Er hatte das Glück gehabt, mehrere amerikanische Bestseller zu übersetzen, unter anderem *Die Firma*, was ihm recht anständige Einkünfte sicherte; außerdem war das Leben in dieser Gegend nicht sehr teuer. Bisher hatte es kaum Tourismus gegeben, daher war er ziemlich verwundert, als er mit einem Mal so viele Landsleute hier auftauchen sah; er war nicht gerade begeistert, aber auch nicht wirklich entsetzt darüber. Er hatte kaum noch Beziehungen zu Deutschland, auch wenn ihn sein Beruf zwang, die deutsche Sprache weiterhin zu pflegen. Er hatte eine Thai geheiratet, die er in einem Massagesalon kennengelernt hatte, sie hatten inzwischen zwei Kinder.

»Ist das leicht, hier ... äh ... Kinder zu haben?« fragte ich. Ich hatte den Eindruck, eine unpassende Frage zu stellen, etwa so, als fragte ich, ob es leicht sei, hier einen Hund zu kaufen. Ehrlich gesagt, habe ich immer eine gewisse Abneigung gegen Kleinkinder gehabt; soweit ich wußte, handelte es sich um kleine häßliche Ungeheuer, die unbeherrscht schissen und unerträgliches Gebrüll ausstießen. Auf den Gedanken, ein Kind zu haben, war ich nie gekommen. Aber ich wußte, daß die meisten Paare Kinder *zeugten*; ich wußte nicht, ob sie glücklich darüber waren, auf jeden Fall wagten sie sich nicht zu beklagen. Im Grunde, sagte ich mir, während ich einen Blick über die Ferienanlage schweifen ließ, war es in einem so weitläufigen Gelände vielleicht vorstellbar: Sie konnten zwischen den Bungalows herumtollen und mit Holzstücken oder was weiß ich spielen.

Andreas meinte, ja, hier sei es besonders leicht, Kinder zu haben; in Krabi gebe es eine Schule, man könne sogar zu Fuß dorthin laufen. Und die kleinen Thais seien ganz anders als die europäischen Kinder, längst nicht so aufbrausend und launisch. Sie zollten ihren Eltern einen Respekt, der schon fast an Verehrung grenzte, und das käme ganz von selbst, das läge einfach in ihrer Kultur. Wenn er seine Schwester in Düsseldorf besuche, sei er über das Benehmen seiner Neffen jedesmal fassungslos.

Der Gedanke dieser kulturellen Prägung überzeugte mich nur halb; um mich zu beruhigen, sagte ich mir, daß Valérie erst achtundzwanzig war, im allgemeinen kamen sie erst mit fünfunddreißig damit an. Nun ja, wenn es nötig war, sollte sie eben ein Kind von mir bekommen: Ich wußte, daß sie auf diesen Gedanken kommen würde, das war unvermeidlich. Dem Wesen nach war ein Kind wie ein kleines Tier, wenn auch mit einem Hang zur Gemeinheit; sagen wir, es war so etwa wie ein kleiner Affe. Das konnte sogar Vorteile haben, sagte ich mir, vielleicht könnte ich ihm beibringen, *Mensch ärgere dich nicht* mit mir zu spielen. Ich spielte leidenschaftlich gern *Mensch ärgere dich nicht*, eine Leidenschaft, die im allgemeinen ungestillt blieb; wem hätte ich schon vorschlagen sollen, eine Partie mit mir zu spielen? Bestimmt nicht meinen Arbeitskollegen; und auch nicht den Künstlern, die zu mir kamen, um mir ihre Unterlagen vorzulegen. Vielleicht Andreas? Ich schätzte ihn schnell mit den Augen ab: Nein, er schien nicht der Typ dafür zu sein, auch wenn er einen durchaus seriösen, intelligenten Eindruck machte; eine Beziehung, die zu pflegen sich sicherlich lohnte.

»Wollen Sie sich … für immer hier niederlassen?« fragte er mich.

»Ja, für immer.«

»Es ist besser, die Sache so anzugehen«, sagte er nickend. »Es ist sehr schwer, Thailand zu verlassen; wenn ich das jetzt tun müßte, würde ich nur mit großer Mühe darüber hinwegkommen.«

16

Die Tage vergingen erschreckend schnell; wir sollten bereits am 5. Januar wieder zurückfliegen. Am Abend zuvor waren wir mit Jean-Yves im besten Restaurant verabredet. Lionel hatte die Einladung ausgeschlagen; er wollte Kim tanzen sehen. »Ich sehe gern zu, wenn sie fast nackt vor Männern tanzt«, erklärte er uns, »weil ich weiß, daß sie anschließend mir gehört.« Jean-Yves blickte ihm hinterher. »Er macht Fortschritte, unser kleiner Gasangestellter ...«, bemerkte er sarkastisch. »Er entdeckt die Perversion.«

»Mach dich nicht über ihn lustig«, protestierte Valérie. »Ich begreife allmählich, was du an ihm findest«, sagte sie zu mir gewandt. »Er ist geradezu rührend. Auf jeden Fall bin ich sicher, daß er hier wunderbare Ferien verbringt.«

Die Dunkelheit brach an; in den Dörfern, die die Bucht umgaben, gingen die Lichter an. Ein letzter Sonnenstrahl streifte das goldene Dach der Pagode. Seit Valérie Jean-Yves ihren Entschluß mitgeteilt hatte, war er nicht wieder darauf zurückgekommen. Er hatte vor, beim Essen darüber zu sprechen; er bestellte eine Flasche Wein.

»Du wirst mir fehlen«, sagte er. »Das wird für mich eine große Veränderung sein. Wir arbeiten seit über fünf Jahren zusammen. Das hat immer gut geklappt, wir haben uns nie ernsthaft gestritten. Ohne dich hätte ich das nie geschafft.« Er sprach immer leiser, als spräche er zu sich selbst; es war inzwischen dunkel geworden. »Jetzt kann ich das Konzept weiter ausbauen«, fuhr er fort. »Eines der Länder, das sich dafür geradezu anbietet, ist Brasilien. Ich habe auch noch mal an Kenia gedacht: Das

Ideale wäre, im Landesinneren einen weiteren Club zu eröffnen, der nur für Safaris gedacht ist, und das Strandhotel in einen Aphrodite Club umzuwandeln. Eine andere Möglichkeit, die sich sofort realisieren läßt, ist Vietnam.«

»Fürchtest du dich nicht vor der Konkurrenz?« fragte ich.

»Da besteht keine Gefahr. Die amerikanischen Hotelketten würden es nie wagen, in so etwas einzusteigen, der puritanische Einfluß in den USA ist viel zu stark. Erst habe ich mich ein bißchen vor der Reaktion der französischen Presse gefürchtet; aber bisher hat sich da nichts getan. Allerdings haben wir auch vor allem Kunden aus dem Ausland; in Deutschland und in Italien geht man mit solchen Themen ruhiger um.«

»Dann bist du bald der größte Zuhälter der Welt ...«

»Nein, kein Zuhälter«, protestierte er. »Wir sind am Verdienst der Mädchen nicht beteiligt; wir lassen sie nur arbeiten, das ist alles.«

»Und außerdem läuft das getrennt«, warf Valérie ein, »die Mädchen sind nicht vom Hotel angestellt.«

»Na ja, das kommt darauf an ...«, sagte Jean-Yves zögernd. »Hier läuft das getrennt; aber ich habe gehört, daß in Santo Domingo die Kellnerinnen ohne Schwierigkeiten mit aufs Zimmer gehen.«

»Aber das tun sie freiwillig.«

»Allerdings, und anscheinend sogar nicht ungern.«

»Na gut ...«, Valérie breitete die Arme aus, als wolle sie die ganze Welt mit einer versöhnlichen Geste umschlingen. »Laß dich nicht von irgendwelchen Heuchlern irre machen. Du bringst die Sache in Gang, baust die Infrastruktur auf und stellst das *Know-how* von Aurore zur Verfügung, das ist alles.«

Der Kellner brachte eine Suppe mit Zitronengras. An den Nachbartischen saßen deutsche und italienische Männer, jeweils in Begleitung einer Thai, und ein paar deutsche Paare – in Begleitung oder nicht. Sie schienen sich alle recht gut zu vertragen, ohne sichtbare Probleme, und all das in einer von Sinnenlust geprägten Atmosphäre; der Job als Geschäftsführer des Clubs versprach eher leicht zu werden.

»Ihr wollt also wirklich hierbleiben ...«, sagte Jean-Yves; er hatte offenkundig große Mühe, es zu glauben. »Das wundert mich; na ja, einerseits kann ich es wohl verstehen, aber ... mich wundert, daß du darauf verzichtest, mehr Geld zu verdienen.«

»Und was soll ich mit mehr Geld?« fragte Valérie sehr deutlich. »Soll ich mir Prada-Taschen kaufen? Das Wochenende in Budapest verbringen? Weiße Trüffel essen, wenn die Saison dafür da ist? Ich habe viel Geld verdient, ich weiß nicht einmal mehr, was ich damit angefangen habe: Vermutlich habe ich es für solchen oder ähnlichen Quatsch ausgegeben. Und du, weißt du denn, was du mit deinem Geld anfängst?«

»Tja ...« Er dachte nach. »Ich glaube, bisher hat wohl Audrey das meiste ausgegeben.«

»Audrey ist bescheuert«, erwiderte sie erbarmungslos. »Zum Glück läßt du dich bald scheiden. Das ist die klügste Entscheidung, die du je getroffen hast.«

»Du hast recht, im Grunde ist sie wirklich bescheuert ...«, erwiderte er ohne Hemmungen. Er lächelte, zögerte einen Augenblick. »Valérie, du bist wirklich ziemlich seltsam.«

»Nicht ich bin seltsam, sondern die Welt, die uns umgibt. Hast du tatsächlich Lust, dir ein Ferrari-Cabriolet zu kaufen? Oder ein Wochenendhaus in Deauville – in das garantiert regelmäßig eingebrochen wird? Bis zum Alter von sechzig Jahren neunzig Stunden in der Woche zu arbeiten? Die Hälfte deines Gehalts für die Steuer abzugeben, um Militäraktionen im Kosovo oder Programme zur Lösung sozialer Probleme der Vorstädte zu finanzieren? Wir fühlen uns hier wohl; wir haben alles, was wir brauchen. Das einzige, was einem die westliche Welt zu bieten hat, sind *Markenprodukte*. Wenn du an Markenprodukte glaubst, bleibst du besser im Westen; ansonsten gibt es hier in Thailand ausgezeichnete Imitate.«

»Das Seltsame an der Sache ist deine Einstellung; du hast jahrelang im Westen gearbeitet, ohne je an die Wertvorstellung dieser Gesellschaft zu glauben.«

»Ich verhalte mich ein bißchen wie ein Raubtier«, erwiderte sie ruhig. »Ein kleines, nettes Raubtier – ich habe keine großen Bedürfnisse; bisher habe ich nur gearbeitet, um Geld zu verdienen; jetzt möchte ich endlich anfangen zu leben. Ich verstehe im übrigen die anderen nicht: Was hindert zum Beispiel dich, hier zu leben? Du könntest gut eine Thai heiraten: Sie sind hübsch, liebevoll und gut im Bett; manche sprechen sogar ein bißchen französisch.«

»Tja ...« Er zögerte wieder. »Bisher schlafe ich noch lieber jeden Abend mit einer anderen Frau.«

»Das legt sich. Außerdem hindert dich nichts daran, einen Massagesalon zu besuchen, wenn du verheiratet bist; dafür sind sie sogar da.«

»Ich weiß. Ich glaube ... Ich glaube, daß es mir im Grunde immer schwergefallen ist, im Leben wichtige Entscheidungen zu fällen.«

Ein wenig verlegen aufgrund dieses Geständnisses wandte er sich mir zu: »Und du Michel, was willst du hier machen?«

Die Antwort, die der Wirklichkeit am nächsten kam, wäre vermutlich irgend so etwas wie »Nichts« gewesen; aber es ist immer schwierig, jemandem, der aktiv ist, so etwas klarzumachen. »Kochen ...«, erwiderte Valérie an meiner Stelle. Überrascht wandte ich mich ihr zu. »Ja, ja«, sagte sie, »ich habe bemerkt, daß dich das manchmal reizt, daß du schöpferische Anwandlungen auf diesem Gebiet hast. Das paßt sehr gut, denn ich koche nicht gern; ich bin sicher, daß du hier damit anfängst.«

Ich probierte mein Hühnchencurry mit grüner Paprika; tatsächlich, mit Mangos ließ sich etwas machen. Jean-Yves nickte nachdenklich. Ich blickte Valérie an: Sie besaß ein echtes Raubtiertalent, war intelligenter und hartnäckiger als ich; und sie hatte mich auserwählt, um die Höhle mit ihr zu teilen. Man kann vermuten, daß die Gesellschaften auf einem gemeinsamen Willen oder zumindest auf einem Konsens beruhen, der in den westlichen Demokratien von einigen Leitartiklern mit besonders ausgeprägten politischen Standpunkten manchmal als *lahmer Konsens* bezeichnet wird. Da ich selbst ein eher lahmes Temperament besitze, hatte ich nichts getan, um auf diesen Konsens einzuwirken; der Gedanke eines *gemeinsamen Willens* erschien mir weniger einleuchtend. Immanuel Kant zufolge besteht die menschliche Würde darin, nur in dem Maße bereit zu sein, sich einem Gesetz zu unterwerfen, wie man sich zugleich als gesetzgebendes Glied betrachten darf; so ein Stuß wäre mir selbst nie eingefallen. Zum einen wählte ich nicht und zum anderen waren die Wahlen für mich nie etwas anderes gewesen als ausgezeichnete Fernsehshows – in denen meine Lieblingsschauspieler, ehrlich gesagt, die Politologen waren; Jérôme Jaffré gefiel mir besonders. Politische Verantwortung zu tragen schien mir ein schwieriger, aufreibender Beruf zu sein, der eine hohe fachliche Kompetenz voraussetzte; ich war gern bereit, die geringe Macht, die ich besaß, an andere zu delegieren. In meiner Jugend hatte ich politisch engagierte Leute kennengelernt, die es für nötig erachteten, die Entwicklung der Gesellschaft in die eine oder andere Richtung voranzutreiben; sie hatten mir nie Sympathie oder Achtung eingeflößt. Ich hatte sogar allmählich gelernt, ihnen zu mißtrauen: Ihre Art, sich für allgemeine Interessen einzusetzen und so zu tun, als sei die Gesellschaft ihnen etwas schuldig, war ziemlich fragwürdig. Was hatte ich dagegen den westlichen Ländern vorzuwerfen? Nicht viel, aber ich hing eben nicht sonderlich an ihnen (und ich konnte immer weniger begreifen, wie man an einem Gedanken, an einem Land oder ganz allgemein gesagt an etwas anderem als einem Individuum hängen kann). In den westlichen Ländern war das Leben teuer, es war kalt; die Prostitution besaß einen niedrigen Standard. Es war schwierig, in öffentlichen Gebäuden zu rauchen, fast unmöglich, Medikamente und Drogen zu kaufen; man arbeitete viel, es gab Autos und Lärm, und für die Sicherheit in der Öffentlichkeit war nicht ausreichend gesorgt. Insgesamt waren das eine ganze Menge Nachteile. Ich stellte plötzlich betreten fest, daß ich die Gesellschaft, in der ich lebte, im großen und ganzen wie ein natürliches Milieu betrachtete – sagen wir wie eine Savanne oder den Dschungel –, dessen Gesetzen ich mich zu unterwerfen hatte. Der Gedanke, daß ich innerlich mit diesem Milieu verbunden war, war mir nie gekommen, wie etwas, das bei mir verkümmert war oder mir fehlte. Es war nicht sicher, ob die Gesellschaft sehr lange mit Individuen wie mir überleben konnte; aber ich konnte mit einer Frau überleben, sie liebgewinnen und versuchen, sie glücklich zu machen. In dem Augenblick, als ich Valérie erneut einen dankbaren Blick zuwarf, hörte ich auf der rechten Seite etwas klicken. Dann nahm ich aus Richtung des Meers das Geräusch eines Motors wahr, der sogleich abgestellt wurde. Auf dem vorderen Teil der Terrasse stand eine große blonde Frau mit lautem Kreischen auf. Ein erster Feuerstoß war zu hören, ein kurzes Knattern. Sie drehte sich uns zu, hob die Hände hoch: eine Kugel hatte ihr Auge getroffen, die Augenhöhle war nur noch ein blutiges Loch; dann brach sie lautlos zusammen. Da konnte ich die Angreifer erkennen: drei Männer mit Turban, die Maschinenpistolen in den Händen hielten und auf uns zurannten. Ein zweiter, etwas längerer Feuerstoß ertönte; das Klirren von Geschirr und zerbrochenem Glas verschmolz mit den Schmerzensschreien. Mehrere Sekunden lang müssen wir wohl wie gelähmt gewesen sein; kaum jemand dachte daran, unter den Tischen Schutz zu suchen. Neben mir stieß Jean-Yves einen kurzen Schrei aus, er war am Arm getroffen worden. Dann sah ich, wie Valérie ganz langsam von ihrem Stuhl sank und auf die Erde sackte. Ich stürzte mich auf sie, nahm sie in die Arme. Von diesem Augenblick an sah ich nichts mehr. In der Stille, die vom Bersten des Glases unterbrochen wurde, folgte ein Feuerstoß auf den anderen; es kam mir endlos vor. Es roch stark nach Pulver. Dann wurde es wieder still. Da bemerkte ich, daß meine linke Hand blutüberströmt war; Valérie mußte am Hals oder an der Brust getroffen worden sein. Die Lampe neben uns war zerschossen worden, es herrschte fast völlige Dunkelheit. Jean-Yves, der einen Meter neben mir lag, versuchte aufzustehen und stieß ein Stöhnen aus. In diesem Augenblick ertönte aus der Richtung des Freizeitzentrums eine ohrenbetäubende Explosion, die noch lange in der Bucht nachhallte. Erst glaubte ich, mein Trommelfell sei geplatzt; doch ein paar Sekunden später nahm ich völlig benommen ein entsetzliches Geschrei, ein geradezu höllisches Konzert wahr.

Die Rettungsmannschaft traf zehn Minuten später ein, die Helfer kamen aus Krabi; sie nahmen sich zunächst des Freizeitzentrums an. Die Bombe war mitten im *Crazy Lips*, der größten Bar, zu einem Zeitpunkt hohen Andrangs explodiert; sie war in einer Sporttasche, die jemand neben der Tanzfläche zurückgelassen hatte, ins Lokal geschmuggelt worden. Eine selbstgebastelte, aber sehr starke Sprengladung auf Dynamitbasis, ausgelöst von einem Wecker; außerdem war die Tasche mit Schrauben und Nägeln vollgestopft. Die Explosion war so heftig gewesen, daß die dünnen Hohlziegelwände, die die Bar von den anderen Einrichtungen trennte, weggefegt worden waren; mehrere der Metallträger, die das Ganze stützten, hatten unter dem Druck nachgegeben, das Dach drohte einzustürzen. Angesichts des Ausmaßes der Katastrophe bestand die erste Reaktion der Rettungsmannschaft darin, Verstärkung zu rufen. Vor dem Eingang der Bar kroch eine Tänzerin, die noch ihren weißen Bikini trug, mit an den Ellbogen abgerissenen Armstümpfen auf dem Boden. Ganz in der Nähe saß ein deutscher Tourist inmitten der Trümmer und hielt die Eingeweide zurück, die aus seinem Bauch hervorquollen; seine Frau lag mit aufgeplatztem Oberkörper und halb zerfetzten Brüsten neben ihm. Das Innere der Bar war mit schwarzem Rauch erfüllt; der Boden war rutschig und voller Blut, das aus den menschlichen Körpern und den abgerissenen Gliedmaßen strömte. Mehrere Schwerverletzte, die ihre Arme oder Beine verloren hatten, versuchten zum Ausgang zu kriechen und ließen eine Blutspur hinter sich. Die Schrauben und Nägel hatten Augen zerstochen, Hände abgerissen, Gesichter zerfetzt. Manche Körper waren buchstäblich zerplatzt, ihre Gliedmaßen und ihre Eingeweide lagen in einem Umkreis von mehreren Metern auf dem Boden verstreut.

Als die Retter auf die Terrasse kamen, hielt ich Valérie immer noch in den Armen; ihr Körper war warm. Zwei Meter vor mir lag eine Frau auf dem Boden, ihr blutüberströmtes Gesicht war übersät mit Glasscherben. Andere saßen mit offenem Mund in Todesstarre auf ihrem Stuhl. Ich stieß einen Schrei aus, um die Rettungsmannschaft auf mich aufmerksam zu machen: Zwei Sanitäter kamen sofort zu uns und hoben Valérie vorsichtig auf eine Trage. Ich versuchte mich aufzurichten, fiel aber wieder nach hinten; mein Kopf schlug auf den Boden. Dann hörte ich ganz deutlich, wie jemand auf französisch sagte: »Sie ist tot.«

Dritter Teil

Pattaya Beach

1

Zum ersten Mal seit langer Zeit wachte ich allein auf. Das Krankenhaus in Krabi war ein kleines helles Gebäude; ein Arzt besuchte mich im Laufe des Vormittags. Er war Franzose und gehörte der Vereinigung *Médecins du Monde* an; sie waren am Tag nach dem Attentat eingetroffen. Der Mann war Anfang Dreißig, hatte eine leicht gebeugte Haltung und einen besorgten Gesichtsausdruck. Er teilte mir mit, daß ich drei Tage geschlafen hatte. »Also, Sie haben nicht richtig geschlafen«, verbesserte er sich. »Manchmal schienen Sie wach zu sein, wir haben mehrfach versucht, mit Ihnen zu sprechen; aber heute haben wir zum ersten Mal den Kontakt herstellen können.« Den Kontakt herstellen, sagte ich mir. Er berichtete mir auch, daß die Bilanz des Attentats furchtbar war: Bis zum heutigen Tag hatte es hundertsiebzehn Tote gegeben; es war das mörderischste Attentat, das es je in Asien gegeben hatte. Ein paar Verletzte waren noch in äußerst kritischem Zustand, sie waren nicht transportfähig; Lionel war unter ihnen. Er hatte beide Beine verloren und einen Metallsplitter in den Unterleib erhalten; seine Überlebenschancen waren äußerst gering. Die anderen Verletzten waren nach Bangkok ins *Bumrungrad Hospital* transportiert worden. Jean-Yves war nur leicht verletzt, eine Kugel hatte seinen Oberarmknochen zerschmettert; er war ambulant behandelt worden. Ich selbst hatte absolut nichts, keine Schramme. »Was Ihre Freundin angeht …«, sagte der Arzt abschließend, »ihre Leiche ist bereits nach Frankreich überführt worden. Ich habe mit ihren Eltern am Telefon gesprochen: Sie wird in der Bretagne beerdigt.«

Er verstummte; vermutlich erwartete er, daß ich etwas sagte. Er beobachtete mich aus den Augenwinkeln; er wirkte immer besorgter.

Gegen Mittag kam eine Krankenschwester mit einem Tablett; sie nahm es eine Stunde später unangerührt wieder mit. Sie sagte zu mir, ich müsse wieder anfangen, etwas zu essen, das sei unbedingt nötig.

Jean-Yves besuchte mich am Nachmittag. Auch er sah mich seltsam verstohlen an. Er erzählte mir vor allem von Lionel; er lag im Sterben, es war nur noch eine Frage von Stunden. Er habe oft nach Kim gefragt. Sie war wie durch ein Wunder unverletzt geblieben, schien sich aber schnell über den Verlust hinweggetröstet zu haben: Jean-Yves hatte sie am Vortag bei einem Spaziergang durch Krabi am Arm eines Engländers gesehen. Er hatte Lionel nichts davon erzählt, aber er schien sich sowieso keine großen Illusionen zu machen; es sei schon ein großes Glück gewesen, daß er sie kennengelernt habe. »Es ist seltsam«, sagte Jean-Yves zu mir, »er scheint glücklich zu sein.«

Als er sich anschickte, mein Zimmer zu verlassen, merkte ich, daß ich kein Wort gesagt hatte; ich wußte wirklich nicht, was ich zu ihm sagen sollte. Ich spürte wohl, daß irgend etwas nicht stimmte, aber das war ein undeutliches Gefühl, schwer zu formulieren. Mir schien es am besten, zu schweigen und abzuwarten, daß die Leute um mich herum ihren Irrtum einsahen. Es war nur ein unangenehmer Moment, der vorübergehen würde.

Ehe Jean-Yves das Krankenzimmer verließ, blickte er mich noch einmal an und schüttelte entmutigt den Kopf. Angeblich, zumindest hat man mir das später erzählt, redete ich sehr viel, sogar ununterbrochen, wenn man mich allein im Zimmer ließ; doch sobald jemand hereinkam, verstummte ich.

Ein paar Tage später brachte man uns mit einem Sanitätsflugzeug ins *Bumrungrad Hospital*. Ich verstand die Gründe für diese Überführung nicht recht; ich nehme an, daß es vor allem darum ging, der Polizei die Möglichkeit zu geben, uns zu vernehmen. Lionel war am Abend zuvor gestorben; als ich über den Flur ging, konnte ich einen Blick auf seinen in ein Laken gehüllten Leichnam werfen.

Die thailändischen Polizisten wurden von einem Botschaftsattaché begleitet, der als Dolmetscher fungierte. Ich hatte ihnen leider nicht viel zu sagen. Ganz besonders schien sie die Frage zu beschäftigen, ob die Angreifer arabischen oder asiatischen Typs gewesen seien. Ich begriff ihre Besorgnis durchaus, es war wichtig zu wissen, ob eine internationale Terroristenorganisation in Thailand Fuß gefaßt hatte oder ob es sich um malaiische Separatisten handelte; aber ich konnte nur immer wieder sagen, daß alles sehr schnell gegangen war und daß ich nur Silhouetten gesehen hatte; meiner Meinung nach konnten es Männer malaiischen Typs gewesen sein.

Anschließend kamen die Amerikaner, die, wie ich vermute, dem CIA angehörten. Sie drückten sich ziemlich brutal und in unangenehmem Ton aus, ich hatte den Eindruck, als gehörte ich selbst zu den Verdächtigen. Sie hatten es nicht für nötig gehalten, einen Dolmetscher mitzubringen, so daß mir der Sinn ihrer Fragen zum großen Teil entging. Am Ende zeigten sie mir eine Reihe von Fotos, die vermutlich internationale Terroristen darstellten; ich erkannte keinen dieser Männer wieder.

Ab und zu besuchte mich Jean-Yves in meinem Zimmer und setzte sich zu mir aufs Bett. Ich war mir seiner Anwesenheit bewußt, empfand eine etwas stärkere Anspannung. Drei Tage nach unserer Ankunft hielt er mir eines Morgens einen kleinen Stapel Papiere hin: Es handelte sich um Fotokopien von Zeitungsartikeln. »Die hat mir der Vorstand von Aurore gestern gefaxt«, fügte er hinzu, »kommentarlos.«

Der erste Artikel aus dem *Nouvel Observateur* trug den Titel: »EIN ZIEMLICH EIGENARTIGER CLUB«; zwei Seiten mit vielen Einzelheiten und dazu ein Foto aus dem deutschen Prospekt. Der Journalist warf der Gruppe Aurore unverblümt vor, Sextourismus in den Ländern der Dritten Welt zu unterstützen, und fügte hinzu, daß man unter diesen Umständen die Reaktion der Muslime verstehen könne. Jean-Claude Guillebaud widmete seinen Leitartikel dem gleichen Thema. In einem telefonischen Interview hatte Jean-Luc Espitalier erklärt: »Die Gruppe Aurore, die die internationale Charta für ethischen Tourismus unterzeichnet hat, kann unmöglich solche Abweichungen dulden; die zuständigen Mitarbeiter werden zur Verantwortung gezogen.« Das Dossier wurde mit einem heftigen, aber dokumentarisch kaum belegten Artikel von Isabelle Alonso aus dem *Journal du dimanche* fortgesetzt, der den Titel trug: »DIE RÜCKKEHR DER SKLAVEREI.« Françoise Giroud übernahm den Begriff in ihrer wöchentlichen Glosse: »Was bedeutet schon der Tod einiger satter, reicher Europäer – das ist bedauerlich zu sagen – angesichts Hunderttausender besudelter, erniedrigter, zur Sklaverei verdammter Frauen überall auf der Welt?« schrieb sie. Das Attentat in Krabi hatte der Sache natürlich einen beachtlichen Widerhall verschafft. *Libération* bildete auf der ersten Seite ein Foto der bereits heimgekehrten Überlebenden bei ihrer Ankunft am Flughafen Roissy ab und betitelte das Ganze mit den Worten: »ZWEIDEUTIGE OPFER«. In seinem Leitartikel nahm Jérôme Dupuy die thailändische Regierung aufs Korn, weil sie Prostitution und Drogenhandel stillschweigend duldete und wiederholt die demokratischen Grundregeln verletzt hatte. *Paris-Match* veröffentlichte unter dem Titel »BLUTBAD IN KRABI« einen vollständigen Bericht über die *Nacht des Grauens*. Sie hatten sich Fotos beschafft, deren Qualität allerdings sehr schlecht war – es waren per Fax übermittelte Fotokopien in Schwarzweiß, die alles mögliche darstellen konnten, man erkannte nur mit Mühe ein paar menschliche Körper. Parallel dazu veröffentlichten sie das Bekenntnis eines Sextouristen, der aber nichts mit dieser Angelegenheit zu tun hatte – er war auf eigene Faust unterwegs und fuhr eher auf die Philippinen. Jacques Chirac gab sogleich eine Erklärung ab und prangerte, nachdem er sein Entsetzen angesichts des Attentats bekundet hatte, das »unverantwortliche Verhalten einiger unserer Landsleute im Ausland« an. Lionel Jospin reagierte unmittelbar danach und erinnerte daran, daß der Sextourismus, selbst mit Volljährigen, gesetzlich verboten sei und geahndet werde. In den Artikeln, die anschließend in *Le Figaro* und *Le Monde* erschienen, wurde die Frage gestellt, mit welchen Mitteln man gegen dieses Übel vorgehen könne und welche Haltung die internationale Öffentlichkeit dazu einnehmen solle.

In den darauffolgenden Tagen versuchte Jean-Yves mehrfach, Gottfried Rembke telefonisch zu erreichen; schließlich gelang es ihm. Dem Chef der TUI tat die Sache leid, aufrichtig leid, aber er konnte, wie er sagte, nichts machen. Als touristisches Ziel sei Thailand sowieso für mehrere Jahrzehnte out. Außerdem war die Polemik über Frankreichs Grenzen hinausgedrungen und hatte in Deutschland ein gewisses Echo gefunden; die Deutschen waren zwar geteilter Meinung, aber die Mehrheit verurteilte trotz allem den Sextourismus; unter diesen Umständen zöge er es vor, aus dem Projekt auszusteigen.

2

Genausowenig wie ich die Gründe für meine Überführung nach Bangkok begriffen hatte, begriff ich, warum man mich nun nach Paris zurückbrachte. Das Personal des Krankenhauses schätzte mich nicht sonderlich, es fand mich vermutlich zu träge; sogar im Krankenhaus, bis hin zum Sterbebett, ist man gezwungen, den Leuten etwas vorzumachen. Das Pflegepersonal sieht es gern, wenn es bei dem Kranken auf undiszipliniertes Verhalten und einen gewissen Widerstand stößt, den es zu brechen gilt – selbstverständlich nur zum Besten des Kranken. Ich dagegen zeigte nichts dergleichen. Man konnte mich auf die Seite rollen, um mir eine Spritze zu geben: Wenn drei Stunden später jemand wiederkam, lag ich immer noch genau in der gleichen Stellung. In der Nacht vor dem Abflug stieß ich mich auf dem Weg zur Toilette im Gang des Krankenhauses heftig an einer Tür. Morgens war mein Gesicht blutüberströmt, meine Augenbraue geplatzt; die Wunde mußte gereinigt und verbunden werden. Ich hatte nicht einmal daran gedacht, eine Krankenschwester zu rufen; ich hatte überhaupt nichts gespürt.

Der Flug war ein neutraler Zeitraum gewesen; ich hatte sogar die Angewohnheit verloren zu rauchen. Vor dem Laufband mit dem Gepäck drückte ich Jean-Yves die Hand. Dann fuhr ich mit dem Taxi in die Avenue de Choisy.

Mir wurde sofort klar, daß es mir nicht gut ging und daß es so nicht weitergehen konnte. Ich packte meinen Koffer nicht aus. Mit einer Plastiktüte in der Hand ging ich durch die Wohnung und sammelte alle Fotos von Valérie ein, die ich finden konnte.

Die meisten waren bei ihren Eltern in der Bretagne aufgenommen worden, am Strand oder im Garten. Dann waren da auch noch ein paar erotische Fotos, die ich in der Wohnung geknipst hatte: Ich sah gern zu, wie sie onanierte, ich fand, sie hatte dabei eine hübsche Geste.

Ich setzte mich aufs Sofa und wählte eine Nummer, die man mir für den Notfall gegeben hatte. Es war so etwas wie ein Krisenstab, der rund um die Uhr zu erreichen und speziell für die Überlebenden des Attentats eingerichtet worden war. Er war in einem Gebäude des Krankenhauses Sainte-Anne untergebracht.

Die meisten Leute, die darum gebeten hatten, aufgenommen zu werden, waren tatsächlich in beklagenswertem Zustand. Obwohl sie Beruhigungsmittel in hohen Dosen einnahmen, hatten sie jede Nacht Albträume, die von lautem Geschrei, Schmerzgebrüll und Weinkrämpfen begleitet wurden. Wenn ich ihnen auf dem Gang begegnete, wunderte ich mich jedesmal über ihre verzerrten, zu Tode erschrockenen Gesichter; sie schienen von der Angst buchstäblich zermürbt zu sein. Und diese Angst, sagte ich mir, würden sie ihr ganzes Leben lang nicht mehr loswerden.

Was mich betraf, fühlte ich mich vor allem ungeheuer abgespannt. Ich stand im allgemeinen nur auf, um eine Tasse Nescafé zu trinken oder etwas Zwieback zu essen; man brauchte weder an den Mahlzeiten noch an den verschiedenen angebotenen Therapien teilzunehmen. Ich mußte jedoch eine ganze Reihe von Untersuchungen über mich ergehen lassen, und drei Tage nach meiner Aufnahme wurde ich zu einem Gespräch mit dem Psychiater gebeten; die Untersuchungen hatten ein »extrem geschwächtes Reaktionsvermögen« ergeben. Ich litt nicht, aber ich fühlte mich tatsächlich geschwächt; ich fühlte mich über alle Maßen geschwächt. Er fragte mich, was ich zu tun gedächte. Ich erwiderte: »Abwarten.« Ich zeigte mich einigermaßen optimistisch; erklärte ihm, daß all diese Trauer vorübergehen und ich eines Tages wieder glücklich sein werde, daß ich aber erst mal warten müsse. Das schien ihn nicht wirklich zu überzeugen. Er war um die Fünfzig, hatte ein volles, fröhliches, völlig bartloses Gesicht.

Nach einer Woche brachte man mich für einen längeren Aufenthalt in eine andere psychiatrische Klinik. Ich sollte etwas über drei Monate dort bleiben. Zu meiner großen Überraschung traf ich dort denselben Psychiater wieder an. Das sei keinesfalls verwunderlich, erklärte er mir; seine Abteilung befinde sich hier. Die Hilfe für die Opfer von Attentaten sei nur eine zeitlich begrenzte Aufgabe gewesen, auf die er sich im übrigen spezialisiert hatte – er habe schon dem Krisenstab angehört, der nach dem Attentat in der RER-Station Saint-Michel gebildet worden war.

Er wirkte in seiner Ausdrucksweise nicht wie ein typischer Psychiater, auf jeden Fall blieb das erträglich. Ich erinnere mich, daß er davon sprach, sich von »inneren Bindungen zu befreien«, das hörte sich eher an wie buddhistisches Gewäsch. Was war da zu befreien? Ich bestand aus einer einzigen inneren Bindung. Da ich von Natur aus vergänglich bin, sei ich, meiner Natur entsprechend, eine Bindung mit etwas Vergänglichem eingegangen – all das bedürfe keines besonderen Kommentars. Wenn ich von Natur aus unvergänglich gewesen wäre, fuhr ich fort, um die Unterhaltung nicht einschlafen zu lassen, wäre ich natürlich eine Bindung mit unvergänglichen Dingen eingegangen. Seine Methode wirkte anscheinend gut bei Überlebenden, die von Verstümmelungs- und Todesängsten verfolgt wurden. »Das sind nicht Ihre eigenen Schmerzen, die haben gar nichts mit Ihnen zu tun, das sind nur Gespenster, die sich in Ihrem Kopf einnisten«, sagte er zu den Leuten; und die Leute glaubten ihm schließlich.

Ich weiß nicht mehr, wann ich angefangen habe, die Situation zu begreifen – aber auch dann nur in vorübergehenden lichten Momenten. Über längere Zeiträume – und die gibt es immer noch – war Valérie für mich absolut nicht tot. Anfangs konnte ich diese Augenblicke nach Belieben in die Länge ziehen, ohne die geringste Anstrengung. Ich erinnere mich noch an das erste Mal, als mir das schwerfiel und ich die Last der Wirklichkeit richtig zu spüren bekam; es war kurz nach dem Besuch von Jean-Yves. Es war ein schwerer Moment voller Erinnerungen, die ich kaum zu leugnen vermochte. Ich habe ihn nicht gebeten wiederzukommen.

Marie-Jeannes Besuch dagegen tat mir sehr gut. Sie sagte nicht viel, erzählte mir etwas über die Atmosphäre im Büro. Ich sagte ihr gleich, daß ich nicht die Absicht hatte, die Arbeit wieder aufzunehmen, weil ich mich in Krabi niederlassen wollte. Sie nickte, ohne eine Bemerkung darüber zu verlieren. »Mach dir keine Sorgen«, sagte ich, »bald ist alles wieder okay.« Sie blickte mich mit stummem Mitgefühl an; seltsamerweise schien sie mir sogar zu glauben.

Der Besuch von Valéries Eltern war besonders schwer zu ertragen; der Psychiater mußte ihnen wohl erklärt haben, daß es Phasen gäbe, in denen ich unter *Realitätsverleugnung* litt, so daß Valéries Mutter fast die ganze Zeit weinte, ihr Vater schien sich ebenfalls ziemlich unbehaglich zu fühlen. Sie waren auch gekommen, um ein paar praktische Dinge zu regeln und mir einen Koffer mit meinen persönlichen Sachen zu bringen. Die Wohnung im 13. Arrondissement wolle ich doch sicher nicht behalten. Natürlich nicht, natürlich nicht, erwiderte ich, das sehen wir später; in diesem Augenblick fing Valéries Mutter wieder an zu weinen.

Das Leben in einer Anstalt verläuft ziemlich problemlos, die wesentlichen menschlichen Bedürfnisse werden dort befriedigt. Ich konnte mir wieder »Fragen an den Champion« ansehen, die einzige Sendung, die mich interessierte, ganz im Gegensatz zu den Nachrichten. Ein großer Teil der anderen

Heimbewohner verbrachte den ganzen Tag vor dem Fernseher. Im Grunde hatte ich nicht viel fürs Fernsehen übrig: die Bilder bewegten sich viel zu schnell. Wenn ich ganz ruhig blieb und es möglichst vermied, zu denken, dann würde allmählich alles wieder in Ordnung kommen, davon war ich überzeugt.

An einem Vormittag im April erfuhr ich, daß die Dinge tatsächlich wieder in Ordnung gekommen waren und daß ich bald entlassen würde. Ich hatte den Eindruck, daß mein Leben dadurch eher komplizierter wurde, denn das hieß, daß ich mir ein Hotelzimmer suchen und mir wieder eine neutrale Umgebung schaffen mußte. Wenigstens hatte ich genug Geld; das war schon etwas. »Man muß immer die positive Seite der Dinge sehen«, sagte ich zu einer Krankenschwester. Sie schien überrascht zu sein, denn es war das erste Mal, daß ich sie ansprach.

Gegen Realitätsverleugnung, erklärte mir der Psychiater bei unserem letzten Gespräch, gebe es keine spezifische Heilmethode; es handele sich dabei nicht wirklich um eine psychische Krankheit, sondern um eine Störung des Vorstellungssystems. Und wenn er mich so lange in der Klinik behalten habe, dann vor allem deshalb, weil er befürchtete, ich könne einen Selbstmordversuch unternehmen – das käme bei Patienten, die ganz plötzlich das Bewußtsein wiederfänden, ziemlich häufig vor; aber jetzt sei ich außer Gefahr. So so, sagte ich, so so.

3

Eine Woche, nachdem ich die Klinik verlassen hatte, flog ich wieder nach Bangkok. Ich hatte nichts Bestimmtes vor. Wenn wir eine ideale Natur besäßen, könnten wir uns mit der Bewegung der Sonne begnügen. In Paris waren die Jahreszeiten zu ausgeprägt, das war eine Quelle der Unruhe und der Störung. In Bangkok ging die Sonne um sechs Uhr auf; um achtzehn Uhr ging sie wieder unter; in der Zwischenzeit legte sie immer den gleichen Weg zurück. Es gab angeblich eine Zeit des Monsunwechsels, aber die hatte ich noch nie miterlebt. Die Stadt war ziemlich unruhig, den Grund dafür hatte ich noch nicht richtig erfaßt, es handelte sich wohl eher um eine *natürliche Gegebenheit*. Die Menschen dort hatten sicherlich ein Schicksal, ein Leben, soweit das Niveau ihrer Einkünfte es ihnen erlaubte; aber nach dem wenigen zu urteilen, was ich über sie wußte, hätten sie genausogut eine Schar Lemminge sein können.

Ich nahm mir ein Zimmer im *Amari Boulevard*, in dem Hotel wohnten vor allem japanische Geschäftsleute. Dort hatte ich beim letzten Mal mit Valérie und Jean-Yves gewohnt. Das war keine gute Idee. Zwei Tage später zog ich ins *Grace Hotel*; das lag nur etwa fünfzig Meter davon entfernt, aber die Atmosphäre dort war spürbar anders. Es war vermutlich das letzte Hotel in Bangkok, in dem man noch arabische Sextouristen antreffen konnte. Sie schlichen jetzt auf leisen Sohlen daher und verließen so gut wie nie das Hotel – das eine Diskothek und einen eigenen Massagesalon besaß. Manchmal traf man noch den einen oder anderen in den umliegenden Gassen an, in denen es Kebab-Verkäufer und mehrere *call center* gab; aber keiner von ihnen traute sich, diesen Umkreis zu verlassen. Ich stellte fest, daß ich mich, ohne es zu wollen, dem *Bumrungrad Hospital* genähert hatte.

Man kann allein dadurch am Leben bleiben, daß man von einem Gefühl der Rache erfüllt ist; viele Menschen haben so gelebt. Der Islam hatte mein Leben zerstört, und der Islam war sicherlich etwas, was ich hassen konnte. In den folgenden Tagen bemühte ich mich, die Muslime zu hassen. Es gelang mir ganz gut, und ich begann wieder die Nachrichten aus aller Welt zu verfolgen. Jedesmal wenn ich erfuhr, daß ein palästinensischer Terrorist, ein palästinensisches Kind oder eine schwangere Palästinenserin im Gazastreifen erschossen worden war, durchzuckte mich ein Schauder der Begeisterung bei dem Gedanken, daß es einen Muslim weniger gab. Ja, man konnte auf diese Weise leben.

Eines Abends verwickelte mich ein jordanischer Bankier im *coffee-shop* des Hotels in ein Gespräch. Er war ein leutseliger Mensch und bestand darauf, mich zu einem Bier einzuladen; vielleicht machte ihm das zurückgezogene Dasein, das er im Hotel führen mußte, allmählich zu schaffen. »Ich kann die Leute verstehen, man kann ihnen keine Vorwürfe machen«, sagte er zu mir. »Wir haben es uns in gewisser Weise selbst zuzuschreiben. Dies ist kein islamisches Land, es besteht überhaupt kein Grund dafür, daß wir Hunderte von Millionen ausgeben, um den Bau von Moscheen zu finanzieren. Ganz zu schweigen von dem Attentat natürlich ...« Als er sah, daß ich ihm aufmerksam zuhörte, bestellte er ein zweites Bier und wurde kühner. Das Problem der Muslime, erklärte er mir, liegt darin, daß das Paradies, das der Prophet versprochen hat, bereits im Diesseits existiert: Es gab Orte auf dieser Welt, wo bereitwillige, lüsterne Mädchen für das Sinnenvergnügen der Männer tanzten und wo man sich am Nektar berauschen und dabei Musik mit himmlischen Klängen lauschen konnte; es gab davon über zwanzig in einem Umkreis von fünfhundert Metern rings um das Hotel. Diese Orte waren leicht zugänglich; um eingelassen zu werden, brauchte man nicht die sieben Pflichten des Muslims zu erfüllen und auch nicht in den heiligen Krieg zu ziehen; man brauchte nur ein paar Dollar zu bezahlen. Man brauchte nicht einmal zu reisen, um das herauszufinden; es genügte, wenn man eine Parabolantenne besaß. Für ihn gab es keinen Zweifel, das islamische System hatte keine Zukunft: Der Kapitalismus würde siegen. Schon heute träumten die jungen Araber nur noch von Konsumgütern und Sex. Auch wenn sie manchmal das Gegenteil behaupteten, insgeheim träumten sie davon, dem amerikanischen Modell zu folgen: Die Aggressivität, die manche von ihnen zur Schau stellten, sei nur ein Zeichen ohnmächtiger Eifersucht; zum Glück kehrten immer mehr von ihnen dem Islam ganz einfach den Rükken. Er selbst habe kein Glück gehabt, er sei inzwischen ein alter Mann und sei das ganze Leben lang gezwungen gewesen, sich auf eine Religion einzulassen, die er verachtete. Ich befand mich in einer ähnlichen Lage wie er: Es würde bestimmt einen Tag geben, an dem die Welt vom Islam erlöst sein würde; aber für mich wäre das zu spät. Ich hatte kein richtiges Leben mehr. Ein paar Monate lang hatte ich ein richtiges Leben kennengelernt, das war schon gar nicht so schlecht, das konnte nicht jeder von sich behaupten. Die fehlende Lust am Leben reicht leider nicht aus, um sterben zu wollen.

Ich sah ihn am folgenden Tag wieder, kurz bevor er nach Amman zurückflog; er mußte nun ein Jahr warten, ehe er wiederkommen konnte. Ich war eher erleichtert, daß er abfuhr, denn sonst hätte er sich bestimmt gern weiter mit mir unterhalten, und diese Aussicht bereitete mir leichte Kopfschmerzen: Es fiel mir inzwischen sehr schwer, ein intellektuelles Gespräch zu ertragen. Ich hatte nicht mehr die geringste Lust, die Welt zu begreifen, nicht einmal, sie kennenzulernen. Unsere kurze Unterhaltung hinterließ dennoch einen tiefen Eindruck bei mir: Er hatte mich sofort davon überzeugt, daß der Islam keine Zukunft mehr hatte; wenn man nur ein bißchen darüber nachdachte, lag das auf der Hand. Dieser Gedanke allein genügte, um meinen Haß auszuräumen. Schon wieder begann ich das Interesse an den Nachrichten zu verlieren.

4

Bangkok war eine Stadt, die mir noch zu normal war, dort gab es zu viele Geschäftsleute, zu viele Reisegesellschaften. Zwei Wochen später nahm ich den Bus nach Pattaya. So mußte das ja enden, sagte ich mir, als ich in das Fahrzeug stieg; dann stellte ich fest, daß das nicht stimmte und daß es in diesem Fall keinen Determinismus gab. Ich hätte genausogut den Rest meines Lebens mit Valérie in Thailand, in der Bretagne oder egal wo verbringen können. Zu altern ist schon nicht sehr witzig; aber allein zu altern ist noch viel schlimmer.

Sobald ich meinen Koffer auf den staubigen Boden des Busbahnhofs gestellt hatte, wußte ich, daß ich am Ende meines Weges angekommen war. Ein alter, bis zum Gerippe abgemagerter Junkie mit langem grauen Haar, der eine große Eidechse auf der Schulter sitzen hatte, bettelte vor den Drehtüren. Ich gab ihm hundert Baht, ehe ich gegenüber in den *Heidelberger Hof* ging, um ein Bier zu trinken. Dickbäuchige, schnurrbärtige deutsche Päderasten stolzierten in Hawaihemden durch das Lokal. Nicht weit von ihnen wanden sich drei junge russische Mädchen im Höchststadium der Beknacktheit zur Musik ihres *ghettoblaster*; sie krümmten und wiegten sich buchstäblich auf der Stelle, diese schmutzigen kleinen Lutschmäulchen. In den wenigen Minuten, in denen ich durch die Straßen der Stadt ging, entdeckte ich eine eindrucksvolle Vielfalt menschlicher Erscheinungen: Rapper mit ihren Caps, holländische Flippies, Cyberpunks mit knallroten Haaren, gepiercte österreichische Lesben. Nach Pattaya gibt es nichts mehr, es ist gleichsam ein Sammelbecken für den Abschaum, eine Kloake, in dem die unterschiedlichsten Rückstände der westlichen Neurose angeschwemmt werden. Ob man homosexuell, heterosexuell oder auch beides ist, Pattaya ist der Bestimmungsort der letzten Chance, anschließend bleibt nur noch der Verzicht auf jegliches Begehren. Die Hotels unterscheiden sich natürlich durch ihren Komfort und ihr Preisniveau, aber auch durch die Staatsangehörigkeit ihrer Gäste. Es gibt zwei große Gemeinden, die Deutschen und die Amerikaner (unter denen sich vermutlich auch Australier und Neuseeländer verbergen). Man trifft auch auf eine ganze Menge Russen, die man an ihrem ungehobelten Auftreten und ihren Gangstermanieren erkennt. Es gibt sogar ein Hotel, das für die Franzosen bestimmt ist und *Ma maison* heißt; es hat nur ein knappes Dutzend Zimmer, aber das Restaurant ist sehr beliebt. Ich habe dort eine Woche gewohnt, ehe mir klar wurde, daß ich keine sonderliche Vorliebe für *Andouillettes* oder *Froschschenkel* hatte; daß ich leben konnte, ohne die französischen Pokalspiele über Satellit zu verfolgen und ohne täglich die Kulturseiten in *Le Monde* zu lesen. Ich mußte mir sowieso eine längerfristige Unterkunft suchen. Ein normales Einreisevisum für Touristen ist nur einen Monat gültig; aber um eine Verlängerung zu bekommen, braucht man nur in ein Nachbarland zu fahren. Mehrere Agenturen in Pattaya bieten einen eintägigen Ausflug an die kambodschanische Grenze an. Nach einer dreistündigen Fahrt im Minibus muß man ein oder zwei Stunden vor der Zollstation Schlange stehen; man ißt in einem Selbstbedienungsrestaurant auf kambodschanischem Boden zu Mittag (das Mittagessen sowie das Trinkgeld für die Zöllner ist im Preis inbegriffen), dann fährt man wieder zurück. Die meisten Ausländer tun das seit Jahren jeden Monat; das ist viel einfacher, als ein Visum für einen längeren Aufenthalt zu bekommen.

Man kommt nicht nach Pattaya, um ein neues Leben zu beginnen, sondern um es unter annehmbaren Bedingungen zu beenden. Oder jedenfalls, wenn man es nicht ganz so brutal ausdrücken möchte, um eine Pause einzulegen, eine lange Pause –

die sich als endgültig herausstellen kann. So drückte es ein Homosexueller um die Fünfzig aus, den ich in einem irischen Pub in der Soi 14 kennenlernte. Er hatte lange als Layouter in der Regenbogenpresse gearbeitet und es geschafft, etwas Geld auf die hohe Kante zu legen. Zehn Jahre zuvor hatte er festgestellt, daß er nicht mehr den gewohnten Erfolg hatte: Er ging in Nachtlokale, die gleichen Lokale wie sonst, aber immer öfter kehrte er unverrichteter Dinge heim. Selbstverständlich hätte er bezahlen können; aber wenn es schon soweit kam, bezahlte er, wie er sagte, lieber Asiaten. Er entschuldigte sich für diese Bemerkung, hoffte, daß ich darin keine rassistische Anspielung sehe. Nein, nein, natürlich nicht, das könne ich durchaus verstehen: Es ist nicht so erniedrigend, für ein Wesen zu bezahlen, das keinem der Menschen gleicht, die man in der Vergangenheit hätte verführen können und das keinerlei Erinnerungen in einem weckt. Wenn die Sexualität schon zu etwas Käuflichem wird, ist es besser, wenn sie in gewisser Weise unterschiedslos ist. Wie jeder weiß, ist einer der ersten Eindrücke, die man von einer anderen Rasse hat, das Gefühl der Undifferenziertheit, das Gefühl, daß fast alle gleich aussehen. Dieser Eindruck verschwindet nach einem mehrmonatigen Aufenthalt, und das ist schade, denn er entspricht einer Realität: Die Menschen gleichen sich sehr. Man kann natürlich Männer und Frauen unterscheiden; man kann auch, wenn man will, verschiedene Altersgruppen unterscheiden; aber jede weitergehende Unterscheidung hat etwas Pedantisches, das vermutlich auf eine gewisse Langeweile zurückzuführen ist. Ein Mensch, der sich langweilt, entwickelt Unterscheidungskriterien und Hierarchien, das ist typisch für ihn. Hutchinson und Rawlins zufolge entspricht die Entwicklung hierarchisch gegliederter Dominanzsysteme innerhalb einer Tiergesellschaft keinerlei praktischer Notwendigkeit, verschafft ihr keinerlei selektiven Vorteil; sie ist lediglich ein Mittel, um die tödliche Langeweile eines Lebens in freier Natur zu bekämpfen.

Und so beendete der ehemalige Layouter sein Schwulenleben auf angenehme Weise, indem er sich hübsche dunkelhäutige Jungen leistete, die schlank und muskulös waren. Einmal im Jahr kehrte er nach Frankreich zurück, um seine Angehörigen und ein paar Freunde zu besuchen. Sein Sexualleben sei nicht so ausschweifend, wie ich es mir vielleicht vorstelle, sagte er zu mir; er gehe ein- oder zweimal in der Woche aus, mehr nicht. Er lebe schon seit sechs Jahren in Pattaya; das reizvolle sexuelle Angebot unterschiedlichster Leistungen für wenig Geld habe sein Begehren paradoxerweise besänftigt. Jedesmal, wenn er ausging, sei er sicher, daß er prächtige junge Kerle ficken und lutschen könne und sie ihn ihrerseits mit viel Gefühl und Talent wichsen würden. Und seit er in dieser Hinsicht keinerlei Befürchtungen mehr habe, könne er sich besser auf diese Gelegenheiten vorbereiten und sie maßvoller wahrnehmen. Wie ich in diesem Augenblick begriff, glaubte er offensichtlich, daß ich mich in der erotischen Hektik der ersten Wochen des Aufenthalts befände, und sah in mir die heterosexuelle Entsprechung zu seinem eigenen Fall. Ich unterließ es, ihn über seinen Irrtum aufzuklären. Er war sehr freundlich, bestand darauf, die Getränke zu bezahlen, und gab mir verschiedene Adressen für eine dauerhafte Unterkunft. Es habe ihn gefreut, sich mit einem Franzosen zu unterhalten, sagte er; die meisten homosexuellen Ausländer seien Engländer, er verstände sich zwar gut mit ihnen, ab und zu habe er jedoch Lust, seine Muttersprache zu sprechen. Er habe nur wenig Kontakt zu der kleinen französischen Gemeinde, die sich um das Restaurant *Ma maison* gebildet hatte; es seien eher heterosexuelle Spießer im Stil ehemaliger Kolonialbeamter oder Militärs. Wenn ich mich in Pattaya niederlassen sollte, könnten wir vielleicht eines Abends mal gemeinsam ausgehen, in allen Ehren selbstverständlich; er gab mir seine Handynummer. Ich schrieb sie auf, obwohl ich wußte, daß ich ihn nie anrufen würde. Er war sympathisch, liebenswürdig und, wenn man will, sogar interessant. Aber ich hatte einfach keine Lust mehr, menschliche Beziehungen zu unterhalten.

Ich mietete mir ein Zimmer an der Naklua Road, ein wenig abseits vom Trubel der Stadt. Es besaß eine Klimaanlage, einen Kühlschrank, eine Dusche, ein Bett und ein paar Möbelstücke; die Miete betrug dreitausend Bath im Monat – etwas über fünfhundert Franc. Ich teilte meiner Bank meine neue Adresse mit und reichte beim Kulturministerium meine Kündigung ein.

Ganz allgemein gesehen blieb mir nicht mehr viel zu tun in meinem Dasein. Ich kaufte mir einen großen Stapel DIN A 4 Papier, um zu versuchen, die Elemente meines Lebens zu ordnen. Das ist etwas, was die Leute öfter tun sollten, ehe sie sterben. Es ist seltsam, wenn man an all die Menschen denkt, die es in ihrem ganzen Leben nie für nötig befunden haben, den geringsten Kommentar, den geringsten Einwand, die geringste Bemerkung zu Papier zu bringen. Das soll nicht heißen, daß diese Kommentare, diese Einwände, diese Bemerkungen einen Adressaten oder irgendeinen Sinn haben würden; aber letztlich finde ich es trotzdem besser, sie niederzuschreiben.

5

Sechs Monate später wohne ich noch immer in meinem Zimmer an der Naklua Road; und ich glaube, daß ich meine Aufgabe weitgehend beendet habe. Valérie fehlt mir. Falls ich die Absicht gehabt haben sollte, durch die Niederschrift dieser Seiten das Gefühl des Verlusts abzuschwächen oder es erträglicher zu machen, darf ich mir inzwischen sicher sein, daß dieser Versuch gründlich mißlungen ist: Ich habe noch nie so unter Valéries Abwesenheit gelitten wie jetzt.

Zu Beginn meines dritten Monats in Pattaya entschloß ich mich, die Massagesalons und Animierlokale doch wieder aufzusuchen. Der Gedanke daran rief zunächst keine Begeisterung in mir hervor, ich fürchtete, ein totales Fiasko zu erleben. Dennoch gelang es mir, eine Erektion zu bekommen und sogar zu ejakulieren; aber Lust habe ich nie wieder empfunden. Das war nicht Schuld der Mädchen, sie waren immer noch genauso kunstfertig, genauso sanft; aber ich war irgendwie unempfindlich geworden. Gewissermaßen aus Prinzip besuchte ich weiterhin einmal in der Woche einen Massagesalon. Dann beschloß ich, damit aufzuhören. Es war trotz allem noch ein menschlicher Kontakt, das war das Dumme. Auch wenn ich nicht daran glaubte, daß ich selbst je wieder Lust empfinden würde, kam es vor, daß das Mädchen einen Orgasmus bekam, insbesondere da mein Glied mir erlaubte, stundenlang durchzuhalten, wenn ich nicht eine kleine Anstrengung unternahm, um das Spiel zu unterbrechen. Ich könnte mich dazu bringen, diese Lust zu begehren, das könnte einen Anreiz darstellen. Aber ich wollte keinerlei Anreiz mehr erleben. Mein Leben war eine leere Form, und das sollte es auch bleiben. Wenn ich die Leidenschaft in meinen Körper dringen ließ, würde der Schmerz bald folgen.

Mein Buch ist fast fertig. Immer öfter bleibe ich jetzt den größten Teil des Tages im Bett liegen. Manchmal schalte ich morgens die Klimaanlage ein und schalte sie abends wieder aus, und dazwischen geschieht absolut nichts. Ich habe mich an das Surren des Geräts gewöhnt, das mich anfangs ziemlich gestört hat; aber ich habe mich auch an die Hitze gewöhnt, mir ist beides recht.

Schon seit langem kaufe ich keine französischen Zeitungen mehr; ich nehme an, daß die Präsidentschaftswahlen inzwischen stattgefunden haben. Das Kulturministerium muß so oder so seine Arbeit fortsetzen. Vielleicht denkt Marie-Jeanne ab und zu noch an mich, wenn sie das Budget für eine Ausstellung erstellt, ich habe nicht versucht, wieder Kontakt mit ihr aufzunehmen. Ich weiß auch nicht, was aus Jean-Yves geworden ist; nachdem Aurore ihn entlassen hat, wird er wohl einen weniger hochdotierten Job angenommen haben und vermutlich in einem anderen Sektor, nicht mehr in der Tourismusbranche.

Wenn das Liebesleben beendet ist, nimmt das ganze Leben etwas Konventionelles und Gezwungenes an. Man behält die menschliche Form bei, das übliche Verhalten, ein gewisses Gerüst; aber man ist nicht mehr, wie man so schön sagt, mit dem Herzen bei der Sache.

Motorroller fahren die Naklua Road hinunter und wirbeln Staubwolken auf. Es ist schon gegen Mittag. Die Prostituierten begeben sich zur Arbeit, fahren aus den Randvierteln zu den Bars in die Innenstadt. Ich glaube nicht, daß ich heute nach draußen gehe. Oder vielleicht am Spätnachmittag, um eine Suppe an einem der Verkaufsstände an der Kreuzung zu essen.

Die letzten menschlichen Kontakte, die noch bestehen, wenn man auf das Leben verzichtet, sind jene, die man mit den

Kaufleuten unterhält. Was mich angeht, beschränken sich diese Kontakte auf ein paar Worte, die ich auf englisch sage. Ich spreche kein Thai, was eine traurige, bedrückende Barriere um mich errichtet. Es ist wahrscheinlich, daß ich Asien nie richtig begreifen werde, das ist aber im übrigen unwichtig. Man kann auf der Welt leben, ohne sie zu begreifen, man muß es nur verstehen, etwas zu essen, Liebkosungen und Liebe von ihr zu erhalten. In Pattaya sind das Essen und die Liebkosungen nach westlichen und sogar nach asiatischen Kriterien nicht teuer. Was die Liebe betrifft, fällt es mir schwer, darüber zu sprechen. Ich bin jetzt überzeugt, daß Valérie für mich nur eine wundervolle Ausnahme war. Sie gehörte zu jenen Menschen, die imstande sind, ihr Leben dem Glück eines anderen Menschen zu widmen und darin ihr Ziel zu sehen. Es ist ein rätselhaftes Phänomen. Das Glück, die Einfachheit und die Freude gehen darauf zurück; aber ich weiß noch immer nicht, wie und warum dieses Rätsel entstehen kann. Und wenn ich schon die Liebe nicht begreife, was nützt es mir dann, daß ich das übrige begriffen habe?

Bis zum Schluß werde ich ein Kind Europas, ein Kind des Kummers und der Schande bleiben. Ich habe keinerlei Hoffnungsbotschaft zu verkünden. Ich empfinde keinen Haß auf die westliche Welt, höchstens tiefe Verachtung. Ich weiß nur, daß wir alle, die wir hier sind, von Egoismus, Masochismus und Tod durchdrungen sind. Wir haben ein System geschaffen, in dem es ganz einfach unmöglich geworden ist zu leben; und dieses System exportieren wir noch dazu.

Es wird Abend, vor den Terrassen der *beer bars* leuchten die bunten Lichterketten auf. Die deutschen Senioren setzen sich und legen die Hand schwer auf den Schenkel ihrer jungen Begleiterin. Mehr als jedes andere Volk kennen sie Kummer und Schande, sie verspüren das Bedürfnis nach zartem Fleisch, nach einer sanften und unendlich erfrischenden Haut. Mehr als jedes andere Volk kennen sie den Wunsch nach ihrer eigenen Vernichtung. Nur selten trifft man bei ihnen die pragmatische, selbstzufriedene Vulgarität der angelsächsischen Sextouristen an, die Manie, unablässig die Leistungen und die Preise zu vergleichen. Und genauso selten kommt es vor, daß sie Gymnastik treiben und ihren eigenen Körper in Form halten. Im allgemeinen essen sie zuviel, trinken zuviel Bier und setzen Fett an; die meisten von ihnen dürften bald sterben. Sie sind zumeist herzlich, scherzen gern, sind stets bereit, eine Runde auszugeben, Geschichten zu erzählen; ihre Gesellschaft ist beruhigend und zugleich traurig.

Jetzt habe ich den Tod verstanden; ich glaube nicht, daß er mir sehr weh tun wird. Ich habe den Haß, die Verachtung, den Verfall und verschiedene andere Dinge kennengelernt. Ich habe sogar kurze Momente der Liebe kennengelernt. Nichts von mir wird mich überleben, und ich verdiene auch nicht, daß mich etwas überlebt, ich bin mein ganzes Leben lang in jeder Hinsicht ein mittelmäßiger Mensch gewesen.

Ich stelle mir vor, warum weiß ich nicht, daß ich mitten in der Nacht sterben werde, und empfinde noch eine leichte Beunruhigung bei dem Gedanken an den Schmerz, der die Trennung von den körperlichen Banden begleiten wird. Ich habe Mühe, mir vorzustellen, daß das Leben völlig schmerzlos und unbewußt zu Ende geht; ich weiß natürlich, daß ich unrecht habe, dennoch fällt es mir schwer, mich davon zu überzeugen.

Einheimische werden mich ein paar Tage später finden, ziemlich schnell sogar; in diesem Klima beginnen die Leichen sehr schnell zu stinken. Sie werden nicht wissen, was sie mit mir anfangen sollen, und sich vermutlich an die französische Botschaft wenden. Ich bin bei weitem kein Bedürftiger, mein Fall wird leicht zu erledigen sein. Es bleibt sicherlich noch ziemlich viel Geld auf meinem Konto; ich weiß nicht, wer es erben wird, vermutlich der Staat oder irgendwelche weit entfernten Verwandten.

Im Gegensatz zu anderen asiatischen Völkern glauben die Thais nicht an Geister und interessieren sich nur wenig für das, was mit den Leichen geschieht; die meisten werden direkt in Sammelgräbern beigesetzt. Da ich keine genauen Anweisungen hinterlasse, wird es mir genauso ergehen. Eine Sterbeurkunde wird ausgestellt, und in Frankreich, in weiter Ferne, wird dann eine Akte abgehakt. Ein paar fliegende Händler, die es gewohnt sind, mich in diesem Viertel zu sehen, werden ratlos den Kopf schütteln. Meine Wohnung wird an einen anderen Ausländer vermietet. Man wird mich vergessen. Man wird mich schnell vergessen.

Foto: Tony Stone/Angela Wyant

Deutschsprachige Literatur bei rororo

Die neuen Klassiker

Elfriede Jelinek
Die Klavierspielerin
Roman. 3-499-15812-4
Einer der meistdiskutierten deutschsprachigen Romane: Der Klavierlehrerin Erika Kohut, von ihrer Mutter zur Pianistin gedrillt, ist es nicht möglich, aus ihrer Isolation heraus eine sexuelle Identität zu finden. Unfähig, sich auf das Leben einzulassen, wird sie zur Voyeurin. Als einer ihrer Schüler mit ihr ein Liebesverhältnis anstrebt, erfährt sie, dass sie nur noch im Leiden und in der Bestrafung Lust empfindet.

Friedrich Christian Delius
Der Königsmacher
Roman. 3-499-23350-9

Peter Rühmkorf
Außer der Liebe nichts
Liebesgedichte. 3-499-23260-X

Helmut Krausser
Schmerznovelle
3-499-23214-6

Peter Schneider
Das Fest der Missverständnisse
Burg erforscht die Medizingeschichte im Nationalsozialismus. Was eher zufällig beginnt, entwickelt sich zu einer zerstörenden Obsession, die auch die Wahrnehmung der Gegenwart zwanghaft überformt.

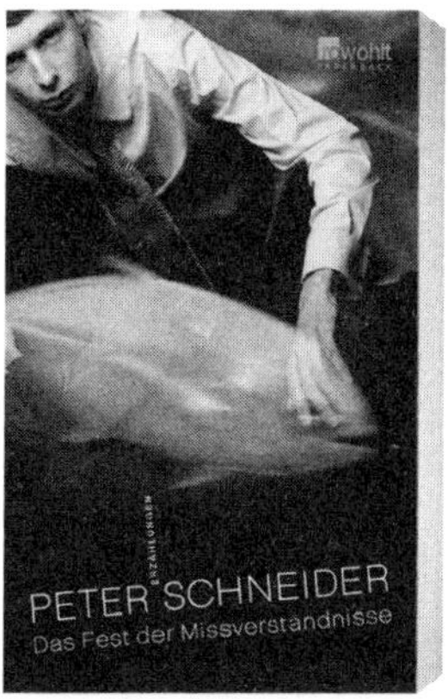

3-499-22728-2

Foto: Lukas Beck

Wolf Haas

«Wolf Haas schreibt die komischsten und geistreichsten Kriminalromane.» Die Welt

Auferstehung der Toten
Roman
«Ein erstaunliches Debüt. Vielleicht der beste deutschsprachige Kriminalroman des Jahres.» (FAZ) Ausgezeichnet mit dem Deutschen Krimi-Preis '97.
3-499-22831-9

Der Knochenmann
Roman
Wieder ein Fall für den unnachahmlichen Privatdetektiv Brenner.
3-499-22832-7

Komm, süßer Tod
Roman
Ausgezeichnet mit dem Deutschen Krimi-Preis '99, erfolgreich verfilmt.
3-499-22814-9

Silentium!
Roman
Ausgezeichnet mit dem Deutschen Krimi-Preis 2000. 3-499-22830-0

Ausgebremst
Der Roman zur Formel 1
3-499-22868-8

Wie die Tiere
Roman
Der beste Freund des Hundes ist der Pensionist – und das Kleinkind sein natürlicher Feind ... «So wunderbar, dass wir beim Finale weinen müssten, hätten wir nicht schon alle Tränen vorher beim Lachen verbraucht.» (Die Zeit)

3-499-23331-2